GAEA

Gaea

The Oracle Comes II

〔血月時魔王降臨〕

星子——著

乩身

〔血月時魔王降臨〕

目錄

楔子

春末一個傍晚，六月山頂十餘隻山魅圍成一圈，迎著徐徐晚風，聽土地神老獼猴說故事。老獼猴比手劃腳，說得口沫橫飛，不時揚手高指天上那輪緩緩高昇的明月。

和前幾天相比，今晚月亮看來大上好一圈。

和五分鐘前相比，月亮顏色更紅了些。

今晚老獼猴說的每一個故事，都有妖魔鬼怪，都有驚嚇死亡。

且也都有一輪血月。

「不懂。」一隻幼獼猴模樣的小山魅，舉手發問：「為什麼天上出現血月，陽世就有災禍？」

「好問題！」老獼猴瞪大眼睛，一把握住小獼猴舉起的那隻手，對其他山魅說：「看，就是這樣！聽到不懂的地方就要發問，你們好好向崽崽看齊，知道嗎？」

大夥兒聽老獼猴這麼說，有的毫無反應、有的摳耳朵抓頭、有的大打哈欠，然後繼續望著天上那輪逐漸轉紅的大月亮。

「不懂。」崽崽看看其他山魅，問：「為什麼大家沒反應？大家不想知道天上血月和陽世災禍的關係嗎？」

「不是我們不想知道，是我們早知道了。」有個山魅懶洋洋地答：「因為血月呀……」

時，『天門』就會關上。」

「等等！我來說——」老獼猴像是不願被那山魅搶先公布答案般，急著說：「因為每逢血月

「不懂。」崽崽追問：「天門關上了會怎樣？」

「天門關上了，天上神明就沒辦法降駕了。」

「神明沒辦法降駕會怎樣？」

「神明沒辦法降駕，地底妖魔鬼怪不管在陽世幹了什麼，都沒人管啦。」老獼猴瞪著眼睛，說得煞有其事。

「啊……」崽崽聽老獼猴說得認真，不由得緊張起來，仰頭望著天上那又更紅幾分的月亮，嚷嚷叫著：「啊！那不就是現在？」

「就是現在！」老獼猴點點頭，按著崽崽雙肩，說：「所以每逢血月，我們都要打起十二萬分精神巡邏警戒、守護蒼生呀。」

「知道了！崽崽會打起十二萬分精神，陪老獼猴爺爺一起守護蒼生！」崽崽振奮應答，轉頭卻見其他山魅發呆的發呆、閒聊的閒聊，一點也沒有打起十二萬分精神的樣子，忍不住問：「不懂？為什麼你們都不緊張？你們有打起十二萬分精神嗎？」他轉頭望向一個山魅，問：「你現在打起幾分精神？」

「三、五十分吧……」那被崽崽點名的山魅打著哈欠回答。

「啊！三、五十分？」崽崽扳著手指算了算，嚷嚷說：「那不是還少了十一萬九千九百多分？這樣要是陰間群魔等等上來了，怎麼辦吶？」

崽崽這麼說時，又抬頭望了望天上血月。

碩大月亮更紅了幾分。

他揉揉眼睛，只覺得山坡四周甚至是山下城鎮，在黑暗中都隱隱發紅。

「崽崽，你也別太擔心。」老獮猴見崽崽緊張害怕，便拍拍他腦袋，說：「天門不會一下子關上，是慢慢關上。」

「不懂……」崽崽困惑問：「一下子關上，跟慢慢關上，有什麼差別？」

「小崽崽，你傻子嗎？」有個山魅插口說：「血月從開始到結束，最多幾小時，天門從敞開到完全關上，也要花幾小時。」

「所以呢？」崽崽一下子還不明白。

「所以天門很少完全關上。」山魅們說：「就算眞關上了，過幾分鐘又打開了，地底妖魔若眞有膽量上陽世，平時就能上來了，也不差這幾分鐘，和天門關不關、血月現不現身，其實都沒有太大關係。」

「那……爲什麼說『天上有血月，陽世有禍事？』呢？」崽崽不解地問：「這說法又是從哪兒傳出來的？」

「從老獮猴嘴裡傳出來的呀。」其他山魅答：「這老猴仔本業是說書的，副業才是土地神。」

「什麼……」崽崽轉頭望向老獮猴，問：「老獮猴爺爺，原來你剛剛說的那些……只是故事，不是眞的？」

「他講的那些故事，都是陽世小說裡的故事。」「還有些是他自己編的故事。」山魅們起鬨說：「傻瓜才相信他。」

「不對不對！你別聽他們亂說……」老獼猴見崽崽面露失望，便臭臉瞪著那些掃興山魅，嚷嚷說：「我喜歡看小說，也會自己編故事，但我講的故事，有些是老土地神當年親口告訴我的事情，是眞正發生過的事呀——」

「老土地神……」崽崽呆了呆，他加入六月山山魅團隊只幾個月，知道老獼猴過去也是從隻小山魅，跟在一個老土地神身邊許多年，到後來與老土地神一同守護六月山。他問：「那……老獼猴爺爺，你剛剛講的那些故事裡，哪一個是老土地神和你說的，是眞正發生過的事？」

「是……」老獼猴支吾一陣，說：「我接下來要說的這個故事就是了——剛剛不是說，天門不會一下子關上，是慢慢關上的嗎？所以血月其實也沒有那麼可怕，但是吶，如果血月碰上『天狗』，情形又不一樣了。」

老獼猴說到這裡，見到山魅們一個個又打起哈欠、抓頭搔癢，立時大聲嚷嚷：「幹嘛幹嘛？這個眞的是老土地神和我說的！你們有些應該也聽過不是嗎？」

「是啊！」「但是當年那些天狗，早給天庭全抓回天上去了。」「最後一隻天狗吠月，已經是幾百年前的事了，當年老土地神說他上任一百多年，也沒碰上過一次！」山魅們你一言我一語地反駁老獼猴。

「不懂！」崽崽好奇極了，搖晃著老獼猴手腕追問：「到底什麼是天狗？血月碰上天狗，會發生什麼事？」

「別急別急，我正要講呢！」老獼猴清了清喉嚨，說起那天狗的由來——

在很久很久以前，天庭會定時派天兵天將帶著獵犬下凡巡狩人間。偶爾有些天庭獵犬頑皮過頭，趁著天兵天將不注意，獨自跑遠溜達，找陽世狗兒玩耍，玩著玩著就玩出一窩小狗崽子們。

這些帶著天庭神犬血脈的混種狗兒們，乍看之下和普通狗兒沒有任何分別，因此天上神明們一直不以爲意，也沒有特別提防……

直到有一年，天庭收到陽世眼線報告，說陰間有個道行極高的巫師老鬼，開出高價，託陽世孤魂野鬼替他捕捉那些流落陽世的混種狗兒。

天庭神明有所警覺，指示乩身使者深入調查，花了好長時間，總算查出那巫師老鬼利用混種狗兒神犬血脈，融合多種獸魂，輔以自身邪術，培育出一批特異狗兒，還替他們取了個神話故事裡的名字——

天狗。

這些天狗平時吃喝拉撒，與尋常陽世狗兒沒有分別。

唯一不同的是，天狗每逢血月，便會徹夜啼哭吠叫，他們的哭聲吠聲，能夠延長血月效力，令天門長時間關閉。

巫師老鬼打算在血月來臨時，帶著大群天狗上陽世吠月，爲的是切斷一位陽世死對頭的上天奧援——那死對頭是神明乩身，長年追捕老鬼，屢屢壞老鬼好事。

巫師老鬼想藉天狗吠血月關閉天門，一口氣剷除多年死對頭。

只不過，當年距離血月還有三天，大隊陰差攻破老鬼老巢，一舉擊殺老鬼，十二籠三十六隻天狗，全被帶回閻羅殿銷毀——

但當時地府和天庭不知道的是，老鬼在陰差攻堅前幾天，便已令鬼僕送了兩籠天狗上陽世，一見血月便開籠放狗。

於是，從三天後的血月當晚算起，天門一口氣關了十三天。

最初，陽世乩身和眼線紛紛發現聯絡不上天上長官，都不知所措，同時天庭神明驚覺這次血月竟不結束，天門關上之後，便打不開了，可急壞了整座南天門。

又過兩三天，地府意見出現分歧，有些官員主張既然天門關上了，不如由地府接管陽世，也有些官員極力反對，說要是天門重新開了，天神怪罪下來，大夥兒可吃不完兜著走，不如好好協助陽世乩身捕捉那批流落陽世的天狗。

最後，天庭神明發現，緊閉的天門中央有條小縫，神明雖然無法穿過門縫降駕下凡，但卻能透過門縫向門外侍衛傳遞訊息，再託侍衛們將訊息帶下陽世，向山神、土地公等陽世小神，以及神明乩身轉達上天指示。

便這麼著，陽世乩身們在天門外的侍衛、土地神等努力輾轉傳訊下，聯合地府陰差，花了幾天時間，抓著一半天狗。

最後剩餘的天狗們，把嗓子全哭啞了，再也叫不出聲了，天門終於再次開啓。

「後來呢？」崽崽聽到這裡，忍不住問：「不是還有一半天狗沒抓著？」

「後來全抓著了。」老獼猴說：「都送上天了。」

「一隻也沒漏？」崽崽追問。

「應該是有漏的。」老獼猴說：「或者是那批天狗，在陽世時又生了新的小狗。」

「哇——」崽崽驚訝說：「那後來天門不就動不動要關門了。」

「後來是真關過幾次，但時間都不長，且沒有發生什麼大禍事，頂多就是一些不長眼的野鬼聽著了傳聞，趁著血月亂來，最後都會被陰差逮回地下。」老獼猴繼續說：「後來天庭每逢血月，便會事先派遣神明降駕待命，還帶著專門分辨天狗叫聲的『追聲符』，能夠第一時間找出吠叫的天狗，最後一次天狗吠月，應該是兩、三百年前的事了。」

「兩、三百年前……」崽崽呆楞半晌，不解地問：「不懂……那老獼猴爺爺你剛剛幹嘛說得像是隨時都會發生一樣？」

「他就是這樣啊，什麼屁事都講得跟真的一樣！」「他最愛誇大其詞！」「小猴仔，你還不了解老猴仔，你再多聽他講幾年故事就知道了，就算你把他的故事背得滾瓜爛熟，他還是當你第一次聽，永遠講不膩。」

「你們不要破壞我形象！」老獼猴氣呼呼地說：「什麼講得跟真的一樣，我講的本來就是真的！」

「嗯？」一個山魅本來坐在一旁抱膝望月，不理老獼猴和其他山魅們唇槍舌劍，此時突然像是聽見了什麼一般，豎起耳朵，轉頭呆望遠方，嚷嚷叫了起來：「你們有沒有聽見？」

大夥兒沒理那山魅，那山魅又發了半晌呆，然後陡然站起，尖聲大叫：「你們有沒有聽見吶？」

「怎麼了？」大夥兒呆楞望著他，問：「聽見什麼？」

「你們聽——」那山魅瞪大眼睛，指著一個方向。

嗷嗷——嗷嗚——

嗷嗷嗷嗷——嗷嗚——

這陣嗷吠聲先是由遠而近，跟著又飄遠，音色淒厲沙啞，不像是普通狗吠，甚至不像是陽世生物能夠發出的聲音。

奇異吠叫足足迴盪了數分鐘之久，才漸漸停下。

老獼猴和山魅們面面相覷，不約而同抬頭望向月亮。

血月變得更紅了。

「你們怎麼啦？怎麼這麼害怕，這不是天狗啦，都說天狗早絕跡了不是！」「呵呵是啊，這幾隻狗兒眞會叫，叫得像鬼哭似的……」「就算眞群魔亂舞，我們也還有天庭戰神太子爺吶！就算天門關上了，地上也還有太子爺乩身韓杰，他拿著火尖槍、腳踏風火輪，妖魔鬼怪來一個他刺一個，來兩個他刺一雙，一點也不輸太子爺呀！」

山魅們笑呵呵地聊起那太子爺乩身韓杰過往種種降妖伏魔的事蹟。

崽崽舉手發問：「不懂！妖魔鬼怪來一個他刺一個、來兩個他刺一雙，那如果來了三四五個或是六七八個，他怎麼辦呢？」

「那韓杰一共有七樣法寶，和天上太子爺七寶一樣，除了火尖槍，還有一招九龍神火罩，能放出九條火龍，別說三四五個，就算四、五十個，九條火龍照樣能通通燒死咬死！」

「哇！」崽崽握著拳頭瞪大眼睛，佩服那韓杰佩服得不得了。「好厲害啊！」

「那個……」老獼猴見大夥兒說起韓杰和太子爺的事情，各個精神抖擻，顯得有些爲難，直到崽崽拉著他的手，要他講更多韓杰的故事，他終於尷尬開口：「其實呢……我前陣子收到關於太子爺和他乩身韓杰的消息，但是上頭交代我不能洩露……」

「不能洩露？」崽崽困惑問：「是什麼消息？」

「你們千萬別說出去啊，太子爺呀……」老獼猴嚥了口口水說：「被魔王給綁架進陰間了，太子爺御用乩身韓杰，也被強制退休了，他那厲害的七樣法寶，也給天庭沒收銷毀了……」

「什麼！」山魅們聽老獼猴這麼說，可全都嚇呆了。「這麼重要的事情，你怎麼現在才說？」

「沒辦法呀，你們以爲我忍得住？這可是天庭命令呀！」老獼猴解釋：「現在天庭神明正全力援救太子爺，各路乩身得時常下陰間出任務，如果這消息走漏出去，陰間那些和太子爺乩身有過節的傢伙們，可不會放過這好機會啊，所以你們千萬不能說喔！」

「……」山魅們不約而同抬起頭，又望向天上血月。

只見此時那輪圓月，紅得彷彿要滴出血般。

壹

這天晚上九點多，市中心大街上車流依舊熱絡。

媽祖婆乩身陳亞衣，帶著跟班廖小年和馬大岳，分乘兩輛機車，在一處紅綠燈前停下。

陳亞衣轉頭望向身旁廖小年和馬大岳。

個頭矮小的廖小年，載著人高馬大的馬大岳，馬大岳挺直了背，閉著眼睛，兩隻手豎在耳邊，緩緩左轉右轉，彷彿將自己當成了人體雷達接收站一般。

馬大岳這奇特姿勢自然也吸引鄰近駕駛和行人的注意，有些人甚至低聲訕笑起來。

「聲音從很高的地方傳過來，距離我們差不多幾十公尺……」馬大岳閉著眼睛說，頓了頓，問：「小年，後面是不是有人笑我？」

「沒有。」廖小年搖搖頭。

「我聽見後面有妹子笑聲。」馬大岳問。「你回頭看看長得正不正？」

「沒人笑你，你聽錯了。」廖小年這麼說。

「如果我連附近的聲音都會聽錯，要怎麼抓天狗？」馬大岳哼了哼，微微瞇開眼睛，像是想瞧瞧身後幾個笑他的女騎士長相，陡然聽見一聲暴喝在他耳朵裡炸開——

「我派你幫忙抓天狗，你給我瞧妹子？」

「沒有沒有！順風耳將軍！我很認眞啊……」馬大岳連忙挺直後背，緊閉雙眼，繼續維持人體雷達姿勢。

紅燈轉綠，陳亞衣和廖小年摧動油門往前。

馬大岳身子因慣性微微向後一仰，但仍然沒有睜開眼睛，只是放下一手扶著機車後座扶手，另一手仍湊在耳邊，專注聆聽四周動靜。

到了下一個紅燈路口，馬大岳睜開眼睛，揚手指向更前方一棟超過十層樓高的商場大樓，說：「好像是那棟。」

「嗯？」陳亞衣和廖小年朝馬大岳所指方向望去，那商場大樓中有餐廳、各種流行飾品、玩具模型店鋪，還有電玩廳、租書店、旅館、咖啡廳等，是棟複合式商場大樓。

「大岳……」陳亞衣帶著廖小年繞去商場大樓後方停車場停妥機車，仰頭望著大樓高處，問：「你確定天狗在這棟大樓裡？」

「確定啊。」馬大岳點點頭。「他好像快憋不住了，喉嚨咕嚕咕嚕叫個不停。」

「好。」陳亞衣領著馬大岳、廖小年進入商場，不坐電梯，而是走樓梯往上。

從三樓開始，馬大岳每登上一樓，都會停下腳步，招著耳朵細聽半晌，然後繼續向上，來到六樓時，馬大岳不再招耳，而是篤定地說：「就在這層樓。」

「嗯……」陳亞衣點點頭，思索半晌，向廖小年說：「小年，你上樓頂，手機開著，眼睛睜大。」

「好。」廖小年立時繼續向上，往樓頂前進。

陳亞衣領著馬大岳步入商場六樓，商場六樓大多是玩具模型店鋪，往來顧客年紀都不大。

馬大岳目不轉睛地瞪著前方廊道轉角上的公廁標誌，低聲說：「應該在廁所裡。」

兩人走去轉角，盯著前方廊道男女廁入口，陳亞衣問：「男廁還女廁？」

「聲音在前面……」馬大岳用手招著耳朵，細聽半晌，說：「在男廁。」

「去把他揪出來。」陳亞衣這麼說。

「好。」馬大岳捲起袖子，大步走入男廁，露出兇狠流氓模樣，接連推開兩扇廁間門，然後站在最後一間上鎖廁間外，敲了敲門。

「有人。」廁所裡這麼應著。

「別裝了，開門。」馬大岳冷冷說，又大力敲了敲門。「你要自己出來，還是要我把你揪出來？」

「什麼？」廁所裡傳出驚慌應答：「先生，你……認錯人了吧？」

「幹！你還裝傻——這麼大聲的咕嚕聲，我不用順風耳都聽見了！」馬大岳一面大叫，一面拍門。「開門開門開門開門——」

廁間內發出沖水聲響，啪噠一聲門開了，裡頭是個戴著眼鏡的瘦弱少年，少年手忙腳亂地繫著皮帶，害怕地看著擋在廁門外的馬大岳，推了推眼鏡說：「先生……你是誰呀？我不認識你啊……你是不是認錯人了？」

「……」馬大岳盯著少年半晌，將視線轉向馬桶水箱，跟著，他側過身子，示意少年離去。

少年急忙鑽過馬大岳身旁，匆匆洗了手，步出廁間。

馬大岳矮下身，探手自馬桶水箱底下摸出一張灰色符咒，捏近耳際，跟著惱火咒罵：「幹！又是『狗叫符』！又白跑一趟——」

他氣呼呼地捏著符奔出男廁，卻不見陳亞衣。

「亞衣？」他快步走出轉角，左顧右盼，只見陳亞衣身影正隱沒於另一端轉角，他連忙追上，跟上陳亞衣，揚著那張「狗叫符」，氣呼呼地說：「上當了，又是狗叫符……」

「不。」陳亞衣搖搖頭，加快腳步往前。

「嗯？」馬大岳呆了呆，正不明白陳亞衣意圖，只見前方有個少年快步往前，且不時回頭望向他們，正是剛剛那戴眼鏡的瘦弱少年。

「怎麼了？」馬大岳愣然問：「他是天狗？」

馬大岳話還沒說完，前方那少年已拔腿狂奔。

陳亞衣立時追上，馬大岳也連忙跟上。

少年奔入樓梯間，急急下樓，正要躲入五樓，眼前卻陡然一紅，一個老邁身影自天花板鑽出，竄在那少年面前，揚手對著少年額頭拍上一道黃符。

「嘎——」少年哀嚎慘叫，面容變形，口鼻向外突出，頭頸雙手都生出粗毛，鼓足了全力斜斜一蹦，撞破了梯間玻璃窗戶，撞出五樓窗外。

那老邁身影正是媽祖婆分靈苗姑，她緊跟在少年身後飛追出窗。

陳亞衣急奔下樓，剛取出手機，便見螢幕亮起，正是守在樓頂的廖小年打來通報電話：「天狗現出原形了，往北邊跑，苗姑在天上追他。」

「好。」陳亞衣掛上電話，和馬大岳急急下樓，趕去停車場發動機車。

陳亞衣不等廖小年下樓，先行出發，透過奏板和苗姑保持聯繫，一路往北追去；馬大岳等到廖小年下樓，兩人和先前一樣，同乘一輛機車，依舊是廖小年駕車，馬大岳充當人體雷達。

廖小年催動油門，駛上大街，兩隻眼睛瞪得又大又圓，緊盯著遠處樓宇後方閃爍亮起的陣陣紅光。

樓宇防火巷裡，少年胡亂扒抓額頭，撕爛了額上那道黃符，卻抹不去印在額頭中央那枚紅色咒印，那咒印彷如警報燈般，不停閃爍著刺眼紅光。

少年感到背後傳來一股威逼氣息，回頭見苗姑追進防火巷，立時全力往前方巷口狂奔，還不時回頭朝著苗姑威嚇吠叫，一連叫了數聲，像是再也按捺不住，仰高了頭朝天長嗷：「嗷嗚——嗷嗷嗷嗚——」

「別再鬼叫啦，天門都被你們叫得打不開啦！」苗姑氣急敗壞全力追那少年。

少年雖然模樣狼狽，但腳力可不弱，轉眼逃出巷弄，身子唰地一個翻騰，變成一隻灰色中型犬，跑得更快了，轉眼奔過好幾條街，往更前方河堤奔去。

苗姑在空中飛追，一面捏指畫咒，透過陳亞衣身上奏板告知她當前位置。「亞衣，我把那小狗往河堤趕，你們前後包圍。」

少年變化成的灰狗一鼓作氣衝上了堤坡，在堤上狂吠狂奔。

陳亞衣和廖小年騎著機車追了上來，只見苗姑飛在空中，像是一頭狩獵大鷹，倏地俯衝掠下，揚臂一甩紅袍，將灰狗鞭下堤坡，往河濱草皮摔滾而去。

陳亞衣立刻指示廖小年停車，領著馬廖兩人，奔過堤坡，衝上河濱草皮，與飛在空中的苗姑聯手追捕灰狗。

河濱草皮上空曠，四周再無掩蔽物，灰狗左衝右突，都被苗姑小紅袍甩下的紅光絆倒，見馬大岳和廖小年左右奔來，伸手要抓他，立時張口要咬，嚇得兩人又向後退開。

「讓開！」陳亞衣舉著奏板，向媽祖婆借了黑面神力，一記重踏，踏出一圈漆黑震波，襲過灰狗身子，將灰狗震得癱軟倒地。

灰狗儘管四肢痠軟無力，仍伸長了頸子，又朝天嚎叫數聲。

苗姑落地，抖開小紅袍裹住灰狗雙眼和腦袋，令灰狗只露出口鼻。

陳亞衣掏出一張符，掐開灰狗嘴巴，將符塞入灰狗口中，跟著施法唸咒。

灰狗嘴巴張合一陣，像是鼓足最後的力氣想要吠叫，卻彷如啞了一般，喊不出聲了。

苗姑在那灰狗四肢身軀畫下囚禁咒印，跟著收去小紅袍，吁了口氣，望向馬大岳：「和順風耳將軍說，我們抓到天狗，施下『止聲符』了，請順風耳將軍問問天庭，天門是不是能開了……」

「是……」馬大岳歪著頭自言自語半晌，轉身對苗姑和陳亞衣說：「順風耳將軍說，陽世眼線回報，又出現兩隻天狗，一隻在中部、一隻在南部……」

「我就知道……」廖小年累得癱坐在地，看看地上那虛弱灰狗，喃喃說：「不可能抓得完的……」

陳亞衣和大夥兒面面相覷，這四天來，他們沒日沒夜，從北部到中部、從市區到深山，不停追捕天狗——眼前這隻灰狗，已是他們這四天裡捕獲到的第六隻天狗。

這些天狗型態不一，有些只是狗形，躲在街頭巷尾，或是無人山上；有些則能化出人身，藏匿在市區人多之地，這些天狗彷彿計畫好了接力一般，二十四小時不間斷地朝天吠叫。

陳亞衣抬起頭，望著天上那明月，幾天下來，已經從滿月變成了虧凸月，且早已恢復成正常的黃白色，但在接二連三出現在人世的天狗吠聲中，數天前的血月效力，一直持續至今——土地神老獼猴說他手下一些感官特別敏銳的山魅，都說這幾天來，他們眼中所見的月亮，依舊是血紅色的。

天門也依舊緊閉。

馬大岳從口袋掏出一張灰符，說：「他們現在都用這個騙我們……」

苗姑接過那張灰符翻看半晌。這符咒能夠模仿天狗吠叫的聲音，誤導馬大岳以及持著追聲符的神明乩身聞聲追狗。

「這次這隻狗比較笨。」馬大岳說：「人跟符都在廁所，不像前天那隻，把符貼在山上，自己躲在山下……」

廖小年疲累地說說：「敵人不停放天狗，還一邊派嘍囉到處貼狗叫符混淆視聽，就連天狗自己都會貼狗叫符——這樣我們要抓到什麼時候？」

「我們抓到第六隻天狗……」陳亞衣取出手機，點開通訊軟體群組，算著其他乩身捕獲的天狗數量，說：「加上小強、阿育、田啓法，和底下幾間幫忙抓狗的城隍府，這幾天大家一共抓到三十幾隻天狗了……每次我們抓一隻他們就放一隻，第六天魔王在底下到底養出多少天狗？」

「沒辦法，現在只能盡量抓，抓一隻算一隻了喲……」苗姑無奈說：「好家在媽祖婆在血月天門關上之前，早一步帶著千里眼和順風耳將軍降駕，不然的話，我們現在可不知要怎麼辦才好啦……」

貳

翌日傍晚，韓杰揹著背包，提著幾袋東西和一個寵物鳥外出籠，站在台南安平一條巷弄裡，看看公寓門牌，再瞧瞧手機裡的地址，按下電鈴。

「小師弟？」對講機那端，傳出老邁問候聲。

「呃……」韓杰像是對「小師弟」這稱呼感到有些不自在，但仍客氣回應。「是。」

「上來吧，等你好久了。」對講機那端呵呵笑了，鐵門啪嚓一聲打開。

韓杰步入公寓，來到四樓，見一戶鐵門敞著，探頭瞧了瞧，只見客廳桌上擺著酒菜，坐著一個老男人和一個中年男人，一齊望著他。

「前輩？」韓杰試探地問。

「是啊。」老人揚了揚酒杯，向韓杰招了招手。「進來進來。」

韓杰關門進屋，將寵物鳥外出籠放在門邊，將幾袋小菜提上桌，卸下背包揭開，取出兩瓶高粱放上桌，望向中年人說：「你應該是吳國勤吳前輩？」

「是。」叫作吳國勤的中年男人點點頭。

韓杰又望向老人，問：「所以你就是許兩三許老爺子了。」

「什麼老爺子！」老人皺起眉頭，說：「叫許老哥——」

「不好意思，許老哥。」韓杰點點頭，隨手拉來張凳子，還幫忙解開幾袋小菜。

吳國勤喝了口酒，瞅瞅韓杰，和許兩三說：「當年愛哭小子，長成大男人了。」

「嗯？」韓杰在兩人身旁坐下，聽吳國勤說他愛哭，不由得有些困惑。「吳大哥……你說的愛哭小子，是指我？」

「是啊。」吳國勤哈哈大笑。

「我們今天應該是第一次見面吧？」韓杰困惑問：「你看過我哭？」

「你是第一次見我。」吳國勤哼哼笑著說：「但是我見過你好多次了，那時你是常哭。」

「嗯？」韓杰呆了呆，哦了一聲，猛然醒悟。「是……以前我睡劉媽家地下室時，你來看過我？」

「都有。」吳國勤指指許兩三。「當時我們幾個，輪流盯過你一段時間。」

「是啊。」許兩三笑了笑，接著說：「太子爺心裡明白他挑上的小子，多少有點頑劣，所以一開始都會指派老乩身幫忙盯著一段時間，免得闖禍——在阿強和阿國之前，太子爺曾經看中一個得了血癌的幫派小子，覺得他應當能改過自新，結果看走了眼，那小子得到了蓮藕身，不幹正事、不理籤令，滿腦子只想報私仇，最後鬧到黑道火拚，打死好幾人。最後那幫派小子被太子爺狠狠修理一頓，收回他的蓮藕身，沒過多久，血癌復發，走了。」

吳國勤看著韓杰，淡淡笑說：「太子爺當初看上你時，其實前後還有兩個候選人，但是最後選上了你。」

「哦。」韓杰有些詫異，忍不住問：「另外兩個是什麼樣的傢伙？」

「一個和你一樣，染著毒癮，但他戒不掉，沒辦法用。」吳國勤苦笑說：「另一個本性不差，但不是打架的料，一見血就頭暈，要他當天庭戰神乩身，實在太難爲他了……」

「原來如此。」韓杰點點頭，又問：「許老哥，你剛剛說『阿強和阿國』……『阿國』是指吳國勤大哥吧，那阿強又是誰？他也是太子爺乩身？」

「是啊。」許兩三點點頭，指著吳國勤說：「阿強比阿國早幾年上任，他倆從學生時代就是哥兒們囉。」

吳國勤淡淡一笑，對韓杰說：「其實你也見過阿強。」

「啊？」韓杰呆了呆，問：「他也盯過我？」

「算是吧……」吳國勤搖搖頭，說：「只不過當年你剛上任時，阿強已經死好幾年了，在陰間當牛頭兼太子爺眼線——當年太子爺讓你下陰間探親，就是他替你帶的路。」

「什麼？那個牛頭是他！」韓杰愕然想起當年那帶他下陰間的陰差，言行舉止像是地痞流氓，可沒想到他竟也當過太子爺乩身，算是他同行前輩。他呆楞半晌，接過許兩三遞給他的啤酒，揭開喝了一口，長長吁了口氣，苦笑說：「看來今天能聽到很多以前沒聽過的故事。」

「太子爺之前沒和你提過我們？」吳國勤問。

「有是有，但偶爾隨口提兩句……」韓杰苦笑說：「他不會主動和我說故事，我也從來沒問……」

「是啊。」許兩三呵呵一笑，對吳國勤說：「太子爺過去應當也不常在你們面前提起我吧。」

「好像眞的是這樣……」吳國勤點點頭。「仔細想想，許老哥你的事，都是你自己和我說的，太子爺真沒怎麼和我們提過你。」

「他哪來的耐心說故事給我們聽吶……」許兩三哈哈笑地說喝酒吃菜。

「也是……」吳國勤乾笑兩聲，瞧瞧韓杰放在門邊的寵物鳥外出籠，只見一隻小文鳥站在籠門後朝外頭探頭探腦，便問：「那是你的籤鳥？」

「嗯……」韓杰回頭望了外出鳥籠一眼，說：「那是太子爺用蓮藕捏出來的鳥沒錯，但太子爺沒教他叼籤……」

「啊？」許兩三和吳國勤相視一眼，愕然說：「太子爺捏了隻不會叼籤的鳥給你？」

「這說來話長……」韓杰苦笑地將那籠中文鳥小小的來歷簡單講了一遍。

他本來那隻籤鳥小文，在他被強制退休之後，和尪仔標一併被天庭收回，籠中這隻名叫「小小」的小文鳥，其實本來的任務是駐守在韓杰家，替韓杰看門，守護韓杰未婚妻王書語。

許兩三和吳國勤聽韓杰說，那體型僅比顆雞蛋大些，外觀看來還像是雛鳥的小小，竟同時身兼天庭首席戰神二郎神那撲天鷹的御用乩身，先前好幾次讓神鷹降駕附體，擊退進犯邪魔，可詫異不已。

跟著韓杰轉述了太子爺在自願受擄前那祕密錄音留言，稱太子爺打算在受擄期間，透過文鳥小小與韓杰保持聯絡，可更加驚訝了。

「太子爺那時候說，他能透過小小眼睛，看見外頭動靜。」韓杰說明太子爺當時設想的溝通方式。「他有話跟我講時，就會派鳥咬我鼻子；但是這蠢鳥不會說話，所以只能抖翅膀，右邊翅膀抖三下，就是『是』，左邊翅膀抖三下，就是『否』。」

「這能溝通嗎？」吳國勤愕然笑問：「所以你們像是玩碟仙一樣，你發問，讓文鳥抖翅膀回答？」

「大概是這樣溝通。」韓杰無奈說：「但其實到現在為止，這笨鳥咬我好幾次鼻子，但從來沒抖過一次翅膀——我們根本沒正式溝通過。」

「什麼？」許兩三和吳國勤不解地問：「可是你剛剛說，是太子爺要你和文鳥溝通，抖翅膀這規則，也是他親口說的。」

「是。」韓杰說：「我們猜，可能在混沌裡，他沒辦法透過那蠢鳥看東西、聽東西，但那鳥還是收得到他發出的命令，所以咬我鼻子，但沒辦法把我這邊的聲音或是畫面傳給太子爺……」

「你說這鳥咬了你好幾次？」吳國勤問。

「嗯。」韓杰點點頭，說：「我和其他人討論的結果，覺得不出幾種可能，一是太子爺每隔兩三天，施法命令文鳥咬我鼻子，向我們表示他老人家還健在；二是太子爺定時測試那文鳥行動能力，試看看能不能得到回應；三是催我快點找到他——但我覺得這個可能性不高，太子爺如果眞的煩躁催促，不會只咬一口，肯定要咬到見紅了。」

「所以……」吳國勤急問：「你們到現在還是只能從文鳥咬鼻子這動作，判斷太子爺可能還在……不過你在電話裡說的天狗吠月，又是什麼情況？為什麼我們這陣子符令燒不上天？」

「別急別急，小老弟遠道而來——」許兩三隨手翻出只小杯，替韓杰斟了杯高粱，遞給韓杰。「先乾三杯再說。」

「邊乾邊說。」韓杰也不客氣，接過小杯一口飲盡，皺眉咧咧嘴，開始說起這幾日天狗吠月的因由。「第六天魔王在他那艘叫作『他化自在天』的冥船上弄了間狗園，請了一批厲害的煉獸師、馴狗師跟生技研究員專門研究天狗。現在在陽世作亂的這批天狗，全是經過品種改良、大量繁殖出來的東西。」韓杰說到這裡，吃了幾口菜、喝了幾口酒，繼續說：「這消息是一個從他化自在天上逃出來的馴狗師帶出來的，那馴狗師說他一年前被騙上船，被逼著訓練那些人工繁殖出來的天狗，前兩天和同事上陽世放狗，逮著機會溜了。」

「天狗還能改良品種、人工繁殖？」吳國勤和許兩三相視一眼，都有些詫異。「現在陰間生物科技進步到這種地步了？」

「是啊，陰間科學家能不吃不喝不睡覺地做研究，肯瘋起來，比陽世科學家還瘋。」韓杰無奈苦笑。「前幾天我跟另外幾個乩身到處抓天狗，這邊抓到一隻、那邊又蹦出兩隻，底下還上來幾批陰間混混，到處亂貼『狗叫符』，干擾我們找狗，簡直沒完沒了……這兩天媽祖婆要我先別管天狗，集中心力追查他化自在天。」

「原來是這樣……」吳國勤說：「上禮拜我燒符令沒反應，打電話問許老哥，他也沒頭緒，直到接到你電話，才知道發生這麼多事，又是天狗、又是第六天魔王，連太子爺都……」他說到這裡，忍不住微微抱怨。「不過老弟你怎麼不第一時間就聯絡我們？拖了這麼多天？」

「上頭要我們保密。」韓杰苦笑說：「太子爺受擄這件事，要是在陰間傳開來，我們下陰間活動時，會困難許多。」

「是啊。」許兩三點點頭。「太子爺在底下的仇家不知有多少喲。」

「也是……」吳國勤點點頭。

「而且……」韓杰繼續說：「其實我壓根沒想到聯絡兩位前輩……我連自己究竟有幾位前輩都搞不清楚……是媽祖婆剛好在天狗吠月之前，帶著千里眼順風耳下來視察新據點整理進度，誰知道天狗一叫、天門關了，她老人家回不去，乾脆留在陽世坐鎮指揮；她和我說，太子爺在陰間陽世安排了不少眼線，有些還是前任乩身退休之後轉任眼線，太子爺受擄之後，眼線燒上南天門中壇元帥宮的情報，依舊有專人處理，但天門一旦關上，情報上不了天，恐怕會漏掉重要線索，所以要我聯絡你們……」他說到這裡，從背包掏出兩只信封遞給許兩三和吳國勤。

兩人揭開信封，裡頭各自裝著十張符。

「這是媽祖婆的傳令符。」韓杰說：「兩位前輩如果有新消息，可以燒符把情報送去媽祖婆那兒，這二十張符，是媽祖婆乩身寫的，燒完之後，得拜託兩位前輩自己照著寫了……」

「我會聯絡底下的朋友，替老弟你探探消息。」吳國勤這麼說，指指許兩三，說：「我那些小眼線，大部分都是許老哥介紹給我的。」

「你想要哪方面的情報？」許兩三問：「有沒有個方向？還是隨便什麼情報都行？」

「只要發現和第六天魔王有關的人馬出現，立刻通知我們。」韓杰說：「第六天魔王那艘他化自在天一直藏在混沌裡，很少現身，平時都用小艇從陰間陽世接送物資兵馬，我在底下有個朋友，是大老闆，叫小歸，你們應該聽說過他，他旗下集團研發出能偵測混沌的設備，他已經組織了幾支搜索隊，一聽說哪邊有動靜，就派人去那兒搜索，如果能找到他化自在天的運輸小艇，就有機會找到後面的大冥船。」

「找到大冥船——」許兩三問：「然後呢？」

「是啊。」吳國勤也說：「現在天門關著，天庭神明沒辦法下來幫忙……你想一個人打上大冥船救太子爺？」

韓杰說：「天庭準備了一批物資讓我想辦法交到太子爺手上。」

「什麼物資？」吳國勤問。

「太子爺身上還帶著黑蓮花毒，七寶也缺了四寶，還被放進船上一口大罈子裡用藥湯醃著。」韓杰說：「上頭前幾天已經成功研究出黑蓮花毒解藥，還替太子爺準備了一批重武器，加上各路神明珍藏的仙丹補藥，要我一齊送去給他。」

「天門不是關上了？」吳國勤不解問：「天庭替太子爺準備的武器和藥，你怎能拿得到？」

「天門雖然關著，但兩扇門中間有一條縫，神仙沒辦法穿過那條縫，但武器和藥可以。」韓杰揚手指指天花板，說：「天庭這段時間也試了各種辦法開門，聽說前幾天已經將門縫撬開了些，已經能送出普通天兵天將的武器，但暫時還沒辦法送出『重武器』……」

「這下當眞麻煩啦……」許兩三和吳國勤相視一眼，苦笑說：「不過小老弟啊，你還是先講講太子爺到底是怎麼被擄的吧……還有那黑蓮花毒，之前太子爺向我們討消息時，可沒怎麼提過他身體狀況……」

「嗯。」韓杰苦笑點頭，長長吁了口氣，思索半晌說：「讓我想想該從哪裡說起……」

許兩三和吳國勤從乩身轉任眼線，這兩年也多次替太子爺打聽老師周晨和剝皮魔徐聖千的消息，自然知道這兩號人物和事件經過，甚至知道太子爺進隧道大戰第六天魔王，以及江萍帶著兒子徐聖千襲擊韓杰家等重大事件，卻不知道當時韓杰家一戰，韓杰被突然現身的惡口擄下陰間，引那太子爺降駕陰間救援韓杰。

最終，太子爺並未隨韓杰離開陰間，而是扔出風火輪和混天綾綁著韓杰飛回陽世，他自己則獨自留在陰間，被鬼卒們囚進小艇擄走。

韓杰花了點時間，向許兩三和吳國勤轉述第六天魔王長子商主留下的錄音筆內容，說明太子爺並非不敵鬼卒，而是故意受擄的前因始末。

兩人聽完整段經過，吳國勤一臉難以置信，望向許兩三，喃喃問：「太子爺……眞會這樣亂來嗎？」

「會……他會喲……」許兩三撫額苦笑。「摩羅什麼東西不拿，拿走他火尖槍……就算南天門請出更好的工匠、造一把更好的火尖槍給他，他也定要把舊的那把搶回來呀……」

「就算是這樣……」吳國勤搖頭說：「他親身犯險，被魔王擄去基地醃在罈子裡，這風險未免太大了……」

韓杰苦笑說：「太子爺不只是想要搶回火尖槍那麼簡單，這兩年來，從老師周晨到剝皮魔徐聖千，我們一直被第六天魔王耍得團團轉，甚至連太子爺自己都中了毒……這口氣他憋得太久了，他想一次討回來。按照商主的說法，第六天魔王在那艘大冥船上裝著非常厲害的混沌儀，能在陰間和陽世神出鬼沒，用平常的方法去找，不知道要找多久，太子爺可能覺得自己混進船裡，透過籤鳥向外報信，能快點找著第六天魔王。」

「不是啊。」許兩三說：「如果太子爺眞混進船裡，哪裡耐著住性子，一見摩羅就要動手啦，要是他打贏，早將整艘船扛回天上了，拖了這麼長時間，難不成……」

「難不成……」吳國勤吸了口氣，喃喃地說：「太子爺打輸了？」

「太子爺上了冥船有沒有和第六天魔王動手，這點我們還不確定……」韓杰說：「但我們相信就算太子爺真打輸了，第六天魔王暫時也不會殺他——商主的錄音筆裡說，第六天魔王花了很大心思，研究煮神吃神——這一點，上頭神仙們討論很久，我們都相信第六天魔王花這麼多功夫捉太子爺，不只是想除掉他這麼簡單，你們想，第六天魔王要是真殺了太子爺，等於向整個南天門宣戰，大小神明們會放下手邊一切事情全力圍剿他。」

「你說殺神嚴重，難道擄神、煮神、吃神，不嚴重嗎？」吳國勤皺眉，說到這裡，突然啊呀一聲，喃喃說：「還是他覺得自己吃下了太子爺，能夠得到太子爺的神力？所以不怕被神明圍剿？」

「是。」韓杰點點頭，說：「第六天魔王擄走太子爺，已經沒有退路了，他會想盡辦法得到太子爺的神力，好和南天門一較高下，而不只是殺了太子爺那麼簡單。太子爺也是聽了商主的錄音內容，知道了這一點，做足了準備才下去的。」韓杰說到這裡，又花了點時間轉述商主錄音筆中，有關第六天魔王研究煮神的準備工作，繼續說：「第六天魔王可能擔心被三昧眞火燙到舌頭，準備了數百種藥材跟寒冰法術做成特製藥湯，打算將太子爺醃上一段時間，等太子爺身體裡的三昧眞火熄了，才正式煮他；所以太子爺向太上老君借了煉丹爐，應該是想藉著煉丹爐的神力，讓自己的三昧眞火能撐得更久些——」

「撐著三昧眞火不滅，然後呢？」吳國勤茫然說：「難道假死，趁著第六天魔王打開蓋子看他情況，跳起來賞他一槍？」

韓杰還沒回答，許兩三倒是突然重重拍了一下大腿，捧腹大笑說：「對對對！就是這招——當年我們就是靠這招，騙摩羅走近，然後跳起來一槍刺穿他胸口，讓他乖了二十年！」

「什麼。」吳國勤望著許兩三半晌，說：「原來這招已經用過了，那還管用嗎？」

「呀？」許兩三抓抓頭，也說：「對呀，摩羅沒那麼笨，同樣的把戲應當不管用了，不過或許太子爺又想出新花招也說不定。」

「而且他老人家現在手邊沒有火尖槍啊……」吳國勤轉頭望向韓杰，說：「所以你得先想辦法找著那艘大冥船、然後想辦法上船、再想辦法找出醃著太子爺的那口大罈，把武器跟藥送進罈子裡交給太子爺。」

「對。」韓杰點點頭，喝了口酒。

「而你很有可能直接碰上第六天魔王，但太子爺沒辦法降駕幫忙……」

「對……」

「那……你想到辦法了嗎？」

「還在想……」韓杰搖搖頭。

吳國勤一口乾下一杯高粱，仰頭望天花板，許兩三捏著酒杯盯著地板，三人好半晌不再說話。

參

六名全身穿戴厚重防護服的鬼卒，排成一直列，走在一條奇異廊道裡。

廊道裡不僅陰暗，且霧茫茫一片，霧是紫黑色的，四周嗡嗡作響，彷彿藏著無數飛空毒蟲。

鬼卒們經過一處轉角，繼續往前，來到一扇大門前。

帶頭鬼卒拿出一支碩大鑰匙，插入門旁牆壁的鎖孔裡，左旋幾圈、右旋幾圈，喀啦開了鎖。

猶如金庫大門般的厚重門板轟隆隆地向上升抬，待鬼卒們走過之後，才又緩緩下降。

門後，是相同的廊道、相同的黑霧和毒蟲。

且有一處相同的轉角。

轉角之後，又是相同的門。

六名鬼卒開門、繼續往前、經過轉角、再往前、再開門……

每一段廊道、每一處轉角、每一扇門、黑霧和毒蟲，都一模一樣，稍稍不同的是，鬼卒每開一扇門，下一段廊道的長度，都比上一段廊道略短些——這是因爲整條廊道呈方形螺旋，鬼卒自外向內，逐漸走近螺旋中心。

最後一段廊道的門升起，鬼卒們來到一間數坪大的明亮房間。

廊道裡的黑霧和毒蟲，湧入房中亂竄，瞬間將這明亮房間灌了個伸手不見五指。

門關上，房中響起一陣提示聲，天花板上幾個排氣孔迅速抽走漆黑濃霧，只留下滿室毒蟲。

毒蟲有大有小，大的如同雞蛋、小的有如蒼蠅，不論大小，全挺著尖銳口器和腹下毒針，在六名鬼卒身旁飛旋盤繞。

一陣奇異哨音響起，上千毒蟲猶如訓練有素的部隊般，乖乖列隊，鑽入上方排氣孔。

鬼卒們舉手抬腳，互相檢視彼此防護服上有無沾著不聽號令的毒蟲，跟著又是一陣提示音，四面八方牆面上噴出消毒液，沖洗掉鬼卒防護服上黑霧殘質。

數分鐘後，帶頭鬼卒確認大夥防護服都乾淨了，這才領著整隊鬼，揭開這間消毒室另一扇門，進入一處寬闊大室。

這大室闊達千坪，挑高近十層樓高，空中飛著幾隻怪模怪樣的蝙蝠，這些蝙蝠都只有一隻眼睛，又大又凸，還閃動著詭異光芒。

大室地板上積著一層冰，似乎正在融化中，融水隨著地板排水凹槽流入排水管道。

大室中央有三尊鬼首石像，合力舉著一座大鐔，大鐔加上石像，超過一層樓高，直徑約莫三公尺，遠遠看去，彷如一座鼎，若是在鐔底堆積柴火，就能直接燒烤整座大鐔。

四名鬼卒從大室旁抄起長叉，還扛來長梯架上大鐔，爬了上去。

鐔裡「湯汁」泛著奇異青光，隱約可見浸著一張金床，床上伏著個少年身影——

正是太子爺。

太子爺一動也不動地癱伏在金床上，上身幾乎垂到床下，四肢怪異扭曲伸展，彷如死屍。

四名鬼卒拿起長叉探入鐔中，撥了撥太子爺身子，見太子爺仍無反應，回頭向守在牆邊的兩名鬼卒喊了幾聲。

守在牆邊的鬼卒按下牆上開關，天花板喀啦啦地垂下四條帶著鐵勾的鎖鍊。鬼卒們接著垂下的勾鍊，任其繼續沉入鐔中，抓著勾鍊在湯汁中撈了撈，確認勾著了金床支架，便通知牆邊鬼卒按下開關、收緊勾鍊，將金床連同太子爺緩緩吊出大鐔。

幾隻獨眼蝙蝠振翅飛下，在金床旁飛繞盤旋，幾枚獨眼骨碌碌轉動，全盯著太子爺。

一隻蝙蝠飛繞到太子爺面前，盯著太子爺那張青森慘白的臉瞧，只見太子爺雙眼微微睜開，眼瞳上吊反白，連舌頭都掛在口外。

「用黑蓮花毒試試。」第六天魔王的聲音，從大室上方擴音器中傳出。

「是。」一個鬼卒從防護服口袋裡取出一只小扁罐，揭開蓋子，挖出些軟膏，塗上長叉尖端，跟著挺著長叉，緩緩往太子爺垂在床下的胳臂伸去。

長叉一寸一寸地逼近太子爺體膚，太子爺哼地一聲翻身坐起，身邊閃現兩只黃金大鉗，牢牢鉗住那柄抹上黑蓮花毒膏的長叉。

四隻鬼卒嚇得摔下長梯，跌在地板上嘎嘎怪叫。

太子爺盤坐在金床上，仰起頭和四周幾隻獨眼蝙蝠大眼瞪小眼。

「哪吒呀——」第六天魔王的聲音在大室上方迴盪著。「你真以為同樣的把戲能再騙著我？」

「……」太子爺雙手按膝，哼哼地說：「摩羅，你抓我來這鬼地方這麼多天，一直不來親眼瞧我，只派些怪蝙蝠遠遠窺我，你怕我啊？」

「是啊。」第六天魔王笑著說：「我真怕你。」

「你怕我一槍刺穿你心窩、還是將你斬成兩半？」太子爺冷笑說：「你忘了我那火尖槍和乾坤圈都被你撿去啦，且我的風火輪和混天綾也借韓杰玩去了，七寶只剩三寶，你還怕我？」

「怕呀。」第六天魔王說：「如果你將剩下的三寶交出，讓鬼卒帶來讓我研究研究，那樣我或許不那麼怕你了，我會考慮親自去見你，和你敘敘舊。」

「那不用了，划不來。」太子爺沒好氣地說：「你繼續怕我吧。」

「嗯。」第六天魔王說：「沉下吧。」

牆邊鬼卒們按下開關，金床緩緩下沉。

「等等！」太子爺突然開口一喊。

「停。」第六天魔王立時下令。

鬼卒按停了開關，金床浸入湯中立即停下，藥湯泡至太子爺的腰。

太子爺臭著臉說：「我只交出一寶的話，你願意來見我嗎？咱們好久沒打架了，你像上次一樣全副武裝，我身上還帶著黑蓮花毒，且只拿兩寶，這樣你還怕？」

「……」第六天魔王靜默半晌，喃喃說：「你火尖槍、乾坤圈在我這兒，風火輪和混天綾借給韓杰，身邊只剩下九龍神火罩、金磚、豹皮囊……」

「是啊。」太子爺點點頭。「我豹皮囊借你研究，看哪個鬼卒不聽話就餵豹子吃下肚，不過別虐待我那豹子，如何？」

「誰要那臭豹子。」第六天魔王哼哼說：「我要你的火龍，你把九條火龍交出來，我就去陪你玩玩。」

「呿！」太子爺惱火說：「我沒火龍怎麼和你動手？」

「你那九條火龍多兇吶，我打不贏吶。」第六天魔王冷笑說：「你沒了火龍，我眞敢去陪你過招了，到時候讓你三招都行。」

「……」太子爺思索半晌，說：「可我身上還有黑蓮花毒呀，現在全靠火龍鎭著毒，要是沒了火龍，毒發染髒全身，你還吃得下去嗎？」

這下輪到第六天魔王沉默一會兒，說：「你那九條火龍能分開行動嗎？還是綁在一塊兒？」

「幹嘛？」太子爺沒好氣說：「你想拿我五條火龍？只留四條讓我擋著黑蓮花毒？」

「我要八條，你留下一條。」第六天魔王這麼說。

「太貪心了吧。」太子爺嚷嚷說：「一條火龍壓不住黑蓮花毒，我留五條，借你四條。」

「我要七條，你留兩條。」第六天魔王說：「這是底線，別討價還價，畢竟我不急，繼續把你泡在罈裡一年半載也行，我願意等。」

「至少要三條火龍，我才能勉強壓著黑蓮花毒。」太子爺說：「多加一塊金磚！怎樣！」

「哦，六條火龍再附帶金磚啊……」第六天魔王彷彿有些心動，思索半晌，說：「行，你火龍交出來吧。」

「……」太子爺瞅著幾隻獨眼蝙蝠半晌，雙手不甘心地翻了翻，左手托出一塊金磚、鼓嘴吹出六條火龍，飛上大罈上方盤旋，嚇得幾隻獨眼蝙蝠振翅飛遠，幾隻鬼卒也害怕得縮到牆角。

「別怕別怕。」太子爺吹了聲口哨，六條火龍倏地縮小成六顆柳丁大小的龍紋金球，跟著，太子爺拋起金磚，在空中化爲一只金盒，盒蓋掀開，令六顆龍紋金球緩緩落進盒中。

金盒蓋子蓋上，緩緩落地，依舊閃耀著金光。

「令你鬼卒拿走吧。」太子爺哼哼地說：「我已施法壓下金磚神力，金光看起來刺眼，但不會燙手，不用怕。」

「嗯。」第六天魔王靜默半晌，又說：「你說風火輪、混天綾借韓杰了，我怎麼知道是不是眞的。」

「哼！」太子爺不耐煩地說：「當時你那麼多手下看著呢，且你兒子也在現場，難道你兒子道行還分辨不出眞貨假貨？再不你派些傢伙上陽世找韓杰麻煩吧，他原本的尪仔標已經被天庭銷毀了，現在只有當年那鐵鏽七寶和兩樣眞貨在手上，你大可親眼瞧瞧韓杰那風火輪是眞是假。」

「你這主意不錯。」第六天魔王像是十分滿意太子爺這答案，下令鬼卒帶回金盒與火龍。幾隻鬼卒從牆邊拉來一台板車，戰戰兢兢地捧起金盒，放上板車，推去大門，取鑰匙開門。鬼卒離去前，按下勾鍊開關，令金床緩緩沉入鐔中。

「對了，哪吒，我提醒你。」第六天魔王的聲音似乎漸漸飄遠。「乖乖待在鐔裡泡著，別耍小聰明偷偷溜出鐔外，關著你的那地方藏著許多能夠噴灑黑蓮花毒的裝置——你不想毒傷加重、我也不希望增加食材清洗難度，別白費功夫製造麻煩，知道嗎？」

「知道，你嘍囉早提醒過我了。」太子爺沒好氣地說，任由鐔內湯汁淹過他腰腿、胸口，直至滅頂，在水中改成了側臥，一手撐著腦袋，一手翻了翻，召出他那大豹，抱著豹子細碎耳語。

鬼卒們退出大室，關上門。

大室上方漫出陣陣青煙，青煙凝聚成雲朵、閃動著電光，穿出兩隻飛蛇，拖著青色雲煙在大鐔周圍旋繞，雲煙所及之處落下陣雨，雨點落在地板立時結冰。

飛蛇持續飛旋降雨，冰層越積越厚，直至接近鐔口，兩條飛蛇這才遁回了上方青雲裡。

大鐔黑水冰寒刺骨，接近鐔壁的黑水開始結凍，一寸寸往大鐔中央凍去。

鐔底，太子爺臭著臉斜倚躺在金床上，用手撐著臉頰，咬牙切齒和懷中大豹說起那第六天魔王壞話：「我趴了三天，還故意扮醜讓身子現出屁色，結果摩羅這傢伙竟不上當？早知道不耍這招了，那傢伙心裡一定在笑我。哼！」

他埋怨半晌，發現冰層逐漸結至身邊，眉頭一皺，周身燃起金火，轉眼將冰融退幾尺。

「失算吶失算……」太子爺嘆了口氣，捏著大豹頸子，喃喃說：「我放下身段，讓這些傢伙抓我進來，本想逮著機會一舉宰了摩羅，搶下他這艘大船，開回天庭炫耀一番，誰知道那摩羅從頭到尾都不露面，只派些蝙蝠瞧我，連現在是不是在船上都不知道！我信心滿滿，偏偏錯估了摩羅膽量──我和他鬥了千年，今天才知道他膽子竟小成這樣，哼！」

太子爺說到這裡，又玩玩大豹耳朵，繼續說：「第二個失算，是高估我那藕鳥能耐……一進混沌，我那藕鳥眼睛、耳朵全失靈了，亂糟糟一片什麼也看不見，聲音也聽不清，也不知我發號施令那藕鳥收不收得到──嗯，我是不是好些天沒令藕鳥咬韓杰鼻子了？來試試看。」

太子爺側躺在金床上，閉目凝神，口裡喃喃唸咒，對彼方的藕鳥小小下令。

他睜開眼睛，卻也不知道小小收到命令沒有，默默摸著大豹頸子，嘆著氣說：「豹子呀豹子，那摩羅要了我的火龍，又要了我金磚，可偏不要你，他瞧不起你呀，他覺得我剩下三條火龍加你這豹子，他就敢來見我了，還要讓我三招，你說氣不氣人？」

沒。

大豹瞪著一雙眼睛，凝望太子爺，偶爾伸出舌頭，舔舔太子爺搔他下巴的手，也不知聽懂了沒。

「嘖嘖！」太子爺從床上翻了個身，又改成盤腿坐姿，焦躁地說：「在這鬼地方沒人陪我說話鬥嘴也太難受，摩羅長子竟能在那種地方待上幾百年？真不簡單……」

太子爺說到這裡，突然靜默不語，仰頭望向上方。

四周水溫陡然驟降。

「又來啦？也好，有點事情做，好過發呆……」太子爺像是終於等著了有趣玩樂般，扠手抱胸，令周身金火燒得更旺，抵禦冰凍藥湯。「今天這冰凍邪術，似乎比前幾天都厲害呀，摩羅拿走我六條火龍和金磚，終於想一口氣滅我的火了？」

太子爺倚著大豹身子，盤坐在金床上閉目凝神，施展三昧真火抵禦四面八方滲入的極凍寒氣。

大鐔外，不知何時攀了隻巨大章魚，通體透著極寒氣息，伏在鐔口上方，揚起一條觸手擊破冰層、伸入鐔中。

巨章觸手穿透厚冰，摸進太子爺金火熱力範圍，所及之處迅速結出堅冰。

觸手緩緩往太子爺臉上逼近，太子爺睜開眼睛，抬手輕輕捏著章魚觸手尖端。

三昧真火瞬間捲住巨章觸手、燒碎堅冰、飛快向上燃燒；巨章身子一抖，抖斷整條觸手，蜥蜴斷尾般躲過金火延燒上身。

第二條巨章觸手伸下，又被太子爺燒斷。

第三條、第四條觸手伸下，依舊被太子爺燒斷。

「……」太子爺盤坐在金床上，仰著頭，感應著大罈外那巨章動靜，隱隱察覺出巨章正在積蓄寒氣，準備伸下第五條觸手，同時被燒斷的四條觸手，似乎重新生長出來。

「怎麼老是同一招？」太子爺似乎很快就厭倦應付罈外大章魚攻勢，又變換回側躺姿勢，一手撐著頭，一見章魚觸手探來，便搖指令三昧真火變化成螃蟹大螯去鉗燒觸手。

他開始回想前段時間自己被惡口一夥人從小艇送進這他化自在天後，一路被搬運進這大室罈中的過程。

太子爺閉上眼睛，開始逆向推導自己從運輸小艇，進入他化自在天後，被送往這間大室的沿途路線和建築構造——

這大得誇張的大室厚門外，是一間僅數坪大小的消毒室，消毒室外，是一圈圈方形螺旋廊道，廊道裡充滿了黑蓮花毒霧，整塊方形螺旋區域，被十餘道厚重大門分隔，每道大門，都需要用鑰匙開啓，且鑰匙旋轉有其規律，像是保險箱密碼般，且每扇門皆有不同的旋轉順序。

太子爺閉著眼睛，攬著大豹肚子，用手指替大豹撓癢，一下子順時鐘撓、一下子逆時鐘撓，似乎有著一定規律。

同時，太子爺還不時隨手施咒，令三昧真火變化出的螃蟹大鉗，鉗燒上方來襲的章魚觸手。

太子爺嘴角揚起微笑，繼續撓癢、搖指劃圈。

「一共十六道門，很好。」

肆

韓杰跌坐在地，摀著鼻子驚愕瞪著站在桌沿振翅理毛的文鳥小小。許兩三和吳國勤一個舉杯、一個持筷，同樣一臉愕然地望著小小。

「這是……」吳國勤望向韓杰說：「老弟你的籤鳥？」

「不……」韓杰撐起身子，扶正板凳，瞧了瞧撫摸鼻子的手指——剛剛小小那記啄咬力道頗大，所幸沒見血。

韓杰臭臉坐下，望著小小，說：「老闆，你看見我了？我在前輩許兩三許老哥家裡，另一位前輩吳國勤也在……你聽得見我說話嗎？」

許兩三和吳國勤見韓杰和小小說話，知道他正透過籤鳥和太子爺說話，緊張得大氣不敢喘一聲。

客廳靜默半晌，小小也理了半晌毛，跟著振翅飛回門邊那寵物鳥外出籠窩下歇息——三分鐘前，小小自個兒叼開籠門，衝出來咬韓杰鼻子幾下，最後沒事般地飛回籠裡發呆。

「這就是你說的……」吳國勤和許兩三相視一眼，再一齊望向韓杰。「咬鼻子報平安？」

「應該是吧。」韓杰無奈挾了口菜吃下，喝了口酒，又摸了摸鼻子，回頭瞪了小小一眼，說：「媽的蠢鳥，下次咬小力點！很痛你知道嗎？」

「小老弟，你命好，太子爺捏給你這小文鳥很可愛了。」許兩三轉頭瞅了小小幾眼，笑著說：「要是換成當年我那老母雞，幾口把你鼻子都給啃下來了！」

「啊？」韓杰訝然問：「許老哥，你的籤鳥是隻老母雞？」

「是啊。」許兩三點點頭，指指吳國勤，說：「輪到他們接班的時候，兩個小子都住城裡，樓房越蓋越高，哪來地方養雞呀，就換成鴿子了。」

「是啊，阿強跟我，一人一隻鴿子，一隻灰的、一隻白的。」吳國勤這麼說：「不過那鴿子喜歡到處拉屎，時常拉得我滿頭都是！」

「哦！」韓杰哈哈大笑，取出手機滑出小文照片，指著其中幾張小文發脾氣時，在他外套鞋子上拉屎的照片給兩位前輩看。「對，一發脾氣就亂拉屎。」

「發脾氣才拉屎？那很乖了！」吳國勤瞪大眼睛。「我那鴿子就算開心，照樣到處拉屎。」

「拉屎算什麼！」許兩三連連搖手，大聲說：「我那隻老母雞除了愛拉屎，一張嘴和老虎一樣兇，一發飆就亂啄東西，一開始我不熟他脾氣，每個月都要被他啄垮一張桌子或是椅子，最初幾年，我沒有一件衣服是好的，都讓他啃爛啦。」

「嗯……」韓杰聽了兩位前輩籤鳥事蹟，不禁對這些年幾代小文種種頑劣事蹟稍稍釋懷，他喝了口啤酒，看看許兩三，忍不住問：「對了，許老哥，你年紀多大了？」

「我？」許兩三嘿嘿一笑，反問：「你覺得呢？」

「嗯。」韓杰上下打量許兩三好一會兒，只見許兩三頭髮全白，身形枯瘦，皮膚鬆弛發皺，外貌看來極老，但說話中氣十足、走路輕鬆自如，與印象中的耄耋老人大不相同，他猜：「七、八十？」

許兩三笑說：「再幾個月就九十囉。」

「眞羨慕許老哥。」吳國勤乾笑兩聲。「有蓮藕身眞好，年紀大了也不病不痛，哪像我，六十出頭身體一堆毛病。」

「啊？」韓杰詫異問：「吳大哥，你沒有蓮藕身？」

「是啊……」吳國勤苦笑點頭，瞥了許兩三一眼。「多虧了許老哥啊。」

「每個時代對手不同。」許兩三這麼說：「小吳當乩身那段時間，底下幾大勢力都算安分，陽世沒出太多亂子，天上也把關把得嚴，有些武器不下放，所以太子爺沒給他蓮藕身；相對的，他幹得也輕鬆，不用三天兩頭和陰間魔王拚生死。」

「什麼？」韓杰不解問：「那段時間第六天魔王沒有亂來？」

「摩羅不是沒亂來！」許兩三瞪大眼睛，哼哼地說：「是他剛好在小吳那幾年沒亂來，也不是不想亂來，是沒辦法亂來。」

「沒辦法亂來，爲什麼？」韓杰本來有些不解，跟著隨即醒悟。「因爲被更早的許老哥你……」

「是啊。」許兩三得意弓起胳臂，鼓出他那削瘦卻精實的小小二頭肌，說：「有一年，我在摩羅胸口上刺了一槍，讓他足足安分了二十年。」

「你刺的？」吳國勤開口問：「不是太子爺刺的嗎？」

「是我刺的啊！」許兩三十分堅持。

「可是太子爺說是他刺的。」吳國勤說：「我當班那時候，他好久才降駕一次，他曾經和我說過現世安穩，都是因爲當年他刺了一個壞傢伙心窩一槍的緣故。」

「好吧。」許兩三聽吳國勤搬出太子爺，只好攤手承認。「他附在我身上，拿火尖槍刺摩羅，也算是我刺的吧。」

「老哥你說算就算囉。」吳國勤笑著敬了許兩三一杯。

時近午夜，韓杰下樓買了些酒菜，繼續陪兩位前輩吃喝，聽兩位前輩暢聊當年故事——

許兩三年輕時是名厲害慣竊，專挑富商下手。

有一年，一位地方官員與地方仕紳共同出資整修當地一間廢棄許久的中壇元帥廟，作爲當地鄉親平時聚會活動的場所，實則卻在那廟宇內部闢出一間密室，作爲藏放賄款的祕密金庫。

許兩三不知從哪兒收到這消息，便趁夜帶著幾個小弟摸進廟裡，將那地方官員藏建在廟裡的小金庫整個搬空。

暴怒至極的官員，動用了黑白兩道，查出行竊主謀是許兩三，卻始終逮不到人，最後經過友人牽線，結識了一名邪術巫師，派出厲鬼追蹤，總算掌握了許兩三行蹤。

在官員指示下，巫師並沒有直接驅鬼襲擊許兩三，而是從他身邊小弟逐一下手——許兩三自幼是孤兒，除了長年跟在他身邊的幾名小弟外，再無其他親人，他一直將他們當做親弟弟般照顧。

第一個受害小弟，當著許兩三的面，持刀劃開了自己頸子。

泥。

數天後，第二個小弟，在許兩三面前，啃光了雙手手指，又哭又笑地跳下山谷，摔成一灘血

又過了數天，許兩三最後一個小弟，將廟裡求來的護身符，一口氣全吞下肚，還淋了一身汽油，把自己燒成了火球。

走頭無路的許兩三，不想死在厲鬼手下，寧可自己親手結束生命，甚至發誓死後也要變作厲鬼回頭向那官員報仇，但他動手之前，被巫師派來的厲鬼附上身——官員早已下達指示，不能讓他死得太過舒適，要讓他在死前飽受折磨。

他被厲鬼帶回那間廟，由黑道接手，押入地下密室，在那官員面前下跪磕頭。

官員嫌他磕頭磕得不夠誠心，隨手抄起一尊太子爺像，磅地砸在許兩三腦袋上，將許兩三砸得頭破血流，太子爺像也碎得四分五裂——那太子爺像年代久遠，身上多處破損，官員特地聘人雕了尊新像供入廟裡，將這舊像收進地下室，此時倒成了官員拿來替天行道、嚴懲竊賊的武器。

官員指著地上神像碎片，要許兩三朝著碎片上磕頭，以示誠心。

許兩三血流滿面，知道自己逃不過今晚了，索性咬緊牙關，全力磕頭，像是想一頭撞死自己，省得白白受罪。

但他一連撞了數下，撞得頭昏眼花，碎片都嵌入額頭裡，仍然撞不死自己。

官員令人架起了他，對他說，其實今晚抓他過來，只是想親眼見他磕頭謝罪，並不是要他死——

並不是要他現在死。

而是先替官員殺死某個政敵全家之後，再死。

他自然不願意這麼做，但官員身旁那巫師揚手一指，厲鬼再次上了他的身，轉身上樓，準備借他身子，替官員屠殺政敵——

但他才走出兩步，立時跪倒在地，身中厲鬼慘叫逃了出來，無論巫師如何施術下令，那厲鬼也不願意再次上許兩三的身。

巫師愕然之際，揭開其他小瓷瓶，放出更多厲鬼，令他們附上許兩三身子。

數隻厲鬼反應一模一樣，都是先乖乖聽話附上許兩三身子，不出三秒，又哀嚎著自許兩三身中逃出，有些厲鬼逃出時，身子還帶著火光。

巫師詫異之餘，上前親自檢視許兩三身子，卻被眼泛金光的許兩三捏碎那雙長年施行邪術的髒手。

那晚，被太子爺降駕附體的許兩三，砸毀了整間廟，還抄著金爐，砸碎那官員、巫師及一票黑道打手們的雙手和膝蓋，將他們關在密室裡，不讓他們離開，甚至打電話報了警，稱掌握了官員收賄、勾結黑道的證據。

大批警察趕到時，許兩三盤腿坐在密室門前，一手還抓著金爐腳，一動也不動，竟已沒了氣息。

官員和一票黑道被收押，許兩三則經驗屍之後，被放入殯儀館冰櫃等待火化。

天亮之前，許兩三又從冰櫃鑽了出來。

他覺得自己睡了一場好覺，通體舒暢，跟著，他溜出殯儀館，盤算著自己往後該何去何從。

然後，他聽見了太子爺對他說話，起初他以爲是昨晚磕頭磕出的後遺症，雞同鴨講了大半天，這才知道已被法醫開立死亡證明、送入冰櫃的自己，能夠爬出冰櫃，並非是命大，而是被太子爺換上了一具蓮藕身。

太子爺給他兩個選擇，一是繼續保留這蓮藕身，條件是成爲太子爺乩身，聽太子爺號令行事；二是太子爺收回蓮藕身，他再回到冰櫃裡等待火化——當晚他全力磕頭時，早把腦袋給磕裂了，是太子爺施術護著他，才讓他沒當場斃命。

太子爺說他雖是被迫磕頭，但追根究底，這禍事終究也是因他行竊而生，他長年行竊，夜路走多了，招惹上惡官黑道巫師厲鬼，賠上一命也是他咎由自取。賜他蓮藕身，只是瞧他本性不壞，給他一個選擇的機會。

說是選擇，但似乎也沒得選。

於是許兩三成了太子爺乩身，一幹幾十年，和太子爺並肩與第六天魔王交手了數次，跟著，先後找上戴強和吳國勤接班，自己則從一線退居二線，最後轉任爲眼線，初一十五擺宴和四方野鬼聚餐交流，蒐集點情報回報給太子爺。

至於戴強和吳國勤，兩人從學生時代就是同窗好友，在學校時均成績平平，畢業之後相約加入幫派，繼續當同門兄弟。當時幫中內鬥，他倆直屬大哥派他們刺殺同門另名大哥，兩人雖然成功潛入那大哥家中，但是見那大哥孩子年幼，卻怎麼也下不了手，最終只在廚房放了把火，燒毀了廚具之後再自行滅了火，假裝意外失手。兩人擔心被向來治下嚴厲的大哥識破造假，甚至咬牙往自己手腳淋上開水，裝成意外燙傷。

但己方大哥倒是不以爲意，還包了兩份紅包讓兩人專心養傷。

正當兩人感謝大哥照顧之餘，卻不知道自己大哥竟和他倆負責刺殺的那位大哥和談結盟，己方大哥爲了展示誠意、消除對方疑慮，便將兩人入侵大哥家放火這件事，推說是兩人被其他幫派收買，自行入侵放火，意圖嫁禍給己方大哥，製造幫派內鬥。

於是，戴強和吳國勤遭到幫內數路人馬追殺，走頭無路之際，碰上了許兩三。

那時許兩三經手的某起案件，與戴強、吳國勤那直屬大哥有關，許兩三四處打聽那大哥情報，剛好撞上被追殺的戴強和吳國勤，便順手救走他倆。

戴強和吳國勤一來不甘被大哥這麼利用，二來也爲自保，便供出己方大哥，協助許兩三成功完成該案件。

那時許兩三已有些年紀，急著找接班人，接連找了幾個都不合用，見兩人辦事俐落，便帶著他們上廟裡燒香磕頭，讓太子爺審核。

最初，太子爺看上戴強，收爲乩身。

吳國勤儘管找了簡單工作餬口，但一聽戴強說領了籤令，便自願幫忙，協助戴強辦案，太子爺看吳國勤幹得越來越熟練，便順勢也收了吳國勤作爲同期第二位乩身，事情少的時候兩人輪流出勤，事情多的話，兩人便自行分配任務。

多了兩個後進師弟，許兩三終於得以退居二線，平時主要替太子爺蒐集情報，偶爾出頭替兩人收拾爛攤子，或是出出主意。

在戴強和吳國勤擔任太子爺主力乩身的那幾年裡，正值第六天魔王負傷潛伏不出，天下太平，太子爺便未賜兩人蓮藕身。

直到某年，戴強車禍身亡，由於沒有蓮藕身，且並非領籤出勤而死，加上天庭管得嚴，太子爺也無權令死人復生。

戴強倒是看得開，主動向城隍府應徵陰差，暗地再兼任太子爺陰間眼線。

帶韓杰下去探親，留意韓杰下陰間時的動態，是太子爺交給戴強的最後一件任務。

直到韓杰正式上任兩年後，大夥兒都確認韓杰能夠勝任這份工作時，戴強這才辭去了陰差和眼線的工作，上陽世和吳國勤等老友道別，拿著太子爺替他打點來的金邊輪迴證投胎轉世。

同年，吳國勤正式退休，轉任眼線。

而那一心想替父母姊姊換取更好的陰間囚牢環境、讓家人早日投胎輪迴的韓杰，獨自接下了太子爺乩身的火炬，直至今天。

伍

漆黑冰冷的罈底，太子爺蹺腳躺在金床上，將大豹肚子當成枕頭，左手拿著一條蓮藕，右手扳下一塊藕塊，捏捏揉揉，揉出一條迷你小鯊，揚手一張，迷你小鯊在冰凍湯中盤旋游起泳，越游越快，游到了高處，一口將一隻緩緩沉下的小章魚咬去一大半腦袋和數條觸手。

底下，又一條蓮藕小鯊竄上來，將剩餘的章魚身子盡數吞下。

在這罈底，太子爺金床周遭，游繞著數十條藕鯊，彷如護衛潛艦般，守護著太子爺。

上方，則三不五時會落下帶著冰凍邪術的小章魚、小水母、小海膽等各種奇異妖物。

「摩羅——」太子爺像是玩膩當前遊戲般，不悅地搥床嚷嚷。「這把戲我玩膩了，快換其他把戲！」

他一面抱怨，見上方罈口撲通竄下一條凶猛怪魚，便將手中那巴掌大小的殘藕，飛快一揉，捏出一條迷你殺人鯨，往上一拋，喝令那殺人鯨去迎戰怪魚。

怪魚體型是蓮藕殺人鯨數倍大，但是殺人鯨附著太子爺施下的三昧眞火，轉眼就將怪魚燒成了熟魚，被四面圍上的小鯊群啃了個一乾二淨。

太子爺垮著臉、搖搖頭，像是極不滿意這批襲擊對手，他反手探入大豹口中，又掏出一截蓮藕——

這大豹本是太子爺七寶豹皮囊化成的豹形法寶，除了能吞鬼，也兼具收納功能，太子爺在天庭醫宮病房床上決定要下陰間時，早暗中將不少醫藥物資零食化整爲零藏入豹皮囊裡，以備不時之需。

因此此時大豹肚子裡藏著大量蓮藕，這些蓮藕之中，有些是太子爺自己在庭院蓮花池裡養的，也有其他神仙或是觀音菩薩送的，更有許多醫宮培養的藥蓮，讓太子爺在醫宮養病能當零食啃、當藥補身，甚至是捏成仙偶把玩不至於無聊。

太子爺見對方派大章魚大觸手凍不著他，進而放入大量小章魚、小水母，像是水雷一樣悄悄潛來凍他，便拿出蓮藕，捏出小鯨小鯊迎戰，打起水戰，紓解受囚期間無事可做的鬱悶。

太子爺拿著蓮藕在手中把玩半晌，見罈上仍不時落下小章魚、小水母，惱火氣罵：「怎麼還是同樣的東西，換點別的啊！」

他這麼說時，飛快揉捏手中蓮藕莖截，一下子捏出虎、一下子捏出熊，見上方小章魚甚至過不了小鯊防禦圈，便讓左手上的藕虎和右手上的藕熊互打起來。

太子爺見一虎一熊泡在湯裡游得滑稽、打得逗趣，不由得瞧出了興趣，翻了個身盤腿坐起，對著大豹說：「豹子呀豹子，你說是虎強還是熊強？」

大豹揚揚腦袋、甩甩舌頭，似在回應太子爺問話，卻也不知看好藕虎還是藕熊。

太子爺見藕虎落於下風，便揉出一隻小虎上去助陣，幫大虎扭轉形勢，再見藕熊狼狽要逃，又捏出兩隻小熊助大熊反攻，不時摸摸大豹腦袋嘴巴。

大豹也不時伸舌舔舔太子爺的手。

大豹的舌頭會悄悄捲去太子爺挾藏在指間、玉米粒大小的細碎藕塊。送至藏在舌底一隻小小的黃金蟾蜍嘴前。

荔枝大小的黃金蟾蜍張大口，咬下大豹用舌頭捲來的碎藕塊，縮眼咕嚕嚥下肚。

這隻黃金蟾蜍的屁股上，黏著一條極細的金線。

比凡人髮絲更細許多的金線。

金線從蟾蜍屁股向外延伸出大豹口外，像是爬藤植物般沿著金床床腳、大鐔內壁向上延伸、越過鐔口、攀過外壁，最後循著地板磚縫一路延伸至大室厚門底下，被厚重門板重重壓著，但另一端卻繼續延伸進消毒室、延伸進方形螺旋廊道裡的每一條轉角、通過每一扇重門、底下每一層樓，最後斷在鐔燒哪吒塔大門底縫。

這條極細金線，其實是太子爺那金磚的一部分。

太子爺不喜歡做虧本生意，他奉上六條火龍加一塊金磚，並非單純想哄第六天魔王過來讓他打幾拳，而是想找個理由奉上金磚。

送出金磚，讓鬼卒沿途留下金線，才是太子爺拿著火龍講價、向第六魔王約戰的眞正目的。

他將金磚變化成金盒收納火龍，自然不是多禮，而是在變化金磚外貌時，暗中掐下一小塊金磚，捏成金蟾蜍，且以一條金線連接著金盒與金蟾蜍。

六名鬼卒的道行與太子爺相差十萬八千里，自然感應不出金盒底部牽著一條被太子爺施法壓住仙氣和仙光、比髮絲還細的金線。

當時鬼卒推著板車，載著金盒一路走過方形螺旋時，便也同時將那極細金線一路牽出。

這條被十餘道門牢牢壓著的金線有兩個作用。

一是「隧道」，二是「雷達」。

太子爺雖無法通過這條金線隧道逃離大室，但能假裝揑藕塊餵大豹，讓大豹咬下藕塊，再令藏在大豹口中的金蟾蜍吞下藕塊、消化成液狀後，流過蟾蜍屁股上的金線，一路流過大室重門，從門外金線分支尖端滲出，化成比線頭更小的小蠅。

此時此刻，大室外的消毒室、方形螺旋裡每截廊道、每扇門旁，都駐有藕液化成的小蠅——其實太子爺先前便曾趁著鬼卒進出大室時，變出小藕蠅跟隨鬼卒離去，但每當大室厚門關上後，太子爺便與小蠅們斷了音訊。

因此太子爺確信這間大室也是混沌，只有混沌才能造得如此巨大、大得不合邏輯，且還能阻隔他與藕蠅之間的聯繫。

爲此太子爺想出獻寶約戰這點子，讓鬼卒帶走金磚、拖出金線，作爲管道兼雷達。

多了這金線雷達，太子爺便能與混沌大室外的藕蠅聯繫，藉由藕蠅眼睛，探視大室以外的動靜。

「哼哼。」太子爺望著罈口不時落下的冰凍小章魚，不屑地眨眨眼，切換爲一隻隻藕蠅所見畫面——

大室外是消毒室、消毒室外是方形螺旋廊道、方形螺旋廊道外又有另一間消毒室，再外面有道向下樓梯。

底下一層樓，是一間寬闊廚房，裡頭藏著各式各樣的鍋爐和奇形怪狀的廚具，和幾間堆放各種食材、輔料、藥材的庫房；休息室裡，幾名廚師和藥師，正商量著接下來該往大鐔湯汁裡加些什麼料，才能加速醃熄太子爺身中三昧眞火。

再往下一層樓，是整隊鬼卒、邪獸。

連同底下四層樓，全是待命中的守衛傭兵。

這五層樓守衛的任務，顯然是負責看管「食材」，防止「食材」逃脫。

再下一層樓，是一間寬闊廳堂，廳堂中央擺著一張奢華餐桌和椅子，桌上擺著一套精緻餐具，除此之外，整間廳堂什麼也沒有──

這是第六天魔王準備獨享鐔燒哪吒時的用餐區。

繼續往下一層，偌大廳堂裡靜悄悄地，只有兩、三名侍者默默待命，

廳堂大門外，便是他化自在天甲板，大門旁還立著塊招牌──「鐔燒哪吒塔」。

用以輸送藕液的金線，便斷在這棟專用於囚禁和料理太子爺的塔樓大門縫底。

幾隻線頭大小的藕蠅自黃金絲線的末端鑽出，循著門縫和牆面凹槽一路往上攀爬，直到攀上塔樓頂部，跟著四散飛開，持續擴大太子爺偵察範圍。

鐔燒哪吒塔前方不遠處，聳立著一座巨大仿古城樓。

城樓前後兩端，則有一棟棟高矮、功能不一的小塔樓，有些塔樓布置著一處處猶如天線雷達般的符籙旗陣，有些塔樓則裝設著一座座火砲。

寬闊甲板上活動人員不多，只有少少幾隊侍衛來回巡邏，一棟棟城樓內部空間大多閒置，即

便如此，數批藕蠅還是在太子爺遠端遙控下小心翼翼地以鐔燒哪吒塔爲圓心向四周推進——太子爺在天庭儘管主司武鬥，可也喜愛鑽研各式各樣的奇門把戲，他用仙藕捏成的偵察小蠅，不僅能視物聽聲、能變形擬態、且能將神靈氣息壓抑至近乎於零，除非極近距離撞上與太子爺等級相若的大神或者魔王，否則絕難被察覺感知。

一隻藕蠅在一棟高塔頂端簷下，盯上了遠處走來的一行人。

帶頭兩人正是第六天魔王次子惡口與三子百鬪。

藕蠅緩緩飛下、逼近惡口一行人身後，落在一名嘍囉褲管上，繼續向上，爬上嘍囉腰際，嵌在繩褲腰帶縫隙裡。

「大哥，我們綁回太子爺這麼多天，這麼大艘冥船，還是只有這麼點人，現在天上地下，到處都是想找出我們的人，我聽說最近除了天庭地府，還有幾支新勢力也想逮著我們向天庭邀功，要是眞開戰，船上人手夠用嗎？」百鬪焦躁地問。

「恐怕不夠……」惡口無奈說：「可是父親不放新人上來，你要我怎麼辦？」

「父親到底擔心什麼？」百鬪問：「我兩兄弟在陰間東奔西跑，好不容易把過去盟友、弟兄全串連起來了，大家都想陪父親拚一場大的，現在就等父親一句話。要是讓他們全上了船，我們這艘他化自在天，直接碾平閻羅殿都不是問題。」

「你在想什麼？」惡口皺眉說：「碾平閻羅殿？我們花了多少錢才買通閻羅殿裡那些閻王，替父親爭取更多時間來煮那中壇元帥，我們碾平閻羅殿幹啥？」

「幹啥？」百鬪不服氣說：「碾平閻羅殿之後，當然直接取代閻羅殿啦，現在天門關上了，我們在底下想幹啥都行，不趁現在一口氣把勢力拓展到最大，和南天門平起平坐，難道等他們撬開天門，我們還只有這艘船？這些人？」

「你把事情想得太簡單了。」惡口搖搖頭，說：「地府再怎麼腐敗，好歹也是萬年老字號，哪有這麼容易取代，要是少了這塊招牌，陰間千百股勢力聽誰的？你難道要父親開著他化自在天從年頭碾到年尾？碾到所有人都服氣爲止？現在地府和父親關係還過得去，各地小勢力讓地府鎮著，我們專心幹大事，豈不省事。」

「這麼大一艘船，船上連打雜的都不夠用……」百鬪扠腰埋怨。「能幹什麼大事？」

「現在首要目標，就是快點煮了中壇元帥讓父親吃下肚。」惡口說：「只要父親得到了中壇元帥神力，天上地下，再沒人攔得了他。」

「你將那中壇元帥抓上船這麼多天，到現在聽說還醃在罈裡……」百鬪翻了個白眼。「父親打算什麼時候煮他？」

「沒辦法啊。」惡口無奈說：「醃了中壇元帥這麼多天，還是滅不了他那三昧眞火，沒辦法煮。」

「三昧眞火有這麼難滅？前幾天不是已經請來好幾個擅長冰寒法術的老鬼？其中一個還是十八層地獄裡寒冰獄的前顧問嗎？」

「是啊。」惡口說：「但滅不了就是滅不了，那中壇元帥就算中了毒，一口氣比我們想像中要長得多啊……」

「直接殺了煮不行嗎？」百鬪問。

「我哪知道。」惡口搖搖頭。「父親和陰間各路大廚討論之後，覺得還是得先滅火、再宰殺比較保險，免得吃下肚後，胃都給燒穿了，父親他過去吃過中壇元帥的虧，他相信中壇元帥即便真死，也會在死前弄些詭計反咬他一口，所以謹慎得很。」

「是啊，謹慎，哼哼。」百鬪攤攤手說：「你不覺得謹慎過頭了嗎？那次父親一聽二哥你說抓著中壇元帥要運回他化自在天，只派我去幫你，自己卻帶著手下搭小艇離開好幾天，直到確定中壇元帥被關進塔裡醃了起來，才回到船上主持大局。」

「然後呢？」惡口瞪了百鬪一眼。

「你不覺得父親這樣好像有點……有點……」百鬪乾笑兩聲。

「有點什麼？」惡口停下腳步，直勾勾盯著百鬪。

「……」百鬪靜默半晌，攤手乾笑。「我是說，父親實力其實也不輸那中了黑蓮花毒的中壇元帥，真的不需要『謹慎』到這種地步……」

「唉……」惡口哼了哼，冷冷說：「這些話你在我面前說算了，等等見到父親，最好識相點。」

「當然。」百鬪點點頭。「我可沒那麼蠢……」

惡口和百鬪繼續領著幾名嘍囉前進，走進巨型城樓一處側門。

城樓裡有著百轉千折的廊道和上千間大小不一的獨立空間，猶如郵輪艙房。

藕蠅一動也不動地伏在嘍囉腰帶上，隨著一行人進入城樓一處電梯，抵達城樓高層，出來又繞轉一陣，走過一條寬闊短廊之後，來到他化自在天艦橋指揮室前。

惡口在指揮室大門前，揚手畫了道符，符光閃耀幾下，大門緩緩打開。

迎面走來的正是兩人弟弟恒作罪，恒作罪身後跟著一老一少兩名工匠，老工匠個頭矮胖，小工匠外貌像是少年，雙手捧著一只木箱，箱中裝著數個造型不一的金屬環。

「又設計了新的乾坤圈樣品給父親玩？」惡口隨口問。

「是啊。」恒作罪笑了笑。「唉，父親都不滿意。」

「加油。」百鬪拍拍恒作罪的肩。

「兩位哥哥也辛苦啦。」恒作罪領著老少工匠離去。惡口和百鬪則進入艦橋，幾名隨行嘍囉並未一齊進去，而是留在指揮室外待命。

藕蠅則悄悄飛離嘍囉腰帶，卻未跟著惡口和百鬪進入艦橋，而是轉而盯上從艦橋離開的恒作罪與老少工匠。

藕蠅落在小工匠肩上，盯著少年工匠手上那個木箱中一只只金屬環。

「師父，所以我們要設計全新的圈圈？還是修改三號、五號設計圖？」小工匠這麼問。

「你先照著摩羅大王的意思修改三號跟五號，造出樣品試著耍耍看稱不稱手，我再和恒作罪公子討論看看能不能變出新花樣，」老工匠這麼說。

「我上甲板晃晃，找找靈感……」恒作罪隨口對老少工匠說完，伸了個懶腰，自顧自走遠。

老少工匠倆則搭乘電梯下探數十層樓，深入他化自在天船體深處，進入一間大工作室，一張張長桌上擺滿設計圖紙和道具樣品。

這滿桌滿室的設計圖上，十之八九，畫的都是同樣兩件武器——

火尖槍和乾坤圈。

小工匠將整箱改造乾坤圈樣品擺在角落，又將一簍設計圖放上桌，一老一少各自窩回自己桌前，拿出筆記本塗塗改改，不時停筆抓頭發楞、凝神思索。

藕蠅悄悄飛離小工匠身子，飛到空中，俯瞰桌上一張張設計圖。

陸

他化自在天艦橋一側是露天指揮台，另一側則是室內指揮部，室內指揮部中央有一處環形平台，坐著數排船員，面對著無數螢幕和控制裝置，各司其職。

環形平台中央那張華美大椅，一望即知是船上最高指揮官寶座，但此時第六天魔王不在座位上，而是待在艦橋內部專屬艦長室裡。

惡口和百鬪來到艦長室門前，輕敲敲門，推門進去。

第六天魔王斜斜倚躺在辦公大椅上，扠手抱胸，望著斜擺在辦公桌上一面大螢幕。

大辦公桌前方，鋪著一張以十餘隻虎皮拼接成的巨大虎皮地毯，虎毯周圍擺著幾張單人沙發，其中一張沙發上，坐著一名模樣古怪的矮胖老人——

五蘊魔辛妖。

近一年前，五蘊魔辛妖被太子爺降駕韓杰降伏，為求保命，辛妖答應擔任太子爺陰間眼線——此時辛妖與一年前相比，臉上多了兩道醒目大疤，右手變成了隻金屬假手，右腳也變成模樣詭怪的義足，額頭、腦袋上插著數枚長釘，長釘尾端繫著奇異符籙墜飾。

「父親。」惡口與百鬪來到第六天魔王座前，微微鞠躬，說：「你交代的，我們都辦好了。」

「嗯。」第六天魔王點點頭，雙眼依舊沒有離開螢幕。

螢幕上幾個視窗裡的監視畫面，全是那囚禁太子爺的混沌大室裡幾隻獨眼蝙蝠所見畫面。其中一隻獨眼蝙蝠直接漂在大鐔湯面上，將腦袋浸入湯汁，用獨眼俯視鐔底，在昏昏暗暗的湯汁底部，隱約可見擺著一張金床，和倚著大豹、側臥在金床上的太子爺。

只見此時太子爺仍舊把玩著他那蓮藕，一會兒捏出一條巨鰻、一會兒捏隻大烏賊，讓巨鰻和大烏賊帶著三昧眞火，迎戰不時落下的冰凍小章魚，倘若太子爺瞧膩了，便會召回那些巨鰻和烏賊，將之捏回原來的蓮藕形狀，思索半晌，再捏些新的蟲魚鳥獸，還不時抱怨他已換過一輪護衛海獸，但對手從頭到尾就是小章魚和小水母，讓他厭膩至極。

「這陣子——」第六天魔王繼續盯著螢幕，緩緩說：「哪吒每天都能從那大豹嘴裡拿出新的蓮藕，有時還能拿出點心和藥品……」第六天魔王說到這裡，終於轉頭望向惡口和百鬭。「你們看出什麼？」

「我記得中壇元帥那隻大豹，是他七寶中的豹皮囊。」百鬭先開了口，說：「能吞鬼吃魔，胃口很大，原來中壇元帥還拿豹皮囊來裝蓮藕和點心？」

「蓮藕、點心、藥品……」惡口思索半晌，喃喃說：「那時我能抓著中壇元帥，或許不是僥倖……」

「是啊。」第六天魔王點點頭。「當時我猜想沒有錯，哪吒神力根本沒有被禁，他那時故意示弱、故意受擒、故意讓你將他帶進我這他化自在天，爲的是想親手奪回火尖槍，和我整艘船——這段期間，他必定無時無刻想著之後若是贏過我，必要踩著我腦袋，向我炫耀他的足智多謀和神力無雙。」

「父親……」惡口問：「要不要我再替你找些新的冰凍藥？現在鐔裡的藥湯好像不管用，凍了那麼些天，還是滅不了他的三昧眞火。」

「不，藥有用。」第六天魔王搖搖頭，視線轉回螢幕上，說：「我一連盯了他好些天，和最初幾天相比，他施火時已經收斂很多——我和他相鬥千年，這是我第一次看他節約用火。」

「父親的意思……」惡口說：「是那中壇元帥現在只是強撐著一口氣？其實他的三昧眞火已被我們耗得差不多了？還是……」

「可能還要耗上一段時間……」第六天魔王說：「而且，我猜他那豹皮囊，或是他身子裡，應當還藏有其他法寶——他下陰間前，一直待在天庭養傷，他在天上人緣雖差，但終究是天庭數一數二的戰神，各路神仙送去給他的仙藥寶物，可以堆滿好幾間房，他既然計畫好了讓我們擄上船，想必已經做足了準備；他身中那尚未化解的黑蓮花毒，現在應當用法寶靈藥強壓著。」

「如果是這樣的話……」百鬪說：「那不如我們拿走他那豹皮囊，斷了他的補藥和法寶——如果眞有的話。不然這樣每天和他玩大魚吃小魚的遊戲，要玩到什麼時候？」

「……」第六天魔王瞧了百鬪一眼，呵呵一笑，說：「我倒是不介意和他再多玩久些，畢竟一想到以後再也見不到這鬥爭千年的天庭戰神，我還眞有點捨不得。」

「啊？」百鬪露出困惑神情，像是無法理解第六天魔王竟會對太子爺表示不捨。

「父親只是想一步步耗盡他神力。」惡口對百鬪說：「中壇元帥現有餘力，應當還是足夠拆了整座塔，他不破鐔、不拆塔，每天乖乖待在鐔湯裡讓我們醃著，是顧忌裝設在整棟塔樓裡的黑蓮花毒——可是顧忌他中毒的可不只是他，父親也不希望他再次染上黑蓮花毒——我們抓來中壇元帥，為的不只是要贏他殺他那麼簡單，而是要讓父親吃他進補，奪他神力，要是那中壇元帥再染上黑蓮花毒，毒上加毒，那蓮藕仙身處理起來可能會麻煩數倍，說不定最終進補入身的神力都會減弱許多。」

「我明白……」百鬪說：「可是他真會乖乖讓我們一點一滴耗盡他神力？倘若他憋得急了，想要全力一搏呢？」

「是啊。」第六天魔王微笑說：「他隻身犯險，為的就是逮著機會一舉刺殺我——當時我遲遲不露面見他，就是不想讓他得逞，他進鐔裡才知道整座塔裡滿滿都是黑蓮花毒，他若硬打出來，有極大可能會再次染上黑蓮花毒，令身中毒害相乘，使這隻身犯險計畫終告失敗，所以他願意慢慢等待時機，我也會適時給他機會，免得他悶傻了，莽撞行事。」

「我已經答應和他過兩招。」第六天魔王說：「再過兩三天吧，到時候，我可能會受點小傷，不過應該沒有大礙，他也會受點小傷，我會盡量別傷他太重。」

「什麼？」惡口和百鬪聽第六天魔王這麼說，都不免有些驚訝。「父親，你要親自去耗他神力？」「你不是說他還藏著法寶？」

「是啊。」第六天魔王望著惡口說：「他說風火輪、混天綾都借給那韓杰了，還說你也見著了。」

「啊？是……中壇元帥當時確實用混天綾綁著韓杰和風火輪逃回陽世……」惡口點頭說：「我是親眼見著了。」

「我打算請辛爺上去探探韓杰那風火輪和混天綾是不是真貨。」第六天魔王這麼說，轉頭望了五蘊魔辛妖一眼，對他說：「辛爺，這件事就麻煩你了。」

「是……」辛妖緩緩起身，一跛一跛挪了挪身子，說：「摩羅大王的吩咐，小的一定照辦……不過那乩身韓杰，大王想活捉還是殺了？」

「如果能活捉當然最好，我是想和他聊兩句。」第六天魔王這麼說：「不過若是太麻煩的話，殺了也行——反正他老闆都落在我手上了。」

「好，小的會看情況辦事，盡量讓大王滿意。」辛妖一跛一跛地來到大辦公桌前，向第六天魔王鞠了個躬，告退離開。

第六天魔王微笑望著辛妖離去，再對惡口說：「春花幫、水鬼門、馳黑組等等，你們打點得怎麼樣了？」

「大家都願意出一份力。」惡口點頭說：「我們過去盟友大都願意和父親站在一起，協助父親共創霸業——不過那年老闆，只願意資助點茶水後勤、提供場所讓我們開會，不願意砸重本選邊站，哼哼，這兩年他生意越做越大，已經瞧不上我們了。」

「年長青。」第六天魔王哈哈一笑，說：「別怪他，他就是這樣的人，這是他的本性，我喜歡他的本性，比起年長青，那些一口答應和我們結盟、在我面前鞠躬哈腰，但苗頭不對，一樣見風轉舵，比起他們，年長青坦率多了。」

「父親……」百鬪問：「現在各路盟友都準備得差不多了，就等父親一聲令下，大家都想見識見識父親這艘他化自在天，都想隨父親共創霸業啊……」

「怎麼，你等不及了？」第六天魔王微微一笑，看著百鬪。「你覺得我腳步不夠快？」

「不不……」百鬪連連搖頭，說：「我……我只是太想看父親威風凜凜站在橋樓上，指揮著底下萬千盟友，乘著我們這他化自在天東征西討的樣子……其實現在我們根本不用看閻羅殿臉色，我們……」

「還缺一口鐔。」第六天魔王不等百鬪說完，便打斷了他的話。「我已經請工匠替我多造幾口鐔了，你們再多點耐心。」

「鐔？」百鬪和惡口相視一眼，問：「那中壇元帥把他那大鐔弄壞了？」

「不。」第六天魔王微笑說：「這兩天你們應該也聽說了，媽祖婆本尊在陽世。」

「呃……」惡口和百鬪聽第六天魔王提到媽祖婆，猛地一驚，怯怯地問：「是……聽說那媽祖婆一直定時上陽世檢查韓杰身體狀況，剛好在血月那晚下了陽世，天門關上之後，她就回不去了……」「父親，你還要另外造口鐔，難道你想……」

「我想來想去，總覺得祭旗大宴上，只一道鐔燒哪吒未免有點寒酸。」第六天魔王笑著說：「反正火都生了、油都熱了，多加幾道菜也沒什麼，不是嗎？」

惡口和百鬪深深吸了口氣，明白第六天魔王打算將逗留陽世的媽祖婆也放上餐桌。

「父親，你眞打算……」惡口一時難以想像倘若父親要是眞將媽祖婆抓來煮了，南天門的反應爲何，但轉念想想，一鍋水煮滾了，繼續往爐灶添柴，鍋裡的滾水還是滾水——自己將天庭中壇元帥擒下陰間、放進大鐔醃製那時開始，已經等同與天庭全面宣戰了，額外再加幾道菜，好像眞沒太大分別，便說：「我明白了，那我和百鬪接下來要做什麼？」

「你們上陽世準備一下，時候到了，我會親自上陽世打獵。」第六天魔王這麼說時，嘴角帶笑、雙眼凶光逼人，彷如一頭極凶餓虎。

「是……」惡口和百鬪儘管還有滿腹疑問，此時也不敢再多問，點頭告退。

柒

陰間，寶來屋保全科技研發部鹿耳門分部，寬闊地下庫房裡停著四輛箱式貨車。

四輛箱式貨車乍看之下樸實無奇，甚至有些破舊，從車頭到箱櫃遍布脫漆和刮痕；但揭開車門和貨櫃，車裡內裝卻十分驚人——車窗是厚達數公分的防彈玻璃；乍看到處是撞凹痕跡的板金底下，額外加裝著防彈鋼板。

貨箱裡有塞滿高科技儀器的操縱座位和武器櫃，剩餘的空間約莫能夠容納十餘名全副武裝的士兵。

寶來屋集團總裁小歸，外觀看上去是個九歲上下的小男孩，穿著運動外套、頭戴鴨舌帽，正興奮地向韓杰解說他旗下保全研發部門近日最新傑作——「衝鋒一至四號」。

「韓杰，如果你把這四台衝鋒號當成運兵車，那就太小看它們了。」小歸站在衝鋒四號貨車後方，得意對身旁韓杰說：「你有沒有看出來衝鋒號還藏著玄機？」

「嗯。」韓杰揉著太陽穴，打了個哈欠，說：「你這貨箱裡面的空間沒外面看起來大，長度還短了一截，另外做了隔間？藏著大砲？」

「是啊！被你看出來啦！不愧是太子爺乩身，一眼看穿我這衝鋒號。」小歸握拳讚嘆，卻見韓杰抓頭揉臉、哈欠連連，像是對他的衝鋒號一點也提不起興趣般。「你怎麼一點也不驚訝？」

他向箱內人員喊了幾聲，下令展示武裝。

只見貨箱前端敞開個口，挺出一管火箭炮，斜斜往上指。

「你都有本事在直昇機上裝機炮了，在這麼大台貨車上裝火箭炮有什麼了不起……」韓杰這麼說，跟著他注意到，那枚挺出貨箱的火箭炮彈，不論長度還是直徑、體積，可要比一般單兵肩扛火箭要大上好一圈。「你這東西是……飛彈？」

「這是專門用來對付大型冥船的『反艦彈』，一輛衝鋒號只能載一枚。」小歸眼睛閃閃發亮，緊握雙拳，興奮地說：「只要我們的機動搜查隊找到他化自在天，衝鋒號就會出動，只要他化自在天出現，就給他一發——我不確定第六天魔王那艘船究竟多大，但是不論再大艘船，捱上一發反艦彈，肯定不好受。」

「哼哼。」韓杰扠手乾笑兩聲，說：「你從最初的雜貨店老闆，幹到陰間百貨公司大王，再開了保全公司，現在正式涉足軍火生意了？」

「早就涉足了……」小歸哼哼地說：「沒辦法，在陰間，想要自保，只能這麼幹——你別看我在底下生意作這麼大，太子爺出事了我比誰都慌，畢竟我可是靠太子爺和韓杰哥的面子吃飯的呀。」

「少來。」韓杰哈哈一笑，說：「你以為我不知道？你和閻羅殿關係可好了。」

「沒你以為的那麼好！」小歸翻了個白眼，說：「我在他們眼中，只是一台高級提款機罷了。」他說到這裡，頓了頓，壓低聲音對韓杰說：「我收到風聲，閻羅殿可能會找理由動我，說不定過兩天就請我進閻羅殿喝咖啡了。」

「嗯……」韓杰皺眉思索半晌，說：「如果你收到的風聲是真的，也只有第六天魔王才有能耐讓閻羅殿對自家提款機下手了。」

「是啊。」小歸攤攤手說：「畢竟我和俊毅是你陰間兩大助力，我在底下的形象，已經跟你和太子爺焊在一塊分不開了，許多人在我面前鞠躬哈腰，私底下卻說我是天庭走狗、鬼界叛徒……」

小歸說到這裡，口袋裡手機響起，他取出接聽，沒講兩句，立時啊呀一聲，對韓杰說：「閻羅殿兵分三路，抄我北部三間廠房……」

「什麼！」韓杰呆了呆，可沒料到一分鐘前小歸口中的「風聲」，轉眼成真了，他說：「你廠房裡沒有違禁品吧？」

「怎麼可能沒有！」小歸氣得跳腳好一陣，跟著深呼吸數次，試著讓自己冷靜下來，喃喃說：「不怕不怕，我知道有人要搞我，所以早做好準備，嚴重的東西不是另外藏了，就是先銷毀了……」

「你這東西不嚴重嗎？」韓杰指了指四輛衝鋒號。「這是飛彈耶。」

小歸還沒回答，手機立時又響起，同時庫房側門進來兩個員工，急急忙忙奔來，對小歸說：「小歸老闆！有批陰差上門臨檢，說是有人舉報我們研發部藏有違禁品。」

「什麼？」小歸瞪大眼睛，朝著衝鋒號上操作人員喊：「陰差來臨檢了，動作快——」

四輛車上人員動作迅速，收去火箭炮、關上貨箱門，四輛衝鋒號同時下降——原來地板底下另有藏匿空間。

差交涉。

「他們是哪間城隍府的人？」小歸一面問，一面隨著員工往庫房外走，像是準備去與臨檢陰

韓杰默默跟在小歸身後，回頭只見四輛衝鋒號沉入地板之後，又在原位置另外升起四輛款式相同的箱型貨車，差別只在於貨箱門上的編號不同，顯然是小歸事先準備用來應付臨檢的尋常貨車。

□

「喂，張城隍，我小歸啦——」

小歸站在六樓和城隍府通著電話，一面瞧著一隊隊陰差在整棟研發大樓各部門進進出出，查扣了一箱箱資料和研發樣品，全堆在一樓大廳，說是要帶回調查。

「我鹿耳門研發分部這邊一口氣來了好多陰差要搜違禁品，裡頭有不少你的人，你知道嗎？」小歸急急問著電話那端：「現在什麼情況。」

電話那端，張城隍乾笑兩聲，說：「我當然知道，我剛剛才從閻羅殿開完會出來，正要回城隍府……會議上，有閻王直接指名要辦你，說你經營保全業，是爲了掩護背後的軍火生意……」

「這什麼話，我集團裡確實有研發武器的部門，但我們領有證照的！」小歸憤憤不平說：「我們連續好幾年都參與城隍府武器標案，你們府上的電擊槍都是我們生產的！上個月吃飯，你還說鐵兵集團的電擊槍不好用，說我們寶來屋的比較好用，不是嗎？」

「是啊。」張城隍苦笑說：「可你們只生產電擊槍？沒生產別的？」

「不是吧。」小歸瞪大眼睛說：「鐵兵集團只生產電擊槍嗎？陰間哪家軍火商沒有兩本目錄，一本給地府看、一本給地府以外的客戶看；上次飯局上，張城隍你自己都說了『小歸老闆最好的地方，就是他會挑客戶，比較不會出亂子』……」

「這話我不單單和你講，在上司、同事面前我也這樣講，但現在上頭擺明了針對你，原因也不需要我明說，你心裡有數。」張城隍無奈說：「今天行動可不是城隍府自行決定的，是閻羅殿直接下令的，你向我發脾氣也沒用啊。」

「我自己和閻王說……」小歸莫可奈何，掛上電話，又撥了好幾通電話進閻羅殿，但閻王們不是開會，就是一直忙線，好不容易一位判官接了電話，雞同鴨講半晌，也沒討論出什麼結論。

「別忙了。」韓杰見小歸還想撥電話，苦笑地拍拍他的肩，說：「你難道要他們承認來搜你公司是因為和第六天魔王站在同一邊？」

「……」小歸緊握手機，望著大樓內忙進忙出、反覆搜查的陰差們、莫可奈何說：「我前兩天才收到風聲，今天就殺上門了，我以為至少會請我進閻羅殿喝杯咖啡、聊聊苦衷，給我點時間準備……看來我高估自己了……」

幾路陰差搜刮半晌，將堆放在大廳的資料全搬上公務車，幾位帶隊城隍連招呼也不和小歸打一聲，隨意派了個牛頭上樓要小歸乖乖等待調查結果、收到通知便進城隍府接受調查，之後便匆匆收隊離去。

小歸按捺著鬱悶情緒，長長吁了口氣，正準備召集主管開會，商討應對之道，突然聽見大廳發出一陣騷動，只見大批剽悍惡鬼持著刀械闖了進來，高聲吆喝：「小歸爺在嗎？」「出來——」

「我們大鵬哥找你喝杯酒。」

「怎麼回事？」小歸急忙領著員工下樓，遠遠只見大門外馬路上，陰差們還沒撤離，猶自忙著將一箱箱資料塞進後車箱，另一頭則不停有廂型車停下，堵住了整條道路，下來更多持刀舉棍的惡鬼。

有些陰差捧著資料與惡鬼們擦身而過時，還稍稍側身讓路。

「小歸爺，你好你好——」帶頭惡鬼生了顆四四方方的大腦袋，兩枚小眼距離頗近，戴著一副金框眼鏡，領著大隊人馬來到小歸面前，揚起雙手，像是想給小歸一個大大的擁抱，卻見小歸抬頭冷冷看著他，一點也沒有要抱他的意思，便轉而伸出手，要和小歸握手。

小歸依舊沒有與帶頭惡鬼握手的意思，只冷冷地說：「你誰啊？你要幹嘛？你帶這麼多人抄傢伙來我寶來屋鬧事？」

「鬧事？」帶頭惡鬼見小歸仍沒伸手，便乾笑兩聲，摸摸鼻子笑說：「剛剛我說那麼大聲你都沒聽見……我再說一次好了，我們家大鵬哥想請小歸爺你喝杯酒。」

「大鵬哥？」小歸皺眉想了想，說：「是春花幫雞堂那個出賣自己大哥、竄位當上堂主的大鵬？你們是春花幫雞堂的人？」

「嘖……」帶頭惡鬼哼了哼說：「是啊，春花幫雞堂，我是大鵬哥手下第一人、雞堂副堂主，孟衍。」

「我有問你名字嗎？」小歸不屑地說：「你只要回答你說的大鵬，是不是那個出賣大哥的大鵬就行啦，自報名號幹嘛？」

「你說什麼——」惡鬼們咆哮吆喝起來。「大鵬哥請你喝酒，你不給面子？」

孟衍揚手示意小弟們安靜，推了推金框眼鏡，冷冷說：「過去那些瞧不起我孟衍的人，後來一個個後悔自己看走眼，搶著巴結我、討好我，生怕過去看不上眼的孟衍，變成日後的夢魘——我說歸爺啊，我今天給你面子，叫你一聲歸爺，你不會這麼不識相吧……」

孟衍說完，微笑地二度向小歸伸出手。

「……」小歸盯著孟衍半晌伸來的手半晌，終於也伸出手——

卻不是和孟衍握手，而是一把握住他食指，啪擦一聲拗斷。

「哇！」孟衍劇痛驚叫，揚手舉起西瓜刀作勢要往小歸腦袋劈。

韓杰還沒出手，小歸身後兩名秘書同時箭步上前攔阻，左邊瘦高秘書揚手抓住孟衍持刀手腕，右邊矮壯秘書一記掃踢在孟衍膝上，將孟衍踢得單膝跪地。

小歸仍緊握孟衍食指，見孟衍身後小弟舉刀向他吆喝，陡然轉頭對著那群小弟咧嘴露出猛鬼凶容，吼地暴喝：「不自量力的臭小鬼們，下來幾年啦？在爺爺我面前裝厲鬼？」

小歸這麼喝完，身後員工也吆喝起來，紛紛抄起掃把、長凳，聚到小歸身後，朝著孟衍一批傢伙威嚇大喊：「你們搞清楚，我們這裡是保全公司啊！」「你們來保全公司耍流氓？」「快通知保安部門，春花幫來鬧事！」

大樓警報器嗡嗡響起，幾隊全副武裝的保全人員紛紛往大廳聚集——這棟大樓雖然只是研發中心，但畢竟藏著準備用來對付他化自在天的衝鋒號，為防第六天魔王爪牙上門，小歸早已調來幾隊重兵等著——剛剛陰差蒐證時，這些重兵自然派不上用場，但孟衍接力上門，幾隊重兵便有戲唱了。

六、七十名身穿鎮暴裝甲、手持電擊棒的武裝保全，將三十來名惡鬼團團包圍——聚在大樓外把風的孟衍嘍囉們見到研發大樓大廳裡一下子冒出這麼多武裝保全，都嚇得退到對街，甚至上車撤退。

「歸爺……歸爺呀！我錯了、我錯了！」孟衍被小歸揪著食指、被兩秘書一左一右抓著手腕、踏著膝窩，連連哀嚎求饒。「我現在就回去報告大鵬哥，說您老人家不想和他喝酒……」

「我沒說不想和他喝酒啊。」小歸笑著說：「我只是不喜歡這種沒禮貌的邀請方式，怎麼會拿刀請人喝酒呢？」

「您對！您說的對！」孟衍回頭大吼：「你們通通把刀放下，是誰准你們帶刀來的，混蛋！」

一批嘍囉鬼聽孟衍下令，立時將刀械扔在地上。

小歸笑了笑，鬆開手，朝兩名秘書使了個眼色。兩秘書立時放手抬腳，不再壓制孟衍。

孟衍拋下刀，撫著左手，剛才的氣焰早飛到了九霄雲外，堆著笑臉對小歸說：「歸爺……你說願意和我們大鵬哥喝酒……是眞的嗎？」

「是啊。」小歸微笑說：「可我現在急著和主管開會，我們另外約時間地點，行嗎？」

「行行行……」孟衍連連點頭，取出手機對小歸揚了揚，說：「我問問大鵬哥什麼時候方便……」

「這裡是寶來屋保全研發中心。」剛剛那抓扣孟衍手腕的瘦高秘書，上前遞給孟衍一張名片。「請你先和你家大哥討論清楚，確定時間地點，再跟我們聯絡。」

「什麼……」孟衍有些遲疑，卻見小歸已領著隨從轉身上樓，瘦高秘書身後眾保全後車箱則緩緩逼近，像是要動手趕人了，只好悻悻然地領著嘍囉退出研發大樓，乘上廂型車，卻沒駛離，仍然擋著大半邊馬路。

「是啊，小歸說願意和大鵰哥喝兩杯，但是現在要開會，請我們另外和他約時間……」孟衍窩在箱型車內，用手機向堂主大鵰回報剛剛談判經過。「最主要他們公司裡有保全，我是覺得別硬來比較好……」

「媽的！」孟衍手機那端傳來堂主大鵰怒吼：「我派你去把小歸押來給我，你要我另外跟他約時間？我給你這麼多人跟車，你連幾個保全都搞不定？」

「不是啊大哥！」孟衍無奈解釋。「不是『幾個』保全，是幾十個保全，全身穿盔甲的那種，就像以前陽世鎮暴警察那樣，而且人比我們多了一倍，拿的電擊棒比我們的刀還大支。」

「多一倍又怎樣？電擊棒大支又怎樣？」大鵰怒吼：「我要你立刻把人押來給我——」

「是！我……我再想想辦法……」孟衍無奈掛上電話，再次把數輛車裡的嘍囉全喊下車，又往研發大樓走去，遠遠便見到研發大樓鐵捲門緩緩關下。

孟衍來到大門前，隔著鐵捲門朝裡頭喊了半天，也得不到回應，撥電話給小歸秘書，那秘書只說小歸才剛進會議室，這場會大概要開上好幾小時，反問孟衍和大鵰約好了時間沒有。

孟衍支吾半晌，只好改撥給大鵰哥，說對方拉下鐵捲門死守在大樓裡不肯出來，再次被大鵰罵了個狗血淋頭，令他立刻開車撞門。

□

距離研發大樓數百公尺外幾棟大樓地下停車場，同時駛出了數輛貨櫃車和十來輛箱式貨車，分別往不同方向駛去。

小歸和韓杰正在其中一輛箱式貨車中——衝鋒四號。

衝鋒四號貨箱中，瘦高秘書坐在貨箱內操控台前，盯著數面螢幕，矮壯秘書守在貨箱尾端門旁，小歸和韓杰分坐貨箱中段。

「通報所有部門，公司裡所有A級貨、A級資料，全按照A級計畫流程處理，B級以下的東西隨便陰差怎麼搜，別頂撞他們，其他業務一切照舊，我會放個長假，之前帶來鹿耳門的人，一部分會跟著我，其他人會派去其他分部。」小歸眉頭深鎖，持著手機快速交代完事情，跟著嘆了口氣，向韓杰苦笑了笑，說：「好在我這幾年一直默默準備，加上提早收到風聲，不然閻羅殿那些傢伙說翻臉就翻臉，我怎麼死的都不知道。」

「你也不簡單啊。」韓杰扠著手，笑著說：「我都不知道你從好幾年前就開始準備陽世避難所。」

「沒辦法啊。」小歸攤攤手。「從我打定主意站在你和太子爺這邊時，就已經料到會有和閻羅殿鬧翻的一天，當然要提早準備啦——我這幾年做出最正確的決定，就是開了保全公司，讓我可以替自己準備一支親衛隊，以備不時之需。」

小歸說到這裡，指指坐在操控台前的瘦高秘書，和守在貨箱門旁的矮壯秘書，說：「高的叫姚金、矮的叫忠泰，是我心腹兼保鏢，兩個都很能打。」

「看得出來。」韓杰向姚金、忠泰點點頭、招呼兩句，跟著好奇問小歸：「你剛剛電話裡說的A貨、A資料，都是違禁品？」

「是『嚴重』違禁品。」小歸指了指腳下。「例如衝鋒號、混沌儀、火箭、炸彈之類的重武器，在正式陰規裡，製造、販賣這些重武器罪名很重的；在陰間，像我寶來屋這種規模的大集團，都有類似的緊急計畫，以防哪天和地府撕破臉，就要盡可能銷毀證據……」

「所以你要把嚴重違禁品通通銷毀？」韓杰問。

「帶不走的只能銷毀。」小歸答：「帶得走的，我會想辦法送進陽世避難所。」

「嗯。」韓杰說：「你覺得你準備的陽世避難所比我家更安全？不考慮來我家？」

「嘖嘖。」小歸扠著手、搖搖頭說：「如果天門沒關，太子爺窩在天庭，你家確實安全，但現在情況不同啊，你也知道……」

「是啊……」韓杰乾笑兩聲，突然感到車外氣息出現明顯變化——

不是陰間，也不是陽世。

「你這衝鋒號上也裝著混沌儀？」韓杰訝異問：「我們現在進了混沌？」

「你感覺到啦？不愧是太子爺乩身。」小歸嘿嘿一笑，得意地說：「我四輛衝鋒號都裝著最先進的混沌儀——這樣才能和那些傢伙一較高下啊。」

「哼，好在你是朋友、不是敵人，不然你寶來屋這些亂七八糟的鬼東西到處流竄陰間，陽世乩身會累死……」韓杰看了看手機時間，說：「你陽世避難所在哪？隨便找個火車站放我下車吧，我搭夜車回台北。」

「你要回家？」小歸說：「我直接送你回去吧，我陽世避難所也在北部，衝鋒號走混沌，比陽世陰間都快，且更安全。」

「謝啦。」

「小事情而已，我猜之後應該會有人上來找我麻煩，到時候還得麻煩你罩著小弟我啦……啊，對了。」小歸說到這裡，又掏出手機，說：「我打通電話和俊毅聊聊，他說不定有收到其他消息。」

小歸開啓擴音模式，想讓韓杰一同參與和俊毅的對話，但剛撥通電話，便聽城隍府那兒吵吵嚷嚷，似乎有個熟悉的聲音正破口大罵著髒話。

「哦？」韓杰立時聽出那罵人聲音是牛頭張曉武。

「俊毅，你那邊發生什麼事？」小歸急急問。

「喂，你是小歸老闆？」在電話那端應聲的，不是城隍劉俊毅，而是個年輕女聲——是馬面顏芯愛。

「你是芯愛？」小歸說：「俊毅不在辦公室？」

「閻羅殿來了好多黑白無常，說俊毅收賄，要帶他回閻羅殿調查，說過幾天會派個代理城隍過來……」顏芯愛聲音慌亂焦急。

韓杰連忙打岔：「別讓他們帶走俊毅！進了閻羅殿，可能回不來……」

「韓杰哥也在？」顏芯愛沮喪地說：「俊毅已經跟他們走了，那些傢伙幾乎把俊毅辦公室搬空了，現在還留著一隊人在搜我們辦公桌，曉武哥正跟他們吵，快打起來了。」

「……」韓杰一時無計可施，若在過去，他順路去幫忙打打架、打著太子爺招牌和閻羅殿搶人是不成問題，但現在太子爺受擄、天門關閉，閻羅殿很可能已經完全倒向第六天魔王，他若現身，很可能連自己都會出事——他先前遭到強制退休，此時已非神靈乩身，若是去閻羅殿搗亂，地府便能名正言順地發兵征討他了。

「芯愛，我跟妳說……」小歸見韓杰一時沒了主意，便出聲安撫電話那端的顏芯愛。「妳別擔心，我現在也有些麻煩，這陣子會上陽世避避風頭，我們持續保持聯絡，妳如果有新消息就跟我說，還有，叫阿武別太衝動，別對閻羅殿的人動手……」

小歸還沒說完，便聽見顏芯愛尖叫一聲。

「來不及了，他動手了……」

陰間，城隍府。

所有人瞪大眼睛，不敢置信地看著張曉武。

張曉武喀啦啦地拗起手指、罵著髒話，一臉霍出去般地瞪著眼前的黑無常。

黑無常一身黑西裝，撫著下巴踉蹌後退，似乎還難以置信張曉武當眞出拳揍他。

白無常穿著全套白西裝，上前一手掐住張曉武脖子，張曉武立時反抓白無常掐頸右手，拇指按入白無常右手虎口，牢牢抓住白無常拇指，往外一翻，扯開白無常掐他脖子的手，然後磅啷一記右勾拳，將白無常也打倒在地。

「造反啦——」「敢對閻羅殿黑白無常動手？」「還用凶器！」

大隊陰差、黑白無常，將張曉武團團包圍。

「凶器？這是我車鑰匙啦幹！」張曉武晃了晃手中那枚機車鑰匙，鑰匙圈形狀近似阿拉伯數字8，一側平滑粗厚、另一側卻突出兩支鈍角，若將這鑰匙圈套在中指和無名指上，鈍角向外，便如同戴上小型指虎一般——剛剛黑白無常各自捱著的拳頭，便是戴上了指虎鑰匙圈的拳頭。

張曉武一面晃著鑰匙圈，一面說：「這是老子存了好久的薪水買來的重機，跟著老子出生入死好多年，當年的購買資料都還留著，之前就申報過了，你們回去查查檔案就知道了——你們這些傢伙一上門就亂翻老子辦公桌，還想摸我屁股掏我口袋，連老子愛車都想扣走，門都沒有！」

「很好。」帶隊判官搖搖頭，說：「剛剛只是要扣你車，現在要扣你本人了——」那判官說完，手一招，指示陰差上前押人。

「等等！這是我們的家事，我們自行處理！」顏芯愛舉著電擊棒衝來，照著張曉武腦袋敲了一棒，揪著張曉武胳臂一拐，將張曉武擒拿按倒在地，吆喝說：「張曉武，你攻擊閻羅殿黑白無常、妨礙地府公務，是現行犯，我現在拘留你，等俊毅回來好好審問。」她說完，立刻向自家陰差使了個眼色，喝叱：「把他押進拘留室！」

「是！」幾個俊毅城隍府裡的陰差一擁而上，架起張曉武，往地下拘留室抬。

「好啊！來啊！想關就關，我才不怕！」張曉武大聲嚷嚷。

「等等——」那判官立刻出聲喝叱：「這傢伙我要帶回閻羅殿審，把他交給我們！」

「爲什麼？他是我們抓到的。」幾個俊毅城隍府的陰差立時拒絕。「我們來辦他。」

「放屁，你們是同事，會互相包庇。」閻羅殿陰差們上前想要搶人，與俊毅城隍府的陰差們在通往拘留室的狹長廊道裡推擠叫罵起來。

「誰說同事一定會互相包庇？同事也會互相陷害啊！」顏芯愛大聲反駁：「像是俊毅就被王八蛋同事誣陷，我們一定會查出是誰在誣陷我們家俊毅！」

判官見現場亂成一團，暴怒大喝：「閻羅殿下令查辦劉俊毅，你們很可能都是共犯，要不是現在底下缺人，我完全有理由把你們全部帶回閻羅殿！誰敢再囉哩囉唆，立刻押走！」

判官這麼吼完，顏芯愛等終於不再鼓譟，也不再與閻羅殿陰差們推擠。

閻羅殿陰差推開幾個俊毅城隍府陰差，在狹長廊道裡來回尋找半晌，還令陰差們通通摘下牛頭馬面面具，持著微型電腦一個個比對長相身分，卻沒找著張曉武。

「什麼?張曉武不見了?剛剛不是還在那兒推推擠擠?」判官聽陰差回報找不著張曉武，氣得直跳腳，一面操著粗口，也領著陰差擠進廊道，只見廊道深處有扇小門，打開來，裡頭是儲藏室，堆放清潔用品，還有扇對外小窗。

小窗窗戶敞著。

外頭響起一陣引擎發動聲。

判官帶著大隊人馬，衝去後方停車場時，張曉武那台骷髏重機，早已不見影蹤。

□

「幹你老師咧……」張曉武騎著他那台骷髏重機，停在一排老公寓下。

那是他陰間住家。

他停妥車，急急上樓，返回自家，摘下牛頭面具、脫下陰差西裝，從西裝內袋取出一支手機——

那是城隍俊毅在閻羅殿的人上門前幾分鐘，親手交給張曉武，要他代爲保管一陣子的手機。

這支手機，是俊毅用來與幾名受託調查他化自在天行蹤的線民聯繫的手機。

兩週前，閻羅殿稱太子爺受擄一案，已經交由閻羅殿內部小組專責偵辦，令所有城隍府不得自行調查，且需將相關資料轉交給閻羅殿專案小組。

俊毅一來不相信閻羅殿，二來已經查出此眉目，便只交出部分資料，還留著最重要的幾個線民，打算繼續暗中調查，且定期告知韓杰當前進展。

「幹……」張曉武坐在客廳，讀著手機上最後一則簡訊——

俊毅老大，你交代的事情，我弄得差不多了。機器我設了密碼，放在天鵝澡堂六十三號保管箱裡，你手腳得快點，澡堂員工每天關門前都會檢查保管箱。

我向老闆請了幾天假，上陽世見老媽最後一面，然後去你城隍府，你先把我的輪迴證跟人間紀錄準備好，我拿到輪迴證，確定人間紀錄沒問題，就會告訴你密碼，讓你拿到你要的資料。

風仔

「三小？」張曉武看著手機，喃喃自語：「風仔……誰啊？天鵝澡堂是三小鬼地方？這不是俊毅調查第六天魔王的冥船用的手機嗎？俊毅給我這個幹嘛？他要我代替他繼續調查第六天魔王那艘船還是怎樣？交換密碼？三小密碼？」

張曉武思索半晌，焦躁起身，進臥房翻出只背包，匆匆收拾行李——他陰間住處在城隍府和閻羅殿裡都有紀錄，他知道閻羅殿的人很快會找上門。

他脫下陰差西裝褲和襯衫，連內褲都脫了，赤裸著身子從衣櫃翻出一套黑色緊身衣褲穿上，跟著在緊身衣外，再穿上T恤、牛仔褲和一件紅色刺繡外套。

他揹著背包回到客廳收起牛頭面具和手機、鑰匙，準備出門。他剛揭開木門，便見鐵門外已經站著數名閻羅殿陰差，拿著工具準備破門。

「幹你們老師動作這麼快！」張曉武立時替鐵門多上兩道鎖，再重重關上木門，喀嚓一聲也上了鎖。

同時，他見到廚房那對外小窗閃現一個黑影，兩個閻羅殿陰差從天而降，磅啷一聲踹破窗戶，往廚房裡鑽。

張曉武連忙奔回臥房，關門上鎖。

自廚房攻入的兩名閻羅殿陰差，快速奔至客廳，替擠在樓梯間破門的同仁開了門，大批陰差立時擁到張曉武臥房前。

持著破門工具的陰差轟隆一聲，撞開臥房木門，卻見張曉武揭開窗戶，一腳踩上窗沿，整個人蹦出窗外，飛到了半空中。

「他逃了，快追！」大批陰差飛追出窗，只留兩名陰差繼續在張曉武家中搜索有無重要證物。

一個陰差馬面，矮下身想瞧瞧床底，卻見床底竟還伏著一個牛頭。

「啊！你……你是張曉武？你不是跳窗……」那馬面還沒說完，便被床下的張曉武伸手揪住馬耳朵，將他腦袋拉進床底，頸子還被抵上電擊棒，啪吱一聲被電得渾身亂顫，暈了過去。

「怎麼回事？」另名在客廳搜查的牛頭聽見臥房動靜，來到門外，卻見到同仁伏在床邊，動也不動，腦袋還伸在床下，連忙上前關切，卻見到床尾鑽出一個傢伙，穿著紅色刺繡外套，腦袋上戴著牛頭面具，正是剛剛跳窗逃跑的張曉武。

那牛頭訝然抽出甩棍，攔腰抱住企圖奪門往外逃的張曉武，和張曉武扭抱一陣，雙雙摔出房外，在客廳扭打起來。

臥房裡，床尾又鑽出一個身影。

同樣的紅色刺繡外套，同樣的牛頭面具。

又是一個張曉武。

這第三號張曉武，拋玩著手中那把電擊棒，大搖大擺走出臥房，來到客廳，擺出格鬥裁判模樣，對著扭抱在地的陰差牛頭和二號張曉武比手劃腳。

「喝？怎麼有兩個張曉武！」陰差牛頭見身邊多了個張曉武，駭然大驚，正要大喊，立時被三號張曉武一腳踏在臉上，用電擊棒抵上他脖子，放電電暈了他。

「呼。」三號張曉武哼哼兩聲，也摘下那陰差臉上牛頭面具，塞進口袋，擺出長官架子，對二號張曉武下令：「立——正！稍息！」

二號張曉武立時站直身子，再微微開腿稍息。

三號張曉武又扯下那陰差牛頭腰上甩棍，交給二號張曉武，對他說：「你拿著甩棍，走大門下樓，看到陰差就敲他頭，敲了就跑，能跑多遠算多遠——」三號張曉武說到這裡，拍拍二號張曉武的肩，說：「假身藥大概還有七分鐘效力，加油。」

二號張曉武大力點頭，接過甩棍，衝出正門，磅啷啷地衝奔下樓。

三號——正牌張曉武嘿嘿地笑，轉身回臥房，見那馬面似乎漸漸甦醒，便朝他腦袋補上兩腳，再次踢暈他，跟著俯身從床底拉出背包，湊近窗邊瞧了瞧，見本來守在樓下待命的兩名陰差，全去追那拿著甩棍胡亂敲陰差腦袋的二號張曉武了。

張曉武提著背包，翻身出窗，踩著焦風飛上樓頂，低調從整排公寓樓頂這頭跑到另一頭，躍進無人防火巷裡，摘下牛頭面具、脫下紅色刺繡外套翻面再穿上，原本紅背龍紋黑袖，轉眼變成藍背虎紋白袖——這是一件雙面外套。

他走出防火巷，往前兩個分身相反的方向走，他好幾次停下腳步回頭張望，伸手進口袋握了握骷髏重機鑰匙，像是猶豫要不要回去騎他那骷髏重機，即便他平常行事再怎麼莽撞，此時也明白他那骷髏重機太過醒目顯眼，騎在路上，很難不被注意到。

他暗罵幾聲髒話，循著人少的路線繼續前進，還打了通電話給小歸。

「喂，小歸！我阿武啦……你現在人在哪？能不能見面聊聊？啊？你在混沌裡？你想幹啥？什麼！你研發部被陰差抄了，然後春花幫雞堂立刻上門找麻煩？這什麼情況？那雞堂老大前陣子不是才掛了……你問我這邊情況？我們城隍府有麻煩了，事情有點大條……俊毅他……什麼？你知道？你剛跟芯愛通過電話？我自己？對啊，我揍了黑白無常，現在在逃難，那些陰差一路追到我家抓我，我覺得他們不只為了我打黑白無常那兩拳，他們是想翻舊帳，把這兩年的怨氣一口氣討回來……我知道，我又不是笨蛋，我現在有件急事——嗯，怎麼說咧，俊毅先前找了幾個線民，暗中調查第六天魔王那艘大冥船，現在其中一個線民好像被發現了，打算故意犯案然後跑去城隍府自首，自首前把他調查結果藏在天鵝澡堂保管箱裡，現在我得去替俊毅把東西拿出來……但是我不知道天鵝澡堂是啥地方，我想請你叫手下查一下天鵝澡堂在哪，順便弄輛車給我，低調一點的車，我那骷髏重機太顯眼了，會被盯上……」

玖

「天鵝澡堂……」小歸持著手機與張曉武通話，對坐在操控台前的瘦高秘書姚金說：「查一下陰間天鵝澡堂是什麼地方？」

兩分鐘後，姚金將一面平板電腦遞給小歸，說：「台北有一家叫天鵝澡堂的三溫暖，某些角頭喜歡在那談事情。」

小歸接過平板，瞧瞧位置，和電話那端的張曉武說：「查出來了，是家三溫暖，距離你現在的位置有段距離，不如這樣吧，我現在剛上高速公路，到台北大概要一個多小時，你找個安全的地方待著，我過去接你——剛好我車上有位朋友，對你要找的東西很感興趣。」

「朋友？」小歸手機開著擴音，宏亮響出張曉武的粗話。「幹你老師，你朋友不是那憨吉吧？」

「你說的憨吉……」小歸望著韓杰，問著電話那端的張曉武。「是指太子爺乩身韓杰？」

「不然咧？這世界上還有第二個憨吉嗎？」

「嗯……他是在我車上沒錯。」小歸乾笑兩聲。

張曉武說：「他也想去天鵝澡堂？等等，你有開擴音對吧？憨吉，你聽得到我說話嗎？聽到回答『有』！」

「我聽得到。」韓杰湊近小歸手機，說：「你剛剛說你要拿的東西，是替俊毅調查第六天魔王的線民留下的東西？你知不知道那是什麼東西？」

「憨吉沒喊『有』，憨吉聽不見我說話，我說得不夠大聲嗎？聽見了要喊『有』，小歸……憨吉是不是聾了？」

「……」小歸見韓杰面露不耐，便對電話說：「他聽見了，他問你知不知道那線民在天鵝澡堂藏了什麼東西？」

「幹我要先找到天鵝澡堂，再找到六十三號保管箱，然後打開來、然後往裡面看，然後我他媽才知道是什麼東西啊！」張曉武哼哼地說：「問那什麼蠢問題，憨吉你頭殼裡面裝大便啊？」

「好了啦！」小歸對電話那端說：「你快找個地方躲著，告訴我地點，我去接你。」

「好，我找到跟你說，嗯，還有——憨吉是笨蛋、頭殼裡裝大便，哇哈哈！」張曉武大笑幾聲，掛上電話。

小歸收起手機，對韓杰苦笑說：「阿武就是這樣，你別生氣……」

「沒差，他爽就好。」韓杰隨意攤攤手。

衝鋒號裡安靜半晌，小歸扠著手想了想，對韓杰說：「原來俊毅一直默默調查第六天魔王，他對你和太子爺算是仁至義盡了吧……」

「是啊。」韓杰點點頭說：「我上週和他聯絡過，他確實說他打算從『物資』著手調查——第六天魔王那艘他化自在天，一直藏在混沌裡，很少出現在陰間陽世，船上物資都是派小艇進陰間送回大船上，如果能查出第六天魔王船上物資的進貨管道，就有可能發現小艇，再一路找到他化自在天。」

「物資……物資……」小歸思索半晌，說：「這麼大艘冥船，需要用到很多東西，是什麼物資呢？軍火、日用品、還是吃的喝的？他想煮太子爺，所以也可能是一些藥材……過去在陰間，和第六天魔王有生意往來的商家太多了，查起來可不容易啊……」

「反正等等東西找出來就知道了。」

「嗯。」

□

小歸這四輛衝鋒號外觀雖是貨車，但性能等同冥船，不僅裝有混沌儀，能夠隨意穿梭混沌與陰陽兩界，甚至連四枚輪子都可有可無，能夠直接飛天航行——因此小歸與韓杰乘坐的這輛衝鋒一號，從南部進混沌北上，僅花不到半小時便抵達陰間與張曉武約定的會合地點，還等了老半天，才等到張曉武鬼鬼祟祟地從窄巷出來。

矮壯秘書忠泰開啓貨箱門，裡頭小歸向張曉武招了招手。

「嗶！小歸——」張曉武跨上貨箱，從口袋摸出三管手指粗細的小瓶，向小歸揚了揚，說：「你這假身藥有夠好用，下次多拿幾瓶給我啊！」

原來剛剛張曉武自家混戰中，前頭跳窗飛逃以及後來鑽出床與陰差扭打的分身，都是他砸破小瓶變化出來的假身。

「嗨，憨吉，頭殼裝屎。」張曉武摘下背包，來到小歸身旁一屁股坐下，扠起手，兩隻腳蹺上韓杰身旁空位，與韓杰互瞪半晌，見韓杰沒有回話，便用手肘頂頂小歸，說：「你看，我們憨吉要結婚了、聽說快當爸爸了，他覺得自己是大人了，不屑理我們了。」

「韓杰不是跟你同年嗎？你們兩個都是大叔啦……」小歸瞅了瞅張曉武，哼哼說：「人家比以前穩重多了，怎麼你永遠像個毛頭小子。」

「幹！」張曉武不服氣地說：「老子死的時候二十四歲，永遠都是二十四歲，這裡只有一個大叔，就是他，憨吉叔！」張曉武說到這裡，向韓杰比了個手槍手勢，說：「你好，憨吉叔。」

韓杰嗯了一聲，說：「乖。」

「乖你老師。」張曉武將手槍手勢轉為中指，轉頭再對小歸說：「還有你這小歸好意思叫我大叔？你幾年生的？我是大叔，那你不就是爺爺！」

「對啊。」小歸說：「所以大家叫我歸爺。」

「歸爺咧，明明是個萬年小朋友喔。」張曉武呵呵笑，隨口細數小歸過往各種幼兒行徑——人死成鬼，儘管記憶和知識會隨著時間積累，但是某些生理狀況影響而成的心智習慣，卻是在死時那刻便抵定下來。

小歸死時不足十歲，肉體從未步入青春期，即便當了數十年鬼，依舊保有明顯孩童習性；張曉武二十出頭橫死，幹了十多年陰差，性情依舊如當年那般血氣方剛；至於韓杰，從前也曾年少輕狂，但經過多年歷練，又與個性拘謹的王書語相識相戀數年，過往那急躁性子改變不少。

就在張曉武和小歸你一句我一句鬥嘴時，衝鋒一號已經駛達天鵝澡堂所在大樓後方防火巷。

張曉武下車繞向大樓正門，回頭見韓杰也下了車，跟在他後頭，不悅地說：「憨吉，你跟來幹嘛？」

「韓叔叔怕你一個人危險。」韓杰冷笑說：「來保護小弟弟。」

「幹你老師噁不噁心。」張曉武連罵髒話，見韓杰不為所動，也莫可奈何。

兩人一前一後進入大樓，循著大廳裡的樓層告示，搭乘電梯上了六樓，走進天鵝澡堂。

張曉武看看櫃台上方價目表，掏出皮夾，驚覺冥幣不夠——再過兩天才是發薪日，但他卻在發薪日前兩天打了黑白無常，遭到閻羅殿全面追緝。

「美女，我之前來過，忘了東西在更衣室保管箱，能不能進去拿？」張曉武嘿嘿笑地望著櫃台年輕女鬼。

「不行。」女鬼愛理不理地搖搖頭。

「這樣喔……」張曉武強忍怒氣，保持微笑，若是平時，他大可戴上牛頭面具，頂著陰差身分強行進入搜查，但他此時被閻羅殿追緝，為免節外生枝，他只回頭瞪著韓杰，說：「憨吉，進去要錢耶，你下樓向小歸借點……」

「小弟弟，沒錢來什麼三溫暖……」韓杰繞過張曉武，掏出一疊超大面額冥錢，惹得那櫃台女鬼眼睛一亮，堆滿笑臉對韓杰說：「哥哥想要加點什麼服務？腳底按摩、全身按摩、擦背、全身去角質、還是想排毒呢？嘻嘻。」

韓杰瞅著價目表微微發楞——陰間通貨膨脹嚴重，韓杰甚少在陰間消費，看著價目表上和冥幣面額都是天文數字，一時難以反應。

「我們認識，一共兩位，基本入場就好。」張曉武擠到韓杰身旁搶著替韓杰回答，跟著低聲說：「幹！憨吉！你有錢不直接拿出來，在那邊裝死！」

「我怕傷害你自尊心。」韓杰問明了基本入場費，數出半疊冥鈔結帳，還抽了一張當做櫃台女鬼小費，逗得那女鬼眉開眼笑，然後便走進天鵝澡堂。

「尊你老師！」張曉武追在韓杰身後，哼哼說：「你哪來那麼多冥幣，明明是小歸支援你的！」

「是啊，怎樣？」韓杰往更衣室方向走，隨口問：「喂，剛剛櫃台妹妹說可以加點服務，按摩、擦背、排毒什麼的我知道，但是去角質是啥？鬼還要去角質？」

「你變鬼之後過來加點看看就知道啦。」張曉武沒好氣地答。

兩人來到更衣室，找著六十三號保管箱，韓杰伸手去拉箱門，卻被張曉武用手肘擠開。

「這是俊毅線民交給俊毅的東西，你到底在湊三小熱鬧！」張曉武伸手拉了拉箱門，陡然想起開這保管箱需要鑰匙，但俊毅只給了他手機，卻沒給他鑰匙。

張曉武呆楞幾秒，隨即摸摸口袋，掏出他那指虎鑰匙圈，鑰匙圈上除了他自家、重機和城隍府辦公桌等鑰匙，還繫著一套不起眼的開鎖工具，他解下開鎖工具，左右看看更衣室周圍動靜，隨即俐落地開了鎖。

韓杰在一旁大力拍手，稱讚說：「厲害厲害，當了十幾年陰間條子，還是沒忘記老本行。」

「少在那邊靠北。」張曉武瞪了韓杰一眼，打開保管箱，從中取出一只袋子，揭開一看，裡頭是一只巴掌大小的儀器，儀器上有塊顯示螢幕和幾枚不知道作用的按鈕。

「這三小？」張曉武呆楞楞地亂按儀器，只見螢幕閃爍兩下，顯示出類似衛星圖一般的畫面。「這是地圖？」

「咳、咳咳——」韓杰望著幾名彪形大漢走近張曉武身後，便輕咳幾聲，又見那幾個彪形大漢望向他，便對彪形大漢們搖搖頭，說：「別誤會，我不認識他。」

「憨吉說三小？」張曉武轉頭正想問韓杰那話意思，隨即注意到身後站著人，連忙轉身，只見幾個彪形大漢裸著上身、刺龍畫鳳，扠著手圍住自己。

韓杰指了指斜上方，張曉武循著韓杰手指方向望去，只見一只監視器直直對著自己。

「兄弟，你好大膽。」一名大漢拍了拍張曉武肩頭。「在我們天鵝澡堂偷東西。」

「老兄，別誤會……」張曉武堆起笑臉對大漢說：「我主管泡澡泡得太爽，不小心弄掉鑰匙，又不想賠鑰匙錢，所以要我過來幫忙開鎖，我不是偷東西，別誤會……」

「這樣啊……」大漢也微笑說：「那現在叫你主管過來。」

「主管。」張曉武望向韓杰，呵呵笑說：「他們叫你。」

「操……」韓杰呆了呆，見幾名大漢都望向他，走到張曉武面前，對他豎起拇指，笑說：「你厲害。」

「知道就好，憨吉主管。」張曉武得意地笑，見到韓杰陡然朝他伸手，知道他要搶那儀器，猛地縮手避開這記快抓，哈哈大笑說：「憨吉！你以爲我不知道你……」

張曉武還沒說完，陡然感到掌心竄動，手中那儀器彷彿生了腳，從他手裡竄出，唰地飛到韓杰手中。

原來韓杰發覺張曉武沒有鑰匙時，便已捏了撮香灰在手中，默默施術準備開鎖，但見張曉武亮出開鎖工具，知道那是張曉武老本行，便也不好班門弄斧，任他發揮，此時見情勢有變，便將那香灰化爲繩索，伺機出手奪取儀器。

韓杰奪得儀器，只笑著向張曉武豎豎拇指，一句話也沒說轉身就跑。

「幹！」張曉武憤然要追，卻被幾個彪形大漢伸手攔下。

「去追他——」帶頭大漢指著跑遠的韓杰吆喝，兩個大漢轉去追韓杰，其餘五六個大漢，牢牢抓住張曉武手腳。

「憨吉你有夠靠北，幹你老師咧！」張曉武被幾個大漢架往天鵝澡堂辦公室，死命掙扎也掙脫不了，他沒戴牛頭面具，力氣甚至不如這些壯碩鬼漢，只好大聲嚷嚷說：「聽我解釋，ＯＫ？你們剛剛也看到了，主謀是我主管！」

彪形大漢理也不理張曉武，將他押進辦公室，按著他雙肩，令他跪倒在地。

辦公室沙發上坐著一名個頭矮小、留著八字鬍的中年男子，他是天鵝澡堂的保安主管，本來拿著手機蹺著腿盯著整面監視螢幕，一見張曉武被押了進來，立時起身走向張曉武，扠著腰怪腔怪調地對張曉武說：「小老弟，你知道這裡是什麼地方？你知道多少大哥在我們這裡談生意？你敢在這裡偷雞摸狗，不怕偷到不該偷的東西？」

「……」張曉武跪在地上，雙手被兩名大漢左右扭至背後，一動也不能動，只哼哼冷笑：「那你又知道我是誰嗎？知道我老闆是誰嗎？你知道我來幹什麼嗎？」

「不知道。」保安主管笑問：「所以你是誰？你老闆是誰？你來幹什麼？」

「嗯……」張曉武微微轉頭，瞥了扣著他雙手的兩名大漢，說：「大家都是大人，可以好好說話嗎？」他這麼說完，見兩名大漢沒有反應，便望向那保安主管，搖搖頭說：「讓我站起來好好說清楚，你不會有什麼損失，但要是這麼粗魯弄到兩邊開戰，你老闆應該開心不起來……」

「什麼意思？什麼開戰？」保安主管呆了呆，一時也不明白張曉武什麼意思，但見此時張曉武身後站著好幾個自家壯碩保安，便也不疑有他，揚手示意大漢鬆手退開。「你到底混哪裡的？」

「……」張曉武站起身，甩甩被扭疼的手，瞪了兩名大漢一眼，跟著伸手摸進T恤領口，拉動緊身衣胸口上一條繩結，同時朗聲大喊：「Bear Bear Go Go——」

「啊？Bear Go Go？」那保安主管困惑問：「你說什麼？」

「這是熊王的出場口號！」張曉武冷笑回答。

「熊王？」保安主管仍一頭霧水，卻見眼前的張曉武軀體手腳莫名鼓脹起來，刺繡外套和牛仔褲立時被撐裂。

「啊幹……忘了先脫外套！這外套很貴的！」張曉武大罵一聲，破裂衣物底下撐起一套彷如科幻電影裡的重型裝甲。喀喀兩聲，一只豎著兩枚圓耳的厚重熊頭盔，自張曉武背部裝甲掀起，唰地蓋上他腦袋——這是小歸令旗下保全研發部門替好友張曉武量身訂做、半賣半送的重型裝甲，且附贈終身保固、定期保養升級。

「Bear Bear Go Go——」張曉武紮了個馬步，雙手比劃幾下，擺出自創超級英雄姿勢，吼出自創的出場台詞：「熊王降臨，天下無敵！」

「你在幹嘛？」「這小子瘋了！」幾名大漢見張曉武這副怪模怪樣和怪異舉動，連忙上前壓制，但穿上熊王裝甲的張曉武力氣增大數倍，一個轉身甩開四名大漢，一把揪著保安主管領口，將他高高提起，另一手彈出銳利熊爪，頂著保安主管頸子，惡狠狠地說：「我警告過你了，但你非要逼本熊王動手是吧？」

「什麼？我……我沒有要跟你過不去啊！我不是讓你好好說了！」那保安主管被這驟變嚇得魂飛魄散，急急說：「你自己說大家都是大人，有話好好說啊！快放我下來，大家好好說好不好？」

「我考慮一下。」張曉武提著保安主管，逼退一票彪形大漢，走近辦公室窗邊，拉開窗瞧瞧外頭，對那保安主管說：「等等別追喔，不然熊王要揍人囉！」

「是是是……」保安主管點頭如搗蒜。「我不追、不追……」

「很好。」張曉武滿意地點點頭，將保安主管安穩放上辦公椅，跟著一躍出窗。

「還楞著幹嘛，給我追——」保安主管立時跳下椅子，指著窗戶，向一票大漢怒吼。

張曉武在空中聽見保安主管叫聲，立時轉身飛了回來，不等大漢追出窗，轟隆一記飛踢衝回天鵝澡堂保安辦公室裡，幾拳撂倒幾個大漢，他那裝甲熊爪所及之處，辦公桌、資料櫃全給扒得四分五裂。

張曉武亂打一陣，回到窗邊，拍拍嚇傻了的保安主管肩膀，說：「等等我出去，你還會再派人出來追我嗎？會的話你直接說，我就地解決，免得讓我一直進進出出。」

「不會不會……」保安主管顫抖地說。「對……對不起……我真的不敢了……」

「來，打勾勾。」張曉武抓起保安主管的手、捏著他小指，強迫他與自己那熊爪打勾勾，跟著扔下保安主管，又蹦出窗外。

保安主管喘了幾口氣，怯怯地走近窗，探頭出去，只見張曉武扠手抱胸，倚著窗邊壁面，像是在觀察辦公室裡動靜。保安主管嚇得猛一哆嗦，連連向張曉武堆笑說：「我沒追、沒追……」

「嗯。」張曉武這才飛遠，繞到大樓另一側，落回停車場，卻不見小歸那衝鋒號影蹤，氣得跳腳大罵，取出手機就要向小歸興師問罪。

「阿武！阿武！」小歸的聲音自張曉武頭頂響起。

張曉武愕然抬頭，驚見整輛衝鋒號浮在他頭頂——原來剛剛韓杰上車，稱有人追他，小歸立時下令衝鋒號遁入混沌，等兩個大漢跑遠、張曉武回來，這才現身接應。

衝鋒號貨箱門揭開，張曉武立刻躍入衝鋒號，見韓杰拿著那儀器隨意翻看，氣得穿著熊王裝甲就要去揍韓杰。

但他拳頭還沒觸著韓杰身子，卻被韓杰揚手揮來的那道烈火紅綾纏住全身，瞬間感到渾身發軟。

「韓杰、韓杰！手下留情啊——」小歸見韓杰甩出混天綾纏住張曉武，驚恐叫起來，同時像是十分恐懼韓杰手中那混天綾，嚇得退到貨箱邊緣，用兩隻手遮著頭臉。

秘書姚金和忠泰本來一直面無表情，此時也面露驚懼，渾身發顫地瑟縮到角落。

「呃！我已經盡量壓低力量了……」韓杰立時收回混天綾，見張曉武撲通摔落在地，全身癱軟，不由得有些歉意，連忙上前拉起張曉武，將他扶上椅子，取出菸盒倒出蓮子，和上香灰捏碎，揭開張曉武熊頭盔護目鏡，在張曉武暈傻臉上畫了道咒，令蓮子香灰殘渣順著他嘴角流入他口中。

張曉武終於回了魂，喘著氣東張西望。「怎麼回事？發生什麼事？」

「不好意思啊……」韓杰癱手苦笑。「剛剛那是太子爺正版混天綾，我沒控制好力道，差點弄傷你。」

「幹你老師咧憨吉！」張曉武破口大罵，又掄高拳頭要打韓杰。

韓杰立時捏出那黃金尪仔標，對著張曉武。

張曉武立時被那尪仔標發出的雄渾神力嚇得退開老遠——即便他性情再怎麼張狂，但出於鬼物本能，被天庭中壇元帥正版七寶神力震懾，也是自然而然的反應。

「你們別吵了好不好！」小歸焦惱嚷嚷起來。「衝鋒號很貴的！經不起兩位這樣打鬧啊！」

「不好意思，是我不好……」韓杰嘆了口氣，收去尪仔標，向張曉武鞠了個躬，將剛剛使計奪來的儀器遞向他。「還你。」

「裝紳士喔幹……」張曉武哼了哼，施咒收回熊王裝甲，恢復成緊身衣，一把搶過那儀器，翻看半晌，對韓杰說：「你研究半天，有沒有研究出來這是三小？」

小歸對張曉武說：「這是行蹤記錄器……而且還是我們家生產的。」

「行蹤記錄器？」張曉武呆了呆，說：「那是啥？」

「行蹤記錄器，就是用來記錄行蹤的工具啊，分成發信跟接收兩部分，像是電影裡在人家汽車偷偷裝個小小的訊號發布器，然後再用接收端機器接收信號，就能鎖定目標位置。」小歸這麼說：「這東西不在陰差配備需求裡，地府沒興趣，所以我只有小量生產賣給陰間一些徵信社……之前俊毅每次見了我都警告我別老搞這些違禁品，沒想到他私底下也在用我家的產品，嘿嘿。」

「俊毅線民把這三小記錄器藏在保管箱，還設了密碼，所以這東西裡面記錄了什麼？」張曉武翻看那記錄器半晌，喃喃自語：「俊毅這批線民替他追查第六天魔王的冥船……所以這記錄器，是用來記錄魔王冥船位置？」

「第六天魔王那大冥船一直藏在混沌裡，很少出現在陰間，平時靠一批小艇運送物資，這記錄器裡頭的資料，十之八九是記錄那些運輸小艇的出沒動態。」小歸這麼說：「如果可以找到小艇，就有機會追到第六天魔王的大冥船。」

「喂。」韓杰對張曉武說：「你不是有俊毅和線民的手機，你看看其他簡訊，看有沒有其他線索，如果我們知道線民消息來源，甚至在哪臥底，說不定可以找出供貨給第六天魔王的商家，一口氣查出小艇收貨地點。」

「你慢慢看吧。」張曉武取出俊毅手機拋給韓杰，自個兒拿著記錄器左右翻看，問小歸：「這東西怎麼用？」

「這裡是開機。」小歸按開那記錄器，教導張曉武如何縮放螢幕上的地圖、切換顯示模式。

「那線民叫風仔是吧，他把記錄器交給俊毅，表示他已經把信號發布器裝上小艇了？」張曉武切換數種顯示模式，螢幕上一個訊號光點也沒有。「現在上面什麼也沒有，表示現在小艇都還在混沌裡？」

「誰知道呢？」小歸聳聳肩，補充說：「這記錄器記錄的是發信器的位置，不是小艇的位置……我只能確定現在這東西接收不到發信器的訊號。」

「喂——」韓杰向張曉武揚了揚手機，說：「這個風仔在一間藥材行工作，那藥材行祕密供貨給第六天魔王的人，風仔把發信器藏在藥箱裡，交貨給第六天魔王人馬，其中幾次還幫忙把藥箱搬上小艇貨艙……」韓杰將俊毅手機拋還給張曉武，臭臉抱怨：「前面幾篇訊息寫的清清楚楚，媽的你到底有沒有仔細看內容？」

「幹……閻羅殿的人殺進城隍府時，俊毅才把手機給我，什麼都沒跟我說！那些王八蛋想搜我身，我只好打他們，我逃回家裡屁股還沒坐熱，他們就找上門了，我哪來時間仔細看訊息！」張曉武接著手機，對小歸抱怨：「你看，憨吉裝紳士最多只能裝幾分鐘，超過時間就變回流氓幹幹叫了。」

他說完，滑著俊毅手機上一則則往來訊息，拼湊俊毅這幾位線民們的身分——

除了那任職於藥材行的風仔，另外有個「跑路仔」，是某間城隍府雜役，位階雖不高，但偶爾能夠打聽到驚人消息；「大猴」則是某幫派堂口裡的副堂主，一票成員個個剽悍能打，很得魔子百鬪賞識，現在就等第六天魔王應允，便能登上他化自在天，成爲船上侍衛。

風仔、跑路仔、大猴，是俊毅暗中追查他化自在天的三名主要線民，俊毅這支手機內的訊息，大都來自這三個線民。

「風仔把發信器裝在藥箱裡，追蹤小艇位置……」張曉武喃喃說：「但是小艇一進混沌，訊號就中斷了，那俊毅拿到記錄器又有屁用？」

「不。」小歸擠在張曉武身旁，一齊看著手機上的簡訊，說：「我這記錄器不只能即時偵測訊號，還能完整記錄信號動態，所以才叫作『記錄器』。」

「完整記錄信號動態？什麼意思？」

「簡單來說，如果風仔每隔一兩週就搬幾箱藥物上小艇，且都有在藥箱裡藏發信器，每一枚發信器從啓動、配對，到進入混沌後中斷訊號爲止，每一刻的位置變化，都會被記錄下來。」小歸對兩人解釋：「只要知道每一枚發信器訊號移動的過程、中斷的位置，就能推斷出那些小艇收貨的時間跟地點——我這台記錄器可以對資料額外加密，所以風仔要俊毅拿輪迴證來交換密碼。」

「也就是說——」「所以只要……」韓杰和張曉武同時發問，同時停下，瞪著對方。「你先別插嘴。」「幹你才別插嘴！」

「解開記錄器密碼，就能知道第六天魔王小艇的行蹤。」小歸直接回答兩人沒有問完的問題，跟著晃了晃那記錄器，說：「而且我們不需要跟風仔交換密碼，這東西是我們寶來屋生產的，我調幾個研發部的人幫忙，可以直接破解機器……」

「等等。」韓杰打斷小歸的話，說：「剛剛簡訊裡，風仔說要上陽世看老媽，然後回陰間找俊毅，可是現在俊毅被帶走了，接替俊毅的代理城隍很可能站在第六天魔王那邊，風仔的線民身分如果曝光，消息傳回他化自在天，小艇收貨路線肯定會大改，這些資料就沒用了……」韓杰轉頭瞅瞅張曉武，說：「你用俊毅手機傳訊息給風仔，要他看完老媽別回陰間，直接在陽世跟我碰面，我想問他一些問題。」

「我就在打字準備傳簡訊給他啦，你別吵！」張曉武托著手機打字，不時抬頭瞪韓杰幾眼，唾罵：「還有你剛剛語氣我聽了很不爽，一副把我當成你的打工仔一樣，太子爺乩身了不起喔，老子是牛頭，還是敢打黑白無常的牛頭。」

「好。」韓杰連連點頭。「是我不好，我平時跟王小明說話說習慣了，一下子改不過來……」

「王小明？幹！是那個肥宅？」張曉武聽韓杰將自己比做王小明，更加惱怒，嚷嚷罵著：「你拿我跟他相提並論，有沒有搞錯？」

「我不是這個意思……」韓杰煩躁解釋兩句，耐性也差不多逼近極限，惱火罵：「要你打個簡訊打這麼久，你到底會不會打字？」他湊上去看，見張曉武那訊息欄只打了兩行字，還沒講到重點。「你問他媽好不好幹嘛？你就說俊毅出事了，換人跟他約，你寫什麼作文啊？」

「幹你老師咧！」張曉武瞪大眼睛，推開韓杰。「你管我打什麼字？你是國文小老師啊？老子愛寫作文怎樣？」他這麼說，低頭繼續打字，突然啊呀一聲，手機也同時震動起來。

風仔直接打了電話過來——

「咳咳，喂……」張曉武驚訝接聽。「你是風仔？」

「你……你是誰？」風仔的聲音聽來驚慌恐懼到了極點。「俊毅的手機怎麼會在你那邊？」

「你別怕。」張曉武說：「我是俊毅同事，是他好朋友，俊毅出事了，他把手機交給我，你有什麼話，跟我說也一樣。」

「你……你……」風仔猶豫半晌，像是在擔心是否該相信張曉武。「我現在在俊毅城隍府裡……」

「什麼？」張曉武愕然驚問：「你不是上陽世看老媽嗎？怎麼這麼快回陰間？」

「我……」風仔壓低了聲音，說：「我……我想在上陽世之前，先拿到輪迴證比較安心……」

「你沒跟人說你是俊毅線民吧？」張曉武急問：「你身分要是洩露，就沒戲唱了。」

「沒……」風仔說：「我說我準備要輪迴了，想在輪迴之前，跟俊毅打聲招呼，謝謝他過去關照過我；但陰差說俊毅去閻羅殿出差，等等順路帶我去見他，剛好直接送我去閻羅殿輪迴宿舍，我不知道怎麼拒絕，只好答應了，他們帶我上了車，車上只我一人，兩個陰差在外面抽菸聊天，說抽完就出發……我……我該跟他們去閻羅殿嗎？」

「……」張曉武急急抓了抓頭，說：「那些人是俊毅的仇家，想要陷害俊毅，你如果跟他們上閻羅殿，不但會害了俊毅，而且肯定上不了大輪迴盤、也出不了閻羅殿。」

「什麼！」風仔驚恐說：「那怎麼辦？我現在下車逃跑行嗎？」

「別亂來，你逃不掉……你聽好！」張曉武說：「你先把手機裡跟俊毅的訊息全刪了，你通訊錄裡的聯絡人應該不是直接寫『俊毅』那麼笨吧？」

「我……我等等馬上改掉……」風仔說：「訊息我都是傳完就刪……」

「好，你冷靜，別亂來，我想想辦法怎麼救你……」張曉武點點頭，見韓杰和小歸湊在他身邊，也不知道聽見對話了沒，便急著轉述剛剛通話經過。

「我有聽見一部分，你先開擴音……」韓杰匆匆說：「問他發信器還有沒有剩下？」

「發信器？」張曉武陡然明白韓杰用意，問：「你想中途攔車？」他見韓杰點點頭，便對電話那端風仔說：「俊毅給你的發信器，你還有剩嗎？」

「沒有……」風仔著急說：「就算有也沒用，每一枚發信器啓動之後，都要跟記錄器配對，記錄器才能收到信號。」

張曉武和韓杰聽風仔這麼說，同時望向小歸，小歸點點頭說：「他說的沒錯，沒辦法靠記錄器追蹤，不過別擔心——」小歸向姚金下令：「請距離俊毅城隍府最近的情報組出動，盯住每一輛從俊毅城隍府出發的公務車。」

「是。」姚金立時聯絡寶來屋集團情報小組。

「阿武。」小歸對俊毅說：「你問風仔知不知道他坐的那輛車的車牌號碼。」

「……」張曉武晃了晃手機，說：「他掛電話了，應該是陰差上車，準備出發了。」他說完，立時撥了通電話給顏芯愛，低聲問：「芯愛，是我——妳先聽我說，剛剛是不是有個傢伙來找俊毅，被閻羅殿陰差帶上車？嗯，很好，妳能不能替我看看車牌號碼——那傢伙是俊毅線民，我們要把他弄到手——妳不用擔心，我現在跟小歸還有憨吉在一起……嗯？誰是憨吉？就是太子爺乩身啦……別打草驚蛇，妳只要替我看看那輛的車牌號碼……」

張曉武和顏芯愛細語半晌，向小歸報出個車牌號碼。

秘書姚金立時將車牌號碼傳給寶來屋情報組，小歸轉頭對韓杰說：「太子爺乩身，劫車這件事得麻煩你動手了，我這幾台衝鋒號還要用來對付第六天魔王大冥船，現在最好低調點別曝光。」

「好。」韓杰點點頭，說：「但你得弄輛車載我，我踩著風火輪在路上攔車太招搖了。」

「沒問題。」小歸立時令姚金從最近的分部調輛車過來。

張曉武見韓杰看著自己，便哼哼地問：「幹嘛？你要老子當你司機？」

「不然呢？」韓杰冷冷說：「一個人怎麼一邊開車一邊搶人？」

「誰說不行。」張曉武豎起拇指戳戳胸口。「老子示範給你看怎麼一邊開車一邊搶人。」

「你們別吵了。」小歸無奈說：「我調兩輛車過來，你們一人一輛車，也有個照應……」

拾壹

陰間，十餘輛閻羅殿公務車浩浩蕩蕩駛上高速公路。

閻羅殿車隊百來公尺後方，兩輛跑車，一紅一黃，加速跟來。

張曉武駕著紅色跑車，一個加速駛到黃色跑車前方，嘴裡碎碎罵著：「幹他個風仔，剛剛怎麼沒說有這麼多輛車？」

韓杰駕著黃色跑車，從車內通訊裝置聽見張曉武罵聲，冷冷回話：「閻羅殿上城隍府查扣資料，本來就不會只出一輛車，你從城隍府逃出來的，剛剛城隍府來了多少輛車你不知道？」

「幹！那些車來來去去，我怎麼知道！」張曉武焦惱罵著，聽見通訊裝置傳出韓杰冷笑，瞧了瞧後照鏡，突然急煞兩下。

「……」後方駕駛黃色跑車的韓杰，像是早料到前方張曉武會故意煞車，早有準備，立時繞過張曉武的紅車，駛到張曉武車前，也急煞幾下以牙還牙，然後加速往前，去追那閻羅殿車隊。

「幹你老師咧！要跟老子飆車是吧，來來來！」張曉武哈哈大笑，猛地加速又追到韓杰車前，連連煞車。

兩人車內通訊裝置，同時響起小歸的叫嚷聲：「你們兩個在幹嘛啊？幹嘛逼對方車？快去搶人啊——」

「我是要搶人沒錯啊。」韓杰冷笑一聲，瞅瞅窗外遠空上那架小歸情報組派出的空拍機，又見前方張曉武紅車不停急煞，猛地一加速，撞上張曉武車尾，將張曉武紅車撞得失控蛇行，然後趁機繞過紅車，一路加速衝向閻羅殿車隊。

「肇事逃逸啊幹——」張曉武咬牙穩住車身，踩足了油門加速追上，還一路猛按喇叭。「前面的憨吉，你好膽別走！」

閻羅殿公務車裡，判官聽見後方傳來一陣喇叭急響，問著身旁陰差：「後面怎麼回事？」

駕駛陰差瞧了瞧車窗旁後照鏡，只見車隊後方一紅一黃兩輛跑車，不時自車道拐入拐出，彼此追逐飆車。「後面有兩輛跑車在飆車……」

「啊？」判官回頭，視線卻被後方公務車擋著，瞧不著更後頭，只聽見一陣喇叭聲越逼越近，一紅一黃兩輛跑車倏地自車隊後方繞出，唰地連超數輛車，一口氣駛過判官座車，竄到了閻羅殿車隊前方，仍不停蛇行追逐。

「唉喲，陰間沒有王法啦？」那判官瞪眼怒罵：「哪來的小流氓，沒看見這麼多閻羅殿公務車——喂，去派輛車把他們攔下，一起押回閻羅殿！」

判官說完，拿起電話按了按，說：「老劉，是我，李判官。晚點我帶兩輛車上你那兒，你替我估個價。不知道哪款，只知道一紅一黃，看起來是跑車，在路上飆車呢，我派手下去攔……」

電話那端傳來老劉笑聲，說：「唉喲我們李判官太威風了，路上看上哪輛車漂亮，立刻就能帶來我這兒變賣……」

「你知道就好。」李判官呵呵笑說：「所以你估價別估低了。」

「高高高！」老劉笑著應答：「我保證不會讓李判官失望。」

李判官掛上電話，瞧瞧前方，只見己方車隊冒出兩輛車，亮起警示燈、響出警笛聲，加速往前去追兩輛跑車。

一輛閻羅殿公務車逼到了韓杰黃車旁，副駕駛座陰差搖下車窗，揮舞電擊甩棍，示意韓杰減速停車。

韓杰瞅瞅那閻羅殿公務車，確認後座也是陰差，不是風仔，便朝副駕駛座陰差微微一笑，稍稍減速，跟著猛地轉彎，用車頭去頂公務車後輪，將整輛車頂得失控翻車。

李判官坐在車隊中撥打給情人，說自己今天賺了筆橫財，問她想要什麼禮物，晚點帶去給她，突然聽見前方轟隆一聲，便見到一輛閻羅殿公務車撞上護欄之後翻覆，嚇得連連問：「怎麼回事？」

「前面……」駕駛探頭探腦，由於前面也有公務車擋著視線，一時還搞不清楚更前方動態，突然又聽見一聲碰撞，又一輛公務車失控衝出，這次直接衝破護欄，摔出公路。

「前面跑車蓄意衝撞我們的車！」前方閻羅殿公務車傳來回報，整隊閻羅殿公務車紛紛亮起警示燈，車上陰差、黑白無常紛紛掏出武器，準備攔車逮人。

磅啷、磅啷！

前方又兩輛公務車被紅黃跑車頂得翻滾好幾圈，其中一輛還燃燒起火——

這兩輛跑車，是小歸替某位熱愛地下賽車的大哥專門開了條產線，客製打造的賽車，不僅車輛重心極低，且加裝上凶猛耐用的前後保險桿和側裙——該大哥參與的賽事，允許車輛彼此衝撞，因此張曉武和韓杰駕駛的這兩輛跑車，本便善於衝撞。

「怎麼回事？他們想幹嘛？」李判官見前方一輛輛公務車被兩輛跑車頂翻，嚇得六神無主。「哪來的飆車族這麼兇？他們……他們不是普通的飆車族！」

李判官還沒說完，只見紅黃跑車一左一右，將他夾在中間，嚇得哇哇大叫：「快來人啊——」

後方車隊裡竄出幾名黑白無常，飛追到兩輛跑車車頂，像是要直接逮人。

張曉武連忙左右急轉，甩落兩個白無常，韓杰則是不動聲色，任由車頂兩個黑無常掏槍朝車頂擊發。

磅磅兩枚子彈穿透車頂，打在韓杰身上，像是搔癢一般——正規陰差槍械武裝，傷不了凡人肉身，韓杰坐在車裡，有恃無恐。

「等等等等！」判官見黑無常開槍，立刻搖下車窗大罵：「誰准你們開槍了？你們別傷著車子……最多破窗，你們破窗抓他！」

黑無常聽了李判官命令，莫可奈何，持槍敲破駕駛座旁車窗，探手進去抓韓杰胳臂，突然哇地驚叫，反被韓杰抓進車裡，搥了幾拳後又扔出窗，摔滾在公路上。

凡人肉身在陰間猶如銅皮鐵骨、力大無窮，尋常陰差若未使用特殊裝備，絕難制服闖入陰間的凡人，更別說擁有蓮藕身的韓杰。

「那人捱了黑白無常的子彈都沒事，那是陽世活人！」李判官身旁陰差高聲尖叫。

「什麼?陽世活人?陽世活人怎麼會……」李判官還沒說完,便見韓杰轉動方向盤,朝他這輛車撞來。

碰唧一聲巨響,李判官這輛公務車被撞出車道,駕駛努力穩住車身,但後方張曉武全速撞來,張曉武那重心極低的車頭加上斜斜保險桿,猶如鏟子般鏟入判官座車車尾,將判官座車兩個後輪鏟得浮空。

一旁韓杰黃車再次加速衝來,轟隆將判官座車撞得翻滾十來圈,摔出公路。

幾分鐘後,韓杰和變化出熊王裝甲的張曉武,又頂翻幾輛閻羅殿公務車、打飛幾個黑白無常之後,左右駛到最後一輛公務車前方,輪流急煞,想要逼停這輛車。

這車終於停下,車上三名陰差打開車門,驚慌跑遠。

風仔害怕地縮在後座,只見前方兩輛跑車也跟著停下,下來兩個男人,剽悍走到後座兩側,同時拉開車門,探頭問他:「你是風仔?」

「是!我是風仔,你們……」風仔見兩人同時發問,一下子看看韓杰、一下子看看張曉武。

「你們是俊毅同事?」

「他是俊毅同事,我不是。」韓杰拉住風仔胳臂,要將他拉下車。「別怕,跟我來。」

「幹!老子才是俊毅同事。」張曉武掀起熊頭面罩,也揪住風仔胳臂大嚷。「老子是牛頭!跟老子下車!」

「等等、等等!我沒說不下車啊!」風仔被韓杰和張曉武從兩邊揪著胳臂,都要拉他下車,只覺得胳臂被拉得劇痛,哀嚎起來。

「憨吉，放手——」張曉武大喝。

韓杰立時鬆手，讓張曉武將風仔拉下車。

「幹他老師咧……」張曉武惱火拉著風仔，上了自己跑車，發動引擎駛遠，韓杰也上了車，跟在後頭。

小歸情報組那空拍機，立時撤退飛遠。

天空更高處，還有一架體積更小的空拍機，在小歸情報組空拍機飛離之後，也跟著飛走。

拾貳

混沌，他化自在天艦橋艦長室，第六天魔王窩在大椅上，拿著手機，目不轉睛地盯著螢幕。

螢幕上那條小小的公路，隱隱可見幾分鐘前閻羅殿公務車翻覆燃起的火光。

第六天魔王手機裡，傳出說話聲音：「摩羅老闆，剛剛老藥仙員工眞被人劫走了，劫他的人其中一個是陽世活人，樣子沒拍清楚，但確實和太子爺乩身有點像……」

「不是有點像，就是他沒錯。」第六天魔王呵呵笑說：「我正看著呢。」

「那人現在已經不是神明乩身，這次私闖陰間，攻擊閻羅殿公務車、打傷黑白無常，這些罪名全加起來，足夠我們直接上陽世押人了。」電話那端這麼說。

「不。」第六天魔王笑了笑，說：「你們別動他，我這邊有人會上去找他。」

第六天魔王說完，晃晃滑鼠，切換視訊畫面，與畫面上與五蘊魔辛妖打了聲招呼：「辛爺，剛剛韓杰把老藥仙員工劫走了，看來那些發信器確實和他們有關，你打算怎麼做？」

「是。」辛妖坐在小艇駕駛艙副座上，一手托著一只絲絨小袋、一手捏著枚黃豆大的小東西——絲絨小袋裡裝的全是風仔藏進藥箱裡的發信器。「我想把這些發信器用法術封印起來，遮著訊號，再在那藥材收貨地點布下天羅地網，解開封印，讓訊號發出，引那乩身自投羅網。」

「聽起來不錯。」第六天魔王微笑點頭。「這次看你表現啦。」

「我一定不會讓摩羅大王失望。」辛妖這麼說，立時向身旁嘍囉下令。「叫大家上船，出發逮韓杰啦！」

聚在小艇外的數十名惡鬼打手們，紛紛擠上小艇貨艙，你一言我一語地討論那韓杰這次沒有太子爺奧援，肯定逃不過五蘊魔辛妖的魔爪了。

這數十名打手，沒有一個注意到自己和伙伴們的鞋底、腰帶、衣服縐褶、兵器溝槽裡，藏著許多小如線頭的小蠅——

天上蓮藕化成的小蠅。

這些小藕蠅不僅藏在打手們身上，也藏在小艇貨艙各處。

整艘小艇連同惡鬼打手們身上的小藕蠅倘若全聚集起來，約莫一隻文鳥那麼大，此時化整爲零，藏在小艇貨艙各處和惡鬼打手身上。

每隻小藕蠅身上都帶著強大的隱匿法術，就連駕駛艙裡的辛妖，也未能察覺出艇上除了他和一票打手，還載著這麼一批小傢伙們。

小艇艙門關上，緩緩航行，駛出他化自在天小艇艙門，駛出混沌，來到陰間。

□

陽世太陽升起時，陰間仍是黑夜。

衝鋒號已停在韓杰陰間家外停車場。

韓杰被強制退休後，太子爺陰間辦事處遭到裁撤，但很快被媽祖婆接手管理，此時整棟陰間辦事處及周遭設施，和先前差別僅在於辦事處裡外旗幟、牌匾上的大名，從中壇元帥換成了天上聖母。

衝鋒號貨箱裡，一夜未眠的韓杰強忍著倦意、扠著手，聽著張曉武和風仔的一問一答。

風仔任職於陰間一家專門經營違禁藥物的藥材行，那藥材行號稱只要客戶付得起錢，無論什麼稀奇古怪的藥材都弄得到，甚至包括陽世活物、生人亡魂，都不成問題。

風仔之所以成為俊毅線民，是在某次送貨給買家時，被俊毅手下逮到，查出貨品裡有部分違禁藥物——這批違禁品在陰間罪責可大可小，陰差倘若有意追查到底，足夠搞垮一間沒有靠山撐腰的大型商家。

自然，大部分陰間商家，倘若沒有背景，其實很難坐大，憑俊毅的實力，根本搞不倒風仔工作的那間藥材行。

儘管如此，風仔依舊恐懼至極，因為這批被查獲的違禁藥物，是他擅自從藥材行倉庫裡偷出來賣的，被陰差逮捕、被地府定罪，都是小事，但被那藥材行老闆「老藥仙」知道他私自盜賣店內屯貨，可會被老藥仙「生吞活剝」——這可不是形容詞，而是貨真價實的生吞活剝，且老藥仙不會一次將他吃完，而是會吃下一部分後，用藥醫治他那殘缺魂身，再將他裝成「便當」，日後想起再繼續吃。

在老闆私人廚房冰箱裡，屯放著十來個「便當」，裡頭裝的全是不乖的員工魂魄，有些是手腳不乾淨，有些是犯下嚴重錯誤，造成藥材行重大虧損。

老藥仙的藥太厲害了，令每一個便當的保存期限接近永恆；便當裡的魂魄在被老藥仙吃完之前，必須日復一日承受著巨大痛苦。

藥材行裡的員工們私下稱廚房那座冰箱是「十九層地獄」。

風仔道行低微、無依無靠，自知逃不過老藥仙手下獵人追殺，無論如何，也不想被打進十九層地獄，因此對俊毅的訊問有問必答，供出第六天魔王勢力和老藥仙的合作關係，以及這兩年的交易事宜——自然，這點證詞，並不足以讓俊毅放風仔一馬，畢竟這些風聲耳語俊毅早已知道了，就連各大城隍府的雜役、路邊的吸毒仔或許都略有耳聞。

俊毅對風仔說，他有兩條路可以選。

一是讓俊毅押著他上藥材行搜查違禁藥物，大隊人馬搜呀搜地一路搜進老藥仙書房，或許「不小心」砸壞幾只老藥仙最喜歡的花瓶什麼的，最後把老藥仙一齊押回城隍府拘留室好好審問。

自然，以老藥仙的背景，俊毅頂多只能將老藥仙扣在拘留室幾小時，然後就會被閻羅殿派來的特使稱閻羅殿下令親辦此案，將老藥仙連同風仔一併押走。

然後，閻羅殿會放人，那時氣炸了的老藥仙，應該會忍著不在半路上就掐爛風仔，而會拎著風仔回到藥材行廚房，開始他那愉快的藥膳料理。

風仔還沒聽完俊毅說完這條路的結局，就哀求俊毅放他一條生路，不管俊毅說什麼，他都願意乖乖照辦。

俊毅於是給了風仔一組發信器和記錄器，要他當做什麼也沒發生般返回藥材行，繼續以前的工作，找時機將黃豆大小的發信器藏進藥箱中，記錄他化自在天小艇的出沒狀況。

此時大夥兒見到風仔那記錄器裡的紀錄，可訝異不已——

這份長達十餘天的紀錄裡，不但記錄著每批藥箱送上小艇、小艇遁入混沌的時間地點，甚至還記錄了小艇現身陰間、前往藥材行收貨的整段移動紀錄。

這是因為他化自在天上的嘍囉們，會將每日廚房產生的藥渣裝進前一批空藥箱裡，讓小艇載還給藥材行代為處理，而這些暗藏發信器的藥箱，每次隨著小艇現身陰間時，就會被風仔的記錄器記錄下來。

「幹他老師，看不出來第六天魔王這麼環保？」張曉武聽風仔說到這裡，有些訝異。「藥渣還整理起來回收？怎麼不隨便扔進混沌裡就好了。」

「才不是。」小歸搖搖頭說：「要是他們把垃圾拋出船外，之後他化自在天開走、混沌消失，垃圾會落回陰間甚至是陽世，留下滿地證據跟足跡啊。」

「也是喔……」張曉武抓抓頭，轉頭見韓杰掩嘴打著哈欠，便說：「幹憨吉你想睡覺啊？」

「是啊。」韓杰隨口說：「你活著的時候不睡覺嗎？」

「想睡覺回家睡啊！」張曉武指指風仔說：「這傢伙我來處理就好。」

「你怎麼處理？」韓杰扠著手問。「你現在自身難保。」

「有小歸罩我啊。」張曉武拍了拍小歸肩頭。

「是啊。」小歸點點頭，對韓杰說：「你放心，我會帶阿武跟風仔一起去避難所避避風頭，你先回家休息吧。」

「好吧……」韓杰同意小歸說法，走向車尾，等忠泰打開貨箱門，正要下車，卻聽見風仔啊呀一聲，回頭只見眾人一齊望向小歸手上那信號記錄器。

記錄器小小的螢幕，閃爍起數枚亮點。

小艇來陰間了。

「啊！」張曉武嚷嚷起來：「第六天魔王放小艇進陰間收貨了？」

「是啊……」風仔點點頭，細看光點位置，確認此時小艇循著老路線駛向藥材行。

「這什麼地方？在陽世哪裡？」韓杰上前急問。

「我看看位置，嗯，在新竹山區……」小歸見韓杰取出手機開啓地圖，對照光點位置，問：「韓杰，你……該不會想直接殺過去？」

「是啊。」韓杰揚手指了指貨箱外不遠處一輛威風凜凜的重機，問：「我騎小風號衝過去，應該不用二十分鐘吧。」

「如果是小風號的話，不用那麼久，小風號在陰間飛，比陽世直昇機還快……」小歸喃喃說，語氣有些遲疑。「不過你殺過去幹嘛？你想搶小艇？」

「那是他化自在天專用的運輸小艇。」韓杰問：「上面應該有可以追蹤他化自在天的裝置對吧？不然小艇怎麼找到藏在混沌裡的大冥船？」

「這個嘛……」小歸扠著手，思索半晌，說：「混沌的空間概念，跟陰間陽世不太一樣……每一個混沌儀製造出來的混沌，都是獨立的混沌，這有點難解釋……就像是收音機的頻率不同，接收到的電台就不同。」他說到這裡，晃了晃手中的記錄器，對韓杰說：「例如這是我們的衝鋒號，如果現在進入混沌，但是沒開走，一動也不動，五分鐘後，另一艘冥船過來停在同一個位置，然後也打開混沌儀，進入混沌……」

小歸舉起左手握拳，當成「另一艘冥船」，擺到右手持的記錄器下方，說：「衝鋒號跟冥船，在陰間相同位置進入混沌，但不會撞到彼此，因爲他們分別在兩個不同的混沌裡……」

張曉武聽到這裡，插嘴說：「啊幹那運輸小艇從大冥船跑出來載貨回去，頻率肯定一樣啊。」

「問題是——」小歸說：「就算韓杰你搶到小艇，但是只要他化自在天改變混沌儀頻率，或是開到不一樣的位置上，你還是找不到……」

「我管不了那麼多。」韓杰說：「小艇上肯定有其他有用的線索，有總比沒有好。」

「也是……」小歸說：「如果你眞能弄到他們的小艇，帶給我，我會找我們的冥船團隊拆解研究，看能不能從他們的混沌儀上找出有用的東西。」

「好。」韓杰這麼說完，向風仔問明了藥材行和先前交貨位置，便躍下衝鋒號，來到他那小風號前，摸出那片黃金尪仔標，投入小風號一處像是投幣口的孔洞中——

這小風號是太子爺託小歸替韓杰打造的陰間代步工具，外型看似一輛重機，但實則裝有冥船引擎，能夠飛上天，嵌裝上武裝甲板之後，便搖身一變成一艘武裝快艇。

那投幣口功用如同鑰匙孔，須投入尪仔標才能啓動，此時韓杰投入的黃金尪仔標，可是太子爺那正版風火輪，只見小風號前後輪胎金光四射，旋繞起熊熊金火。

韓杰跨坐上車，吁了口氣，做好心理準備，輕輕施力拉抬龍頭、催動油門。

小風號閃電般飛竄上天。

「哇幹——」張曉武從貨箱探出頭來，看著轉眼竄射上天的小風號。「根本是飛彈啊！」

韓杰跨著小風號停在半空，雙手緊握把手，即便他已經做好了心理準備，知道正版風火輪威力非同小可，但依舊嚇出一身冷汗，低頭看看底下，此時衝鋒號已經成了一個小影。

他確認四周方位，輕輕加速轉向，小風號在空中猶如電光，倏地往目標竄去。

「唧——」文鳥小小從韓杰外套口袋探出頭，尖銳啼叫幾聲，跟著整個身子竄了出來，兩隻小爪子牢牢抓著韓杰外套，一爪一爪爬上韓杰肩頭，不停瘋狂亂叫。

「怎麼回事？」韓杰連忙煞車——這小風號由神力驅動，韓杰坐上車時，全身受神力包覆，無論他是飛射沖天，還是陡然加速、急煞，受到的慣性影響微乎其微。

小小攀上韓杰腦袋，揪著韓杰頭髮唧唧亂叫老半晌，只見四面八方竄來一片猶如螢火蟲般的細碎光點。

點點金光飛繞到韓杰四周，在韓杰面前旋繞凝聚成形，化爲一隻金光閃閃的文鳥。

「呃！」韓杰瞪大眼睛，愕然望著金光閃閃的文鳥落到了小風號龍頭上，小小也隨即飛到黃金小文鳥身旁，一大一小兩隻文鳥唧唧喳喳、交頭接耳，然後一起抬頭朝韓杰啼叫，還氣呼呼地跺著小爪子，模樣與過去小文想要叼籤但籤紙用光時的模樣，如出一轍。

拾參

陰間郊區山腳下一間藥材行外，立著一面樸素招牌——「仙藥鋪」。

一名削瘦年輕男人亡魂站在櫃台後，陰冷望著仙藥鋪外終年不變的夜空，漆黑空中有時會飄來暗紅色的雲，偶爾閃動幾下亮紅色的雷電，雷聲尖銳沙啞，像是兩塊鏽鐵互相磨擦。

老藥仙身形瘦小，四肢細如枯木，卻頂著顆渾圓肚子，穿著一條髒舊四角內褲、赤裸的上身披著一塊工作圍裙，坐在櫃台後方門口旁一張藤椅上，默默磨著菜刀，兩隻眼睛混濁烏黑，但偶爾卻會閃現幾下殺氣騰騰的精光。

他已經輾轉得知手下員工風仔原來是城隍俊毅線民，還在大客戶第六天魔王的藥材箱子裡偷藏發信器，剛剛其他員工清點了風仔負責的藥材倉庫區域，發現短少了部分東西——這風仔還盜賣自家藥物。

這幾項罪名加起來，單單做成一個便當，已經無法宣洩老藥仙心頭之恨了。

老藥仙沙沙磨著刀，思索著適合風仔的菜單。

兩個年輕男鬼拉著板車，載著數箱藥材，從老藥仙身旁門裡走出，向老藥仙說：「老闆，我們上山送貨了。」

「去吧。」老藥仙冷冷說。

兩個員工知道老藥仙此時冰冷語氣底下，可藏著座隨時要爆發的活火山，便小心翼翼地不敢多話，匆匆走出仙藥鋪，將藥箱搬上小貨車，駕車上山。

小貨車在曲折山路上彎彎拐拐、搖搖晃晃地駛了二十來分鐘，駛達山腰上一處林間。

這兒地勢平坦，生著一株株十餘公尺高的黑樹，這些黑樹從樹幹到枝葉都墨黑一片，在樹叢上方，還聚著一片不知是雲還是霧的濃厚黑氣。

小貨車駛到了黑樹林前停下，兩名仙藥鋪員工下車，將藥箱疊上板車，拉進黑樹林，一前一後地又走了十來分鐘，來到一間老舊磚屋前。

這老舊磚屋旁有塊寬闊空地，光禿禿的沒長黑樹，而是停著一艘公車大小，形狀猶如一條胖鯨魚的冥船。

正是他化自在天的運輸小艇。

小艇側面艙門半敞著，一旁堆著幾個裝著藥渣的藥箱，幾個嘍囉見藥鋪員工過來，也不上前迎接，只默默著盯著他們。

兩個員工拉著板車來到小艇旁，將一箱箱藥材搬上小艇，再將前一批裝有藥渣的箱子堆上板車，還向嘍囉們鞠躬哈腰說：「我們老闆說……風仔這件事，確實是我們疏忽，我們實在對不起摩羅大王……我們老闆一定會給摩羅大王一個交代……」

「知道了，你們走吧。」幾個嘍囉隨意揮了揮手，示意藥鋪員工可以走了，跟著取出像是偵測器的東西，對著小艇上幾個藥箱揮來掃去地偵測有無其他發信器。

兩名藥鋪員工加快腳步，拉著板車走出黑樹林，將藥箱搬上貨車，駕車下山。

途中，兩名員工只見遠方天際一道金光遠遠竄近，在貨車頂上一閃而過，藥鋪員工相視一眼，都知道那金光是怎麼回事——仙藥鋪早收到通知，今日太子爺乩身極可能會上山找碴。

駕駛員工踩足油門，加速下山，生怕受到牽連。

前方，又有一輛型號老舊的廂型車，搖搖晃晃上山。

駕車員工小心翼翼地放緩速度和那廂型車會車，只見那廂型車窗極黑，看不清裡頭載著誰。

□

韓杰駕著小風號，飛到了黑霧上空，默默盯著底下濃稠黑霧，壓低車頭，令小風號緩緩下降。

小風號下降同時，韓杰撥動把手一處開關，同時催動油門，令兩只輪胎飛旋空轉，金火閃耀四射，轉眼驅散周圍黑雲。

韓杰駕著小風號穿透黑雲，落到黑樹林正中央空地上，瞧瞧前方磚屋和一旁敞著艙門的運輸小艇。

幾個嘍囉一見韓杰落下，立時大呼小叫起來：「太子爺乩身來了!」「來了!」

韓杰下車，伸指對著鑰匙孔畫下道咒，召回正版風火輪黃金尪仔標，捏在指尖來回翻轉，同時另一手從口袋摸出另一片黃金尪仔標，大步朝磚屋和小艇走去。

嗖嗖幾聲尖銳風嘯聲，是一批紅色煙火往天上打。

紅色煙火在空中炸出團團紅煙，和天上黑霧混成一團，黑中有紅，紅中有黑。

韓杰仰頭望著天上紅黑交雜的怪霧，突然瞥見一旁矮樹叢竄出幾個身影，扛著火箭筒卻不是朝他，而是對準他身後那小風號，發射——

嗖地兩聲風嘯，兩枚火箭彈正中小風號。

韓杰瞪大眼睛，望著燒成火球的小風號——一個半小時前，他帶著金文鳥駛回陰間自家，上了陽世書房取紙讓金文鳥燒籤，一看才知原來他化自在天上已經發現藥箱裡藏著發信器，第六天魔王令五蘊魔辛妖帶著打手來陰間布置陷阱誘他上門。

「操……」韓杰儘管做足了心理準備前來迎戰辛妖，但怎麼也沒料到，敵人第一招是用火箭筒轟他小風號，他取出手機，打給小歸，怒氣沖沖地瞪著那兩個扛著火箭筒的嘍囉，簡單說明小風號爆炸原因。「眞不好意思，得麻煩你替我再找輛車了……」

「這有什麼問題……」小歸的聲音和張曉武的大笑聲從手機中一齊傳出。「我早替你的小風號弄了間專屬工作室，有一組人專門負責維修小風號跟研發新裝備……嗯，你剛剛說整台炸爛了是吧，沒差，庫房裡還有全套零件，我現在就通知工作室替你組台新的送去你家。」

「謝了。」韓杰瞪著兩個火箭筒嘍囉，掛上電話。

火箭筒嘍囉見韓杰一手握拳，拳縫溢出金紅火焰，繞上全身，連忙扛著火箭筒奔遠。

「好久不見啊，太子爺乩身。」辛妖笑咪咪地走出小磚屋，瞇眼望著韓杰。「還記得我嗎？」

「嗯，我記得。」韓杰點點頭說：「一年前，你擔心落在死對頭闕滅手裡求生不得、求死不能，太子爺收你爲線民，說有事他會罩你，那時你笑得跟什麼一樣。」

「是啊。」辛妖點點頭說：「有天庭中壇元帥撐腰，誰能不笑呢？」

「結果過了一年。」韓杰說：「你改認第六天魔王當老大啦？」

「是啊……」辛妖抖抖大袖，露出金屬右手，指指插在腦袋上幾枚長釘，說：「誰教我技不如人，手給扯了、腳給砍了，腦袋裡還被插了幾根釘子，中壇元帥不是說要罩著我？結果他自個兒都給逮了，除了改認摩羅大王作老大，我還有其他路可以選嗎？你教教我啊，混蛋！」

「好吧。」韓杰見辛妖腦袋上幾枚釘尾隱隱繞著符籙咒印，知道辛妖乖乖擔任第六天魔王打手，除了形勢比人強，身體還受到符法控制，便也不再多譏諷什麼，只輕輕揉開手中黃金尪仔標，令混天綾纏繞上身、風火輪旋至腳下，扳了扳手指，伸展手腳，擺出一副準備打架的模樣。

「想打架就來吧。」

「臭小子……」辛妖見韓杰模樣輕佻，不由得有些惱火，身子微微變形成半人半蝦蟆，兩隻眼睛異光閃動、向外凸出，說：「我是打不贏中壇元帥、打不贏摩羅大王……可好歹我過去也是陰間幾大魔王之一，難道你覺得我連你也打不贏？」

「對。」韓杰點點頭，又從口袋捏出一片鏽跡斑斑的尪仔標揉爛。

紅黑相間的火焰在他面前凝聚成一支豎直長槍。

這把槍從槍柄至槍頭都生著鐵鏽，槍纓焦火飄燒、黑煙繚繞。

韓杰握住長槍，手背上立時破開一條刀痕。

他臉上、頸上，也紛紛出現刀割痕跡，還微微滲出血。

「啊？」辛妖見韓杰還沒動手，反而先受了傷，不由得覺得好奇。「你那是什麼槍？怎地一拿出來，自己先流血啦？」

「這是很多年前，我還在乩身試用期時拿的武器。」韓杰苦笑了笑，提起鐵鏽火尖槍，微微轉動，說：「沒辦法，之前我被強制退休，法寶給上天收去了，只好挖出這老東西湊合著用。」

「我還眞不懂。」辛妖皺起眉頭，兩隻眼睛交錯閃爍著青黃光芒，甩了甩那長舌，將一雙老手抖成駭人大爪，問：「當太子爺乩身到底有何好處？爲何你願意折騰自己？」

「好處？」韓杰想了想，說：「過去我做錯了一件事，或者說做錯了很多事，害死我爸媽跟姊姊，我很後悔，自殺好幾次都死不成——太子爺不讓我死，他要我當他乩身，他能讓我爸媽跟姊姊在陰間不用受苦、早日輪迴轉世——這算好處嗎？」

「不算。」辛妖搖搖頭，問：「爲什麼你要贖罪？害死人很嚴重嗎？你自己受苦，換得別人輪迴，這算什麼好處？」

「他們不是別人，是我家人。」韓杰問：「五蘊魔，你以前沒家人嗎？」

「家人？有啊，全被我殺了……」辛妖古怪一笑說：「那是好久好久以前的事了……」

「所以你有本事當魔王，我只能當乩身。」韓杰這麼說。

「沒錯，我是魔王，五蘊魔辛妖！」辛妖嘿嘿一笑，唰地竄到韓杰面前，迎面一爪拍下，卻陡然感到韓杰周身圍繞著一股無形的柔和神力，令自己這一拍猶如拍入水中般，不僅速度被減緩了，威力也被大大削弱了。

然而韓杰不但不受這神力束縛，反而得到額外加持，一正一負，一邊加速、一邊減速，令韓杰此時速度，還略勝這窮凶極惡的陰間魔王半籌，他左手一揚，扣住辛妖拍來的大爪，正版混天綾唰地裹住辛妖整隻大爪；同時順勢抬腳一勾，藉著正版風火輪威力將辛妖拐倒在地。

下一瞬間，韓杰握著鐵鏽火尖槍直直往倒在地上的辛妖胸口插去。

辛妖終究是魔王，千鈞一髮之際，牢牢抓住火尖槍桿，令槍尖僅刺入他心窩寸許。

「你……怎麼可能？你怎麼可能有這種力量？」辛妖驚恐大叫，金紅火焰順著他右手燒上他全身，和他左手握著的鐵鏽火尖槍的鏽片焦火混成一團。

「我這混天綾、風火輪，是太子爺借的正版貨。」韓杰嘿嘿笑著說：「你不是被打過？認不出來嗎？」韓杰說到這裡，抬腳重重踩上辛妖肚子，不讓他起身，附在腿側的風火輪飛旋濺火。

「不……不對！」辛妖口鼻魔氣四溢，兩隻眼睛閃閃發亮，一手被混天綾捲著，一手緊抓火尖槍桿，嚷嚷怪叫：「你只是凡人肉身，就算得了蓮藕身，帶著天上法寶，也不可能有這等力量……你……你身體裡還藏著……藏著……」

「你發現啦。」韓杰嘿嘿一笑，說：「我來找第六天魔王麻煩，怎麼可能不帶幫手過來，誰知道冥船門打開會下來什麼人？」

韓杰剛說完，身後黑樹林大霧中駛來一輛廂型車，停在韓杰身後不遠處，幾扇車門一齊打開，陳亞衣、苗姑、馬大岳和廖小年先後下車，苗姑高高竄起，抖開小紅袍朝著四周惡鬼大喝：「天上聖母金身駕到，四方惡鬼還不退開！」

有個扛著火箭筒的惡鬼嘍囉，和苗姑對上眼，嚇得手一抖，不小心扣下扳機，火箭炮轟隆擊發，一枚火箭彈直直射向廂型車。

馬大岳離那火箭筒嘍囉最近，眼一瞪、手一架，喝地大吼一聲，身前張開一面符陣，轟隆擋下火箭爆炸。

「大膽！」廖小年上前兩步，兩隻眼睛發出金光、口中獠牙竄長，雙手往後腰一撈，握出兩支短柄斧戟，噹噹互敲了敲。「是誰射的火箭？」

馬大岳也暴怒揚手，從空中抓下一支長柄月牙戟，直指那火箭筒嘍囉。「就是你——」

「呀！」火箭筒嘍囉嚇得立時拋下火箭筒，倏地飛逃進了黑樹林中。

「哪裡跑！」馬大岳和廖小年身上附著順風耳和千里眼，一見嘍囉們四處竄逃，立時分頭去追。

「亞衣，我們上！」苗姑也與陳亞衣追打起嘍囉。

「咦？」辛妖被韓杰用風火輪踩在地上，只感到韓杰周身那無形神力儘管柔和，卻極其沉重，只能奮力催動魔力，抵禦身上烈火。他聽見苗姑喝聲，又聽馬大岳和廖小年說話，驚訝大喊：「是……是媽祖婆來了？」

「是我來了沒錯。」媽祖婆的聲音，自韓杰喉間響起。

「媽祖婆在你身上！」辛妖見韓杰兩眼金光閃耀，駭然大驚。「太子爺乩身吶，你……你不是退休了，怎麼能讓媽祖婆降駕在你身上？這合規矩嗎？」

「規矩？」韓杰冷笑反問：「你們幹了什麼事你心裡有數，你當神明都是笨蛋？你殺人放火，反過來怪警察闖紅燈追你？」

「韓杰說的沒錯呀。」媽祖婆跟著說：「承平時刻，大家按規矩行事，但那摩羅竟連中壇元帥都敢擄下陰間，還打算將他烹煮吃下肚去，現在聽說連我都想抓去吃了，五蘊魔，你說說，這合規矩嗎？」

「唔……」辛妖被問得無言以對，雙眼骨碌亂轉，猛力將韓杰那鐵鏽火尖槍拔出胸口，跟著身子一扭，魔氣爆發，唰地終於掙脫韓杰壓制，向後竄到了小磚屋上。

韓杰則是抖了抖混天綾，抖下一隻金屬假手，是辛妖棄下的義肢。

辛妖站在磚屋頂上，東張西望大嚷：「摩羅大王、摩羅大王！您要我替您探探韓杰是不是帶著中壇元帥那眞法寶，我探出來啦，他那混天綾、風火輪，都是眞貨沒錯，我任務完成了，可以回去了嗎？什麼？可……可是……那韓杰把媽祖婆請來啦，我……我可能贏不了……」

「疼……好疼……我……我知道了，摩羅大王……我會盡力……」辛妖單膝跪倒在磚屋頂，單手摀著腦袋，整張臉青筋畢露，一雙外凸眼睛血絲滿布。

「五蘊魔，你還打不打？」韓杰來到磚屋下，挺著火尖槍直指辛妖。「不打就下來跟我談條件，你頭上那些釘子……」

「喝！」辛妖陡然暴喝，全身古怪扭曲變形，身形變得更像隻蛙類，轟地躍下磚屋，朝韓杰撲去。

韓杰身前掀起一面神力大浪，海嘯般襲向辛妖，阻下辛妖這一撲。

同時，韓杰腳下風火輪一旋，挺著火尖槍向前一刺，正中辛妖心窩，將辛妖壓上磚屋，撞毀整面牆，轟隆撞進屋內，跟著從另一面牆撞出，沿路壓推斷幾株樹後，終於將辛妖釘在一株粗壯大黑樹上。

辛妖整張臉恐怖扭曲，腦袋上幾個捱釘處都滲出血來，身子一抖，眼耳口鼻都溢出魔氣。

媽祖婆的神力立時驅散了辛妖魔氣。

韓杰雙手抓著火尖槍猛地一扭，臂上混天綾倏地捲上鐵鏽火尖槍，循著火尖槍竄進辛妖心窩裡——他知自己這鐵鏽火尖槍畢竟是乩身法器，威力略有不足，便動用正版混天綾。

辛妖被太子爺那混天綾鑽入身中，先是激烈顫抖起來，跟著眼耳口鼻不再洩溢魔氣，而是竄出金紅烈火。

「媽祖婆，您不介意我給他最後一擊吧？」韓杰握著火尖槍，知道身中媽祖婆慈悲，生怕自己動作粗魯冒犯到她老人家，便禮貌提醒。「如果您不喜歡看粗暴場面，要不先回亞衣身上……」

媽祖婆呵呵笑了笑，淡淡說：「我領千里眼和順風耳與妖魔作戰的時候，你還不知在哪兒呢。」

「也是。」韓杰乾笑兩聲，知道自己多慮了，使勁握著火尖槍再一旋，全力摧動混天綾放火，但見辛妖雖無力掙脫，卻仍死命撐著一口氣，身中依舊還蓄著半滿魔力。

韓杰嘖嘖幾聲，心想自己既然用上了太子爺正版法寶，可不能在媽祖婆面前丟了太子爺的臉，正打算摸出張鐵鏽九龍神火罩尪仔標塞進辛妖嘴裡進行最後一擊，左手卻突然高高揚起，掌上白光閃耀，凝聚出一支長劍。

銀亮劍身上閃耀著七枚光點。

媽祖婆的聲音自韓杰身中響起：「這五蘊魔終究是鼎立一方的陰間魔王，雖然你拿著太子爺法寶，但威力自然遠不如太子爺本尊，要降伏這魔王，是有些吃力，所以讓我來吧。」

「是……」韓杰聽媽祖婆聲音裡帶了股過去少見的威嚴，連忙恭敬應答，他話剛說完，身子自己向後一退，左手長劍斜斜劈下，從辛妖右頸斬出左胸肋，順勢切斷了辛妖左臂。

同時，寶劍上七枚光點，倏地離劍飛起，時而化爲劍形、時而化爲流星，在韓杰周身盤旋，像是護衛一般。

媽祖婆附著韓杰身子一劍斬落辛妖腦袋，隨即長劍一挺，正中辛妖額心，挑著辛妖腦袋緩緩轉身。

後頭陳亞衣與馬大岳、廖小年等，已將埋伏在四周的嘍囉殺得抱頭鼠竄，押著十餘隻跑得慢的嘍囉，來到韓杰面前，令嘍囉們伏跪在地，乖乖聽媽祖婆訓話。

「我有些話託你們帶回給摩羅。」媽祖婆附著韓杰，長劍輕輕一挑，將辛妖那連著左肩和半截上臂的腦袋，扔到嘍囉們面前，緩緩說：「你們帶著五蘊魔腦袋回去和摩羅說，南天門現在已經召開無數次作戰會議，但仍願意給他最後一次機會，如果他懸崖勒馬，放回太子爺，天庭保證不會追究他這次擄神、強闖天門等等罪責，但倘若他冥頑不靈，待天門重新開啓，天庭眾神、千軍萬馬，會全面追緝圍剿他，到那時候，可不是落顆腦袋那麼簡單，他會被削去千年魔力、戴上萬斤天鐐，打下十八層地獄，由南天門直接派員監管，永生永世不得超生。」

媽祖婆說完，收去寶劍，還抖抖手、蹬蹬腿，代韓杰收去火尖槍、混天綾和風火輪。

韓杰那鐵鏽火尖槍一離手，頭臉和手上那一道道刀割痕跡，立時被金光治癒——當年他擔任太子爺乩身時，還是負罪之身，太子爺賜他七寶尪仔標，每次使用時都得承擔副作用，一來是對他的懲戒，二來是防止他濫用。

這鐵鏽版尪仔標的副作用，更強於普通尪仔標數倍，是最初太子爺用來給予頑劣新人震撼教育用的「教具」；過去韓杰每次動用這鐵鏽版尪仔標，都會搞得全身傷痕累累、全身浴血，這次受媽祖婆神力庇蔭，拿這鐵鏽火尖槍大戰辛妖，倒是不痛不癢。

嘍囉們見到地上那辛妖腦袋上兩顆死寂凸眼，都嚇得魂飛魄散，聽媽祖婆訓話，各個點頭如搗蒜。

「你們沒聽見媽祖婆說話？」順風耳握著月牙戟頓了頓地，暴躁地踢了幾個嘍囉屁股，大喝：「快撿起五蘊魔腦袋，滾回他化自在天，把媽祖婆剛剛說的話轉告給摩羅聽！」

「是、是是是……」嘍囉們連滾帶爬地往小艇奔逃，跑得最慢的那個又給順風耳揪回，逼他抱起辛妖腦袋，才讓他回船上。

嘍囉們聚回小艇貨艙，你看看我我看看你，這小艇駕駛在剛剛亂鬥中給千里眼一斧斬了，只好硬推了個勉強會開冥船的傢伙上駕駛座。

「你行不行啊？」千里眼攀在駕駛座艙邊，瞪著那害怕嘍囉，問：「別半路撞爛了，媽祖婆的話你們一定得帶給摩羅，知道嗎？」

「是……」那嘍囉不停點頭，按了按開關，發動冥船引擎。

貨艙艙門緩緩關上，小艇升上半空，加速飛遠，跟著唰地憑空消失，遁入了混沌。

「媽祖婆、韓大哥！」陳亞衣來到韓杰身旁，低聲問：「剛剛沒忘記把金文鳥放回船上吧？不會被發現吧？」

「嗯。」韓杰點點頭。「上船了。」

「我剛剛替那藕鳥補上些隱匿法術。」媽祖婆補充說：「那是太子爺用仙藕捏成的文鳥，連五蘊魔都嗅不出來，更別提那些嘍囉了。」

「太子爺眞是太厲害了，竟還有這一招！」陳亞衣等望著遠空，只盼計畫一切順利。

「好了。」韓杰看看他那堆被炸成廢鐵的小風號，對陳亞衣說：「得麻煩你們順路載我下去，然後在半山腰上等我幾分鐘。」

「幾分鐘夠嗎？」陳亞衣笑著問。

「那半小時好了。」韓杰這麼說。「我可能得問問那老闆一些事情。」

「哎呀，你要問多久都行啦。」陳亞衣回頭往廂型車走。

「這件事你自己來就行了吧。」媽祖婆在韓杰身中這麼說。

「謝謝媽祖婆幫忙，我自己就行了。」韓杰道謝之餘，也由衷稱讚。「剛剛您那寶劍眞是厲害。」

「那不是我的寶劍。」媽祖婆淡淡笑著說：「是大道公的七星劍。」

「大道公！」韓杰先是一呆，跟著驚問：「現在天門縫已經能送出大神專用武器了！」

「對。」媽祖婆點點頭。「但目前速度很慢，這柄七星劍可是大道公領著一批弟子整整花了三天三夜，才將劍推出天門……不過之後天門縫開得更大些時，送武器的速度應該會快點。現在我得先上九霄天，在南天門前把中壇元帥那長籤轉告門內同僚，讓大家鬆口氣，然後商討接下來的計畫。」

「是。」韓杰點點頭。

拾肆

廂型車駛達山腳，停在仙藥鋪外。

韓杰拉開側門，下了車，盯著仙藥鋪招牌，從口袋取出菸盒，倒出幾枚蓮子入口咀嚼。

「韓大哥，需要幫忙嗎？」陳亞衣探頭出來問。

「不用。」韓杰搖搖頭。「你們幫我把風就好，有陰差來的話就大聲叫我。」

韓杰說完，走向仙藥鋪，同時從口袋摸出一張鐵鏽尪仔標，雙掌一揉，化出一雙公車拉環大小的鏽鐵圈圈。

他一手抓著一只鐵圈，噹噹互敲了敲，撞出點點鐵鏽破片，大步走向仙藥鋪。

仙藥鋪裡兩個員工見到韓杰來勢洶洶，連忙拿著棍棒出來攔阻韓杰。

韓杰二話不說，一拳轟在那員工臉上，將員工轟回仙藥鋪裡，滾了兩圈，撞上櫃台。

老藥仙從藤椅上彈起，舉起菜刀高聲呼嘯，身後內門竄出一個個員工，手上抄著棍棒或是刀械，吆喝著衝出仙藥鋪要擋韓杰。

韓杰以肉身下陰間，銅皮鐵骨、力大無窮，外加戴上一雙有如指虎一般的鐵鏽乾坤圈，如入無人之境，掄著拳頭一路打進仙藥鋪。

「好久沒看韓大哥這樣打人了，真過癮啊。」陳亞衣窩在廂型車上，抓了包零食拆開吃著，盯著韓杰走進仙藥鋪後瘋狂砸店揍人，樂不可支。

「亞衣姐，妳還沒跟我們說到底發生了什麼事……」前頭副駕駛座上廖小年回頭問：「太子爺不是在他化自在天上嗎？爲什麼能燒籤給韓大哥？」

「因爲太子爺厲害啊！」陳亞衣笑著說：「太子爺帶著太上老君的火爐和一堆醫宮補給品，故意讓第六天魔王手下擄上船，他藏進豹皮囊的補給品裡，有許多天庭仙藕，他用那些仙藕，捏出無數小蟲……欸，這樣講要講到什麼時候，我把照片傳給你們，你們自己看吧——」

陳亞衣這麼說，隨即將不久之前，韓杰傳給她的照片，轉傳給了廖小年和馬大岳——此時千里眼和順風耳尚未退駕，而是奉媽祖婆之命，繼續附在馬廖二人身中待命。

千里眼見廖小年取出手機，忍不住直接控制他雙手操縱手機，點開通訊軟體，一面喃喃說：「我也還沒完全搞清楚狀況，來來來，快看快看。」

駕駛座上馬大岳也讓順風耳接管了雙手，但順風耳似乎不擅操縱凡人手機，亂滑半天也沒看著太子爺籤令，焦躁問：「太子爺籤令是哪張啊？怎麼全是你這小子的醜臉？你成天沒事做，拿著相機拍自己？」

馬大岳連忙提醒：「順風耳將軍，你弄錯了，不是點相本……」

「不是要看相片嗎？相片不在相本在哪兒？」順風耳繼續滑著相本，突然大叫起來。「臭小子，你光著屁股拍照？你拍自己那話兒幹嘛？」

「大岳，你眞的自拍老二喔？」廖小年爆笑問。

「誰自拍老二？」千里眼已經點開了太子爺籤令，但聽見順風耳和廖小年說話，便順口問：

「馬大岳自拍老二？」

「他在網路上認識了位大姐，那位大姐說想看他老二……」廖小年笑得合不攏嘴。

「閉嘴——」馬大岳驚怒大吼，雙手仍胡亂滑著手機，連忙說：「順風耳將軍，亞衣傳照片給我，你要先進通訊APP收照片，才能看吶——」

「什麼是通訊APP？」順風耳連怎麼退出相本程式都不知道，又滑過幾輪，見到更多馬大岳自拍照片，愕然喝叱：「臭小子，你拍的這些都是什麼鬼東西？」

「順風耳將軍，這是我的隱私！」馬大岳怪叫哀求：「求求您尊重一下，好嗎？」

「……」陳亞衣窩在廂型車後座，懶得理會前座騷動，自顧自地吃著零食，一面和苗姑重新細看韓杰傳來的幾張籤令，幾大張列印紙燒成的籤令上頭字跡密密麻麻——

韓杰，嚇一跳對吧。

情況有點複雜，我要講的事情有很多，想到什麼說什麼，你多準備幾張紙讓籤鳥燒字。

我目前無大礙，每天泡在鐔裡玩水，你們不用太擔心。

摩羅想吃我進補，他相信只要得到我的神力，就能令他三界無敵，但是又怕燙傷舌頭，所以用藥湯泡著我，想先熄了我的火，但他不知我帶著老君火爐，在這兒躺個一年半載都不成問題。

摩羅和天庭算是撕破臉了，所以我這鐔燒哪吒，他無論如何也得燉成，因爲這個緣故，這段期間他沒再對我下黑蓮花毒，因爲會弄髒食材；相對的，我也出不去，我被囚在他化自在天上一座塔裡的混沌空間裡，那混沌空間四處藏著能放黑蓮花毒的機關，故我不得輕率破牆離開。

我知你小文被天庭沒收了，另隻小小又不懂燒籤，所以和你約定了聯繫暗號，但來到這裡，才發現瞧不見你。摩羅船上這些混沌，能夠阻隔我與藕鳥之間的聯繫。我每隔一陣子會發出道號令，卻不知小小能否收到我指示。

我使計把金磚給摩羅，卻在鬼卒前來拿磚時，令金磚留下一條金線，穿過混沌牢室；這金線不但能替我送出藕蠅，也能讓我在混沌牢室裡，遙控牢外的藕蠅。

我每天在罈裡沒事做，便將身邊仙藕捏成無數小蠅，替我四處探路，我透過這些小蠅，不但能看見船上動靜、聽見船員說話，甚至還聽見百鬪那小子向哥哥抱怨摩羅行事保守不知變通。

現在整艘他化自在天，已被我探了個八成，也從船上嘍囉閒談中，知曉陽世天狗吠月、天門關閉，以及媽祖婆獨留陽世這些情況。

我探出他化自在天上有處大艙庫，裡頭停著十來艘小冥船，平時摩羅就靠這些小冥船去陰間搜刮物資、去陽世放天狗。

如今你能收到我籤令，是因我派出無數小蠅藏入運輸小艇裡，等待時機駛出混沌時，這批仙藕小蠅們便會離船飛遠，凝聚成籤鳥，帶著這篇事先擬好的長令，去陰間陽世尋你。

他化自在天也在混沌裡，我無法指揮飛離他化自在天的籤鳥，但我造出的藕獸，彼此能夠自主聯繫，只要同處陰間或者陽世，便能感知對方位置、聽見對方叫喚，倘若你不在家，那籤鳥會反覆不停進出你家地下室鬼門，往來陰間陽世叫喚，一旦小小聽見籤鳥叫聲，便會主動尋籤鳥。

不久之前，陳亞衣正在南部一間媽祖廟裡，與一票媽祖婆老少乩身、眼線們，一同討論眼前局勢時，接到韓杰視訊電話，開手機見到竟是文鳥在燒籤，都驚訝尖叫起來，甚至驚動了媽祖婆本尊，直接降駕在老邁乩身身上，領著眾人即時看韓杰家裡籤鳥燒字實況。

大夥兒盯著新籤鳥叼著列印紙張燒出這段長文時，可都又驚又喜，也弄懂太子爺如何在遁進混沌的他化自在天上的一座塔裡的一只罈中，透過他那神妙藕蠅將訊息傳給韓杰。

媽祖婆正準備退駕帶著這段訊息前往南天門、隔著門縫告訴天庭諸神這件大事時，卻驚覺這籤令竟還沒燒完——

現在有艘小船準備出發前往陰間取貨，我臨時加條急事進籤裡一同送去給你。

你聽好，摩羅已發現你們在他運輸船上藏了發信器，準備派辛妖將計就計去誘你上門——這辛妖就是一年前被我痛打一頓，求我收他當線民的那個五蘊魔辛妖。

你不是他對手，去找媽祖婆幫忙，帶著我的法寶，到陰間仙藥鋪山腰上一塊黑雲底下，他埋伏在那兒等你，你有媽祖婆相助，拿著我法寶，應當能贏他，但可別莽撞乘運輸船暗渡他化自在天，現在還不是時候，摩羅就在船上，你上來只是找死。

摩羅打算親自上陽世擒媽祖婆，燉了媽祖婆進補，習得神風法術後，再來加速滅我的火。

這陣子我會繼續探船，摸清整座塔和嘍囉作息，我打算趁摩羅離船時，全力破塔奪船。

最後一件事，你戰辛妖時，別打壞他那運輸船，想個理由放嘍囉回來，然後……

陳亞衣唸到第六天魔王打算連媽祖婆都抓來燉煮食用時，可把擠在一旁的千里眼、順風耳和苗姑氣得七竅生煙，你一句我一句地大罵第六天魔王。

轟隆一聲，仙藥鋪後方庫房爆炸，燒起熊熊大火，數條鐵鏽火龍黑裡透紅，四處飛衝亂撞，有些火龍嘴裡，還叼著仙藥鋪員工。

仙藥鋪嘍囉員工們紛紛逃出店鋪，驚恐看著韓杰走出火海。

韓杰此時頭臉遍布灼傷，提著老藥仙走出仙藥鋪，隨手將老藥仙扔在地上。

「你……你……又不是陰差，怎麼可以在陰間亂來！」有些員工指著韓杰吆喝。

韓杰轉頭望了那喊話員工一眼，嚇得那員工後退好幾步。

老藥仙怪吼一聲，從地上蹦起，撲上韓杰後背，探頭要咬韓杰頸子，卻被韓杰反手往他臉上拍了一張鐵鏽尪仔標，怪叫一聲摔落下地，打滾哀嚎。

那黏在老藥仙臉上的尪仔標，倏地化爲一只斑駁皮囊，袋口「咬」著老藥仙半張臉，像是在進食般，一口一口將老藥仙吃進袋裡。

「聽說你喜歡把員工做成便當吃？」韓杰從菸盒倒出兩枚蓮子拋入口裡吃，隨意用腳踢著老藥仙，冷笑說：「被吃掉的感覺怎麼樣？」

「……」老藥仙大半張臉都給鐵鏽豹皮囊裹進袋裡，無法應話，只能不住掙扎打滾。

下一刻，豹皮囊袋口倏地大張，將老藥仙整個身子全吞進袋裡。

韓杰彈了記手指，身後仙藥鋪九條鐵鏽火龍唰唰竄回韓杰身邊，旋繞兩下，變回尪仔標。

韓杰收回九龍神火罩，提著不停蠕動、消化到一半的豹皮囊，走回廂型車，對陳亞衣說：

「走吧。」

拾伍

混沌，他化自在天上，整隊鼻青臉腫的嘍囉們走出小艇，排成一排通過一道偵測門。偵測門後頭還站著幾個守衛嘍囉，持著偵測器掃描檢查嘍囉們身上有無藏匿其他發信器。

「大哥呀，我們都是自己人，你難道懷疑我們嗎？」歸來的嘍囉們碎碎埋怨著負責搜身檢查的守衛嘍囉。

「這規矩是摩羅大王定的呀。」守衛嘍囉們無奈說：「且也不是懷疑你們，誰知道陽世那些傢伙玩什麼把戲，說不定趁打架時暗中將發信器藏在你們身上，要你們帶上船，再一路找過來。」

「你當我們白癡啊，讓人在身上藏了發信器都不知道！」歸來的嘍囉們大聲抗議。

「都說這是摩羅大王定下的規矩，你們窮囉唆什麼呢！」守衛嘍囉們也回嘴喝叱。

「吶……」一個矮小嘍囉哆嗦著抱著辛妖腦袋，走過偵測門，高高捧起辛妖腦袋，讓搜身嘍囉檢查。

「喝！」一個守衛嘍囉見到辛妖腦袋斷處還猶自滴著汁液，兩枚外凸眼睛黯淡無光，嫌惡地隨意揮了揮手中的偵測儀器，便放那矮小嘍囉離去。

「啊……你們不收嗎？」矮小嘍囉見無人來接辛妖腦袋，著急地說：「這是……那天上聖母，要我們交給摩羅大王的……東西，她還託我們帶話給摩羅大王……」

帶頭的守衛嘍囉搖搖手說：「大王剛剛交代過了，你們身上戴著密錄器，剛剛發生的事，他已經看到了，媽祖婆說的話，他也聽見了，你們不必向他報告，辛妖那顆腦袋沒什麼營養，你們自個兒看是要留著當球踢，還是晚上加菜都行。」

「什麼……」矮小嘍囉捧著辛妖腦袋，愕然無措，身旁誰也不願意接過辛妖腦袋，只好無奈地捧著腦袋繼續往前走了好一段之後，走上甲板，將腦袋扔進一個清潔工嘍囉身邊垃圾推車裡。

那清潔工嘍囉拄著一枝竹掃把，呆愣愣地盯著垃圾推車裡那辛妖腦袋好半晌，又見那群歸來的嘍囉們一邊走、一邊甩頭拍身，拍下一些打鬥時沾上的落葉和碎泥渣，便默默跟在後頭掃著落葉。

清潔工嘍囉將落葉和泥渣掃進畚箕裡，轉身往垃圾推車裡倒，卻見有兩片落葉無端端飄了起來，越飄越高，清潔工高舉起掃把像是想將落葉拍下來，但那落葉卻像是蝴蝶翅膀般，靈巧閃過拍擊之後，飄到了一棟塔樓二樓窗外。

那清潔工看看兩片落葉、抓了抓頭，想起主管平時刁難模樣，莫可奈何地放下掃把跑進樓裡，上二樓要清理兩片落葉。

但是當他來到窗邊時，兩片落葉已經消失無蹤。

□

第六天魔王窩在艦長室大椅上，扠手抱胸，望著螢幕上幾處分割螢幕，都是部分嘍囉身上佩戴的密錄器錄得的現場畫面，從小艇抵達仙藥鋪山腰、辛妖指揮大夥兒下船埋伏、韓杰駕著小風號前來、媽祖婆拔劍斬落辛妖腦袋之後喊話等整段過程，第六天魔王都瞧了個明明白白。

第六天魔王像是對於折損了辛妖這件事一點也不以爲意，只隨手關去那嘍囉報告畫面，大大伸了個懶腰，瞥了瞥身旁那端茶上桌的老侍者一眼，隨口問：「你看看，你覺得中壇元帥那豹皮囊裡有沒有藏著其他武器？」

老侍者呆楞楞地望了第六天魔王一眼，又望望大螢幕上一個畫面——畫面裡太子爺側躺在金床上、枕著大豹身子、一手撐著臉，瞧著面前十來枚藕棋，像是自己和自己下著棋，上方不時會落下一批帶有強力冰凍法術的怪魚、毒蟲竄下襲擊，都會被太子爺身邊那群藕魚護衛攔下吞食。

「豹……豹皮囊？」老侍者對於第六天魔王的提問感到有些不知所措。

「就是他枕著的那頭豹子，肚子裡能藏許多東西。」第六天魔王微笑說：「他帶了大批靈藥和仙藕下來，才得以在餘毒未清的情況下，撐上這麼些時日。他那火尖槍、乾坤圈被我搶了，混天綾和風火輪留在陽世給韓杰防身，前幾日又給了我金磚，還附贈六條火龍。現在，他手邊就只剩那頭豹子，和餘下三條火龍——只不過，倘若他做足了準備下來，難保他那豹皮囊裡還藏著厲害法寶，他信心滿滿約我去塔裡和他打架，究竟是有恃無恐、誘我出戰，還是裝腔作勢、拖延時間呢？」

「這……這……我……」老侍者瞇起眼睛，伸頭盯著螢幕上的太子爺悠哉模樣，自然什麼也看不出來，支吾半晌，害怕地說：「大王當然天下無敵……但無論如何還是得謹慎小心，那壞小子向來卑鄙奸巧……」

「哈哈哈。」第六天魔王像是給老侍者的答話給逗笑了，端起茶喝了一口，說：「茶好，答得也好。」他說完，一口將餘茶喝盡，站起身，扭扭脖子，微微笑說：「好久沒全力動手了……」

□

一隊鬼卒嘍囉拖著一車藥材，來到罈燒哪吒塔頂層消毒室外的更衣間裡，脫下外套、摘下靴子，換穿防護服。

有個嘍囉調侃起同仁剛脫下的外套，說：「你衣服補丁越來越多啦，怎不換件新的？」

「呀？」那嘍囉鬼瞅了瞅自己那外套左臂上兩塊補丁，困惑說：「什麼時候多了兩塊補丁？」

「你連自己衣服有幾塊補丁都不知道？」「誰會刻意記這種事？」嘍囉鬼們隨口亂聊。

「別囉唆了，動作快點，今天事情很多，往湯裡添新藥之外，還得在罈子外再補貼一層防禦符，晚點摩羅大王要來陪中壇元帥過兩招。」「什麼？摩羅大王真要和中壇元帥動手了？」「是啊，希望他們別打爛罈子……」「對呀，要是真打爛罈子怎麼辦？」「那罈子是用千年魔泥燒成的，即便是神仙也極難打破，只不過再堅韌，應當還是擋不住中壇元帥全力一擊，所以我們得在罈子外再補一層防禦符。」「如果貼上防禦符，罈子還是破了呢？」「那就麻煩了，當初建這罈燒哪吒塔時，是先將罈子吊進頂樓，然後才蓋屋頂，要是罈子打破了，只能搬魔泥進來補了。」「我聽說廚房屯著幾個小罈子，勉強可以湊合著用……」

幾個嘍囉換妥了防護服，一面閒聊、一面拖著藥材板車，自消毒室另一側門走出，進入通往囤放大罈的方形螺旋長廊裡。

嘍囉們排成一列，伸手搭著前頭嘍囉的肩，走在黑蓮花毒霧裡，通過一扇扇門，來到末端的消毒室裡，關上門、按下消毒開關，張手開腿，讓消毒藥水沖去身上的黑蓮花毒、和一些攀在防護服上的毒蟲，這些毒蟲體內毒囊也藏著濃濃的黑蓮花毒，平時溫馴乖巧，但一旦聽見號令，可會瘋狂亂咬、螫注毒液。

嘍囉們消毒完畢，拉著藥材板車來到擺放大罈的混沌大室裡。

大夥兒在罈邊架起長梯，攀上梯子來到罈口，驅走罈口邊那兩隻不時放冰凍小章魚襲擊太子爺的大章魚，垂下帶鉤鎖鍊勾住金床，牆邊的嘍囉按下開關，將金床拉起。

「中壇元帥。」一名嘍囉恭恭敬敬地向側臥在床上的太子爺鞠了個躬，說：「摩羅大王說晚點會來和您過招。」

「我知道。」太子爺懶洋洋地望著那嘍囉。「剛剛他開擴音和我說了。」

「那現在……」那嘍囉見太子爺瞅著他冷笑，心裡害怕，哆嗦地說：「我們替您換藥了……」

「換吶。」太子爺哼哼地說：「那麼害怕做什麼？我又不會對你們動手，就算宰光你們，我也逃不出去，不是嗎？」他說到這裡，揚手指指四周，說：「你們這整座塔，藏著滿滿的黑蓮花毒機關，摩羅用獨眼蝙蝠盯著我，一見我要動手，立時放毒毒我，我要是再染上新的黑蓮花毒，毒上加毒，我被毒得沒力氣宰他，他也得花更多力氣處理我一身黑蓮花毒，大家都不方便，不是嗎？」

「你知道就好！」鐔下一個嘍囉聽見太子爺說話，立時揚手指著太子爺喝叱：「不想中毒，就乖乖在床上待著別亂來，否則——」

那嘍囉還沒說完，立時捱了身旁一個年長嘍囉兩巴掌，喝令他閉上嘴。

踩著梯子站在鐔口的嘍囉，立時也自賞了兩個巴掌，對太子爺說：「中壇元帥您別生氣，這傢伙新來的！不懂規矩。」

「不要緊、不要緊。」太子爺不但沒發脾氣，反而呵呵笑了，說：「看你們嚇成這樣子，我都不好意思了，剛剛摩羅說你們要在鐔上貼防護符？怕我打壞鐔子？」

「是……」站在鐔口梯上嘍囉點點頭，一面接過底下嘍囉傳上來的一桶桶藥材，再往大鐔湯裡倒。

「那你們動作快點呀。」太子爺懶洋洋地打了個哈欠，說：「我等不及要和摩羅打架了。」

「是是是……」鐔口那嘍囉連連點頭，加快動作往湯裡倒藥。

「停！」太子爺見那嘍囉提起一桶藥材，突然揚手喝止。

那嘍囉嚇得停下動作，以爲自己無意間觸怒了太子爺，顫抖地問：「怎……怎麼了？」

「你那桶東西我沒見過，是新的冰凍藥？」太子爺問。

「應……應該是吧……我不大懂這些藥……」那嘍囉嚥了口口水，將桶子提至鐔口邊，害怕問：「我能倒了嗎？」

「行，你倒吧。」太子爺伏在金床上，笑咪咪地盯著那嘍囉將整桶藥材倒入大鐔，說：「聞起來挺香的，讓我嚐嚐無妨吧。」

「呃？噹噹？」罈口那嘍囉還不明白太子爺這麼說什麼意思，只見大罈水面倏地躍起一條藕魚，咬著兩片藥材葉片，騰空生出翅膀，飛到了太子爺面前。

太子爺隨手抓住那藕魚，在金床上盤坐起身，捏下兩片藥材葉子，放在鼻端嗅了嗅，當真吃進嘴裡，嚼得津津有味，跟著連那藕魚也一齊吃了，還不住點頭大讚：「挺香的，冰涼涼的，到底什麼藥呀？」

「我……我有機會見到藥師，替您問問……」那嘍囉見太子爺邊嚼邊瞅著他笑，笑得他心裡害怕極了，連忙倒完最後兩桶藥，跟著攀下長梯，和另外幾個嘍囉從大藥箱裡取出符籙，往大罈上貼。

「唉，你們眞是多此一舉。」太子爺吃完藕魚和藥材葉子，拍拍大豹屁股，令大豹張口將床上十餘枚藕棋和一截吃到一半的蓮藕，全吞回肚子裡。

太子爺坐在床沿，盪鞦韆般晃盪起金床，瞧著底下嘍囉們手忙腳亂地往罈身上貼防護符，抬頭朝著高處的獨眼蝙蝠說：「摩羅，我不會打破你這罈子，叫手下別貼符啦……我若想打破罈子早動手了，留著這口罈子，你往這房間放黑蓮花毒時，我還能遁回湯裡躲著呢。」

「哼哼。」第六天魔王說話聲從擴音設備響起。「我是怕我不小心打壞了。」

「嘖嘖。」太子爺攤攤手說：「要是你連自己的力也無法收放自如，怎麼和我打呢？」

「是啊，你厲害，所以我怕你啊，不過……」第六天魔王笑著說：「等等你見到我的祕密武器，應該會很喜歡吧。」

「你有什麼祕密武器？」太子爺垮下臉。「你該不會改造了我的法寶，想帶來氣我吧。」

「眞聰明。」第六天魔王說：「要不要猜猜是哪個法寶？」

「你這混蛋……」太子爺語氣顯露怒氣，惱火說：「膽敢亂搞我的法寶？」

圍在罈邊貼符的嘍囉們，感到上方湧來一陣陣凶悍神力，嚇得大氣不敢喘一聲，彷如影片快轉般將手上的符劈里啪啦往罈身上貼。

「哪吒，你別激動。」第六天魔王說：「我準備過去了。」

「過來受死吧。」

拾陸

混沌大室厚門緩緩打開。

身穿防護服的嘍囉們在門邊分立兩排，向走出大室的第六天魔王深深鞠躬。

「你們先出去吧。」第六天魔王穿著一身青甲，腰際懸著奇異寶劍，透著陣陣冰寒青風。

「是……」嘍囉們立時走進消毒室，關上重門。

太子爺坐在金床沿，瞪著厚門前的第六天魔王，問：「這場架有沒有規矩？」

「規矩嘛。」第六天魔王想了想，說：「你若逮著機會，肯定要全力殺我。」

「廢話。」太子爺哼了哼說：「不然我奉上法寶請你過來陪我打架是爲什麼？當然是爲了找機會打死你啊！」

「你要打死我，我卻怕弄壞你仙身，沒法好好煮你。」第六天魔王這麼說：「這麼一來，好像有點不公平了。」

「不公平？」太子爺晃動雙腳，令金床緩緩擺盪，不悅地說：「你說這話還有丁點魔王氣度嗎？我身中還有你那黑蓮花毒呀，我留在身上的三條火龍，都得用來壓著毒，且我法寶也被你拿走好幾樣，你好意思說不公平？你腰上那把劍帶著厲害的寒冰法術對吧，你怕再使黑蓮花毒會弄髒我，那直接用那把劍把我大卸八塊不就得了，幹嘛非得先滅去我的火再慢慢殺我？難道你怕我賭氣自焚，把自己燒成炭不讓你吃？」

「我還眞怕呀！」第六天魔王笑著說：「我這次可是背水一戰了，當天庭諸神找上門時，我還沒能吃下你、獲得你的力量，那就是我輸了，我在陰間再怎麼囂張、再怎麼意氣風發，也擋不下南天門諸位大神聯手討伐啊。」

「反過來講——」太子爺冷笑說：「你眞認爲只要吃下我，就能得到我全部神力，然後就能打贏南天門眾神？包括那二郎將軍和關帝爺？」

「那麼多神仙不會永遠全擠在一起行動。」第六天魔王說：「而我現有力量，額外再加上你中壇元帥的神力，無論對陣哪位大神，怎麼想也沒有輸的理由，到時候假若我飛上九霄、溜進南天門隨意逛逛，就算被發現了，應當都能脫身。」

「嘩？原來你還想上南天門？」太子爺瞪大眼睛說：「幹嘛？你吃了我還不過癮，想上天吃其他神仙？」

「連中壇元帥都能吃下肚了。」第六天魔王說：「再換換口味吃些其他神仙，也不爲過吧。」

「你未免想得太美。」太子爺冷笑一聲，雙腿一蹬，整個人躍上半空，在空中抖了抖金床鎖鍊，將整張金床抖脫鐵鉤，在空中轉了幾圈，轟隆落在大鐔前方。

太子爺隨即落下，蹺腳坐在床沿，大豹則在空中變化成大皮袋子，被太子爺揚手接個正著。

「你想拿那豹皮囊跟我打？」第六天魔王盯著太子爺手裡那只豹皮囊，緩緩拔出腰際青劍。青劍劍身耀著青色螢光，一出鞘，冰風四溢。

「不然呢？」太子爺提著豹皮囊起身，左腳輕輕一掃，甩動黃金鎖鍊，將整張金床甩上半空，轉了幾個圈，轟隆落下豎立在身旁，說：「這張床挺牢固的，應當也能當武器用。」他說到這裡時，噹啷啷地抖了抖左腳踝上那條與金床相連的鎖鍊，說：「這混蛋鍊子連我火龍都咬不斷，你若能替我斬斷鍊子，我眞要謝謝你了。」

「監控室聽好，三分鐘後我沒離開，你們就放毒。」第六天魔王突然喊出這麼一道命令。

「啊？」太子爺瞪大眼睛，怒斥：「你只打三分鐘？」

「你堂堂中壇元帥，一秒幾十拳不是問題吧；三分鐘、一百八十秒，夠你揮幾千拳。難道數一數二的天庭戰神，幾千拳還打不死我？」第六天魔王淡淡一笑，肩上脅下又伸出四手，化出六臂，肩上兩手召出一雙長戟，脅下兩手握出兩柄長刀，戟頭、刀刃上都寫著奇異符籙，縈繞著冰寒青光。他啊呀一聲，笑著說：「你不動手嗎？已經少了好幾秒呀。」

「哼！」太子爺惱火抬腳蹭蹭蹭地，像是滿腔怒火無處發洩，嘴裡碎碎喃罵，身子倏地原地飛旋數圈，令黃金鎖鍊在周身旋起，跟著往前疾出一腿，將整張金床直直甩向第六天魔王。

倒數一百六十秒——

第六天魔王挺起雙刀雙戟，噹啷架住迎面竄來的金床，只感到全身嗡嗡發麻，下一刻，太子爺的雙腿已經踹上金床另一面，隔著金床將第六天魔王震飛好遠。

第六天魔王飛騰在半空中，整個人打橫踩上大室壁面，背後紫黑大翼張開，小心翼翼盯著太子爺，總算知道他那古怪金床威力不容小覷——這金床外形是金屬床架，實則是天庭用來限制太子爺人身自由的小牢籠，其堅實程度不下頂級神兵防具。

「還剩幾秒啊？小心等等別記錯時間，連你自己都被毒著。」太子爺左手提著豹皮囊，右手抓著金床尾，抖抖雙肩，肩上脅下也生出四臂，分別伸入豹皮囊袋口，依序掏出火尖槍、乾坤圈、風火輪和混天綾。

「你……」第六天魔王見太子爺竟從豹皮囊裡拿出火尖槍等法寶，猛然一驚，隨即醒悟，問：「你用蓮藕變的？」

「不，全是眞貨。」太子爺耍了耍火尖槍，說：「其實南天門替我造了新七寶，所以我將舊七寶給韓杰用。」

「你說謊。」第六天魔王冷笑說：「濃濃蓮藕味，是你用蓮藕變的。」

「你錯了，這些眞是新七寶。」太子爺這麼說，猛一踏地，風火輪飛旋濺火，飛快竄向第六天魔王，大力揮掃金床打他。

第六天魔王避開金床掃擊，飛騰上半空，六手持著冰寒青劍和雙刀雙戟，與飛衝追來的太子爺展開激烈亂戰。

短短十數秒間，青劍、金床、火尖槍，雙刀、雙戟、混天綾，你來我往、互相攻防上百招後，兩人同時向後飛躍，拉開距離，靜靜對峙，像是在思索接下來如何出招。

太子爺火尖槍被青劍斬去槍頭，斷處急速凍結，堅冰沿著槍桿一路往太子爺手凍去，太子爺立時將斷柄扔下，轉眼化爲半截蓮藕；第六天魔王左肩那手則被金床敲得彎折變形，短戟脫手，落在一角。

倒數一百二十秒，太子爺和第六天魔王同時往前飛竄、再次短兵相接，太子爺乾坤圈給砸成碎藕，第六天魔王脅下長刀則讓太子爺甩動金床鎖鍊鞭落在地。

兩人再退開。

再逼近激戰。

倒數一百秒，第六天魔王踩上太子爺掃來的金床，張揚背後紫黑羽翼，驅動窮凶魔力捆縛住整張金床，使整張金床打橫，將太子爺一路壓上牆，然後一戟往太子爺咽喉刺去。

太子爺急忙扭身撇頭，大戟刺進牆壁，距他左臉僅兩、三公分。

第六天魔王同時一刀插進金床床板縫隙，插在太子爺右腰旁壁裡，釘住金床，將太子爺銬在牆上。

「哪吒，你還蓄著餘力未出？我不信你推不開這張床……」第六天魔王蹲踩在金床床板上，以魔力壓住金床，不讓太子爺輕易將床推開。「怎麼？你想等我拿出祕密武器，才全力來搶？」

「我才不信你有什麼祕密武器。」太子爺冷冷哼了哼，全身金光閃耀，六手齊力往前推，當真將第六天魔王魔力強壓回去，將金床緩緩推開尺許。

「你看，這是什麼——」第六天魔王哈哈一笑，一直空著的左手，揚起一只方向盤大小的漆黑圈圈。

是太子爺先前被第六天魔王撿去的乾坤圈。

本來金光閃閃的乾坤圈，此時通體漆黑，刻滿一張張奇異鬼臉，刻痕隱隱透著紅光，彷如熔岩火色。

「你膽敢把我乾坤圈搞成這樣！」太子爺咬牙切齒，兩隻眼睛怒得像是要噴火一般，他大喝之後，陡然鼓嘴一吹，當真吹出雄渾三昧真火。

上。

第六天魔王像是早知太子爺會氣到噴火，也蓄滿一口魔風，與三味眞火同時噴發。魔風、眞火，彼此壓制撲纏，跟著，魔風漸漸被三昧眞火覆過，眼看就要燒到第六天魔王臉上。

第六天魔王陡然仰身翻飛，避開迎面大火。

「把乾坤圈還我——」太子爺全身炸出金火，震翻金床，撲向第六天魔王，右手直直一抓，牢牢抓住第六天魔王手上中那漆黑乾坤圈一端。

「借你玩玩可以。」第六天魔王立時鬆手，讓太子爺將乾坤圈搶回。

「喝！」太子爺搶回乾坤圈，陡然感到掌心刺痛，只見那漆黑乾坤圈上一張張鬼臉，同時張口咬他手掌，一枚枚鬼牙往太子爺皮肉裡注入暗紅色熔岩，轉眼將太子爺右手燒成一團小火球。

同時，第六天魔王挺著寒冰青劍，直直刺進太子爺腹裡，從後腰透出。

「我這『百鬼環』如何？你瞧夠該還我了吧。」第六天魔王握著青劍，一扭，往太子爺肚子裡施放極寒冰風，微笑說：「百鬼環裡的百鬼，張口吐出的鬼火比你的三昧眞火更熱，能燒盡一切，你快放手，免得被煮焦了，嘿嘿……」

「誰准你替乾坤圈取新名字了？」太子爺不但沒放開乾坤圈，反而握得更緊，且驅動三昧眞火，包裹住整副乾坤圈，全力焚燒百來張鬼臉，像是和那些噴吐鬼火的鬼臉們比拚火力一般。

同時，太子爺也伸手握住青劍，全力抵禦青劍那寒冰邪術。

「你的火夠用嗎？」第六天魔王冷笑。「又要壓制黑蓮花毒，又要和百鬼環火拚火，又要擋我這青劍冰術。」

「摩羅大王，剩下十秒——」大室擴音器傳出嘍囉喊聲，提醒第六天魔王三分鐘將至。

「遊戲結束。」第六天魔王放開青劍，像是打算將這青劍讓給太子爺一般。

但繞在太子爺胳臂上的混天綾，陡然循著青劍劍身纏上第六天魔王的手，不讓他放手。

「別玩蓮藕啦……」第六天魔王哈哈一笑，隨手催出股魔氣，想將手上混天綾震爛——

混天綾不但沒有被震爛，反而繞上第六天魔王整條胳臂，緊緊勒住他脖子。

「什麼！」第六天魔王愕然大驚，抓緊青劍，正要施放冰術逼開太子爺，卻驚覺那青劍已被太子爺握斷，一股股冰風自青劍斷口溢出。

第六天魔王視線才盯上青劍斷口，太子爺便已握著乾坤圈，重重砸上他鼻梁。

第六天魔王被這記重砸砸得踉蹌後退，連忙六臂齊推，向前催發強橫魔氣，阻止太子爺追擊，但太子爺已不在他前方——而是以絕快神速，飛繞到他身後，用乾坤圈套過他腦袋、勒住他脖子、右膝頂著他背心、左腳踏著他後腦，雙手拉著乾坤圈全力向後拉，像是要將他腦袋扯斷一般。

第六天魔王急忙兩手抓住乾坤圈，抵抗太子爺拉扯力量，同時肩上、脅下兩臂，反手向後催發魔力，想要將太子爺逼離後背。

但太子爺同樣也有六臂，肩上脅下四手齊伸，牢牢抓住第六天魔王反伸的四腕，鼓足了全力扯動乾坤圈；同時，太子爺腳下風火輪旋速與火光，和剛剛大戰初時相比，增加十倍不止，將第六天魔王後腦磨出一道火溝，繞上第六天魔王頭臉的混天綾，更是一鼓作氣升溫二十倍，還往第六天魔王眼耳口鼻鑽。

「噫呀——」太子爺咬牙切齒，將神力催至極限，全身金火噴發，像是想要一鼓作氣硬扯下第六天魔王腦袋般。

「放……毒……」第六天魔王四手受制，被混天綾從嘴巴鑽入五臟六腑中放火，驚恐之餘，跪倒在地，只得鬆開拉扯混天綾的一手，托起魔氣化爲黑劍，想突襲身後太子爺，卻又被太子爺豹皮囊化出的大豹張口咬住手腕。

噗嘶——噗嘶——

大室天花板揭開數十個方孔，噴出數十股濃濃黑煙和無數毒蟲，盤旋墜下。

「哼！」太子爺抬頭見到黑蓮花毒霧降下，同時自身神力消耗過大，已經難以壓制身中黑蓮花毒、燒入手裡的鬼火，和滲進腹中的冰風，即便心有不甘，也只好鬆手放開第六天魔王，踏風火輪重重踹了第六天魔王腦門一腳，領著大豹提著金床躍進大罈、沉入罈底。

第六天魔王搖搖晃晃起身，立時揚手大喝：「停——」

大室天花板數十方孔不再放毒，而是反過來抽風吸毒，同時四周響起一陣奇妙笛音，將漫天毒蟲盡數召回。

守著大罈上方的火龍，又盤旋數秒，這才被罈中太子爺召回護身。

「……」第六天魔王望著大罈、微微喘氣，兩眼精光不停變化，足足過了好半晌，終於平復情緒，緩緩問：「哪吒，你那風火輪和混天綾……不是蓮藕變的，是眞貨？」

大罈靜默數秒，傳出太子爺聲音。「是啊，是眞貨。」

「好傢伙……」第六天魔王恨恨笑著說：「你起初拿著蓮藕化成的火尖槍、乾坤圈假意被我打爛，同時壓抑著風火輪和混天綾神力，讓我以為風火輪和混天綾也是假的，逮著機會全力襲我，想一鼓作氣摘下我腦袋。」

「對呀。」太子爺冷冷說：「你講解得很好，打不過我沒關係，可以改行當播報員了——啊呀！摩羅，你那把冰劍還長著倒刺呀！」

「哈哈。」第六天魔王冷笑兩聲，說：「你可別硬拔啊，那冰劍斷在你身體裡，會碎成無數塊，每塊碎冰都會持續生出尖銳碎冰，把你仙身內臟給扎壞了，你要用三昧眞火慢慢融它，耗個三五天方能融盡冰劍。」

混沌大室厚門緩緩敞開，第六天魔王說：「至於燒進你手裡的鬼火，我還不知道解法，應當還是只能用三昧眞火強壓——不過我勸你還是將百鬼環還我吧，那已經是我的東西了，它燒你不燒我，表示它已臣服我這新主人了，你硬佔著別人的寶物，到頭來只是平白消耗你寶貴的三昧眞火和神力罷了。」

「我火夠旺，再耗上一年半載也不是問題。」太子爺哼哼地罵著：「你這敗戰之犬，還不給我滾出去。」

「……」第六天魔王微笑望著大罈半晌，終於轉身離去。

大室厚門緩緩降下。

拾柒

陰間，廂型車停在某處寶來屋集團分公司停車場。

廂型車車門敞開，韓杰倚在車外，拿著手機與小歸視訊通話。

「所以，你把正版風火輪跟混天綾還給太子爺了？」小歸在視訊鏡頭那端驚愕問著。「那你現在拿什麼防身？」

「我還有最早的試用版可以用。」韓杰隨口回答：「試用版威力不比後來的尪仔標差，只是用起來辛苦一點就是了……」

「辛苦一點？」小歸苦笑說：「我記得你說過試用版尪仔標的副作用很可怕，會讓你頭破血流不是嗎？」

「是啊。」韓杰說：「不過現在我能吃蓮子止痛，媽祖婆也給了我一些藥……」

太子爺那封長籤，不但說破了辛妖計謀，要韓杰找媽祖婆幫忙，還特別叮囑韓杰，別打壞運輸小艇，且要他在擊敗辛妖之後，暗中將正版混天綾和風火輪化回黃金尪仔標，交予金文鳥。

那由萬千藕蠅聚集變成的金文鳥，一叼著兩片黃金尪仔標，再次化整爲零，變回藕蠅，一部分依附在黃金尪仔標上，放出太子爺事先施下的擬態法術，將尪仔標擬化成黑樹林裡枯葉，趁著千里眼和順風耳驅趕嘍囉時沾黏在嘍囉鞋底，其餘藕蠅則分散依附上嘍囉褲管、袖口，以及小艇內部各處，原路返回他化自在天。

運輸小艇駛回他化自在天庫房後，太子爺立時感應到藕蠅動態，遠遠指揮藕蠅，將化爲枯葉的兩片黃金尪仔標搬離嘍囉鞋底、躲過清潔工清掃，一路運往鐔燒哪吒塔、鑽過門縫，沿途不停擬態變形，一會兒化出磚牆花紋，一會兒化出地板木色，逐層往上，最後停留在方形螺旋廊道外側消毒室門外，等著每日換藥的鬼卒隊伍到來時，遁入板車底部，趁著嘍囉們穿戴防護服時，藏入藥籃，擬化成藥葉模樣，通過消毒室和方形螺旋廊道來到大室。

最後，這正版混天綾和風火輪，便在嘍囉往大鐔裡倒藥時，被太子爺隨手拿起吃下肚，回到太子爺身中，助太子爺打了第六天魔王一個措手不及。

「好吧，知道太子爺沒事就太好了。」小歸這麼說：「新的小風號已經送上路了，很快就會停回原位。」

「謝啦。另外亞衣也有點事和你商量，和媽祖婆有關，我讓她跟你講。」韓杰將手機遞向車內的陳亞衣。

陳亞衣接過手機，對小歸說：「小歸爺，剛剛太子爺給韓大哥那封籤令裡，說第六天魔王很可能會對媽祖廟發動攻擊，其實這個可能性我們一直在考慮，所以前幾天已經開始召集退役乩身趕來幫忙，但是考慮到大家年紀跟戰力……所以希望委託小歸爺旗下保全公司，接下保護媽祖婆的委託案，南天門答應出五倍價錢……」

「嘩，五倍！」小歸眼睛亮了亮，說：「但現在地府盯我盯得很緊……到處搜我工廠、扣我裝備，大型的裝備很可能半路就被攔下，送不進媽祖廟，但是中小型的傢伙應該可以化整爲零送過去，妳給我點時間集結兵力，分梯送去鹿耳門……」

「不！不是鹿耳門。」陳亞衣立時搖頭。「媽祖婆決定把指揮總部遷上山。」

「遷上山？」小歸驚訝問：「爲什麼？」

陳亞衣苦笑說：「鹿耳門那邊每天都有一堆信徒和觀光客，加上附近住民，媽祖婆擔心第六天魔王發動全面進攻，會牽連太多無辜活人，所以決定找個沒人的地方當做總部，我們已經看上幾間無人廢廟，一旦決定地點就立刻通知小歸爺。」

「好……」小歸點點頭，苦笑說：「各位，其實就算不是天庭委託案，我也會全力幫忙，畢竟我早被地府歸類爲『天上』那邊的人了，這次你們要是輸了，地府和魔王也不會放過我……現在大家可是同在一條船上，我會盡力而爲。」

「謝謝小歸爺。」陳亞衣恭敬道謝，將手機還給韓杰。

□

大罈水面激烈滾動，彷如沸騰。

攀在罈沿的兩隻冰凍大章魚，不停往罈子裡噴吐小章魚，但一隻隻冰凍小章魚一進罈裡，立刻給煮融了。

罈底，太子爺閉眼盤坐金床，全身繚繞金火，左手撫著腹部，右手仍緊握著乾坤圈，還用混天綾將右手連同乾坤圈捆得密不透風。

太子爺的神情已不像先前那樣從容悠哉——他身中黑蓮花毒未癒，右手讓經過改造的乾坤圈上的鬼臉咬入了鬼火，腹上插著把附帶寒冰法術的斷劍，此時他認眞打坐，強催三昧眞火壓制乾坤圈上的百鬼面、手裡的鬼火和腹中斷劍冰術。

他閉著眼睛，回想大戰第六天魔王前一刻，假借嚐藥、呑回風火輪和混天綾時，同時在他耳際響起的那段話，那是媽祖婆斬下辛妖腦袋後，暗中施法附在黃金尪仔標上的回信——

中壇元帥，我已知你欲趁摩羅離船時行動，屆時我會全力拖延摩羅，等你出關伏魔。

天上聖母

□

他化自在天艦長室裡，第六天魔王接過老侍者遞來的湯藥，一口飲盡，將空杯遞還給老侍者，視線轉回螢幕裡那負責監視太子爺的獨眼蝙蝠所見畫面。

他默默望著太子爺打坐半晌，隨手拿起電話，撥給武器庫裡的恒作罪，說：「我突然有了靈感，想玩玩哪吒那幾條火龍，你現在來艦長室陪我聊聊。」

第六天魔王說完便掛上電話，立時再拿起，撥給惡口。

「你替我查查哪吒在陽世還活著的退役乩身跟熟識眼線，確認一下以前那許兩三是死是活，這些年我偶爾會想起他，但一直沒收到地府消息，那許兩三也有蓮藕身，沒出意外的話，應該長命百歲才對……嗯，我剛剛和哪吒過了兩招，捱了他幾下、扎了他一劍，他傷得比我重得多，不過乾坤圈倒是被他搶回去了，他比我預料中還捨不得那乾坤圈，寧可被鬼面咬手放火，也不肯放手，像是小孩鬧脾氣，不過這麼一來，倒是給我不少靈感，我打算和恒作罪聊聊，看怎麼改造他那幾條火龍，我挺好奇他要怎麼對付會咬主人的火龍。」

拾捌

兩日後下午，高速公路休息站裡，相鄰兩桌人似乎互相看不順眼，壁壘分明地叫罵起來。

其中一桌，四個年輕人都約莫二十歲上下，人手一罐啤酒，桌上還有幾罐捏扁了的空罐；另一桌圍坐五個五、六十歲的中老年人，開了兩瓶高粱。

一個五十餘歲的中年人，皮膚黝黑，自稱義消，喝得滿臉通紅，指著年輕那桌四人，拍桌叫罵：「現在年輕人是怎樣？講兩句都不行？」

年輕人那桌吆喝起來：「行吶，沒說不行吶！你講兩句我也講兩句啊，你能講我不能講？」

中老年人那桌有人拍拍義消老哥肩膀，說：「他也沒說錯，你能講他也能講。」

「我操！」中年義消重重拍了桌子，惱火起身，指著幾個年輕人，對身旁勸和友人說：「他們幾歲我幾歲？我當他們爸爸都行啦！」

「你又不是我爸！」「我爸早死啦幹！」「誰要你這種爸爸。」「我爸不會發酒瘋啦。」年輕人鼓譟吆喝。

中年義消重重放下酒杯，要向年輕人理論，被身旁幾個中老年友人拉住。「阿憨，和小朋友計較什麼……」

年輕人見中年義消凶悍態勢，也紛紛起身扳起手指，一個脾氣火爆的年輕人將手中啤酒罐啪地砸在地上，濺了一地酒水，吆喝大罵：「怎樣啦，要幹架沒在怕啦！」

另個六十餘歲老男人見年輕人砸罐罵人，也按捺不住地重重拍桌，指著年輕人怒吼：「你想幹嘛？」

「喂喂喂，幹什麼、幹什麼！」遠遠一聲吆喝飆來，一個頭戴宮廟帽子的中年男人急急走來，也沒問清事由，揚手就往那砸罐年輕人後腦重重搧了一巴掌。「幹！我是帶你們來保護媽祖婆，不是帶你們來耍流氓！混蛋！」

中年男人說完，立時向拍桌老男人鞠了個躬，堆起笑臉說：「雄哥，不好意思，我沒教好他們……」

那叫作雄哥的老男人，冷冷哼哼說：「沒教好，帶來幹嘛？你以為我們這趟是去幹嘛的？」

「是是是……但是他們幾個是真的不錯，都有被將首降駕過，而且年輕力壯又能打，天不怕地不怕，鬼也不怕……」中年男人說完，立時轉身，厲聲喝叱四個年輕人：「你們幾個欠揍啊！還不給我立正站好！人家雄哥是退休警察局長，跟我們一起上山保護媽祖婆，你們在他面前耍流氓？你不知道雄哥打通電話就可以把我們整間宮全剷平嗎？」

「大嘴平，你醜化我啊？」雄哥瞪大眼睛說：「你當我大黑道，我什麼時候打電話剷人房子過了？」

「是是是。」大嘴平搓著手，笑著說：「開個玩笑，雄哥。」

四個年輕人見己方大哥幫著對方，本來還想辯解，但聽對方那桌有個退休警察局長坐鎮，可再也不敢說些什麼，乖乖聽著那中年義消比手劃腳地向大嘴平數落他們剛剛無禮舉動。

大嘴平身後，還跟著三個老人。

三個老人身後，則是韓杰和王小明。

韓杰瞧瞧手機，看看天色，見中年義消還碎罵不停，大嘴平也不時幫腔搧自己小弟腦袋，終於耐不住性子，上前打斷大夥兒說話，說：「時間不早了，想上廁所的動作快點，東西收一收上山吧，別拖到太陽下山。」

「對呀，該走了，太陽下山之後，山路上可能不安全。」兩桌十來個男人對韓杰倒是客氣，紛紛起身收拾，登上一輛遊覽車。

韓杰則領著王小明乘上飛火宮，駛在遊覽車前方領路，繼續南下。

經過一個多小時車程，韓杰一行終於抵達中部某小鎮不遠處山腰一間廟前。

那廟說大不算大，樓高三層，外加一層地下道場，旁邊還有棟三層樓高的香客大樓。

廟外除了有處寬闊停車場外，四周山坡地還有些鐵皮寮舍，擺著許多盆栽，種著滿山花花草草。

飛火宮緩緩駛入停車場，遊覽車則將眾人放下後，便轉頭下山。

韓杰下了車，領著雄哥、大嘴平等十來人，走向前方宮廟。

十餘人中，有一半以上都見到廟宇上空盤旋著幾艘王船——此時全台各地王船師父們，正緊急趕工建造護衛王船，造好了立刻祭祀火化，施法送往這間廟。

「韓大哥，你們來啦——」陳亞衣捲著袖子，汗流浹背地自廟裡奔出，趕來迎接韓杰一行人，指著廟旁那香客大樓說：「你們的房間都安排好了，我先帶你們去放行李，然後帶大家去見阿香嬤……」

韓杰點點頭，領著一行人隨陳亞衣走向廟旁公寓，瞧瞧大門外那香客大樓招牌，笑著說：「蓋在這種地方的廟也有香客大樓？平常眞有信徒上門？」

「這廟主人已經過世了，他生前算是個宗教狂熱者，花了畢生積蓄蓋這間廟，結果廟沒蓋完，就發現自己癌症末期，沒多久就走了……」陳亞衣說：「旁邊這棟香客大樓，其實比廟還早蓋好，本來是廟主人拆了老家要蓋給兒孫住的，結果幾個兒女都定居外地，空了好幾年，後來蓋廟時才想到乾脆把這公寓當成香客大樓。」

「這麼有趣。」韓杰困惑笑問：「你們怎麼找來這裡的？」

「本來看中的地方都不太好。」陳亞衣說：「有些山上廢廟沒水沒電，有些腹地不夠容不下多少人，有些交通不方便，大家出入麻煩……最後我們裡面一位志工阿姨，透過親戚仲介找到這個地方——廟主人兒女，在爸爸過世之後，把這整片山坡地連同這間廟跟香客大樓，一起交給仲介賣，賣了兩三年都賣不掉，我們這邊派出長輩出面和對方談妥，一口氣租了半年，對方聽說這張租約不妨礙他賣地，且會幫他打掃管理、增加賣相，還額外讓他拿半年租金，當然答應了。」

「原來如此……」韓杰點點頭，又問：「許兩三、吳國勤兩位前輩來了嗎？」

「我記得他們明天才到……」陳亞衣領著韓杰一行人走進香客大樓，拿出手機看著事先分配好的名單，指揮眾人進房，這本來用來作爲兒孫住宅的香客大樓，內部隔間尚未改動，仍爲三房兩廳的住家格局，每層四戶，共十二戶、三十六間房。

年邁長者大都被分配在一二樓房間，韓杰與大嘴平和四個小弟，則被分配在三樓第四戶裡。

陳亞衣見大嘴平那四個小弟身上帶著酒氣，一副流氓模樣，便低聲問：「韓大哥，如果你想自己住一間的話也可以，三樓還有一戶是空的，其他戶也沒住滿，還有空房間……」

「我無所謂。」韓杰聳聳肩。「我應該不常在這裡過夜，房間讓出來都行。」

大嘴平倒是有些好奇，問陳亞衣：「妹妹呀，我聽說這次很多人上山呀，這小公寓擠得下這麼多人？」

「退役乩身、志工、陣頭混混啊不……是陣頭好青年們，加起來總共有七、八十人……」陳亞衣說：「但是有一部分人直接睡在廟裡保護阿香嬤，也有一部分人被派在外面鐵皮農舍裡，還有一部分人待在陰間。」

「陰間耶！」大嘴平四個小弟，聽陳亞衣說出「陰間」這詞，忍不住鼓譟起來。「嘩！我沒去過陰間，我想住看看，能不能換房間啊……」

大嘴平回頭怒斥：「想住陰間還不簡單，死了就能長住了！」

「好了好了，大家放下行李，跟我去見阿香嬤吧。」陳亞衣將放完行李的一行人一一喊回，領著大夥兒轉往廟裡。

大廟正殿裡擠著不少人，角落擺著幾尊大小神像，裹著厚厚的塑膠帆布——這廟尚未完工，購入的神像還沒拆封上桌。

兩個志工提著一個貼著封條的大箱來到大供桌前，恭敬放下大箱，焚香祝禱。

「別燒香了，拆封條吧。」一個六十餘歲的壯碩大嬸，雙手扠腰，嚷嚷催促。

「這是規矩。」另個七十餘歲的年邁婆婆，碎碎唸出一長串開箱規矩。

「啊？」壯碩大嬸瞪大眼睛，轉頭望向遠處一個更爲年邁的老婆婆，問；「有這規矩？」

那年邁老婆婆臉上的皺紋深得像是百年樹紋，咧開嘴呀呵呵地笑了幾聲，搖搖頭。「沒有……」

「聽到沒有。」壯碩大嬸說：「阿香嬤說沒這規矩。」

「可是……」那年邁婆婆有些重聽，和壯碩大嬸雞同鴨講老半天，還是有些堅持揭開木箱前得先焚香祝禱，可把那壯碩大嬸氣得嚷嚷叫罵起來。「是誰找這老太婆過來的！帶她下山吧，這裡不是養老院！」

「妳說什麼？」「妳太沒禮貌了吧！」那年邁婆婆身旁幾個志工，聽壯碩大嬸數落自家老廟祝，可氣得一擁而上，將那大嬸團團圍住。

「怎樣，我說錯了嗎——」壯碩大嬸手扠腰，瞪眼怒吼，聲如洪鐘，將幾個圍上來志工嚇得退開一圈。

「嘩！」韓杰看得笑了，低聲問身旁陳亞衣。「那大嬸是妳前輩？」

「是啊。」陳亞衣點點頭。「她是姜姐，是我前一位『武駕乩身』，輩份比我外婆低，在韓大哥你當年上任之後就退休了。」

「嗯？」韓杰呆了呆，又問：「所以苗姑也是『武駕乩身』？」

「不是喔。」苗姑自陳亞衣腰間奏板躍出，可將大嘴平連同四個小弟嚇得後退一大步。「哇！是鬼耶！」「好眞實喔。」

「什麼鬼！我是媽祖婆分靈！」苗姑轉頭怒斥幾聲，跟著對韓杰說：「能用媽祖婆的斬妖刀，才能算是正式的武駕乩身，當年我當媽祖婆乩身時間不長，只拿過小紅袍，沒拔過斬妖刀。」

陳亞衣在一旁補充：「媽祖婆乩身大部分是文乩身，專職救災救人，只有在特別凶險的時期，才會下放更強大的武力給陽世乩身……」

「別吵了、別吵了！」阿香嬤身旁又一個七十餘歲的婆婆出來打圓場，「開箱什麼規矩，聽媽祖婆說吧。」

那婆婆說完，所有人都往阿香嬤望去。

阿香嬤依舊咧嘴笑著，搖搖手，說：「媽祖婆上九霄見神……不在我身上呀……」

阿香嬤身後一個扠著手的高瘦老人，突然朗聲說：「媽祖婆說，不用管規矩啦，快開箱吧，現在開始，儀式習俗一切從簡，我們是來打仗，不是辦廟會的……」

「那是馬大岳的直屬前輩？」韓杰低聲問陳亞衣：「旁邊矮的那個是廖小年的前輩？」

「沒錯。」陳亞衣點點頭。

「聽到沒有——」姜姐眼一瞪，揚手指著大箱。「快開箱！」

「是……」那年邁志工婆婆恭敬朝阿香嬤膜拜幾下，雙手合十祝禱半晌，終於下令開箱。

兩個志工揭下木箱封條，揭開箱蓋，捧出一尊一公尺高的媽祖木像，放上大桌。

這尊媽祖木像和平時常見媽祖像大不相同，並非穿袍戴冠、端坐大椅，手裡也未捧著玉如意或是奏板，而是直挺挺站著、身穿鵝黃色戰甲，手按佩劍。

「哇！」「這媽祖婆像好帥啊！」大嘴平身後嘍囉鼓譟起來。

「那是武駕媽祖像。在必要時刻，媽祖婆也會穿上戰甲，拿寶劍降妖伏魔喔。」陳亞衣帶著韓杰一行人，來到阿香嬤面前，向阿香嬤鞠躬。「阿香嬤，太子爺乩身來了。」

阿香嬤仰頭瞧著韓杰，緩緩起身，笑著伸出雙手，握住韓杰的手。「你就是……太子爺乩身……」

「是。」韓杰點點頭。「我叫韓杰。」

「阿香嬤。」「阿香嬤……」韓杰身後那退休警察局長雄哥、中年義消、大嘴平等，紛紛向阿香嬤鞠躬問好。

「我見過你……我也見過你……」阿香嬤一個一個與眾人點頭致意，還揚手喊著姜姐，要她過來。

姜姐扠著手走來，和韓杰大力握了握，說：「你就是韓杰？我這小師妹平時工作怎樣？沒扯你後腿吧。」

「她很棒。」韓杰笑了笑，見姜姐這把年紀，胳臂肌肉竟不輸自己，不禁嘖嘖稱奇。「前輩妳平常有健身習慣？」

「是啊。」姜姐彎起手，擠出二頭肌。「當年你一上任，我就退休了，我退休之後才開始練身體，一練二十年，身體比現役時還壯一圈，我倆來比伏地挺身，我未必輸你。」

「阿姜，別吹牛了。」退休警察局長雄哥大聲說：「人家是太子爺乩身，有蓮藕身的，先天職責就跟妳不一樣，就像是派出所小警員跟特種部隊，能比嗎？」

「賴皮雄！」姜姐瞪著眼睛罵著雄哥。「這邊神明乩身講話，輪得到你這小無賴插嘴？」

「小無賴？我是警察局長！」

「你退休了。」

「妳還不是退休了！」

大嘴平身後小弟見廟裡一干老前輩們彼此似乎都認識，一開口就講古，忍不住低聲喃喃：「這裡全是退休老人？這些人真的有力氣幹架嗎？」「平爺不是說帶我們來打魔王？叫第……第幾天魔王？」「第四天還是第五天？」

「剛剛誰說不能打的？」姜姐一雙虎目盯上大嘴平等人，上前拍了拍大嘴平肩膀，說：「阿平，你自己跟你帶來的小朋友講，姜姐我能不能打？」

大嘴平立時令小弟們立正站好，吆喝訓斥：「你們幾個混蛋能不能閉上嘴？你們眼前這位姜姐，可以用兩隻手拔呀拔地就把妖魔鬼怪的腦袋拔下來，你們哪個想試試？」

小弟們紛紛搖頭，沒人想試。

「把他們幾個加入我的武鬥隊裡。」姜姐這麼說：「以後我來帶。」

「武鬥隊……那是什麼？」小弟們面面相覷。

「武鬥隊都是年輕陣頭兄弟，專職保護媽祖婆，開戰的時候，幫忙神明乩身一起打鬼。」陳亞衣這麼說：「平常由姜姐直接管理，每天跑步操練身體，睡前要比賽伏地挺身。」

「什麼！那跟當兵有什麼兩樣？」「我上個月才退伍耶，又要伏地挺身？」大嘴平四個小弟有些愕然，只見遠遠還有幾群年紀相仿的傢伙瞅著自己笑，想來應當都是武鬥隊成員。

拾玖

晚餐過後，韓杰坐在廟外台階上，拿著手機和未婚妻王書語視訊通話。「我吃過飯了，正在等媽祖婆從九霄帶貨下來。」

「九霄？」王書語問：「那是什麼地方？」

「九霄嘛……」韓杰抓抓頭，解釋說：「有點像是南天門外面的接待大廳，又像是陽世跟天庭的中間地帶，天門聳立在九霄雲上，天庭神仙把要送給太子爺的藥和武器擠過門縫，堆在天門外的九霄雲上，讓一批從陽世徵召上去的土地神負責整理看管，等等媽祖婆會帶那些東西下來。」

「為什麼是媽祖婆親自去拿貨？」王書語困惑問：「不能由土地神送下來嗎？」

「嗯……」韓杰笑著說：「一般土地神沒辦法飛那麼高，上不了九霄，現在這些在九霄上看管武器的土地神，全是媽祖婆帶上去的，加上媽祖婆本來就會定時上九霄，隔著一道門縫，跟擠在門後面的神仙開會。」

「原來如此……」王書語說：「那這兩天你還有收到太子爺的消息嗎？」

「沒有。」韓杰搖搖頭，說：「太子爺那藕蠅會隨著運輸小艇進出他化自在天，可能這兩天他化自在天沒派運輸小艇出來……」

「嗯……」王書語微微張嘴，卻欲言又止。

「幹嘛？」韓杰問：「妳擔心第六天魔王發現太子爺派藕蠅傳籤令給我。」

「對。」王書語說：「如果真被發現，太子爺的處境恐怕會變得更糟糕……」

「是啊。」韓杰攤攤手，苦笑說：「我們只能盡快找到他化自在天了……」他說到這裡，又問：「妳和媽呢？住得還習慣嗎？」

「你不用擔心，我們過得很好，這邊跟高級飯店一樣，房間很棒，吃得也很好。」王書語此時不在自家，也不在鄉下媽媽家，而是與媽媽許淑美一同藏身在小歸的陽世避難所裡。

小歸那陽世「避難所」，並非單一建築，而是以市區某塊街區一戶獨棟別墅為中心，由四通八達的混沌通道連接著陽世、陰間十餘戶公寓大樓住宅，甚至是透天樓房，是組合而成的整片區域，在這區域裡，還有許多以混沌打造出來的獨立空間，包括研究室、大型庫房、人員宿舍和貴賓招待所。

王書語和許淑美便藏身在一處混沌招待所中，接受小歸集團二十四小時保護。

韓杰擔心自己不在家時，有孕在身的王書語會成為第六天魔王的狙擊目標，卻也不願將她帶上這即將成為戰場的臨時媽祖廟裡，索性委託小歸，將王書語和準岳母許淑美一同接進陽世避難所裡待著，讓他能夠放心全力救援太子爺。

「韓大哥，媽祖婆回來了——」陳亞衣嚷嚷喊著，來到韓杰身後，探頭向韓杰手機搖搖手。

「書語姐！」

王書語笑著和陳亞衣寒暄兩句，對韓杰說：「你去忙吧，我去陪媽了。」

「嗯。」韓杰和王書語道別，轉身隨著陳亞衣返回廟中，穿過正殿，來到尚未完工的後殿。

後殿牆面僅上著底漆，燈泡懸在天花板下，貼牆擺著幾張大桌，堆放著各種符籙法器，像是臨時法壇。

幾張椅上，除了姜姐和千里眼、順風耳兩位退役乩身外，還聚著幾個年邁長者，大都是跟隨媽祖婆多年的陽世眼線。

阿香嬤穿著素色袍子站在桌前，全身金光閃耀，微笑望著隨陳亞衣走入後殿的韓杰，提起桌上一壺茶、拿起一只杯，注滿一杯茶，遞向迎面走來的韓杰。

韓杰接過茶杯，一口喝盡，跟著轉過身，脫下T恤，露出後背上半截刺青和數道怵目傷痕，盤腿坐下。

「韓杰，會有點痛，不過你應當習慣了。」阿香嬤張口，吐出媽祖婆的聲音，跟著揚手抖抖袍袖，雙手金光閃耀。

矮胖老人來到韓杰面前，也盤腿坐下，隨手拉出一個泛著光芒的木箱，揭開，從中取出一只只貼有符籙封條的瓶瓶罐罐，揭下封條、遞給韓杰。

韓杰接過瓶罐就往嘴裡倒、往肚裡吞，有些是藥丸、有些是藥湯，吃進嘴裡是百般滋味，酸甜苦辣冰暖鹹腥嚐了個遍，但大都還在韓杰忍受範圍裡。

瘦高老人則站在媽祖婆身旁，手一抖，托起一只金光閃閃的公事提箱，揭開，裡頭擺著五枝毛筆。

五枝毛筆顏色不一，筆身上刻著奇異符籙，阿香嬤捏著一枝毛筆，在韓杰後背右上側寫畫符籙。筆尖所及之處，彷如刀刻一般破出裂口，滲出血來，但那破口隨即在數秒內癒合，甚至沒在皮肉上留下痕跡，只隱隱泛動符籙光痕。

阿香嬤寫完一道符，手中毛筆變成燃燒將盡的殘炭一般，墨黑焦脆，她隨手拋下這枝毛筆，毛筆尚未落地，便在空中化爲灰燼。

韓杰一瓶一瓶藥往嘴裡塞，阿香嬤一枝一枝筆往韓杰背上寫符。

韓杰吃完了整箱藥，儘管吃得滿嘴異味，肚子倒是一點也不撐。

身後阿香嬤也寫完五枝筆，韓杰後背五道符籙微微閃動光芒。

「這樣就好了嗎？」韓杰起身，接過阿香嬤倒給他的第二杯茶，喝下，口中奇異藥味立時消散。

「我每晚都會帶新藥回來讓你吞進身中。」媽祖婆用阿香嬤的嘴巴說著：「武器倒是裝滿了，五件神兵已經是你身體的極限，帶不下更多，但也足夠中壇元帥大顯神威了。」媽祖婆說到這裡，頓了頓，拉起韓杰的手，令他攤開掌、手心朝上，伸指在韓杰左手掌心上，又畫下一道符，說：「這是一份新的工作合約，到時候你讓太子爺在合約上按下指印，立刻生效。」

「是。」韓杰恭敬應答，凝神望著浮現在左手掌上那份燙金合約。

貳拾

深夜，吳國勤躺在床上滑著手機，瞧著多日不見的妻子從國外傳來的孫女照片——他女兒定居國外，幾週前，他妻子聽說孫女要誕生了，可急得訂了機票趕去照料，留吳國勤一人獨居家中乾著急。

他送出訊息，向妻子說晚安——

「我真的要睡啦，我還有事，明天得早起呢。」

「你都快退休了，還要早起？你那部門不是很閒嗎？」

吳國勤妻子這麼回覆，又傳了兩張日出照過來。

「不是這份工作啊……」吳國勤用語音打字。「是……我另一份工作，就是……妳知道的那工作……」

十餘秒後，妻子撥了通國際電話過來，吳國勤剛接通，就聽見妻子急急追問：「你說另一份工作是什麼工作？」

「妳不是知道嗎？」吳國勤這麼回答。

「太子爺乩身？」妻子問：「你不是退休很久了嗎？」

「是啊……」吳國勤說：「可是最近他們人手不足，拜託我回去幫忙。」

「什麼樣的忙？」妻子壓低聲音問：「不用打打殺殺吧？」

「當然不用啦，我都幾歲的人了。」吳國勤打著哈哈，說：「打打殺殺那種事，有現役的年輕人去忙，我算是去支援內勤吧，畫畫符、布布陣……提供一點意見而已，妳別擔心啊……」

「……」妻子說：「你可別強出頭啊，你不能出事啊，你孫女兒才剛出世，你女兒說要再生幾個，大家都等著喊你爺爺啊！」

「我知道、我知道，等我這邊忙完了，向老闆請個長假去看妳們，好不好……」吳國勤安撫妻子好半晌，終於掛上電話。

他躺在床上翻來覆去，眼睛合了又張，坐起身來，望向一旁床頭櫃上那疊符籙、一罐香灰和一條紅色圍巾。

近二十年前退役轉任眼線後，他幾乎沒再用過這些東西。

符籙是近日新寫的、香灰是前兩天上廟裡討的；紅圍巾則是退役時妻子親手縫的，用的是棉麻布、折疊縫成雙層，內裡藏著一條符籙長巾。

叮咚——叮咚——門鈴響起，吳國勤呆了呆，不解接近凌晨時分，是誰來按門鈴。

他起身要往房門外走，又停下腳步，轉身從床頭櫃上拿起圍巾繞上頸子，這才出房。

他來到客廳門前，鼻端隱隱嗅出門外鬼味，他湊近門上貓眼往外瞧，只見外頭梯間漆黑一片，隱約站著個矮小身影。

叮咚叮咚——門鈴又響兩下。

他緩緩開門，只見門外站著個小男孩，是樓上住戶孩子。

小男孩渾身發抖，仰頭對吳國勤說：「吳伯伯，我媽媽她……好奇怪……」

「你媽……怎麼了？」吳國勤謹慎地拍拍小男孩臉蛋，確認那股鬼氣並非來自小男孩身上。

「我媽媽她……一直講一些奇怪的話……」小男孩哽咽地說：「她在廚房磨刀，說要殺死我……」

「……」吳國勤仰頭看看樓上，感到那鬼氣確實自樓頂漫下，他對小男孩說：「你等我一下，我進房間拿點東西，然後陪你上樓看看。」

他說完，才剛轉身要回房，突然感到背後一股邪魅怪氣撲來，他急忙回頭，只見小男孩兩眼血紅，高高躍上他胸口，雙手揪著他頭髮、雙腳踩著他雙肩，將他撞倒在沙發上。

在那短暫瞬間，吳國勤腦袋裡不是驚恐，而是滿滿羞愧和自責——他驚覺自己竟沒發現藏在小男孩身子裡的惡鬼刻意隱匿鬼氣。

小男孩猛力揪扯吳國勤頸上圍巾，像是想勒死吳國勤，但隨即鬆手怪叫，因爲吳國勤頸上圍巾可也不是普通圍巾，而是內藏了驅魔符籙的特製圍巾。

吳國勤挺身將小男孩頂落下地，翻身摘下圍巾，裹上小男孩腦袋，急急施法唸咒。

小男孩發出尖叫。

門外也響起女人尖叫——正是小男孩媽媽，她指著吳國勤尖吼：「吳先生，你做什麼？」

「啊！」吳國勤連忙鬆手解釋：「李太太，妳別誤會，妳兒子他……」

他沒說完，數隻鬼手自他背後掐來，牢牢掐住他頸子。

李太太尖吼進屋，隨手抄起門旁矮櫃上一只花瓶，高高舉起。

吳國勤正要抬手格擋，但小男孩卻牢牢抓著他雙手不放。

磅——花瓶在吳國勤腦門上炸裂。

□

就在吳國勤遇襲的同一時間，許兩三躺在床上呼嚕大睡。

然後突然睜開眼睛。

什麼事也沒有，但他就是感到有些不對勁，隱隱感到有股奇異氣息——那是種刻意壓抑的鬼氣。

啾啾——啾啾——門鈴聲響起。

許兩三下床出房，走過堆著數支高粱空瓶的廳桌，來到門前，揭開木門。

門外站著個小女孩，那是對門鄰居孫女。她哆嗦哭了幾聲，說：「奶奶……好奇怪……」

「她怎麼啦？」許兩三隔著鐵門問：「哪裡奇怪啦？」

「奶奶……在廚房磨刀，說……要殺我……」

「這樣啊。」許兩三開門，牽起小女孩的手，往對門鄰居家走去。「我陪妳去看看奶奶……」

他牽著小女孩剛進門，就瞥見廚房裡確實有個身影，且發出嚓嚓嘶嘶的磨刀聲，便朝著廚房方向喊：「汪妹仔啊，妳半夜不睡覺在幹啥啊？妳把妳孫女兒都嚇哭啦……」

許兩三剛喊完，身後小女孩突然尖叫撲在他背上，雙腳夾著他的腰、雙臂緊緊勒住他脖子，還不停亂叫：「抓到太子爺乩身啦，抓到啦——」

同時，許兩三頭頂上方天花板，旋開一個黑色漩渦，探出幾隻惡鬼，齊力拋下一截黑色繩圈，套住許兩三頸子，將許兩三吊上半空。

廚房裡那老太太提著菜刀奔來客廳，繞著許兩三興奮蹦跳嚷嚷：「抓到了、抓到了……」

「……」許兩三被吊上半空，雙腿踢蹬幾下，伸手探進領口，大力扯下掛在頸上的紅色符包，從符包中捏出一枚老式刮鬍刀片，往左掌心一劃，再用濺血左掌反手往背後小女孩臉上按去。

「呀！」小女孩尖叫鬆手落下，摀著臉在地上打滾。

老太太舉著菜刀要砍許兩三，被許兩三甩手濺了滿臉血，立時也怪叫著摀臉退開老遠。

許兩三捏著染血刮鬍刀片，往頸上黑繩圈一劃，黑繩圈立時燃燒斷裂。

許兩三踉蹌落地，扭著了腳，一拐一拐地退至牆邊，仰頭望著天花板上那黑色漩渦。

一旁祖孫倆臉上都冒出淡淡煙霧、口鼻噴煙，竄出兩隻摀臉哀嚎的惡鬼。

黑色漩渦中落下一隻隻惡鬼，幾間房裡也走出更多惡鬼。

「哼哼……」許兩三冷笑兩聲，貼著牆、捏著刮鬍刀片，往腕上一劃，登時鮮血淋漓。

惡鬼們四面八方撲來，抓頭、抱腿、扯手、勒頸，甚至是自許兩三身後房內隔牆伸手，牢牢抱住許兩三身子。

許兩三右手二指按著左腕破口，飛快在左手臂上畫下一道血咒，跟著左手猛力握拳，擠濺更多鮮血。

下一刻，血燃燒起火，凝聚成一條火紅小龍，自許兩三左腕上飛起，在許兩三周身旋繞扒抓，所及之處，被火紅飛龍竄過扒著的惡鬼們紛紛燃燒起火，哀嚎退開。

「不長眼的傢伙們……」許兩三一跛一跛地將昏厥的老太太和小女孩抱上沙發，讓她們並肩坐著，還從房裡抓了條毛毯替她們蓋上。「想欺負我老呀，我好歹還有太子爺親賜的蓮藕身跟火血呀……」許兩三一面罵，一面指揮小火龍四面驅鬼，將一隻隻惡鬼全趕出老太太家。

跟著，許兩三從老太太家裡神桌香爐挖了把香灰捏在手上，在牆角、門窗都畫下驅魔咒後，這才悄悄關門，一跛一跛地走回自家，氣呼呼地從櫃裡翻出紗布纏裹手腕——許兩三儘管年邁，但一副蓮藕身依舊讓他擁有遠勝常人的生命力，區區割腕小傷，對他來說一點也不算什麼，轉眼便止了血。

他滿肚子氣、睡意全失，索性換上外出服裝，往頸上掛上一只新的符包，同樣藏著一枚刮鬍刀片，提著打包好的行李，坐在客廳開了瓶高粱自斟自飲，氣呼呼地碎罵不停。

鬼氣再度逼來，幾隻惡鬼探頭入牆，和許兩三大眼瞪小眼。

許兩三也沒理睬他們，隨意撥了幾枚花生吃下，再喝口酒。

幾隻惡鬼探身進屋，還紛紛掏出寫有邪術的匕首，緩緩逼近許兩三。

「操你們奶奶喲……」許兩三惱火爆出句粗口，重重拍了桌子，領口竄出一條小火龍，飛在頭頂盤旋噴火。

惡鬼們見剛剛那火龍竟然還在，嚇得轉身要逃，卻被自穿牆進來的幾隻新鬼揪著痛打一頓之後，抱頭逃遠。

這幾隻新鬼有老有少，全是許兩三平時熟識老鬼，也是身為眼線的許兩三主要情報來源，他們圍到許兩三身旁，說：「兩三老哥，我們來晚啦。」「你沒事吧？」「我們替你守夜，你回房睡吧……」

「沒事沒事。」許兩三擺擺手，吃了粒花生，喝口酒說：「睡不著，不睡了，開喝開喝，你們陪我聊聊天吧……」

□

吳國勤恍惚之間，只覺得腦袋劇痛。

他睜開眼睛，只見四周一片漆黑、伸手不見五指，且周圍空間十分狹窄，還搖搖晃晃，似在移動中。而他雙手雙腳都被繩索捆縛。

他呆了半晌，總算理解自己想來是被塞進了後車箱裡。

他稍稍施力掙扎，雙手上的繩索竟輕易給扯斷了，他捏著斷繩至鼻端嗅了嗅，跟著四處聞嗅周邊環境，嗅得一股懷念的火灼焦氣，恍然大悟——他被搬下了陰間。

凡人肉身在陰間，猶如銅皮鐵骨、力大無窮，惡鬼們用來綁他的繩索也是陰間之物，因此轉眼便被他給掙斷了。

他大笑幾聲，猛力一掙，將雙腳繩索也掙斷，跟著雙腿一蹬，轟隆將後車箱蓋給蹬開了。

嘰——汽車緊急煞車，車上幾隻惡鬼緊張下車，像是醒悟己方一行人幹了蠢事——將活人搬進陰間，卻忘了對其施展迷魂術。

「我有！」一個惡鬼尖叫：「我明明在他耳朵旁邊哄他睡覺，你們也見到他睡著不是嗎？」

吳國勤翻出後車箱，見幾隻惡鬼下了車，卻不敢上前抓他，且還因爲其中一隻惡鬼究竟有無對他下迷魂術這點爭執起來，便主動上前打圓場，指著負責迷昏他的那惡鬼，說：「你們別怪他，他眞的有對我下迷魂咒。」

「看吧！」那鬼尖叫。「他自己說的，我眞的有對他下迷魂咒。」

吳國勤儘管不像許兩三、韓杰擁有百鬼不侵的蓮藕身和火血，但終究幹了二十年太子爺乩身，現役時期，普通惡鬼的迷魂咒術對他根本起不了作用，即便退役多年，嘍囉惡鬼的催眠耳語外加花瓶砸頭，也僅能讓他小睡片刻。

「那現在怎麼辦啊？」另隻惡鬼問。

「再打昏他啊！」第三隻惡鬼答。

「只能這樣了……」四隻惡鬼圍上吳國勤。「這傢伙沒蓮藕身，不用怕他！」

「哼！」吳國勤見四隻惡鬼小看自己，不禁有氣，連揮數拳撂倒四隻惡鬼，東張西望半晌，只見四周環境陌生，便搶走惡鬼手機和車鑰匙，開車駛遠。

吳國勤駛了半晌，停下車，打開惡鬼手機瞧瞧地圖，發現自己當下位置，比起陽世自家，離那山上臨時媽祖廟還更近些，便也懶得返家拿行李，而是用惡鬼手機，撥了通電話給平時替他在陰間打探情報的鬼朋友。

「喂，小陳啊，我吳國勤，有件事要請你幫忙。」吳國勤摸了摸腦袋上的腫包，對著電話吩咐：「你上我家一趟，看看有沒有女人小孩倒在地上，那是我樓上鄰居，你找著他們，附身帶他們回家、哄他們上床睡覺，別嚇著他們……然後回我家，把客廳行李箱帶來給我，我想想在哪裡跟你會合……」

吳國勤和那陰間鬼朋友約好了地點，便駕車上山，打算直接走陰間去媽祖廟。

貳壹

天空漸漸亮了，張曉武站在小歸陽世避難所別墅和室外頭的小庭院中央，想瞧瞧久違的日出。

「阿武，太陽要出來啦！」小歸盤坐在和室一只坐墊上，向外喊著。「你沒戴牛頭面具、也沒打擬人針，小心被曬焦啦——」

「……」張曉武本想吹噓自己這兩年道行漸長，至少可以做個十分鐘日光浴，但隨即感到四周愈漸炙熱猛烈，腦袋開始暈眩，連忙拔腿躲回和室，一名侍者立時拉上大落地窗窗簾，不讓陽光射進室內。

「幹……」張曉武撲在和室榻榻米上，癱躺在地嚷嚷罵著：「現在陽世是不是比以前更熱啊？是不是那個什麼溫室效應喔……」

「溫你個頭，是你自己搞不清楚狀況。」小歸哼哼說：「除非是修煉到快成魔的老鬼，不然就連戾氣繞身的厲鬼都擋不住陽世太陽呀！」

張曉武正想說些什麼，突然手機響起，取出接聽，是顏芯愛打來的。

電話那端的顏芯愛語氣微帶哽咽，說：「曉武哥……我們幾個同事正在想辦法救俊毅，你要來嗎？」

「什麼？」張曉武愕然坐起，問：「俊毅怎麼了？」

「我們不久前收到一支影片……」顏芯愛這麼說，隨即傳來一支影片。

張曉武點開影片，是俊毅在閻羅殿裡接受審問的錄影畫面。

畫面裡，俊毅僅著一條短褲，被反綁在鐵椅上，渾身遍布新舊焦傷，身旁站著一個閻羅殿差役，戴著手套，拿著一疊怪符，隨手往俊毅肩上貼上一張。

俊毅肩上符籙立時燒出異色火光，他悶吭幾聲，身子激烈顫抖。

俊毅對桌坐著一名判官，面前堆著幾疊厚厚的文件，悠哉托著平板滑玩遊戲。

「這是什麼？」小歸擠到張曉武身旁，一齊盯著螢幕，見到俊毅處境，不禁倒抽了口冷氣，喃喃說：「我知道俊毅被帶進閻羅殿，肯定要被整，不過……那些傢伙怎麼會明目張膽對現任城隍用刑？俊毅被判刑了嗎？罪名是什麼？」

張曉武開啓手機擴音，問：「這什麼情況？爲什麼對俊毅用刑？他們想問出什麼？」

「閻羅殿想逼俊毅承認勾結邪道，企圖在陰間進行恐怖攻擊、目的是幫助邪道顛覆地府、在陰間稱王……」顏芯愛這麼說。

「幹這三小！」張曉武和小歸相望一眼，惱火唾罵：「勾結邪道？哪個邪道？陰間最大邪道不就是閻羅殿好麻吉第六天魔王嗎？」

「據說……閻羅殿已經把太子爺乩身韓杰列爲邪道恐怖份子了……」顏芯愛說：「理由是韓杰身爲退役乩身，沒有權限在陰間執行任務，但還是三番兩次下陰間搗亂，前兩天還放火燒了整間仙藥鋪，宰了仙藥鋪老闆老藥仙……」

「幹那憨吉是在幹嘛……」張曉武惱火說：「但是妳說的那個仙藥鋪老闆，我記得是個大藥頭啊，幹了不少壞事，早該辦他啦！就算憨吉放火燒了他，然後咧，他不該燒嗎？」

「就說韓杰現在沒有在陰間動手的權限啊！」

「那去抓憨吉啊！搞俊毅幹嘛？」

「你跟我講有什麼用！」顏芯愛氣罵：「他們現在就想名正言順把陰間所有和太子爺友好的勢力連根拔除啊，他們想逼俊毅以地府官員的身分，指認韓杰意圖顛覆地府……聽說再過兩天，閻羅殿就要通緝小歸老闆了。」

「什麼——」小歸在一旁氣得握拳搥地。「好啊！要通緝我，說我是恐怖份子是吧，閻羅殿裡一個個閻王、判官、黑白無常，哪個沒拿過我的錢？一群王八蛋！」

「等等！」張曉武急問：「俊毅被刑求的影片是誰傳給妳的？還是你們也被通緝了？」

「我們暫時沒事，因為地府現在很缺人手——新來的城隍要我們出面指控俊毅，把所有幫助韓杰的事情全推到俊毅身上，說讓俊毅一個人扛，我們才會沒事……」顏芯愛說：「現在閻羅殿裡擁護第六天魔王作為未來共主的聲音佔著多數，但是也有少部分人反對，但不敢明著出聲，所以暗中聯絡我們，這支影片就是閻羅殿裡那些支持太子爺的勢力傳給我們的……」

「所以你們打算怎麼救俊毅？」張曉武問：「偷偷摸進閻羅殿？把俊毅從拘留牢房裡偷出來？」

「不……」顏芯愛說：「我們收到的線報，俊毅被刑求了幾天，沒有認罪，現在閻羅殿的人希望不只是拿到口供，而是希望俊毅本人之後能在神仙面前親口作證指控韓杰一大堆罪行，所以打算把俊毅送去一家私人醫院，切頭開腦、修改他的記憶……那位院長，聽說是第六天魔王那邊指名的高手。」

「什麼！」張曉武驚訝問：「那間醫院在哪？俊毅已經被送進去了嗎？」

「俊毅半小時前被送出閻羅殿……」顏芯愛說：「有幾個同事跟著閻羅殿車隊，但是這閻羅殿車隊有幾十輛車，我們不敢硬搶，現在我跟阿狗混進醫院裡，想等俊毅送進來之後，直接從醫院裡面救他……你要過來嗎？」

「廢話！我立刻過去，妳別自己行動！」張曉武恨恨掛上電話，向小歸說：「我需要一輛車，還有武器……」

「你需要的不只車跟武器……」小歸思索半晌，說：「這樣好了，我調兩隊保全去幫你，第一隊攻擊陰差車隊，引開閻羅殿陰差；等你們從裡面救出俊毅之後，第二隊掩護你們離開。」

「你要派保全攻擊閻羅殿陰差？」張曉武遲疑問：「這樣好嗎？你想跟閻羅殿正面開戰？」

「我不想啊，但是……不引開閻羅殿陰差，光憑你們幾個，怎麼救出俊毅？」小歸無奈反問。

「叫那個最愛臭幹陰差的憨吉滾下來幫忙啊！」

「對耶！我馬上打給他。」

□

陰間，何氏醫研位於一排大樓最側邊，三面臨路，是獨棟建築，擁有專屬地下停車場。

何氏醫研樓高七層，只有一、二樓和地下室作爲醫療之用，專治各種魂傷魂病，三樓以上，設有藥物研究室、貴賓招待所，和一些不知道業務項目的辦公室，據傳何氏醫研大樓裡，還有幾間專門用來替「大人物」看診治療的高級診療室，未開放給一般亡魂野鬼。

何院長和各大陰間勢力關係都不錯，也是閻羅殿醫療顧問之一，甚至傳聞毒魔莿兒替第六天魔王縫身這大手術，事前也曾徵詢過何院長的意見。

此時何氏醫研大樓外三條大道都架起拒馬、全面淨空，分別由兩名城隍帶領手下陰差把守得密不透風。

遠處，閻羅殿車隊浩浩蕩蕩開來，上方甚至有幾架武裝直昇機在空中護衛。

何氏醫研地下停車場裡則有些冷清，一輛箱式貨車悄悄現形在車道上、悄悄駛到一處車位、悄悄地停妥。

後箱悄悄揭開，張曉武悄悄躍下——他穿著醫生白袍，梳了個斯文油頭，戴著粗框眼鏡，像個年輕實習醫生似的。

他瞧瞧手機，看看手錶，輕輕托著耳朵上那只無線耳機，低聲問：「芯愛，我進來了，妳在哪裡？」

「二樓女廁……」顏芯愛低聲回答：「我打扮成清潔女工，推著藍色的清潔工具車。」

「除了妳我，大樓裡還有多少我們的人？」

「現在何氏醫研裡只有我、阿狗，再加上你，一共三個。」

「什麼？三個？」張曉武愕然問。「其他人呢？」

「沒辦法，何氏醫研前兩天就開始加強管制，拒收一般病患。」顏芯愛無奈說：「二寶、阿三、老周他們幾個比我更早摸進來，都被保全趕出去，大家怕打草驚蛇，不敢繼續硬闖，只好分散在外圍待命……我是剛好打聽到有個清潔工請假，另個清潔大嬸忙不過來，我去拜託她讓我幫忙代幾天班，賺點零花錢買陽世許可證上去探親，讓她帶著我，才順利進來，但也只能在一二樓，我進來之後，找著機會趁著倒垃圾的時候，讓阿狗躲在垃圾桶裡一起進來……」

「幹……整棟醫院被圍得水洩不通，我們出不去，其他人在外面待命接不到人是有屁用？」張曉武哼哼地說：「好在本救世主有先見之明，向小歸借來了衝鋒號，可以開進混沌裡……對了，現在醫院裡有陰差嗎？」

「一樓有一隊陰差，二樓還好，只有兩三個……」顏芯愛說：「你有帶武器來嗎？」

「帶了，都是最新產品，妳看到別嚇壞。」張曉武問：「對了，妳在二樓女廁，那阿狗呢？」

「他躲在二樓另一邊的男廁工具間裡。」顏芯愛這麼說：「其實四周大樓頂上都有我們的人，距離何氏醫研其實沒有很遠，我們本來打算救到俊毅之後，進廁所走窗戶飛天逃跑。」

「你們身上有帶陰差面具嗎？」張曉武問。

「沒有……」顏芯愛搖搖頭。「前幾天我們整間城隍府都被停職調查，新任城隍要我們簽下同意指控俊毅的切結書才讓我們復職，所以陰差面具跟裝備都繳回城隍府裝備室，我現在身上只有一支防狼噴霧器……」

「幹他老師，有夠機巴！」張曉武嘖嘖說：「你們沒有武器、也沒有陰差面具，就算飛上天也飛不過閻羅殿的黑白無常，你們到底在計畫三小？爲什麼不早點聯絡我？」

「這幾天我們一直在城隍府加班，說是加班，根本是被扣押偵訊，所有人都不能離開城隍府，手機也被扣住，直到前天新任城隍才准我們離開……」顏芯愛氣呼呼地說：「我一出來，立刻弄了支新手機打給你，結果打不通，只能走一步算一步，我才想問你到底躲去哪裡了！」

「對喔……」張曉武呆了呆，說：「我在小歸陽世避難所，大部分時間都在混沌房間裡打電動，陰間手機沒有經過特殊處理，打不進混沌……剛剛妳打給我的時候，我剛好在陽世看日出……」

「所以啊！」顏芯愛哼哼說：「現在何院長在二樓，跟助手討論要在哪裡幫俊毅開腦……六樓好像有貴賓專用的醫療室。」

「院長帶著助手在二樓開會？」張曉武走進電梯，按下六樓按鍵。「那我直接去六樓好了。」

「不行！」顏芯愛說：「三樓以上都有保全在巡邏耶！你會被抓到！」

「來不及了，我已經按六樓了。」張曉武望著電梯數字緩緩上升。

「你是白癡嗎！」顏芯愛著急罵著：「現在醫院暫停開放了，電梯一有動靜，他們立刻會知道，你爲什麼不走樓梯！」

「幹不早說……」張曉武哼哼說：「算了，等等我會送武器給妳……」

「拜託，你不是進電梯要上六樓了，我們都在二樓，你怎麼送武器給我？啊！」顏芯愛低呼一聲，說：「啊！二寶傳來訊息，說閻羅殿車隊已經開進何氏醫研地下停車場了……俊毅應該會直接被送上樓，不確定會去二樓還是六樓。」

叮咚一聲，電梯門打開，張曉武踏出電梯，低聲對手機那端說：「前面有兩個保全往我走來，我先處理一下。」

「什麼？」顏芯愛愕然要問，但張曉武已經收起電話，朝前方兩名迎面走來的保全走去，絲毫沒有躲藏的意思。

兩名保全停下腳步，見張曉武走過他倆身邊，立時喊住他，困惑問：「何院長帶大家在二樓開會，你怎麼……嗯，怎麼沒看過你？」

「呵呵，不好意思。」張曉武露出與本性截然不同的陽光笑容，捏起掛在胸前的何氏醫研識別證件晃了晃，說：「我是何院長的玄孫，在陽世讀醫學系，半年前出了車禍……」他說到這裡，扭頭撥開頭髮，露出後腦破口，苦笑說：「何院長要我來這裡實習，請多指教。」

「玄……孫？」兩名保全呆了呆，見張曉武名牌上寫著「何家榮」，一時也難辨眞僞，聽他自稱院長玄孫，也不好強硬攔阻，只說：「何院長在二樓開會，你不下去找他？」

「我曾奶奶、也就是我玄爺爺女兒的姪女的鄰居年輕兒媳婦，清明掃墓的時候，特地拜了幾盤家鄉小吃給祖宗，曾奶奶要我帶過來給玄爺爺一個驚喜，我直接拿進玄爺爺辦公室，還有封家書要給他……」張曉武笑著說。

「啊？」兩個保全呆然半晌，喃喃說：「玄爺爺、曾奶奶……的姪女的鄰居年輕兒媳婦？」

「『鄰居』的兒媳婦？那跟何家有什麼關係？」

張曉武笑著說：「因爲老家鄰居互相都認識啊，祖先爺爺奶奶們裡能投胎的都投胎了，剩下那些不能投胎的，更珍惜老交情，老鄰居交換祭品吃很正常啊？你們沒交換過嗎？」

「沒有……」兩個保全搖搖頭。

「那下次記得交換一下。」張曉武燦爛微笑說：「吃別人家的祭品，有種說不出的爽喔！」

「有這種事？」兩名保全錯愕半晌，還想多問，但見張曉武已經大步走向院長辦公室，似乎挺熟稔何氏醫研內部環境，一時也不知道該不該上前攔阻。

「我進院長辦公室了。」張曉武站在院長辦公室窗邊，又撥了通電話給顏芯愛，說：「妳在靠哪邊的女廁？前面還後面？這棟大樓正門後門都有廁所……」

「我在靠後門的廁所，阿狗靠近正門……」顏芯愛好奇問：「曉武哥，怎麼你對這間醫院內部這麼了解？」

「小歸是這間醫院的貴賓，他頭殼上不是有個破洞嗎？他在這棟大樓的貴賓醫療室做過外科手術，把頭殼破洞補起來，他說這樣比較好看。另外他還進過七樓招待所，跟一些大人物喝酒聊天過。」張曉武嘿嘿笑地從醫師袍口袋掏出兩疊巴掌大的厚紙放在窗沿，跟著往兩疊厚紙壓上兩只紙片小人，說：「剛剛小歸一收到消息，立刻通知幾個部門一起幫忙，按照當時他跟何院長還有醫療團隊的合照，生出一套何氏醫研的醫生袍跟識別證給我，我是用何院長的後代子孫的身分進來的，保全哪裡敢攔我？」

「什麼？」顏芯愛嘖嘖稱奇。「你不怕保全跑去向何院長報告，那樣你就慘了。」

「總比妳拿著防狼噴霧器就跑進來要強多啦幹！」張曉武哼哼說：「等等如果他們決定在二樓替俊毅動手術，我就打回二樓，如果他們決定上六樓，妳也別上來，我自己處理就好了。」

兩疊厚紙上的紙片小人，倏地站了起來，像是揹柴般揹著兩疊厚紙，攀出窗外，一個往上爬，一個往下爬。

「啊？」顏芯愛驚呼一聲，說：「二寶傳來消息，何氏醫研正門馬路上停了幾艘冥船！應該是第六天魔王三兒子百鬪來了。」

「啊？冥船？」張曉武湊近窗邊，果然見到外頭大道上停著三艘公車大小的冥船，正是他化自在天專用運輸小艇。

三輛運輸小艇艙門齊開，走下數十名黑衣傢伙，帶頭傢伙高大壯碩，正是百鬪，威風凜凜地領著手下走進何氏醫研。

「第六天魔王三兒子？」張曉武問：「他來幹嘛？」

「我剛剛偷聽到有人說百鬪會過來，好像是想親眼確認俊毅洗腦成果。」顏芯愛回答。

張曉武蹲在窗邊和顏芯愛有一搭沒一搭聊著，確認紙人有無將武器確實送去她和阿狗手中，突然聽見廊道響起一陣腳步聲和朗笑聲，逐漸往院長室逼近，便連忙翻身躲入窗邊沙發後側。

門打開，何院長走進院長室，笑呵呵地講著手機。

「是是是，惡口公子，您眞是太客氣了，這份大禮實在太珍貴了，您的吩咐我一定照辦……是啊，我會請秘書先帶百鬪公子上七樓招待所坐坐，等我替那城隍開完腦，立刻帶上去讓百鬪公子瞧。」何院長提著一只精美禮盒，放上辦公桌，笑說：「那我準備替那城隍開腦啦，你先忙吧。」

何院長講完手機，改拿起桌上電話，吩咐說：「把那城隍帶上六樓吧，六樓手術房比較大，機器都是新的，惡口公子很重視這手術，可別怠慢了。」他吩咐完，揭開剛剛放上辦公桌那大禮盒，瞧著禮盒裡那尊精美黃金塑像，呵呵笑個不停。

何院長捧著黃金塑像把玩半晌，聽到電話通知俊毅已被推入六樓手術房，這才掏出鑰匙，揭開辦公桌旁一座保險櫃，將黃金塑像放入，還多瞧幾眼，這才心滿意足地關上櫃門，起身準備進手術房開刀。

何院長笑呵呵地站起，回頭卻見張曉武扠著腰站在他身後。

「你……你是誰啊？」何院長呆楞楞地望著張曉武。

「我是你玄孫吶，爺爺！」張曉武捏起名牌湊在何院長眼前。

「玄……孫？你是我玄孫？」何院長愕然接過名牌瞧了幾眼，困惑細看張曉武。「我怎麼沒印象啊？」

「印象這種東西啊，要多少有多少。」張曉武笑著舉起拳頭，朝著拳頭呵了口氣。「我保證讓玄爺爺印象深刻，永生難忘——」

張曉武說完，重重一拳打在何院長臉上，將何院長整個人打得仰躺上辦公桌。

何院長連呼救的機會都沒有，又讓張曉武揪著醫生袍從桌上拉起，緊緊掐著他頸子，往他肚子猛灌重拳，邊打邊罵：「開腦是吧！洗腦是吧！是誰！教你！這種！邪惡！的手術呀？」

「沒人教……是我自己……發明的……」何院長被掐著頸子，難以發聲，只能嘶嘶說：「你……到底……是誰？」

「哇幹！自己發明咧！這麼棒！要不要！發給你！一面獎牌啊？」張曉武又連續狠搥何院長

好幾拳，跟著從醫生袍裡掏出一張長形厚紙片，唰地一抖，青火繚繞，成了一支電擊棒——

這是小歸軍武研發部裡最新式的紙紮武器，輕輕一抖，立時燒化成陰間實物。

張曉武拿著電擊棒抵著何院長頸子放電，將何院長電得瞬間暈死。

門外，又一陣腳步聲逼近。

張曉武拖著何院長來到門旁，將門上鎖，跟著又從醫師袍內摸出一張紙片，抖成一圈繩索，將何院長五花大綁。

「院長、院長，手術室準備好了。」門外，秘書敲了敲門。

「別吵，我在忙，馬上就要出去了，別催我！」張曉武裝出老聲回應。

「啊？院長……院長？」秘書聽應答聲一點也不像何院長，不免覺得古怪。「你的聲音……」

「咳咳……咳咳……我喉嚨不舒服，別催我！」張曉武將何院長拖到沙發旁，從醫師袍內掏出一只小試管小瓶，輕輕揭開瓶塞，跟著大力揪下何院長一撮鬍子，扔入試管裡，塞回瓶蓋，搖了搖，往地上一砸，砸出一團淡淡煙霧。

何院長被張曉武揪下大撮鬍子，痛醒過來，見到眼前淡淡煙霧中，現出一個穿著、長相與他一模一樣的老傢伙。

何院長還沒來得及驚呼，又被張曉武拿著電擊棒電暈過去。

張曉武將暈死的何院長塞進沙發後側，整整頭髮和醫師袍，戴回名牌，領著假何院長開門走出院長室。

那秘書仍恭敬站在院長室外，見到張曉武跟在何院長身後出來，困惑問：「這位是？」

「我是何院長玄孫。」張曉武隨手展示偽造名牌。

「呃？玄孫？」秘書跟在假何院長身旁，困惑問：「何院長，你有玄孫，怎麼從沒聽你說過……」

曉武笑著擠進假何院長和秘書中間，說：「玄爺爺跟玄孫又不熟，是要說什麼，妳跟妳玄爺爺熟嗎？」

「我……沒見過我玄爺爺……」秘書搖搖頭。

「我之前也沒有。」張曉武笑著說。

秘書見假何院長不發一語悶著頭往前走，也不敢多說什麼。

張曉武見前頭廊道好幾道門都沒標示，隨口問：「嗯，你們手術室在哪啊？那城隍被推進哪間房了？」

這兒六樓醫療區僅供貴賓專用，房門、廊道都布置得像是豪華旅館，門上也沒醒目標誌。

秘書見假何院長面無表情，連忙上前帶路，領著假何院長和張曉武推開廊道最尾端一扇門，進入這貴賓手術室。

手術室中央手術床上，躺著的正是俊毅，俊毅全身被十餘條皮帶捆縛在手術床上，連腦袋都被牢牢固定著。

手術床旁擺著一座座古怪儀器，圍著一群醫生，見假何院長進來，立時恭敬鞠躬問好。

兩名助理立時上前替假何院長披上手術袍、戴上口罩和手術手套，跟著都望向跟在假何院長身後的張曉武。

「喔——」張曉武捏著名牌向眾人展示，說：「我是何院長玄孫，玄爺爺讓我來負責今天的手術。」

「什麼？」手術床旁的醫生鬼、護理鬼們，聽張曉武這麼說，可都驚訝得不得了。「何院長的……玄孫？」「我們怎麼都沒聽過？」

「玄爺爺，我說的對不對呀？」張曉武見眾人狐疑，便轉頭望向假何院長。

假何院長沒說話，只點了點頭。

兩名助理見何院長點頭了，便也替張曉武戴上口罩、手套，披上手術袍。

「玄爺爺，替我看好門。」張曉武哈哈大笑，走向手術床旁，看著被固定在手術床上的俊毅，說：「喂……你想不到吧，我考上醫生了。」

「……」俊毅望著張曉武，破裂口唇動了動，微微一笑。「恭喜啊……」

「不客氣。」張曉武拍拍俊毅的臉，跟著轉頭瞧瞧身邊一個醫生，大力拍他的肩，說：「怎麼無精打彩的！全部給我打起精神，準備要動手術囉！」

「啊……」「是！」「是的！」幾個醫生聽張曉武突然嚴厲起來，又見假何院長站在門旁，扠手抱胸，一副主考官模樣，立時抖擻精神，大聲應答。

「那……先迷昏他吧。」一名醫生立刻指示護理師取來一只麻醉面罩要給俊毅戴上。

「喂喂喂！妳幹嘛！」張曉武大喝一聲，搶下麻醉面罩，勃然大怒：「混蛋！妳知不知道自己在幹什麼啊？妳怎麼可以——」

「我……」那護理師被張曉武一陣暴喝嚇得哆嗦後退，驚愕喃喃：「我……做錯什麼了？」

「妳怎麼可以做出這種事？啊——」張曉武暴喝一聲，跟著揪住那下令替俊毅麻醉的醫生領子，暴怒大吼：「是你下的命令？你知不知道你幹了什麼好事？」

「我……我……」那醫生愕然反問：「怎麼了？不是要替城隍開腦手術嗎？」

「是啊！你知道就好——」張曉武揪著那醫生領口，將他甩在地上，跟著一腳踹翻手術推車，又接連推倒好幾座儀器，抓起一把手術刀憤怒暴喝：「你們到底知不知道今天這場手術究竟有多重要？你們到底有沒有認真看待自己的工作？」

「何院長！」眾鬼醫生們見張曉武失控暴走，紛紛向假何院長求救。

「爺爺——」張曉武轉身望著門旁的假何院長，大喝：「我說的對不對？」

假何院長沒說話，只嚴肅地點點頭。

「呃……」眾鬼醫生、鬼護理們見何院長不但不反對張曉武此時怪異言行，反而點頭贊成，駭然之餘，也莫可奈何。

「你們做事情，不應該這樣！知道嗎？」張曉武一面唾罵，一面持著手術刀，替俊毅割斷身上拘束皮帶。

「啊！」「你做什麼？」幾個醫生見張曉武竟動手割斷用來捆縛俊毅的拘束皮帶，連忙上前阻止。

「混蛋——」張曉武一巴掌將一個阻止他割皮帶的醫生搧倒在地，還上前揪著他領口，將手術刀抵在那醫生頸子上，大罵：「你還是沒有意識到自己做錯了什麼是不是？你說話啊？你到底有沒有反省啊？」

「我……」那醫生被手術刀架在頸子上，委屈地說：「我到底……要反省什麼？」

「不好意思啊……」張曉武探頭湊在那醫生耳邊，輕聲說：「我還沒想到，想到再告訴你。」

他說完，立時轉身回到病床前，割斷俊毅身上一條條拘束皮帶，幾個醫生、護理見張曉武全然無法理喻，誰開口就要被他架刀子臭罵，一時之間誰也不敢再說什麼，只能眼睜睜地看著張曉武割斷所有拘束皮帶、摘下頭部固定器，攙著俊毅下床往外走。

「何院長……今天的手術……」鬼醫生們見張曉武攙著俊毅準備開門離去，如同大夢初醒，連忙上前關切。「到底怎麼回事？」

「怎麼回事？」張曉武將俊毅推給假何院長扶著，怒氣沖沖地回頭和找鬼醫生們理論。「你們還不知道怎麼回事？你們到底有沒有反省？你們到底有沒有拿出應有的態度？」他厲聲一喝，將一台儀器重重掀翻在地，嚇得鬼醫生們通通退開老遠。「你們給我待在這裡，不准出來，好好反省！直到我原諒你們爲止，幹你老師咧——」

張曉武暴怒罵完，一腳踹開手術房大門，指揮假何院長揹起俊毅離開手術室，往電梯方向走。

「芯愛，救出俊毅了。」張曉武跟在假何院長身後，拿著手機和芯愛通話。「你們拿到武器沒有？」

「拿到了！挺不錯喲！」顏芯愛問：「我會替你引開陰差，你帶俊毅走。」

「引妳個頭！快到電梯前集合，一起下去！」張曉武問：「外面情況怎樣？憨吉來了沒？」

「憨吉？啊！你說韓杰？二寶說沒看到他，但是……外面來了一群怪傢伙，不曉得在抗議什麼，啊……二寶說外面打起來了。」

「什麼？有人來醫院抗議？」張曉武呆了呆，見到電梯前保全、秘書都走來關切，立時挺直身子，上前指著保全和秘書破口大罵：「外面發生這麼嚴重的事，你們還不趕快去處理！你們幹什麼吃的！」

「處……理？」保全見假何院長揹著俊毅一語不發，張曉武卻像個老闆似地扠腰指揮罵人，不禁困惑問：「院長……現在是什麼情況？」

「什麼情況？你還搞不清楚情況？」張曉武一腳踹倒一個保全，大吼：「給我讓開——」假何院長有樣學樣，也抬腳踹倒另個保全，大喝：「讓開——」

「熊王要降臨囉！Bear Bear go go——」張曉武伸手進醫生袍裡，拉扯緊身衣繩結，唰地全身符光環繞，穿上全套熊王裝甲，撐破整件醫師袍。「Go——」

廊道另一端，院長室門開了，真正的何院長雙手反銬著跳了出來，驚恐大叫：「快來人啊，救我——」

「聽到沒有！」張曉武仗著熊王裝甲無雙怪力，揪起兩個保全，往院長室方向擲去。「院長叫你們去救他啊！」

張曉武扔完兩名保全，轉頭朝那秘書怒眼一喝，頭盔上兩隻熊眼發出紅光，嚇得秘書驚恐逃遠。

張曉武來到電梯前，按開電梯門，領著假何院長揹著俊毅進入電梯，按下二樓和地下一樓。

「也給我把傢伙。」俊毅在假何院長背上，伸手按了按張曉武肩頭。

「你可以嗎？」張曉武瞧了俊毅一眼。

「當然可以。」俊毅點點頭，笑說：「開開槍不是問題。」

「要射準一點啊。」張曉武按按手臂內側按鈕，揭開一塊胸腹裝甲，伸手進去摸出兩枚紙片，抖成一長一短兩把槍，將短槍交給俊毅，長槍自己提著。

「嗯？」俊毅翻看兩柄槍，狐疑問：「這槍你哪弄來的？」

「放心。」張曉武笑說：「這是小歸公司設計的新式電擊槍。」

「電擊槍？」俊毅說：「我以為小歸會弄幾把真槍給你……」

「你不是不准小歸生產真槍！」

「原來小歸這麼聽話……」

「不然咧！」

電梯門打開，外頭戰成一團。

陰差阿狗持著步槍，守在電梯外一面牆後，廊道中保全、陰差倒成一片、抽搐顫抖——阿狗手上拿的是把電擊步槍，射出的子彈穿透不了魂身，但帶著一定威力的電，一般鬼魂瞬間捱上十來發便立時失去行動能力，癱軟暈死，若是多捱上幾輪，可也會魂飛魄散。

「俊毅城隍、曉武哥——」阿狗回頭見到俊毅和張曉武，連忙急喊：「芯愛被擋在另一邊廁所裡，外面好多陰差，她過不來！」

「我去找她。」張曉武上前將阿狗拉進電梯，站在電梯外反手按下關門鍵，對他說：「小歸的衝鋒號停在七十三號車位，你帶俊毅上車。」

電梯門關上，廊道那端的陰差和保全舉著槍械、抄著警棍奔來。

張曉武提起電擊步槍，磅磅連擊，與迎面衝來的陰差和保全近距離駁火一陣——保全和陰差所持的鎮暴槍和電擊槍，威力不下張曉武手中的電擊步槍，但張曉武全身穿戴裝甲，被陰差和保全舉槍齊射數十發鎮暴彈和電擊彈，也絲毫不受影響，僅僅面罩上左邊熊眼捱著一枚鎮暴彈，給打出兩條裂痕而已。

相反地，數名陰差、保全，在張曉武持著電擊步槍還擊掃射下，登時全給電倒在地，抽搐顫抖。

張曉武快步推進，沿途見哪個陰差掙扎想起身，便補上兩槍或是踹上一腳。

他來到後方廁所區域附近，只見外頭擠著大批人馬，除了陰差和保全，還有一些身著黑衣黑褲的傢伙，手裡拿著殺傷力更勝電擊槍和震撼槍的眞槍，有些眞槍槍管上甚至裝著「鬼牙」。

這些裝上鬼牙的槍械，不僅能夠傷及陰間亡魂，甚至能夠殺傷陽世活物和天上神明，屬於嚴重違禁品。

幾個陰差和保全，從女廁裡架出身著便服、披頭散髮的顏芯愛。

顏芯愛似乎近距離捱著震撼彈般給震暈了般，全身軟綿綿地被陰差架著。

張曉武本來提著步槍就要上前搶人，突然見黑衣傢伙裡走出一個高頭大馬的男人——百鬪。

百鬪來到顏芯愛面前，托起她下巴細瞧她的臉，冷笑說：「她可能是閻羅殿內鬼的人，我要帶她回去，好好審她。」

那些陰差和保全，簡直將百鬪當成了直屬長官般，毫不遲疑地將顏芯愛交給百鬪身後的黑衣傢伙們。

張曉躲在梁柱後探頭探腦，他知道這百鬪可是第六天魔王三子，魔力強大，即便有五個他、穿著五套熊王裝甲，聯手圍毆也打不贏百鬪，只能絞盡腦汁思索有無其他救回顏芯愛的方法。

「咦！那邊那是誰？」有個眼尖的保全，瞥見自梁柱後探頭偷看的張曉武，立時揚起電擊棒大喝。

張曉武連忙縮回腦袋，探手從身上摸出一只折疊厚紙片，快速攤開，猛力一抖，抖成一只大皮箱，然後揭開皮箱、扔在地上，抬腳走進皮箱裡，直挺挺站著——

幾個保全左右包抄到了梁柱後方，什麼也沒發現。

「你是不是看錯了？」「不可能啊！我眞的看到有人躲在柱子後頭……」

那保全急急辯解，四處探找半晌，什麼也沒找著。

「太子爺乩身來了！」大夥兒又騷動起來，嚷嚷喊著：「黑白無常攔不住他！」「閻羅殿直昇機都給他打落了。」

「好傢伙，等了半天，總算來了。」百鬪哼哼幾聲，揚手向手下們吩咐：「你們先帶她回去，父親應當很想知道閻羅殿裡有哪些傢伙背地裡和他作對，我逮了韓杰再回去。」他說完，轉身瞧瞧窗，縱身一躍，身子像是砲彈般破窗衝出樓外。

黑衣傢伙們則架著顏芯愛往電梯方向走去。

梁柱後方，張曉武連同腳下皮箱緩緩現形，這皮箱是小歸集團最新產品——「躲貓貓箱」，人站進皮箱，腳踢箱內開關，便能啓動混沌，連人帶箱一同遁入混沌空間。

張曉武躲在遁進混沌空間的皮箱裡，隱約能夠窺視外界動靜，他撤去了熊王裝甲，恢復成一身黑色緊身裝束，等陰差、保全和黑衣傢伙全走遠後，這才踢動箱內開關，重新現形。

他見黑衣傢伙們架著顏芯愛往電梯走去，知道他們要將芯愛帶上運輸小艇，便急忙提著皮箱，轉進逃生梯間，奔下一樓，奔出何氏醫研後門，只見何氏醫研外頭亂成一片，有一大群不知從哪兒來的古怪惡鬼們，抄著棍棒刀械抗議叫囂與封路陰差扭打遊鬥著，怪鬼們有的大喊醫療糾紛、有的痛罵官商勾結。

張曉武趁亂繞過半棟大樓，來到正門方向，只見正門前大道上三艘運輸小艇四周，也擁來大批抗議怪鬼舉著棍棒和陰差們打成一團，還不時往小艇投擲石塊。

「這些傢伙是怎麼回事？」張曉武見這群怪鬼又兇又多，愕然詫異之際，又瞥見黑衣傢伙們架著顏芯愛走出何氏醫研正門，準備乘上小艇。

小艇四周陰差、保全、抗議怪鬼們戰得天昏地暗，黑衣傢伙們也掏槍加入戰局，四路人馬打成一團。

張曉武提著皮箱混在其中，還隨地撿起一支陰差甩棍加入混戰，一會兒舉棍揮打擋著路的抗議怪鬼、一會兒偷踢陰差屁股，瞥見有黑衣傢伙倒地，也擠上去踩他兩三腳。

一艘運輸小艇艙門揭開，顏芯愛被一群黑衣傢伙架上小艇，張曉武見狀連忙趕去。

但他才接近那運輸小艇旁時，艙門已經關閉。

他本想換上熊王裝甲拆門搶人，但見另一邊小艇艙門也開了，外頭幾個黑衣傢伙們吆喝伙伴上船。他索性仗著自己一身緊身黑衣，也混在黑衣傢伙裡擠上小艇。

有個黑衣傢伙見張曉武模樣陌生，好奇問他是誰，張曉武也不回答，只摀著胸口假裝重傷，一邊咳嗽一邊搖搖晃晃往艙廂深處走。

「你到底是誰啊！說話啊！」那黑衣傢伙一路跟著張曉武來到艙廂尾端儲物櫃前，見張曉武竟開門鑽入儲物櫃，便也跟了上去。

只見儲物櫃裡空空如也。

張曉武像是憑空消失了般。

「喝！怎麼回事？」那黑衣傢伙驚駭之餘，翻箱倒櫃找了半晌，只好急急出去向其他黑衣傢伙求救：「喂……我剛剛見鬼了！」

「你自己不就是鬼？」其他伙伴對那傢伙的話嗤之以鼻。「是啊，這裡大家都是鬼啊……」

「不是，你們聽我說……」那黑衣傢伙嚷嚷辯解。

轟隆——一架閻羅殿武裝直昇機墜毀在運輸小艇前百來公尺處大道上，炸出一團火光。

「艙門快關上，要出發了，還有誰沒上船的？」更多黑衣傢伙們擠上小艇，吆喝嚷嚷：「百鬪大哥呢？」「他要我們先帶那女的回去，他要親自抓太子爺乩身回去獻給摩羅大王。」「我們不等他一起走？」「不行啊，那太子爺乩身火龍好兇，要是把小艇打壞了，大家都回不去了。」「是啊，我們先走，晚點再接百鬪大哥回去！」「走了走了。」

小艇上的黑衣傢伙們一陣嚷嚷之後，小艇艙門關閉，小艇緩緩浮空駛動。

貳貳

百鬪扠手飛騰在空中，和騎著小風號的韓杰對峙著。

韓杰臂纏混天綾，頸上有數條勒痕；小風號周圍，則圍繞著九條鐵鏽火龍，各個張牙舞爪，口鼻燃著鐵鏽惡火。

「你爲了搶那城隍，找來這麼多打手？」百鬪冷笑地說：「你身爲退役乩身，知法犯法，你的罪名全列出來，可以寫成滿滿一本，足夠你被打下十八層地獄永生永世了。」

「操——」韓杰也笑說：「你說的一副自己是正義之士，我是暴徒一樣啊……」

「在這裡，實力就是正義。」百鬪哈哈大笑。「你不服嗎？」

「是啊。」韓杰拍拍胸口，掛在胸前的黃金尪仔標猛烈一震，紅孩兒現身騎坐上他肩背，瞪著百鬪嚷嚷大叫：「又是你——」

「又是你。」百鬪曾與惡口聯手和韓杰、紅孩兒二打二，記得這厲害小孩，此時見紅孩兒現身，也樂得呵呵笑起，右手召出一面大弓，左手一揚，左肩處化出數條紅影幻手，搭上弓弦，對準韓杰。「我早想和你們再打一次了。」

「我記得你那弓，什麼一弓能射三百箭……」韓杰冷笑兩聲，催動小風號油門，領著鐵鏽火龍倏地騎遠。

「呀——」紅孩兒見韓杰騎遠，急得哇哇大叫：「你幹嘛逃？幹嘛不打他？」

「我沒說不打他。」韓杰這麼說，回頭見百鬪追在後頭，朝自己放箭，立時轉向避開幾輪飛箭，繞去何氏醫研另一側，掏出一張尪仔標高高拋起。「我要騎車，火尖槍借你。」

尪仔標在空中化爲火尖槍，被紅孩兒一把抓下。

紅孩兒興奮地大叫大嚷，揪著韓杰身上混天綾，踩著韓杰肩背站起，像是將韓杰當成坐騎一般。

「呼——」韓杰動用了四枚鐵鏽尪仔標，儘管事前吃下大量蓮子強鎮副作用，此時也不禁感到有些難受——但緊追在他背後的是魔子百鬪，他也不敢掉以輕心。

百鬪躍上大樓頂，在牆沿狂奔，追著韓杰放箭。

韓杰騎著小風號在何氏醫研周圍繞圈，背上的紅孩兒拿著火尖槍，噹噹格開來襲飛箭，餘下五隻手也沒閒著，不停召出赤火短槍扔擲百鬪。

「韓杰——」架在小風號儀表板上的手機，傳來小歸的聲音。「俊毅上衝鋒號了！」

韓杰問：「進混沌了嗎？不會被追上吧。我能走了嗎？」

「嗯。」小歸答：「衝鋒號開進混沌了，俊毅現在很安全，但是……」

「但是什麼？」

「阿武跟芯愛沒上車！可能還在大樓裡，你能不能幫忙找找……」

「好，我找找……」韓杰莫可奈何點點頭，催動油門，繼續和百鬪遊鬥。

遠處天空，又有兩架閻羅殿武裝直昇機遠遠飛來，黑白無常們從機艙探身出來，有的扛著火箭筒，有的持著大左輪，遠遠朝韓杰開火。

「操！」韓杰倏地轉彎，閃進何氏醫研和緊鄰大樓間的防火小巷。

百鬪搶先一步，竄在防火巷外攔阻韓杰，一張弓對準了韓杰，機關槍般地猛射飛箭。

韓杰指揮鐵鏽火龍往前衝鋒，擋箭兼吐火，令九條火龍衝出防火小巷圍攻百鬪，自己卻半途煞車，拿回手機和風火輪尪仔標，自小窗撞進何氏醫研一樓，領著紅孩兒，一面與小歸通話，一面逐層尋找張曉武和顏芯愛。「他們在哪裡？我怎麼找他們？」

「阿武陰差同事說，芯愛被困在二樓女廁，阿武去救她。」小歸這麼說。

「二樓女廁……」韓杰奔進梯間，上了二樓，四處尋找女廁，沿途見到陰差、保全就是一陣亂打。

幾面窗同時炸裂，百鬪破窗追來，除了大弓，還召出大刀大劍，與韓杰短兵相接。

「火尖槍還我吧。」韓杰伸手向紅孩兒討要火尖槍。

「不還。」紅孩兒沒打過癮，硬是不還韓杰，反而主動挺著火尖槍上前大戰百鬪。

「……」韓杰踩上風火輪，又掏出幾枚蓮子咬進口中，硬扛滿身副作用，他見紅孩兒戰得精神抖擻，索性不逼他還槍，而是跟在後頭指揮九條火龍夾擊百鬪，一面尋找張曉武和顏芯愛。

「兩間廁所都沒人啊……」韓杰不時和小歸對話。「他們沒跟你聯絡？」

「阿武的手機打不通，嗯，很有可能進混沌了……」小歸這麼說：「他帶著躲貓貓箱，說不定進躲貓貓箱了。」

「躲貓貓箱？」韓杰急問：「那是什麼？」

「那是小型的混沌裝置。」小歸答：「外型像是皮箱，緊急時踩進去，像是隱形一樣——實際上比隱形更棒，因爲眞的進混沌了。」

「躲進混沌？」韓杰不耐地問：「他躲進混沌幹嘛？他不是可以變成大棕熊嗎？一般陰差打不贏他吧……」

「這……我就不知道了。」小歸無奈說：「該不會你到醫院之前……他就被百鬪打傷了……」

「好吧，我再找找……」韓杰問：「外面那堆來醫院搗亂的傢伙又是怎麼回事？是你找來的？」

「不。」小歸說：「俊毅說，那批傢伙是閻羅王找來的。」

「啊！閻羅王？」

「是啊——新任五殿閻羅王。」小歸說：「俊毅說閻羅王去過你家地下室，跟你打過招呼。」

「什麼？」韓杰呆了呆，想起一年多前，自己上新家透天厝看房時，在地下室和那新上任的五殿閻羅王見過一面——那新上任的閻羅王，模樣像個十來歲的少年，一雙手卻是年邁枯老。

「新任閻羅王爲什麼要找人來鬧醫院？」韓杰困惑問：「我以爲他也支持第六天魔王。」

「那新任閻羅王。」小歸笑呵呵地說：「就是俊毅追查他化自在天的主要消息來源之一——嚇一跳吧，我也是剛剛聽俊毅這麼說，才知道的。」

「什麼？」韓杰自然是訝異莫名，急問：「你確定？俊毅沒有被騙？新任閻羅王會向俊毅打第六天魔王的小報告？」

「是啊。」小歸說：「俊毅確實這麼說的——之前我們不是從俊毅手機裡，發現三個持續與俊毅聯絡的線民嗎？一個是在藥房打工的風仔，一個是小幫派頭目大猴，第三個，是在某間城隍府裡打雜的跑路仔，這個跑路仔，就是新任閻羅王的人，他報給俊毅的消息，其實都是新任閻羅王給他的——俊毅說他和這新任閻羅王祕密見過幾次面，相信這新任閻羅王確實想將第六天魔王在陰間的勢力連根拔起，所以和他合作一段時間，藥房的風仔盜賣自家藥材的情報，其實也是新任閻羅王透過跑路仔報給俊毅的……」

「好，晚點見面再聊，眼前這傢伙不好對付——」韓杰見前頭紅孩兒被百鬪逼至角落，趕緊收起手機，指揮九條火龍強襲百鬪。

貳參

他化自在天上，鐔燒哪吒塔頂混沌大室重門緩緩開啓。

兩名鬼卒推著一台載著黑色大箱的板車進入寬闊大室，將板車推至大鐔前，也沒再多做些什麼，放下板車，便急急撤出大室。

鐔裡，太子爺一如往常地單手撐著腦袋，側臥在金床上。

那只經過改造，浮凸百鬼腦袋的乾坤圈，此時被「鎖」在金床床尾一條彎曲欄杆上——這金床經太子爺施法，床沿會升出一根根金柱，這些金柱連同床尾欄杆，能夠自由變形——這張金床，本來是天庭神仙造來限制太子爺行動範圍的單人小牢，顧及太子爺自尊心，才造成床形鎖在天庭醫宮病房地板上，不料太子爺在天庭醫宮大樓裡躺了幾日，摸清這金床使用方式，還放火燒穿整棟醫宮大樓和九霄雲層，拖著整張金床墜入陰間，被鬼卒連神帶床給拖上了他化自在天。

太子爺前兩日奪回乾坤圈後，施法兩三日，雖能壓制乾坤圈裡百鬼邪力，卻無法令乾坤圈恢復成那聽話乖巧的七寶，莫可奈何，只能施法令金床伸出金柱穿過乾坤圈後彎曲成環，暫時銬著乾坤圈，使其無法暴走亂竄。

大鐔上方兩隻冰凍大章魚，仍然不時落下冰凍小章魚。

金床上方，也仍有幾隻藕鯊環遊護衛。

大鐔外，板車上的黑色大箱轟隆隆震動起來，跟著燃燒起火，先是冒出白火，跟著冒出青火，最後是黑火。

白青黑三色火，轉眼將整座大箱連同板車都給燒毀，在陣陣異色煙霧裡，緩緩竄出三條怪龍，分別是白色、青色和黑色的龍。

青色的龍飛上半空，緩緩盤旋；黑色的龍，似蛇一般貼地游竄；白色的龍飛繞到大鐔上方，張口咬去大章魚腦袋，跟著吐了團火，將另隻大章魚燒成焦灰。

下一刻，大鐔藥湯水面激烈滾動，金紅烈火自鐔底轟出，太子爺轉眼站到了鐔沿，右手緊掐著白色火龍頸子，兩隻眼睛怒火暴射，凶惡瞪著高空一隻獨眼蝙蝠。

「哪吒，你生氣啦？」第六天魔王的聲音自擴音設備裡響起。

「摩羅——你先玩我乾坤圈，還把我的火龍搞成這副醜樣子？」太子爺全身金火繚繞，纏繞在肩背上的混天綾激烈飄揚起來，身子緩緩浮空，腳下飛火激旋，風火輪現形。

天上青龍倏地竄下襲擊太子爺，但太子爺踩著風火輪速度絕快，飛竄閃開，青龍撲了個空，跟太子爺拋下的白色火龍纏成一團，兩條龍互相撕咬扭鬥在一塊兒。

「唉呀。」第六天魔王故做驚訝地說：「時間有點倉促，這三條龍造得不夠乖巧，自相殘殺啦。」

另一端，隨著太子爺一齊躍出大鐔的大豹，與在地板上遊竄的黑龍追逐糾纏起來，黑龍不時吼出黑火燒擊大豹，都讓大豹跳著躲開了。

「哪吒。」第六天魔王的聲音繼續自擴音器傳出。「你不是還留著三條金龍在肚子裡，要不要放出來和我的龍過過招？」

「幹嘛？」太子爺踩著風火輪騰在半空中，恨恨地說：「我不是說我三條火龍要用來壓制我身子裡的黑蓮花毒？你想激我毒發何必這麼麻煩，直接放毒不就成了？」

「堂堂中壇元帥、戰神哪吒，豈會這麼容易毒發。」第六天魔王笑著說：「你帶著一皮囊蓮藕、靈藥自己送上門來，不就是因爲我奪了你火尖槍和乾坤圈，你心有不甘，想出這激進法子來我老巢等待機會殺我、奪回火尖槍、討回一口氣，好讓你回天上耀武揚威？要是這麼簡單毒發落敗，那你這趟自投羅網的蠢笨舉動，豈不成了千古笑話、貽笑萬世啦？往後世世代代神靈乩身，都會記得天上曾經有個有勇無謀的蠢蛋，提著一袋蓮藕上敵營自殺的英偉事蹟！哈哈哈哈——」

「……」太子爺捏著雙拳，默不做聲地盯著白青雙龍互鬥，及底下黑龍追逐大豹。

「幹嘛？你假裝沒聽見？」第六天魔王這麼說：「你再不出手，兩條龍就要兩敗俱傷囉，說不定大豹子也要給黑龍吞下肚……」

第六天魔王還沒說完，太子爺倏地墜下，一雙風火輪轟隆踏在黑龍腦袋上，黑龍昂頭想要將太子爺甩開，卻讓太子爺甩動混天綾一連數鞭，鞭癱在地上。

「哪吒！下手輕點！」第六天魔王連忙提醒。「龍打壞沒關係，地板可別打壞了——地板裡也裝著黑蓮花毒機關！」

「你給我閉嘴！」太子爺惱火踢了踢腿，甩動腿上金鍊，唰地將大罈裡的金床甩了出來，轟隆砸在黑龍背上。

下一刻，太子爺倏地竄到另一端那互鬥的白青雙龍前頭，雙手一伸，分別抓住兩條龍的一支龍角，拉著兩顆龍頭互撞數下，見兩龍同時吐出白青火焰，也鼓起嘴巴吹出三昧眞火，瞬間蓋過白青雙火，將白青雙龍燒得激烈甩尾。

後頭，黑龍怒吼一聲，扭動身子將金床頂上半空，卻又被竄飛回來的太子爺抓住龍角。

太子爺在空中化出六臂，揪著三條龍的鬍子飛快打了個死結，跟著一面吐火壓制三條龍，一面甩動混天綾，將三條龍裹成了一枚大龍球，壓著龍球落在金床上。

太子爺踩著三條龍纏成的龍球，急急唸咒，金床周圍唰地竄出一條條金柱，向上延伸、轉向、交錯——成了一座長方金籠，將三條龍關進籠裡。

太子爺站在金籠上，抽回混天綾，見三條龍怒吼吐出三色火，便催動三昧眞火全力壓制，足足燒了兩三分鐘，這才將三條龍燒得再也無力躁動，癱在金籠中。

「漂亮。」第六天魔王拍拍手說：「但是接下來你要怎麼辦？你捨不得下重手銷毀這三條龍，而是用那怪床囚著他們，像鎖著我的百鬼環一樣——就算你那金床是南天門珍寶，但你依舊要消耗法力壓制火龍和百鬼環，加上你肚子裡的冰毒和咬進手裡的鬼火毒，你不怕氣力放盡，變成我食材？」

「這不就是你的目的嗎？」太子爺在金床頂上盤腿坐下，冷冷瞅著天上的獨眼蝙蝠。「耍些小動作一點一點消耗我神力跟我的三昧眞火，現在如你所願啊！剩下三條龍呢？怎不一口氣帶來，耗我更多神力啊！」

「另外三條還在改造呀，多給我兩天時間。」第六天魔王說：「今天就先這樣吧，你快回罈裡去，不然我要放毒了。」

太子爺靜默半晌，聽擴音器傳來倒數計時，不甘不願地領著大豹蹦回罈裡，再拖甩金鍊，將裹著三條龍的大金籠也拉回罈中。

貳肆

他化自在天運輸小艇庫房裡騷動一片。

從小艇出來的黑衣傢伙們，有大半因爲沒有識別名牌，而被庫房守衛擋下，無法離開庫房，也無法將顏芯愛帶出大門。

黑衣傢伙們和庫房守衛們對峙叫罵起來，黑衣傢伙們自稱是百鬪親自招募的直屬衛隊，庫房守衛則堅持他們得拿出第六天魔王親手發下的識別名牌，才能通過庫房大門——且堅稱這規矩，可是第六天魔王親口說的。

顏芯愛在小艇返航途中便醒來了，此時被兩個黑衣傢伙抓臂按頸，押在人群中聽著兩邊爭吵，一時也無計可施，突然聽見一個熟悉聲音嚷嚷叫囂，愣然回頭，只見張曉武提著只皮箱，大搖大擺擠了過來，指著庫房守衛大罵。

「我幹你們老師咧，你們到底有沒有把我們百鬪大哥放在眼裡——」張曉武瞪眼大喝：「我們急著帶這小賤貨上去審問，查出閻羅殿裡是哪個內鬼一直向城隍俊毅打小報告，你們擋著我們上船是什麼意思？難道你們也是閻羅殿內鬼？」

「……」顏芯愛瞪大眼睛望著張曉武，不敢置信張曉武竟和她一同登上他化自在天，且大剌剌地混在百鬪這批黑衣衛隊裡向守衛叫囂。

「老兄，你這話未免太過份了——」一個守衛像是被張曉武的指控激怒般，指著他怒斥：「我們只是奉命行事，你說我們是閻羅殿內鬼？」

「是啊！不是說規矩是摩羅大王親口定下的嗎！你想抗命？」其他守衛也一齊指著張曉武大罵。

就連張曉武這邊的黑衣傢伙們，也覺得張曉武這指控未免有些過頭，紛紛轉頭看他。

「那不然現在你們想怎樣？」張曉武嚷嚷叫罵：「把我們擋在這鬼地方，要我們在這邊搭帳棚過夜是吧？還是要把我們趕下船，也行啊！」張曉武說到這裡，向黑衣傢伙們嚷嚷：「人家不讓我們上船，我們還賴在這裡惹人嫌嗎？走走走，我們回去！」

張曉武大罵半晌，轉身往運輸小艇走出幾步，回頭卻見只兩三個黑衣傢伙跟著他，其他人大都留在原地，像是猶豫遲疑。

「喂……」一個跟著張曉武的黑衣傢伙，拉了拉張曉武胳臂，說：「兄弟，你幹嘛這麼衝？等百鬪大哥回來也不遲啊……」

「是啊，你哪來的？為什麼是你發號施令？」黑衣傢伙之中，開始有人出聲質疑張曉武。「我沒見過你啊。」

「你當然沒見過我！」張曉武惱火說：「我是百鬪大哥祕密心腹，幫百鬪大哥處理各種機密任務，你他媽又是誰？報上名來——」

「百鬪大哥的祕密心腹？」「怎麼我從來沒聽百鬪大哥說過這人？」黑衣傢伙們交頭接耳起來。

「都說是祕密心腹，你怎麼會聽過我？」張曉武扠著腰，一點也不畏懼眾人質疑，他一個個點名那些開口質疑他的傢伙，說：「你是誰？你跟百鬪大哥吃過幾次飯？」他一面罵，一面推開身邊黑衣傢伙，一路擠到顏芯愛身旁，揪著顏芯愛頭髮，拉著她腦袋向眾人罵：「你們知道我為了查出這小賤貨身分和她背後的傢伙，花了多大功夫嗎？」他見那架著顏芯愛的一個黑衣傢伙滿臉疑惑地盯著自己，便指著顏芯愛對那黑衣傢伙說：「你知道她是誰嗎？」

「她是誰？」那黑衣傢伙問。

「她是俊毅城隍府裡的陰差！同時也是閻羅殿新上任的四殿五官王判官手下愛將！」張曉武揪著顏芯愛頭髮搖晃她腦袋，見顏芯愛氣呼呼瞪他，也不為所動，還搧了她一巴掌，斥罵：「看什麼看！小賤貨！」

「你說什麼？新任五官王？」「新任五官王不是閻羅殿裡最挺我們的閻王嗎？」「是啊！他是我們花費大把銀兩跟心力，好不容易送進閻羅殿裡的自己人呀！」

「蠢蛋！」張曉武揪著顏芯愛頭髮扯了幾下，想將她從黑衣傢伙手中拉回自己身邊，但見兩個黑衣傢伙還架著她無意放手，便揚起皮箱作勢砸人，這才嚇退兩個黑衣傢伙。

跟著，張曉武揪著顏芯愛頭髮，一腳踢在她膝蓋彎上，將她踢得單膝跪地，按低她後腦，讓她露出後頸。「你們自己看——」

黑衣傢伙們圍湊上來，盯住顏芯愛後頸上一塊粉紅圓點，張曉武哼哼說：「這就是新任五官王手下特務的記號！你們以為新任五官王是我們的人，大錯特錯！他表面上支持摩羅大王，實際上到處押寶，哪邊有好處就往哪邊靠，之前仙藥鋪的點，就是南天門透過城隍俊毅向新任五官王買來的消息！南天門還向新任五官王保證，只要他幫中壇元帥擊敗摩羅大王，不但不會追究他做過的事，還會助他在閻羅殿裡增設第十一殿，統領底下十殿，讓新任五官王成爲超越十殿閻王的首席大閻王！」

「什麼！」「首席大閻王？」「有這種事？」黑衣傢伙們騷動起來——這批百鬪衛隊，大多是百鬪近半年在陰間私自呑併的小幫派，對第六天魔王與閻羅殿高層間的利益糾葛所知有限，聽張曉武講起那新任五官王的「眞面目」，可都嚇得目瞪口呆。

張曉武揪著顏芯愛頭髮，讓她的臉仰向自己，喝問：「小賤貨，我說得對不對啊？」

「……」顏芯愛怒目瞪著張曉武，說：「我聽不懂你說什麼，我什麼都不知道……」

「哼哼，嘴硬是吧。」張曉武冷笑幾聲，托著顏芯愛胳臂將她拉起，揪著她往運輸小艇走，說：「我直接帶妳去見百鬪大哥，看妳招是不招！」

「喂喂喂！」黑衣傢伙們見張曉武揪著顏芯愛轉身要走，立時上前攔阻。「你做什麼？」「百鬪大哥等等不是就要回來了？」「你要帶她回陰間？」

一個黑衣壯漢直接攔在張曉武面前，伸手按著他胸口不讓他繼續前進，冷冷說：「你這傢伙……眞的很可疑啊，你到底是誰？」

「我不是說過了。」張曉武撥開黑衣壯漢的手，說：「我是百鬪大哥祕密心腹。」

「我也是百鬪大哥心腹。」那黑衣壯漢又伸手按住張曉武肩頭，冷冷說：「我眞沒聽百鬪大哥提起過你。」

「百鬪大哥沒向你提過我，但是卻有向我提過你，你知道爲什麼嗎？」張曉武冷笑兩聲，也伸手拍了拍黑衣壯漢的肩，說：「因爲你只是心腹，而我是祕密心腹！」

黑衣壯漢突然臉色大變，身子激烈一顫，跟著僵硬倒地，像是觸電般——原來張曉武伸手拍壯漢肩頭時，在掌心上暗藏著一枚微型電擊器。

「啊！心腹你怎麼了？」張曉武見黑衣壯漢倒地，立時蹲下檢視他情況，向身旁黑衣傢伙們嚷嚷：「心腹癲癇發作了，快過來幫他急救！」

張曉武一面呼救，仍用暗藏電擊器的手托著壯漢頭頸，又多電他七、八秒，這才鬆手，拉著顏芯愛往小艇走。

一部分黑衣傢伙們蹲下關切那壯漢，一部分黑衣傢伙繼續跟著張曉武，追問：「等等，你到底要帶她去哪？」「百鬪大哥要我們帶她來這裡啊……」「有沒有人現在聯絡百鬪大哥，這傢伙眞的好可疑啊！」

張曉武不顧身後黑衣傢伙們叫喚，拉著顏芯愛拔足奔跑，兩人衝上一艘敞著艙門的運輸小艇，大力關上艙門。

小艇艙廂裡有個嘍囉正在打掃，被張曉武的來勢嚇得不知所措。

張曉武二話不說，三拳兩腳將那嘍囉打倒在地，跟著將他扛起，頭下腳上地塞進垃圾桶裡。

「曉武哥！」顏芯愛見張曉武動手，這才嚷嚷尖叫起來：「我們進船艙幹嘛？爲什麼不進駕駛座？我們在這裡怎麼逃？」

「笨蛋，我們又沒有鑰匙，進駕駛座有屁用？」張曉武聽見艙廂外傳來黑衣傢伙們的捶門聲和叫嚷聲，立時揭開皮箱，拋在角落，拉著顏芯愛分別站進皮箱箱身和箱蓋裡——

「哇！」顏芯愛見張曉武踢了箱身一角，整只皮箱立時亮起一陣異光，那異光向上束成柱狀，彷如一座小衣櫃般，將兩人與外界隔離開來。

「這是什麼東西？這做什麼用的？」顏芯愛驚訝問。

「等等解釋，現在我做什麼，妳就跟著我做，一定要一模一樣，知道嗎！」張曉武急急說，同時取出兩只玻璃小管，遞給顏芯愛一支，跟著揭開軟木瓶塞，然後奮力拔起鼻毛。

「為什麼要拔鼻毛？」顏芯愛愕然問。

「這是小歸的假身藥，拔鼻毛放進試管，就能變出跟我們一模一樣的假身，我們用假身引開他們。」張曉武這麼說，繼續奮力拔著毛，一面催促顏芯愛。「動作快呀！」

「唔……唔唔唔——」顏芯愛聽張曉武這麼說，只得努力摳著鼻孔，忍痛拔出兩根鼻毛，含淚扔進試管裡。

「嗯，做得很好。」張曉武笑著點頭讚許，跟著清了清喉嚨，朝著試管吐了口痰，輕輕晃了晃，對顏芯愛說：「我忘了我剛修過鼻毛，嘻嘻。」他見顏芯愛愕然看他，便搶下顏芯愛手上試管，輕踢皮箱開關，關閉混沌，丟出兩支試管和兩張紙片，又開啟皮箱混沌。

兩支試管在船艙地板上砸出一團白煙，站起兩個人影，正是顏芯愛和張曉武的假身。

艙廂門喀啦啦開啟，外頭的黑衣傢伙們取出鑰匙開門。

「快跟著我做。」張曉武向顏芯愛使了個眼色，將軟木塞往鼻孔裡一塞，跟著閉起眼睛——小歸這假身藥，還能透過試管上的軟木塞，直接用意念控制假身行動。

「……」顏芯愛努力將軟木塞塞進一邊鼻孔，閉起眼睛，果然隱約見著假身雙眼所見事物，甚至能感應假身身軀觸感、操使假身行動，彷如虛擬實境般。

「妳自己的手腳別動，控制假身動就好。」張曉武微微睜眼，瞥見顏芯愛像是夢遊般手腳亂動，連忙伸手按住她胳臂。

顏芯愛初次操縱假身，一時還不習慣同時操控真身和假身，她隱約感到一旁張曉武假身往自己假身雙手塞來一個東西，仔細一瞧，這才發現是一把槍。

艙門完全開啓，黑衣傢伙們擠進小艇艙廂，卻見張曉武跪在地上，頸上掛著一串炸藥，顏芯愛則持槍抵著張曉武太陽穴，令張曉武跪地匍匐前進。

黑衣傢伙們嚇得退出艙廂，一時也不明白究竟發生了什麼事。

小艇艙中，顏芯愛真身睜開眼睛，低聲問：「曉武哥……我們在這箱子裡，外面的人看不見我們？」

「對啊。」張曉武笑著答：「這是小型混沌箱子，叫作『躲貓貓箱』，我們現在在混沌裡，外面的傢伙看不見我們也摸不著我們。」

「那說話呢？說話外面也聽不見嗎？」

「小聲一點應該聽不見……」

「那……外面我們的假身呢？那是做什麼用的？」

「我們如果在小艇裡憑空消失，這樣很奇怪對吧。」張曉武說：「他們會覺得我們『躲起來』

了，會一直找、一直找……我們還是很難出去。」

「哦，我懂了，所以曉武哥你在假身上掛著炸彈，想當著他們的面爆炸給他們看，讓他們以爲我們炸死了。」

「沒錯。」

「好，不過我有個問題，既然吐口水就能變假身，你爲什麼騙我拔鼻毛？」

「因爲我覺得妳拔鼻毛的樣子很性感。」

「你有夠賤耶！」

兩具假身一前一後走下小艇，張曉武假身猛地掙扎站起，企圖搶下顏芯愛假身手上的槍，但隨即捱了顏芯愛假身兩槍，撲通倒地，卻將顏芯愛假身也扯倒在地，兩具假身扭打成一團。

黑衣傢伙們急著想上前逮人，但見兩人開始拉扯張曉武假身頸上那串炸藥，便又退開老遠。

磅——炸藥爆炸，炸出一團熊熊鬼火。

黑衣傢伙們嚇得退開更遠，守衛們也騷動起來，持著滅火器奔來滅火。

烈火中，張曉武和顏芯愛的假身激動掙扎半晌，隨即煙消雲散——陰間亡魂沒有肉身，也不會留下焦黑殘肢之類的東西。

貳伍

陽世，中部山區臨時媽祖廟上空又增加了幾艘護衛王船。

韓杰虛弱地自廟中廁所推門走出，他左右手臂嚴重骨折，彷彿被車碾過般，好幾處斷骨穿肉透出皮膚。

他搖搖晃晃地往長廊外走，被兩個志工撞見，連忙攙著他趕往正殿。

「啊！韓大哥——」陳亞衣等在正殿和阿香嬤、姜姐等開著作戰會議，見韓杰渾身是傷地被志工扶進正殿，嚇得連忙上前關切。「你怎麼傷成這樣？你的手怎麼了……」

「師父！」許保強午後時抵達臨時媽祖廟，滿心期待要向韓杰報告他這幾日四處抓天狗的過程，一來到媽祖廟，卻聽說韓杰臨時下陰間救人，一直等到傍晚，才見到韓杰渾身是傷地回來，可也急忙搶上前幫忙托著韓杰胳臂。

阿香嬤渾身金光閃耀，遠遠一揚手，甩出耀眼金流，托住韓杰全身，將他捲來眼前，令他盤腿坐下——天門關上許多天，媽祖婆除了定時上九霄和南天門內眾神開會，平時一直留在阿香嬤身中，不時發光顯聖，大夥兒瞧著瞧著也就習慣了。

阿香嬤站在韓杰面前，按著韓杰腦門，金光裹住韓杰全身，喉間發出媽祖婆的說話聲：「你們救出那城隍了？」

「是。」韓杰點點頭，全身在金流包裹下，身上隱隱浮現出一支支古怪箭矢——那是他與百鬪纏鬥時捱著的魔箭，全身一共給射中十餘支箭。

「我剛到那醫院時，俊毅就被小歸的人救走了……」韓杰苦笑說。

「那……你怎麼還和對方打成這樣？」媽祖婆訝異說：「這些箭——是魔子百鬪的箭，他也在那兒？」媽祖婆邊說，令阿香嬤的手一轉，數十條金流捲住韓杰身上魔箭、裹上韓杰那嚴重骨折的雙臂，轉眼將魔箭盡數折揉得粉碎消散，金流跟著鑽入韓杰身上創處，替他接合斷骨。

「這是因爲……」韓杰感到一身重傷轉眼被金流治癒大半，他伸手從口袋裡掏出一面黃金尪仔標，輕輕一拋，拋出了紅孩兒——紅孩兒前胸後背上插著更多箭，活脫像隻刺蝟，奄奄一息地伏在地上。韓杰說：「媽祖婆，先治治他……」

阿香嬤揚起左手，將紅孩兒也捲起盤坐起身，讓金流裹住紅孩兒全身，替他折箭治傷。

「小歸說，那偷車賊……牛頭張曉武跟馬面顏芯愛還在裡頭，拜託我去找他們……」韓杰無奈說：「我硬著頭皮打進醫院，整棟樓上上下下找了兩遍都找不到人……百鬪緊追不放，硬要抓我回他化自在天向第六天魔王邀功……」

阿香嬤眼中金光閃爍，笑著說：「既然你回來了，我猜你打贏他了。」

「沒錯。」韓杰點點頭。「他傷得比我更重。」

「啊？」許保強在一旁驚訝地問：「不是吧，師父，你打贏魔子百鬪？他不是第六天魔王兒子嗎？你是怎麼打贏他的？」

韓杰回頭瞅了許保強一眼。「第六天魔王兒子又有什麼了不起？他倆兄弟道行和四魔女差不多，就算單對單，我也不見得輸，何況我還帶著個紅孩兒，本來我倆聯手也不輸他多少，偏偏我手賤想試試神兵威力，結果沒抓牢，把兩隻手給弄斷了……」

「唉……」媽祖婆聽韓杰這麼說，苦笑搖頭。「那些神兵都是天上大神暫借給太子爺用的，先前神仙們聚在門內急著把神兵推出門縫，大概忘了額外寫令授權予你使用，你可別再動用那幾樣神兵了，你即便有蓮藕身，也未必承受得了未經授權的神兵力量。」媽祖婆苦笑說：「這兩天有空我會替你爭取授權符令，但你得記得，每柄神兵的使用資格、授權範圍都不相同，甚至在打造之初便決定了，太子爺負責征討陰陽兩世的作亂鬼怪，需要統領陽世活人乩身，因此他的法寶授權範圍大，想給誰用就給誰用；二郎將軍專職鎮守南天門，他那三尖兩刃刀授權範圍也小，就算我替你取得授權令，你應當也扛不動，最多只能緊急防身；至於關帝爺的青龍偃月刀，嗯……那柄刀整座南天門也沒幾個神仙扛得動，你還是別隨意亂碰……」

「是，我會小心……」韓杰此時氣力恢復了七八成，左顧右盼，卻不見許兩三、吳國勤和阿福，他呆了呆問：「我那兩個師兄呢？還有阿福呢？不是說他們今天來？」

「是啊。」陳亞衣點點頭。「我從下午開始打電話給他們，但是都聯絡不上人，打去阿福哥家裡問，福嫂說阿福哥昨天晚上就出門搭夜車了……」

「什麼？」韓杰呆了呆，也拿起電話，分別撥給三人，三通電話，全部不通。

□

混沌，他化自在天運輸小艇庫房。

一艘小艇返回庫房，艙門打開，百鬪跌跌撞撞走出，可嚇傻了一票在庫房等候他的直屬衛隊和遠處守衛們——百鬪整個右肩連同部分右胸都給削沒了，等同一口氣少了右側三臂。

他左手緊緊握拳，拳外裹著一層魔氣，像是強握著什麼一般。

「百鬪公子！」「百鬪大哥！」百鬪自家衛隊、庫房守衛們，紛紛上前攙扶百鬪，要將他送往他化自在天醫療室。

一群人吵吵嚷嚷來到庫房大門口，又爭吵起來——幾個守衛仍執意僅讓百鬪通過，其餘沒領著第六天魔王親手發出的名牌的黑衣衛隊們，繼續留在庫房中。

百鬪垮著臉，左肩竄出一手，揪住一個朝他衛隊吆喝的守衛頸子，啪嚓一聲捏斷。

其餘守衛們再也不敢攔阻百鬪身後那批黑衣侍衛，只能眼睜睜地看著數十名黑衣侍衛，簇擁著百鬪通過庫房大門，進入他化自在天船艙他處。

□

擠在醫療室外廊道裡的黑衣傢伙們，恭恭敬敬地貼牆站好，讓出一條路，讓臉色鐵青的惡口快步通過，進入醫療室。

百鬪坐在手術床上，身子已經裹上層層紗布，左手仍緊緊握拳不放，一見惡口進來，立時得意舉起左手，五指張開，像是迫不及待想要展示戰果一般——那是一枚鐵鏽尫仔標，百鬪剛鬆開手，尪仔標立時掙動起來。

百鬪立時握實拳頭，繼續以魔力壓制尪仔標。

「……」惡口只冷冷瞧了百鬪左手一眼，一點也沒有稱讚他的意思，反倒盯著百鬪那給削沒了肩頭的右肩創處，深深吸氣，像是憤怒至極。

「我一時大意了。」百鬪心虛地說：「我沒料到那韓杰身上還藏有厲害武器，被他偷襲得逞……」

「不是這件事。」惡口怒瞪著百鬪，說：「你不知道你剛剛幹了什麼事？」

「……」百鬪沉默半晌，說：「你是說……我宰了個庫房守衛這件事？那時我傷處發疼，一時脾氣上來……」

「重點是——」惡口強耐著怒氣說：「運輸艇庫房的規矩是父親親口定下的，他千叮萬囑，說誰也不能壞這規矩——剛剛你宰殺守衛，都被庫房裡的獨眼蝙蝠瞧得一清二楚，你好好想想怎麼和父親解釋。」

百鬪抿著嘴，一語不發好半晌，先揚了揚手，對身邊黑衣侍衛說：「帶兄弟們回庫房，別再跟守衛起衝突，誰敢亂來我宰誰。」

「是……」醫療室裡的幾個黑衣侍衛，聽惡口與百鬪對話，知道己方闖下大禍，不敢再多說什麼，急急出去，領著其餘黑衣侍衛們，也不管有無第六天魔王發給的名牌，通通退回庫房。

他化自在天艦長室，第六天魔王窩在大椅上，默默盯著辦公桌上幾面螢幕——螢幕上十餘個分割畫面，正是分散在他化自在天上一隻隻獨眼蝙蝠所見畫面。

叩叩幾聲敲門聲，惡口領著百鬪推門進來，兩人二話不說，來到第六天魔王身邊雙雙跪下。

「父親──」惡口戰戰兢兢說：「是我沒和百鬪交代清楚，我有責任與他一同受罰；該罰至什麼程度，全憑父親意思，不論父親要立刻動手，或是等大戰結束再罰，我們都接受……」

「我錯了……父親……我沒有抗命的意思……」百鬪伏地磕頭。「我中了韓杰詭計，被他砍去右肩三手……一時脾氣控制不住……父親要怎麼責罰，我都接受……」

第六天魔王冷冷瞥著百鬪右肩創處，問：「你說韓杰用詭計斬去你右肩？他的力量在你之下，就算眞用詭計，如何能瞬間斬你魔體？難道又是媽祖婆附在他身上？」

「不……」百鬪搖搖頭說：「他手上明明沒有兵刃，結果怪笑兩聲，胸口無端蹦出一把三尖兩刃刀，瞬間斬落我肩膀三隻手……」

「嗯？三尖兩刃刀？」第六天魔王雙眼一睜，倏地站了起來，走過惡口和百鬪身邊，在艦長室來回踱步，神情頗爲嚴肅，轉頭問：「惡口，我要你負責那強攻媽祖廟的計畫，你準備得如何了？」

「呃……」惡口立時答：「打手們都找齊了，幾批軍火還在談，有些裝備到貨之後，還得讓打手們操作演練。那都是些重武器，不練的話，操作起來生疏……」

「不。」第六天魔王搖搖頭，說：「計畫得提前了，我給你三天時間，你一切安排好，隨時聽命出擊──再拖下去，天門說不定要開了。」

「什麼？天門要開了？」惡口不解問：「我們狗園裡還有百來隻天狗，在陽世流竄的天狗也有十來隻，天門應當開不了……」

第六天魔王說：「我聽說過，天門即便關著，也仍有一條縫，能將部分神力較弱的法寶、藥材、靈符送出天門；那干神仙這段時間不會坐以待斃，肯定時時刻刻想著對付我的辦法，說不定他們已將天門縫鑿大，能送出大神武器了，再過不久，說不定還能找出開天門的方法，我不想再拖下去，得速戰速決才行。」

「大神武器？」惡口、百鬪聽第六天魔王這麼說，都不敢置信。「天門縫還能鑿得更大？」

第六天魔王瞅著百鬪右肩，冷冷說：「韓杰沒有哪吒降駕，舉手就能斬去百鬪三條胳臂，不是拿了大神武器，還能是什麼？」

「三尖兩刃刀……」惡口和百鬪相視一眼，嚥了口口水說：「難道是南天門那三目戰神……」

「是誰都好。」第六天魔王說：「別忘了現在媽祖婆還在陽世，要是南天門持續往陽世送去厲害武器，拖得越久，對我們越不利，除非——」

「除非父親早一步煮了中壇元帥。」惡口說：「以神力補身。」

「對。」第六天魔王說：「但是即便今晚就煮了哪吒，起碼也得燉上十天半個月，吃下肚，還得再修煉一段時間，才能將哪吒神力納爲己用……我想加快腳步，速戰速決。三天後，直接強攻媽祖婆，就算吃不了她，也定要滅了她，媽祖婆一滅，陽世再也無人能上九霄取神兵，就算南天門直接將神兵扔下陽世，也無人有本事用。」第六天魔王說到這裡，望向百鬪，問：「那韓杰使出三尖兩刃刀斬落你三手之後，還有無繼續拿著那刀追斬你？」

「不。」百鬪搖搖頭說：「他拿不住那三尖刀，他剛接著刀，兩隻手就折斷了，只好收回那刀，用混天綾固定雙臂，令火龍圍攻我，自己帶著那大枷鎖逃了。」

「韓杰剛拿到，雙手就全斷了的三尖刀。」第六天魔王若有所思，喃喃說。「除了那三目戰神的三尖刀，應當也沒別的三尖刀有這力量了……」

「父親，你看……」百鬪揚起左手，緊握著那枚不停掙動的鐵鏽尪仔標，得意說：「我將韓杰的火龍抓回來了。」

「……」第六天魔王走到百鬪身邊，令他張開雙手，捏起那鐵鏽尪仔標——第六天魔王魔力高出百鬪太多，單憑二指輕捏，便牢牢鎮著這片鐵鏽九龍神火罩尪仔標。

第六天魔王捏著鐵鏽尪仔標近鼻端嗅了嗅，漠然望著百鬪說：「你讓一個凡人斬去三臂，只撿回一塊破銅爛鐵，還能這麼得意？」

百鬪沉默半晌，伏地磕了磕頭說：「是孩兒無能……請父親給我機會將功贖罪。」

「你這次的過錯，我不追究。」第六天魔王說：「等等你上『魔肢房』，挑副能用的傢伙接上身吧，三天後大戰，你得盡力啊。」

「是。」百鬪重重磕頭。「孩兒必定不會讓父親失望。」

「行了，去吧。」第六天魔王對百鬪擺擺手，又對惡口說：「你留下來，陪我瞧哪吒如何收伏後三隻火龍了。」

「後三隻火龍？」惡口先是一呆，又見百鬪急急離開，像是迫不及待去挑揀新手，連忙大聲提醒他：「百鬪！你別貪心，揀合用的！」

百鬪也沒應答，頭也不回地推門出去。

「父親……」惡口連忙對第六天魔王說：「要不我先陪百鬪去魔肢房，替他挑了新手，再來陪父親看戲……」

「怎麼？」第六天魔王笑了笑說：「你怕他挑走你看上的魔肢？」

「當然不是。」惡口苦笑。「我怕他挑著喜歡的魔肢，結果難以駕馭，被魔肢反噬……」

「哦？」第六天魔王莞爾一笑。「我都不曉得你這麼疼愛弟弟。」

「嗯？」惡口呆了呆，說：「現在父親身邊能用的人手不多，百鬪有時莽撞些，但是……仍是重要大將呀。」

「我倒覺得還好。」第六天魔王淡淡笑著說：「你比他能幹多了，只不過——我有時覺得，你抱胎轉世，喝了兩、三年陽世凡人母乳、喊她媽媽，重新回到我身邊時，性子似乎與過去有些不同了。」

「啊？」惡口聽第六天魔王這麼說，隱隱有些不安，戰戰兢兢問：「父親……我不明白您的意思，我仍和過去一樣對您忠心不二呀。」

「你忠心不變。」第六天魔王說：「但變得有些婆媽，過去的你，可不會這麼替弟弟求情，也不會擔心他會不會被反噬……」

「摩羅大王——」桌上擴音器響起嘍囉說話聲：「三條龍準備好了，您吩咐一聲，我們就上去了。」

「去吧。」第六天魔王這麼說，跟著向惡口招招手，說：「讓百鬪自己挑手，我要你陪我看完哪吒打龍，然後告訴我感想。」

「是……」惡口點點頭，走到第六天魔王身後，默默盯著螢幕。

螢幕上，一隊鬼卒推著四輛板車，分別載著一只漆黑大箱，和三具棺材，浩浩蕩蕩走出鐔燒哪吒塔消毒室，進入方形螺旋廊道，經過一道道重門，最後再經過第二間消毒室，來到擺放大鐔的大室。

大室裡，太子爺像是早已收到第六天魔王通知，拖著他那張金床在大鐔外待命——此時那金床早已不像是張床，而是變成一副黃金牢籠，囚著三條經過改造的火龍。

「中壇元帥還是捨不得滅了他那些火龍。」惡口盯著螢幕上的金籠，笑說：「他將火龍關在他那張『床』裡？」

「是呀。」第六天魔王也笑了笑，放大螢幕，指著金籠一角，說：「他將乾坤圈也鎖在床上。」

「這次他再搶回三條龍，他定要花費更多力氣壓制火龍了，不——」惡口笑著說：「再加上今天我帶回來的三個傢伙，他的神力應當很快就要耗盡了。」

「誰知道他那大豹肚子裡究竟藏了多少靈藥。」第六天魔王呵呵一笑。「說不定足夠讓他在塔裡開間動物園呀。」

貳陸

大室裡，太子爺坐在金籠頂沿，籠中三條火龍不時探出嘴巴，要咬太子爺掛在金籠沿下一雙小腿，都讓太子爺以腳跟敲回籠中。

整隊鬼卒戰戰兢兢地將板車推出一段距離，便不敢再前進，而是列隊向太子爺鞠了個躬後，便急急離去。

一名鬼卒回頭往大室拋出一張黑符，便按下關門鍵，讓重門緩緩關閉。

那黑符在空中化爲一隻黑蝴蝶，飛過三具棺材，最後停在黑色大箱上，燃燒起火。

黑色大箱轟隆隆震動起來，跟著箱蓋炸開，三條漆黑火龍高高昂起，凶惡地四面吐火。

太子爺自金籠頂上站起，踩上風火輪、裹上混天綾，卻不是瞧著三條火龍，而是瞧著火龍底下那三具棺材，冷冷問：「摩羅，棺材裡裝的又是什麼？」

擴音器裡，響起第六天魔王的回答：「都送到你面前了，你自己打開來看吧。」

「……」太子爺見前方三條火龍吐了吐火像是準備發動攻擊，便主動出擊，腳下風火輪一旋，整個身子倏地竄到一條火龍面前，揚手打出混天綾，牢牢纏住火龍腦袋，遮住火龍雙眼。

下一刻，另兩隻黑火龍左右夾攻太子爺，卻被太子爺身邊竄出的兩條金龍捲上，兩金兩黑纏成一團，互吐金火黑火。

太子爺揪著混天綾，拖著第一條黑龍竄回金籠前，施法撤去金籠兩條欄杆，二話不說往裡頭先踹一腳，將裡頭三條惡龍踹乖些，這才將剛擒下的黑龍塞進籠中，再封上欄杆。

跟著，太子爺用同樣的方法，將後兩條黑龍揪回籠中囚著，整個過程不到三分鐘。

太子爺將兩條金龍重新收回身中壓制黑蓮花毒，來到三具棺材前，甩動混天綾，掀翻三具棺蓋。

三具棺材裡裝著三個活人——

許兩三、吳國勤、阿福。

太子爺默默無語，站在三具棺材前等待半晌，像是在等待這棺材下一步花招，卻遲遲沒有動靜，便抬頭問：「摩羅，你抓我這些退役乩身過來是什麼意思？」

「沒什麼意思。」第六天魔王笑著說：「我瞧你每天一個人窩在罈裡，只能玩蓮藕、對著豹子自言自語，怕你悶出病來，特地派惡口接他們進來陪你——你別緊張，棺材裡沒其他花樣，只放了些呼吸器，你替他們戴上呼吸器，帶他們進罈裡陪你聊天，那些呼吸器一個能用一天，用完之前我會替你送去新的。」

「……」太子爺甩動混天綾打爛棺材，將三人捲近身邊，細瞧半晌，只見三人胳臂大腿上分別插著幾支冰錐，吳國勤和阿福早已給凍得奄奄一息，口唇發青，許兩三有太子爺親賜火血，雖然沒給凍暈，但他負傷不輕，此時微微睜開眼，虛弱無力地盯著太子爺，口唇動了動，卻說不出半句話。

「哪吒。」第六天魔王說：「快帶他們回罈裡吧，三分鐘後你不回罈裡，我塔裡的手下就要放黑蓮花毒氣了。」

第六天魔王說完，大室擴音器裡立時響起一百八十秒倒數計時。

太子爺靜默數秒，揚手指揮身邊大豹奔過三具破棺，咬回散落一地的呼吸器，一共九只——那呼吸器外型和口罩差不多，罩上三人口鼻之後，便緩緩起伏，彷如活物一般。

太子爺往三人口鼻罩上呼吸器，抬腳將囚著六條黑龍的金籠踢回罈中，以混天綾捲住許兩三等人，領著大豹躍回罈中，緩緩沉至罈底。

太子爺讓許兩三等在金籠頂上盤腿坐著，用混天綾裹著三人胸腹，催動三昧眞火，融了插在三人四肢上的冰錐，以神力醫治他們身上傷勢。

許兩三儘管最爲年邁，但終究有副蓮藕身，首先清醒過來，朦朧之中感到自己竟坐在水中，不由得驚慌掙扎，下一刻，他身子綻放金光，熟悉的感受令他猛地一驚，急急大嚷：「太子爺！你怎麼降駕啦——啊呀！你從船上逃出來了？」

「笨蛋，不是我逃出來，是你們被抓上船啦。」太子爺沒好氣地說：「你和吳國勤、阿福，全被摩羅抓上他化自在天和我囚在一起，就差個韓杰，就能湊成一桌麻將啦。」

「啊呀？」許兩三呆了呆，說：「什麼！啊呀，我想起來了，對對對……」

原來昨晚許兩三擋下了襲擊，得意洋洋地和鬼朋友們吃吃喝喝到清晨，睡到中午醒來，準備洗個澡就出門前往中部臨時媽祖廟，剛洗到一半，便感到巨大魔力來襲。

他急急裹著浴巾衝出廁所，卻見到魔子惡口坐在客廳沙發等他。

即便是現役乩身韓杰，拿齊法寶帶著紅孩兒，對上惡口、百鬪，也未必能夠取勝，何況是這退役多年且沒有厲害法寶護身的許兩三。

僅片刻之間，許兩三便被惡口在四肢釘上冰錐，拉下陰間，送上他化自在天。

那吳國勤則是比許兩三更早幾小時，便在陰間前往媽祖廟的途中，被惡口攔截制服。

至於阿福，則和前一次一模一樣，在火車站廁所裡讓惡鬼附體擄走。

太子爺依序附上吳國勤和阿福身子，以神力治療他們身子，問清兩人受擄經過，一面碎碎罵著。

「第六天魔王抓我們進罈裡，究竟想幹什麼？」阿福害怕地問：「該不會要拿我們當配菜吧？」

「錯了，再猜！」太子爺附在阿福身中，惱火罵著：「長點腦子，笨蛋！」

阿福被太子爺這麼一罵，再也不敢吭聲，一旁吳國勤思索半晌，說：「我知道了，那魔王想進一步消耗太子爺三昧眞火……」

「是啊……」許兩三點點頭，感到四肢裡的冰錐雖已讓太子爺催動眞火融盡，但是全身依舊冰寒澈骨——

這大罈藥湯裡摻著厲害的奇寒冰藥，若是太子爺和藕魚都不在罈中，整座大罈裡的藥湯不出幾分鐘，就凍成一塊堅冰了，普通陽世凡人落進這藥湯裡，轉眼就要凍死了。

太子爺附著阿福，探手進豹皮囊裡，摸著那些呼吸器，說：「你們戴著呼吸器，可以說話、可以呼吸，但小心別讓呼吸器掉了，嗆著藥湯可麻煩，我會用眞火護著你們不被凍死。」

「所以……」吳國勤說：「我猜的沒錯，那魔王要讓我們三個持續發冷，逼太子爺消耗眞火救我們……」

「太太太……太子爺……」阿福哽咽地說：「您還是別管我們了，省點火護著自己……阿杰和媽祖婆，一定會救您出來的。」

「閉嘴！蠢蛋！」太子爺惱火說：「怎麼被你說的像是我拖累大家一樣……一切都在我掌握之中，我定要宰了摩羅，把這艘船扛回天庭，改建成我專屬遊艇！知道嗎？」

「是……」三人乖乖閉著眼睛，持續打坐。

太子爺則輪流附身三人，替三人驅寒。

□

艦長室裡，第六天魔王盯著盤腿坐在金籠頂上的三人，回頭瞥了惡口一眼，問：「你看完哪吒伏龍，你認爲他現在剩下幾成功力？」

「這……」惡口皺眉思索半晌，搖頭說：「父親，老實說我……真看不出那中壇元帥究竟是游刃有餘，抑或是強弩之末……」

「也是。」第六天魔王點點頭，說：「坦白說，我也看不出來——我相信他那豹子肚子裡應當還藏著厲害法寶，哪吒即便再衝動魯莽，也沒笨到不做準備就上門送死。倘若他還有七、八成功力，我就算全力打他，自己也定要受大傷；倘若他只剩有五、六成功力，就算我勝了他，他身中依舊帶著三昧真火，一時也難以燉煮；除非他現在真是強弩之末，只剩一兩成力，我去全力揍他一頓，再想辦法一鼓作氣滅他的火……」

「只是父親你說過，就算眞能成功滅了中壇元帥的火，也得煮上幾天，將他吃下肚後，還要再行修煉一段時日，才能獲得他全部神力，但天門縫越來越大，天庭不停送出厲害武器。」惡口說：「所以我們得提早向媽祖婆發動總攻擊？」

「沒錯。」第六天魔王說：「我要你在三天之內做好全面開戰的準備，一旦我決定全軍出動時，會親自通知你。」

「是。」惡口向第六天魔王鞠了個躬，說：「那父親，我立刻動身去準備了。」

「嗯。」第六天魔王點點頭，見惡口準備離去，又叮囑說：「等等你把百鬪那批親衛隊領下去，讓他們擔任攻廟敢死隊，就說是我的意思——記得派些心腹盯著他們，看看裡頭有沒有藏著眼線臥底什麼的，那批傢伙我信不過。」第六天魔王說到這裡，頓了頓，又補一句：「還有，你別擔心百鬪，任他挑喜歡的魔肢裝上身吧——他不是小孩了，他得爲自己的抉擇負起責任。」

「我知道了……」惡口恭敬鞠躬，轉身離去。

□

魔肢房內，百鬪在一名老醫生帶領下，接連走過幾具大小棺材，聽老醫生介紹棺材裡那些斷手斷腳來歷，以及接上身後，可能出現的副作用，還有需要多久才能完全適應新肢等等資訊。

百鬪像是對這些瑣碎訊息不感興趣，漸漸露出不耐煩的神情，他說：「老傢伙，我不想聽這些，你只要告訴我，哪個最強就行了。」

「最……強？」老醫生呆了呆，困惑問：「百鬪公子你的意思……是你想接上一條魔力最強盛的胳臂？」

「不然呢？」百鬪瞪大眼睛。「你這是什麼廢話？難道我要替自己接上一條弱胳臂？」

「是這樣子……」老醫生解釋說：「強的胳臂，不見得能適應你原本身軀，如果強行接上，你得花費更多時間熟悉適應，而且不同的魔肢，可能產生的副作用也不同，有些魔肢接上身，有時會異常難受……」

「難受？怎麼個難受法？」百鬪問。

「最基本的……是會疼……」老醫生這麼說：「如火灼般疼、如刀割般疼……」

「哼！」百鬪冷笑兩聲，說：「老傢伙，你當我三歲小孩嗎？我離成魔也不遠了，刀割的疼、火灼的疼？有比父親過去放狗咬我更疼嗎？你知道那是什麼狗嗎？一顆腦袋上有十幾枚眼睛，嘴巴張開上下各三排利牙，咬進肉裡是千刀萬剮，那才叫疼呀——」

「是……」老醫生點點頭，他對於第六天魔王的育兒手段，自是不敢不服。「我會替百鬪公子您挑選一條最厲害的胳臂。」

「哼……」百鬪繼續逛著魔肢房，見到幾具大棺，又問：「對了，那毒魔之前替父親補身，怎麼就能一口氣把好幾個魔王的手手腳腳一齊接上他身子，都不會有副作用？」

「那是因爲摩羅大王那半身，是精心設計培養出來的魔體，本就適應大王原身，我們只是將幾位魔王的殘肢打成肉汁、提煉出魔力，灌注進半邊魔體裡。」老醫生答：「但是公子你不是立刻要出征作戰了？」

「是啊。」百鬪點點頭，說：「所以你的意思是，替我接條手臂不難，我可以另外再挑其他手手腳腳，打成汁提煉魔力，然後用點滴注入手臂裡——像是父親之前那樣？」

「是那樣沒錯，但是我剛剛說……」老醫生想要解釋整個過程並不如百鬪想像中那般輕鬆，但立時被百鬪打斷。

「你替我挑條適合的手吧。」百鬪指著前方三具紅色大棺。「另外加上這個——」

「喝！」老醫生瞪大眼睛，望向三具紅棺，搖頭說：「這三具紅棺，是摩羅大王的珍藏異寶啊……」

「我記得父親說過，這三具紅棺，其中一具是給我的；他說裡頭那魔體的力量，足夠讓我成魔。」百鬪這麼說：「你用剛剛說的方法，把他打成汁，注入我手臂裡，不行嗎？」

「理論上是這麼做，但是實際上……」老醫生瞪大眼睛，見百鬪露出怒容，連忙說：「我……我得請示摩羅大王，行嗎？」

「……」百鬪怒瞪著老醫生，仍點點頭說：「行，你去問問父親吧，若是父親說不行，那我再挑其他的。」

老醫生立時來到魔肢房角落辦公桌前，拿起電話打給第六天魔王，轉述百鬪的想法。

「等我們一統三界，那些手手腳腳什麼的，要多少有多少，他喜歡的話，三具紅棺都給他也行，不過——」第六天魔王這麼說，跟著補充一句：「你有沒有和百鬪說，快速接肢，副作用很大呢，會很疼的。」

「有——」百鬪湊近電話，大聲說：「父親，我不是小孩子了，一點疼算得了什麼，我想變強，變得比大哥更強，一舉幫父親立下大功！」

「好孩子。」第六天魔王笑著對老醫生下令。「這樣好了，你乾脆替他裝上『老饕』，讓他自個兒決定想吃什麼吧。」

「是……」老醫生唯唯諾諾地點頭，掛上電話，領著百鬪回到三具紅棺前，撕下符籙封條，揭開三具棺蓋。

第一具紅棺材裡，裝的一具缺了右臂的乾屍，整副乾屍呈暗紅色、體膚油亮亮的，兩處凹陷眼窩裡，隱隱透著紅光，彷彿當眞蘊藏強大魔力。

第二具棺材裡擺著一只小嬰屍通體青亮，頭上有六枚大小不一的眼睛。

第三具棺材，裡頭是一攤有如爛泥一般的碎肉，飄出濃烈異香，百鬪嗅得那異香，連連點頭稱讚：「這三副魔身裡的魔力都很強大呀，要是全吃進肚裡，那我……說不定眞能超過大哥了！」

「……」老醫生嘴巴動了動，像是心裡有不同意見，但不敢說出口。

「對了。」百鬪又問：「剛剛父親說的『老饕』，又是什麼？」

「那是……」老醫生猶豫半晌，領著百鬪繞過紅棺，來到一口不起眼的小棺前，撕下符籙封條，揭開棺蓋，裡頭躺著一具奇異童屍。

那童屍手腳細瘦，挺著鼓脹肚子，全身纏繞黑繩，貼滿奇異符籙。

「這是老饕？」百鬪探頭嗅了嗅那小棺氣味。「不怎麼樣啊。」

「老饕寄生在這小童肚子上，一張嘴巴什麼都吃，吃什麼長什麼……」老醫生這麼說時，伸手翻開蓋在小童肚子上的幾張符籙，原來小童肚子上，有張寬達三十餘公分的奇異大嘴。「一般的接肢方法，將魔肢接上身，需要經過一段時間休養，才能漸漸得到魔肢力量，但這老饕，能將吃入口的魔肢裡的力量立刻化為己用……」

「哦。」百鬪眼睛亮了亮，問：「你是說，只要把這張嘴縫在我身上，吃下魔肢房裡這些手手腳腳，立刻就會變強。」

「是……」老醫生點點頭。「但是摩羅大王剛剛也說了，這些魔肢入體之後，副作用很大的……」

「我剛剛也說了。」百鬪冷冷說：「我不怕疼，也不怕什麼副作用，父親已經指示過你了，現在替我縫上老饕，我等不及要餵飽他。」

「是……」老醫生點點頭，不敢再有意見。

貳柒

惡口自艦橋一路深入船艙，往小艇庫房前進。

途中，惡口經過一處岔道，瞧了瞧岔道口，魔肢房就在那岔道裡。

他沒有走向魔肢房，而是取出手機撥給百鬪。

百鬪沒有接聽。

惡口皺著眉頭，繼續往庫房走，默默思索第六天魔王剛剛一番話，一時也想不透父親話中深意。

他走過小艇庫房，冷冷瞧了瞧在庫房角落聚成數群的黑衣傢伙們，朗聲說：「百鬪要休養兩三日，替身子裝上魔肢，摩羅大王令你們隨我回陰間備戰，作為攻打媽祖廟的先鋒部隊。」

「什麼……」黑衣傢伙們都是百鬪親自招募的打手，此時聽惡口這麼吩咐，不免覺得有些彆扭，但彆扭歸彆扭，也無人表示反對，立時列隊準備隨惡口返回陰間。

某艘小艇艙廂角落，站在躲貓貓箱中等待許久的張曉武和顏芯愛，聽見外頭騷動起來，知道嘍囉們要回陰間了，不免興奮雀躍，輕輕擊了擊掌，說：「好多人準備出發去陰間，我們可以順路回去了。」

但兩人欣喜之情，卻隨著一艘艘小艇駛離他化自在天而漸漸消散。

顏芯愛伸長了脖子，想瞧瞧小艇艙門外動靜，低聲呢喃：「怎麼回事？我們前後兩艘小艇都開走了，為什麼這艘還留在原地？他們怎麼不搭這艘？」

顏芯愛還沒說完，只見兩個身穿工作服的嘍囉，提著工具箱和清潔用具走入小艇，懶洋洋地檢查起設備，清潔地板和幾座儲藏櫃。

「幹！」張曉武忍不住罵：「我們這艘船要維修喔？不是吧！」

「啊……」顏芯愛愕然問：「那怎麼辦？我們要繼續站在這裡，等下一批人離開？」

「……」張曉武望著她，反問：「那不然呢？還是妳想摸進駕駛座把船開走？」

「你不是說要有鑰匙才能開船？」

「對啊，先搶鑰匙再搶船。」

「太難了吧……第六天魔王就在船上耶，而且要是他們有辦法從大船遠端控制小船，那我們不就完蛋了。」

「那就繼續乖乖站著啊幹！」

「可是我腳好痠……」

「幹，妳當鬼當這麼多年還會腳痠？那有些地縛靈一站就站好多年怎麼辦？這箱子就這麼大，不想站妳可以飄在半空中啊……」

「飄著更耗體力你又不是不知道！這樣好了，曉武哥，你轉個圈，背對著我蹲下，再把頭低下，讓我坐你肩膀上……」

「幹妳老師咧！妳把我當馬桶喔？」

「什麼馬桶，我又不是要大便，只是想坐一下而已，我是鬼，又不重，坐一下會死喔？」顏芯愛邊說，邊揪著張曉武胳臂逼他轉身。「你剛剛騙我拔鼻毛，現在讓我坐一下，很公平啊！」

「幹咧……」張曉武嘴巴罵歸罵，禁不住顏芯愛哀求，當眞轉了半圈，蜷縮起身子蹲下，屁股抵在箱盒與箱蓋之間，低頭讓顏芯愛能夠側身倚坐他的肩。

「呼，舒服多了——」顏芯愛隨意用手搧搧風，低頭說：「曉武哥，是不是，就說我不重了吧。」

「重是不重，可是屁股臭死了喔。」張曉武低頭抱膝，沒好氣地應話。

「屁啦！曉武哥，你最好聞得到我的屁股味！」

「妳以為我喜歡聞喔幹！嘔嘔嘔！我是逼不得已……嘔嘔嘔……」

「嘔嘔嘔你個頭啦，我屁股最香了啦！便宜你了啦！」

「……」

「……」

顏芯愛倚坐著張曉武肩頸和他鬥嘴，突然發現箱蓋內側亮著一條格狀青燈，好奇問：「曉武哥，那一排亮亮的是什麼？」

「是電力指示啊……」張曉武說：「小歸說過躲貓貓箱最多可以連續使用三小時，中途關掉的話可以慢慢恢復電力，但是恢復得很慢，皮箱上也有插頭，但是要找到插座……」

「什麼！」顏芯愛愕然說：「所以電力用完，剛好旁邊又有人，就會發現我們了。」

「對啊。」

「那怎麼辦？我還以為我們可以一直像這樣躲在這裡，直到這艘小艇被開回陰間耶……」

「哪有這麼好的事……」張曉武哼哼說：「我們得在電力用完之前，換個更安全的地方。」

□

・

陽世，臨時媽祖廟正殿鬧哄哄地，大夥兒急著要聯絡許兩三、吳國勤和阿福三人。

韓杰顧不得身上傷勢未癒，一面聯絡小歸幫忙，一面準備再次動身外出找人，正當他猶豫是開飛火宮找陽世，還是騎小風號搜陰間時，正殿角落一張桌上的小蓮花盆水面陡然閃動一陣白光，文鳥小小嘰嘰喳喳地自水面竄出，急急飛向韓杰。

「啊！」韓杰立時揚手接著小小，同時盯著蓮花盆。

下一刻，蓮花盆水面陡然又一亮，又竄出一隻金光閃閃的文鳥。

這是韓杰第四次見到這隻金文鳥——距離前些天韓杰從這金文鳥收得太子爺籤令，且返還風火輪和混天綾之後，太子爺又藉著小艇出航的機會，向韓杰送來兩道籤令——

一次是太子爺得意洋洋地稱自己成功激得第六天魔王與他交手，成功擊傷第六天魔王，且搶回自己的乾坤圈。

第二次，太子爺稱自己成功降伏被第六天魔王搶去的三條火龍，囚在金床變成的小籠裡。

媽祖婆自然知道太子爺脾氣倔強，這些籤令必定報喜不報憂，一面要眾人做好最壞準備，一面將陣地遷往中部山區，且將天庭正全力送出武器、封進韓杰身中，準備伺機攻入他化自在天等消息，透過金文鳥回報給太子爺。

平時，文鳥小小待在這臨時媽祖廟的陰間建築裡待命，一感應著金文鳥氣息，立時飛出接應，領著金文鳥走這他倆專用的蓮花盆鬼門趕上陽世通報給眾人。

韓杰接著金文鳥，立時向志工討了白紙，讓金文鳥燒出長籤——

摩羅怕我獨坐鐔底無聊，專程請了許兩三、吳國勤、阿福上船陪我說話。三人身體大致無恙，我用眞火護著他們，你們無須擔心。

剛剛惡口領了批傢伙去陰間備戰，稱近日要攻打你們山上臨時陣地，屆時惡口開始進攻，摩羅必定同時出擊，我會趁那時動手，你們做好備戰準備。

記住，要等到這批運輸船返航時，我才能收到藕鳥的回信，而摩羅或許在這之前就會展開攻擊，你們一切行動無須配合我，自己隨機應變。

韓杰與阿香嬤、姜姐、陳亞衣等圍成一圈，匆匆看過太子爺籤令，這才知道原來許兩三等，竟讓第六天魔王人馬擄上了他化自在天。

韓杰手機響起，他接聽，是小歸打來的電話，稱已經調集了一批組員，準備出動與他聯手尋找許兩三等人。

「剛剛收到他們的消息了……」韓杰苦笑地轉述太子爺這張熱騰騰的籤令，說：「不過太子爺也說，第六天魔王可能這幾天就會全力攻打媽祖廟，還不確定是什麼時候……」

「喲！」電話那頭，小歸哈哈一笑，說：「這次我的消息比你快——三天。」

「什麼？三天？」韓杰呆了呆，連忙將手機轉為擴音，問：「你是說第六天魔王三天後要攻廟？」

「沒錯。」

「你消息哪來的？」

「你還記得大猴嗎？俊毅手機裡另一個線民。」小歸說：「他是個小幫派頭目，他那小幫派隨著上頭組織，一起被第六天魔王吸納為外圍打手。剛剛俊毅才收到他的通知，說是這兩天他們上頭開始發放武器了，說最快三天後可能就會全力攻廟，你們那邊準備得怎樣了？需不需要幫忙？」

「其實我正想和你提這件事。」韓杰拿著手機走近阿香嬤和姜姐，對小歸說：「我們這裡需要幾台威力夠強的混沌儀。」

「威力夠強？你要多強？」小歸困惑。

「強到足夠把第六天魔王困在裡頭一個小時。」韓杰這麼說。

「不可能。」小歸哈哈一笑，說：「小型裝置製造出來的混沌，被第六天魔王的魔氣吹兩三下，整個混沌轉眼就沒了；冥船等級的機器製造出來的混沌雖然沒那麼容易被吹散，但打出一個足夠讓他跑出來的破洞，應該也不難……」

「那如果——」阿香嬤開了口，是媽祖婆的聲音。「我們若事先在混沌裡布置禁錮法陣，阻隔魔王的魔力，是不是就能讓他沒那麼容易出來？」

韓杰在一旁補充：「現在說話的是媽祖婆本尊。」

「哇！媽祖婆您好！我一直很景仰您老人家……」小歸恭敬地答：「理論上來說，如果混沌內部另外建造了防禦工事，當然能夠扛久一點，只是到底能扛多久，其實還是要看那些防禦工事本身強度……」

「嗯，南天門禁錮法陣的強度，應該不成問題。」媽祖婆說：「那麼小歸老闆的混沌機器，明天有辦法送來給我們嗎？」

「不用等到明天。」小歸說：「我現在就來召集工程人員，從各地廠房挑選適合的裝置送去你們那兒組裝——可能有部分會被陰差半途攔截，但是順利的話，陽世天亮之前，應該就可以造出你們需要的混沌了。」

「謝謝小歸老闆。」媽祖婆這麼說。

「應該的。」小歸誠心回答。

貳捌

他化自在天運輸艇庫房裡，守衛們聚在一角閒聊瑣事，突然聽到喀嚓幾聲，有艘小艇艙門無端端開了。

幾個守衛你看看我我看看你，推出一個菜鳥守衛過去瞧瞧狀況。

那守衛懶洋洋地走到小艇艙門前，探頭往艙廂裡瞧了瞧，隨手關上艙門。

菜鳥守衛剛轉身往回走，才走到一半，喀嚓喀嚓，那小艇艙門又開了。

「怎麼回事啊……」那守衛皺皺眉，又轉身回小艇艙門前，往裡頭探頭探腦。

一個儲藏櫃裡，發出一陣喀啦喀啦的聲音。

「嗯？」守衛楞了楞，走入小艇艙廂，來到那儲藏櫃外，揭開櫃門，只見裡頭蹲了個身形嬌小的女孩，正是先前被百鬪侍衛們抓上船的顏芯愛。

「喝！」那守衛正要驚叫，立時被張曉武自背後勒住脖子摀住嘴；顏芯愛自櫃裡鑽出，和張曉武聯手將守衛按在地上，拿著電擊器壓在守衛頭上放電，將守衛電暈後拖至角落。

三分鐘後，第二個守衛來到小艇門前，喊了幾聲，沒有回應，便進入艙廂找人，被張曉武和顏芯愛用一模一樣的方法電暈倒地。

又過了兩分鐘，第三、第四個守衛一齊走進小艇，又在儲藏櫃前，被自躲貓貓箱中蹦出的張曉武和顏芯愛持電擊器雙雙電倒。

兩人脫下守衛制服和帽子穿戴上身，將四個暈厥守衛全塞進儲藏櫃裡，壓低帽沿，提著躲貓貓箱走出小艇，走過無人看守的庫房大門，在曲折廊道中繞來轉去老半晌，找了幾間空房，有些房中裝設了插座，但是與躲貓貓箱插頭規格不符——陰間各式科技紊亂不一，不同設備需要的能源各有不同，陰間鬼魂們依循陽世習慣，將多數設備能源一律以「電力」統稱，不同的「電力」設備，其插頭和插座也不相同。

「幹這麼大一艘船，不會沒有躲貓貓箱可以用的插座吧……」張曉武踹了一塊六角插座兩下——躲貓貓箱的插頭是三角形。

「我記得三角頭很常見啊。」顏芯愛說：「我的手機也用三角頭充電，如果是員工休息室，應該有三角插座吧。」

兩人最後在一間儲藏室角落找到三角插座，立時從躲貓貓箱上拉出插頭充電。

兩人在儲藏室待上一個多小時，漸漸覺得即便不依賴躲貓貓箱，說不定也不會被找著——這艘船雖然大，但船上乘員卻相對稀少，重要區域以外的地帶幾乎無人巡守。

但就在兩人這麼想時，一陣腳步聲遠遠響起，兩人相視一眼，連忙揭開躲貓貓箱站進去。

腳步聲來到門外，旋動門把，張曉武腳尖抬起，按下開關。

門打開，一個嘍囉走進儲藏室，繞到貨架旁要找東西，和一旁相距不到兩公尺的張曉武和顏芯愛大大打了個照面。

「曉武哥……」顏芯愛見那嘍囉兩隻眼睛直勾勾地盯著自己，困惑地問：「爲什麼……他好像看得見我啊？」

「妳想太多了。」張曉武說：「只是剛好角度對上，我們在混沌裡。」

「你們……」嘍囉困惑問：「在幹嘛啊？」

「啊！他眞的看得見我們！」顏芯愛愕然嚷嚷。

「對喔！」張曉武呆了呆，轉頭見插頭仍插在插座上，猛地醒悟：「小歸說躲貓貓箱沒辦法一邊充電一邊用！」

「什麼？」顏芯愛哇哇大叫：「這麼重要的事情，你怎麼現在才想起來？」

「你們……」那嘍囉愕然問：「你們在說什麼啊？你們站在手提箱裡做什麼？」

「是這樣子的，我們之所以站在手提箱裡，是因爲一個逼不得已的理由……」顏芯愛和張曉武互視一眼，笑嘻嘻地走出皮箱，走向那嘍囉。「你想知道是什麼理由嗎？」

「什麼理由？」嘍囉這麼問，陡然揚手指著張曉武的手。「你想幹嘛？你手裡拿著什麼？」

張曉武和顏芯愛立時站定不動——張曉武手上拿著電擊棒。

「曉武哥！」顏芯愛氣得大罵：「你幹嘛這麼急啦？晚一點拿出來會死喔？」

「沒事沒事。」張曉武立時舉起電擊棒湊近嘴邊，說：「這是對講機，喂喂喂——」

「你胸口那個才是對講機吧！」那嘍囉後退兩步，指著張曉武守衛制服胸口上那支對講機，嚷嚷叫罵：「你當我白癡啊？你們到底想幹嘛？」

「……」張曉武低頭瞧了瞧掛在胸前的對講機，仍不死心地收起電擊棒，試圖安撫眼前的嘍囉。「我習慣帶兩支對講機……」

張曉武還沒說完，陡然聽見一陣刺耳警報聲。

同時，他與顏芯愛胸前對講機同時響起嚴厲喊聲：「緊急狀況！緊急狀況！所有人立刻到運輸艇庫房大門外集合，我們有伙伴被打暈了塞在小艇櫃子裡，可疑人物疑似已經通過大門，潛入他化自在天上！重複一次，所有人——」

原來數分鐘前一艘小艇載著物資返回他化自在天時，艇上乘員見整座庫房沒半個守衛待命，以為守衛偷懶，向上告發。

驚醒了窩在庫房指揮室裡打盹的值班嘍囉，調看監視器紀錄，這才發現當時張曉武和顏芯愛穿上守衛制服走出大門的形跡有些古怪，同時趕到庫房支援的守衛們也在小艇內找出被張曉武和顏芯愛電暈的四名守衛。

「你們……」嘍囉瞪著張曉武胸前對講機，害怕地說：「就是……可疑人物？」

「……」張曉武和顏芯愛互望一眼，二話不說撲向嘍囉，想要制伏他，卻不料那嘍囉反應極快，倏地蹦開老遠，轉身奔逃出儲藏室，還尖叫嚷嚷：「可疑人物！我發現可疑人物了——」

「幹他老師跑那麼快！」張曉武愕然大罵幾句，連忙拔下躲貓貓箱插頭，和顏芯愛急急奔出儲藏室，已不見剛剛那嘍囉。

兩人奔到一處岔道，左顧右盼，只聽見四面八方都有腳步聲和叫嚷聲逼近，張曉武從口袋掏出兩只牛頭面具，一只遞給顏芯愛、一只自己戴上。

「曉武哥，你怎麼會有兩個牛頭面具？」顏芯愛訝異之餘，也不猶豫，接過牛頭面具就往臉上戴——戴上牛頭面具的陰差，力量會增長數倍。

「一個是我自己的，一個是我搶來的。」張曉武隨口解釋前兩日陰差突襲他家，被他多搶下一副牛頭面具。

張曉武摸出兩張厚紙片，揉成一長一短兩把電擊槍，將步槍交給顏芯愛，自己一手拿著短槍，一手提著躲貓貓箱。

「小歸老闆這些紙紮武器太方便了，跟太子爺乩身的尪仔標差不多了。」顏芯愛接過電擊步槍槍，見遠處廊道有嘍囉追來，立時朝那頭連開數槍。

「省著點用啊，沒子彈了。」張曉武拍拍口袋裡的電擊棒、揚了揚躲媽貓貓箱，說：「這些紙紮武器用完不能再變回紙片收進口袋，要一直拿著，沒憨吉尪仔標方便。」

「當然了，韓杰那些尪仔標是天庭法寶，不是我們這種便宜貨。」顏芯愛和張曉武，一面隨口閒聊，一面往前突擊——他們也不曉得自己究竟該往哪兒前進，只能且戰且走、有門開門、有樓梯就上樓。

他們踢開一扇安全門，一口氣奔上十餘層樓，隱隱感到有股魔氣自下方逼近——是百鬪。

百鬪此時雙眼通紅，整張臉青筋浮凸，他剛接上的右肩漆黑一片，透著奇異黑氣，狀態似乎極不穩定；他剛完成接肩手術，聽說先前逮著的顏芯愛還在船上，且身邊還多了個伙伴，便不顧老醫生勸阻，二話不說，急急趕來逮人。

他追進張曉武和顏芯愛兩人闖進的那安全門，飛速往上竄，來到最頂層，只見廊道盡頭一扇門前，幾個嘍囉正使勁撞門。

他二話不說，飛竄到門邊，右肩一抖竄出幾條粗細不一的黑臂，轟隆一拳擊爛了門。

裡頭是間寬敞閒置宿舍，門前散落著一堆破爛床架，本來想來是被張曉武和顏芯愛推來擋著門，被百鬪那拳打得碎散一地。

百鬪踏進閒置宿舍，只見窗戶敞著，立時追去窗邊，只見張曉武和顏芯愛早飛出老遠，顏芯愛飛在空中，還持著電擊步槍回頭朝百鬪掃射一陣。

百鬪站在窗邊，咬牙切齒、面目猙獰，他性情本便暴烈，接上新肩之後，彷彿受到那魔肢前主人影響，變得更凶更惡。他臉上捱著一發電擊彈，雙眼凶光大盛，倏地蹦出窗追去，疾追張顏二人。

一群嘍囉追至窗邊，擠出窗外，探頭探腦，只見張顏二人已經飛出他化自在天船沿，仍繼續往外飛，且百鬪便緊追在後，立時高聲嚷嚷：「百鬪哥！」「三爺！」「百鬪公子——不行啊，再追就要撞上混沌邊界啦！」

嘍囉們喊聲未歇，百鬪終於停下——張顏二人已經消失在前方朦朧花亂的混沌邊界中。

「原來不能跳船喔？」

「好像是……」

張曉武和顏芯愛面對面，站在那閒置宿舍角落的躲貓貓箱裡。

剛剛飛出窗外，消失在混沌邊際的兩人，是試管假身。

「我記得小歸說過，這種噸位的大冥船，混沌力量非常大，如果你跳船，掉進混沌邊界，可能會被扯碎——除非你是大神明，可以把混沌打破一個洞。」張曉武這麼解釋。

嘍囉們聚在窗邊、門旁交頭接耳，遲遲沒有離開，大夥兒見百鬪飛回房中，立時圍上去問：「百鬪哥，那兩個傢伙被混沌呑了？」「這次應該是眞的了吧！」

「不……」百鬪緩緩在房中走動，面目猙獰地東張西望。「我覺得不對勁……他們戴著陰差面具，卻沒有陰差氣息……」

「百鬪哥，你的意思是他們戴了假的陰差面具？」嘍囉問。

「我是說，飛出去那兩個是假身。」百鬪說：「他們的眞身，可能還躲在船上……」

躲貓貓箱裡，張曉武和顏芯愛聽就站在眼前的百鬪這麼說，可嚇得連大氣都不敢喘一聲——小歸那假身藥，雖能擬化出幾可亂眞的魂魄假身，卻無法擬化出魂魄戴上陰差面具後的力量和氣息，因此被百鬪察覺有異。

「什麼？」「他們還躲在船上？」「那會躲在哪裡？」嘍囉們吆喝幾聲，在房中四處翻找起來。

三分鐘後，百鬪帶著嘍囉們，將搜尋範圍從這間置宿舍房間，擴大到整層塔樓，再擴大到整棟樓。

張曉武和顏芯愛直到房中的嘍囉離去大半晌後，也不敢輕易踏出躲貓貓箱，就怕百鬪再次找來。

貳玖

大罈藥湯裡，許兩三、吳國勤和阿福，盤腿坐在金籠頂上不知經過了多少個小時，只知這段時間裡，鬼卒們進來過幾次，替大罈抽去舊湯、添入新湯和藥材，像是給魚缸換水一般。

漫長時間裡，三人有時醒來和太子爺搭上一兩句話，有時昏昏入睡，太子爺用混天綾纏著三人，令他們睡著時也不至於仰倒。

三人的身體狀況比剛被抬進這大室時要好上許多，他們身中的寒冰邪法已讓太子爺驅除得差不多了。

「太子爺啊……」阿福喃喃問：「我想知道，你這麼多乩身裡，哪個……最能打啊？韓杰……他排第幾？」

太子爺還沒應聲，許兩三便主動搶著答了：「最多第二吧，第一是我。」

吳國勤昏昏沉沉地答腔：「唉，我是覺得呀……討論這個問題時……應該把有蓮藕身跟沒蓮藕身的乩身……分開討論……不然，不太公平啊……」

「嘖……」太子爺此時附在阿福身中，沒好氣地說：「你們這些傢伙誰比誰能打，有差別嗎？反正我降駕在誰身上，誰就最能打！」

「太子爺這麼說是沒錯……」許兩三說：「但如果不考慮降駕，單純要論誰最能打，應當還是我最能打。」

「可是……」阿福像是有些不認同。「許老前輩我知道你輩份高，但是……不考慮輩份的話，韓杰個頭比你高壯，還是健身拳館教練呀……」

「許老哥，阿福這話倒是有幾分道理。」吳國勤說：「你得想想韓杰成長的年代和我們都不一樣，許老哥你以前那可是戰亂年代，到處都一團亂；到了我小時候，每家生七、八個孩子，晚餐一盤魚上桌，每人挾兩口就沒了，到了韓杰和阿福這代，餐餐有肉吃、有牛奶喝，長得人高馬大，體力當然更好。」

「哼！」許兩三可不服氣，說：「我們現在討論的是打架，不是討論誰營養好，長得高大打架未必會贏——我就打過不少比我高壯的傢伙，連一兩層樓的魔怪都打過。」

「許老前輩呀，我們說的是乩身打乩身，不是乩身打普通人，也不是打妖魔鬼怪——」阿福仍堅持韓杰強些。「再兇的妖魔鬼怪韓杰也打過呀。」

「好！下次我擺一桌作東，你們跟韓杰都過來陪我喝通宵。」許兩三睜開眼睛，氣呼呼地說：「我和他當場打一場就知道了。」

「許老哥，韓杰小你快五十歲呀！」吳國勤哈哈大笑，藥湯自呼吸罩縫隙滲進，嗆得大咳不止。

太子爺瞬間附上吳國勤身上，施法替他驅出嗆進氣管裡的藥湯，惱火喝叱：「你們這些傢伙，通通把嘴巴給我閉上！」

三人見太子爺發怒，這才安靜下來。

半晌之後，太子爺氣消了些，倒是主動開口。

「我跟你們說吧，什麼飲食營養、高矮胖瘦，都是其次；韓杰個頭高些，練得也是近代格鬥技術，效率較高，但小許的手段更刁鑽兇狠些，他們兩個若是年紀相仿，難說孰強孰弱……」太子爺哼哼說：「但眞要比較每代乩身強弱，還是得看蓮藕身——我賜給每代乩身的蓮藕身，都是我和師父太乙眞人一起研究的，這蓮藕身要強，那是一點都不難，難的是上頭允不允許我將這麼強的蓮藕身賜給一個凡人。小許和韓杰的蓮藕身，在我歷代乩身裡，可能連前十都排不上，現在上天的標準比過去收緊很多，以前的蓮藕身，那才眞是凶悍！一拳一腳破牆碎磚、斷木劈山，都是基本而已，遠古時期的神靈使者放在現代，跟傳說裡的怪獸沒兩樣。」

「原來是這樣啊……」阿福等人這才知道，比起過去，近代太子爺乩身的蓮藕身大受限制，吳國勤苦笑說：「也是，畢竟現在是文明社會，做事手段和古代還是不太一樣……」

「好吧……」許兩三又說：「那不比乩身，比籤鳥好了，說到籤鳥，我那隻老母雞，肯定要比小戴小吳的鴿子跟韓杰的文鳥要厲害啦——那老母雞連陰間邪術妖狗都能幾口啄死！拉出來的雞屎都能驅魔！」

「是啊！」吳國勤附和說：「許老哥你那母雞哪裡是雞，根本是頭小暴龍啦。」

阿福像是又有不同意見：「可是不會飛，有時候沒鳥方便。」

「會飛喲！」許兩三和吳國勤先後開口。「許老哥的母雞會飛的，飛起來又快又恐怖，加上那叫聲，小孩見了都要做惡夢了——我猜太子爺是擔心我住城市裡，養那樣的雞會嚇著鄰居，所以才把籤鳥改成鴿子……」

「行了，你們安靜點。」太子爺有些不耐煩。「我在忙呢！」

「嗯？」三人安靜下來，都不曉得太子爺在這鐔中，除了施法鎮著籠中惡龍、替自己與三人驅毒禦寒之外，還能忙些什麼。

□

閒置宿舍房間中央光影閃動幾下，張曉武和顏芯愛現身了。

兩人矮著身子湊近窗邊和門旁瞧了瞧，百鬪和嘍囉們早已離遠。

張曉武闔上躲貓貓箱，領著顏芯愛走出房間，小心翼翼地推開一扇扇門，好不容易找著三角插座，連忙進去替躲貓貓箱充電。

兩人蹲在門邊等待充電，有一搭沒一搭地聊著陰間陽世此時情況。

「曉武哥，你還藏著其他武器嗎？」顏芯愛取出那支電擊棒，電力還剩一半，這電擊棒用的是電池，沒辦法隨時充電。

「沒了。」張曉武搖搖頭，將自己的電擊棒也遞給顏芯愛，指指自己守衛制服裡的緊身黑衣，說：「不過我還有熊王裝甲。」

「熊王裝甲也要充電嗎？」顏芯愛問。

「要。」張曉武搖頭說：「不過如果電池用完了，就會消耗我的魂魄力量慢慢替裝甲充電——從剛剛到現在，應該都在充電，已經充滿了……」

「什麼?」顏芯愛有些驚訝。「用魂魄力量充電,那你魂魄不會有事嗎?」

「不會啊,就像是陽世活人抽血一樣,抽得很慢很慢,正常情況下感覺不出來。」張曉武說:「所以我熊王裝甲不會一直穿著,打完了就撤掉,然後慢慢充電。」

「唉……所以我們要躲到什麼時候?」顏芯愛無奈說:「也不知道俊毅他們現在情況怎樣?」

「俊毅如果沒事的話。」張曉武說:「現在應該在小歸的避難所裡,跟小歸還有憨吉,在研究怎麼找到他化自在天吧——」他說到這裡,補充說:「小歸避難所裡有個大倉庫,藏了一艘戰艦,叫作『大風號』,據說是太子爺從死魔長壽那搶來的冥船,交給小歸改造整理,準備要用來對付第六天魔王的他化自在天。」

「嘩!」顏芯愛瞪大眼睛說:「所以,再過一陣子,小歸會開那艘戰艦過來打我們現在這艘船?」

「不只一艘喔!」張曉武說:「小歸還藏著其他冥船,第六天魔王手下應該也不只他化自在天一艘船,現在陰間一堆幫派應該都倒向第六天魔王了,到時候兩邊冥船打起來,肯定會很精彩喔。」

「對耶……」顏芯愛說:「媽祖婆那邊應該也會召集一堆王船,只可惜我們看不到了。」

「我們為什麼看不到?」張曉武問。

「因為我們被困在船上啊!」顏芯愛哼哼說:「連房門都不敢出去,怎麼看好戲?」

「不對。」張曉武說:「剛剛妳沒聽那些嘍囉說,再過不久第六天魔王會御駕親征媽祖廟?到時候他應該會帶著兒子一起下去吧。」

「然後呢？」顏芯愛問：「第六天魔王不在，我們就可以露臉了？」

「幹！何止露臉！」張曉武哼哼說：「老子要當船長！」

「什麼？當船長？你想趁第六天魔王不在船上的時候搶船？」

「沒錯！」

「你瘋啦？最好有這麼容易？你要怎麼搶？」

「怎麼搶？」張曉武舉起拳頭在顏芯愛面前晃了晃，說：「如果第六天魔王跟他那些兒子都不在船上，老子穿上熊王裝甲，誰擋得了我！」

「那可不一定！」顏芯愛說：「你又知道船上沒有厲害守衛？說不定他們也有厲害裝甲。」

「他們最好有比熊王裝甲更厲害的裝甲！」

「你又知道沒有？」

「妳又知道有？」

兩人鬥嘴一陣，突然同時發現身後微微發亮，連忙蹦起擺出迎戰架勢。

只見房中一小櫃上，站著一隻金色的文鳥。

「幹那是什麼東西！」張曉武愣然呆住。

「那是鳥啊，曉武哥你嚇得連鳥都不認識了。」顏芯愛這麼說。

「我當然知道是鳥！」張曉武急急說：「爲什麼這裡會有鳥？爲什麼我們剛剛都沒看到他？從哪裡冒出來的？」

「等等，那是文鳥……」顏芯愛盯著那金色文鳥，說：「我記得……太子爺乩身韓杰，就是透過文鳥跟太子爺聯絡的……」

「太子爺……對了，不是說太子爺就在第六天魔王這艘船上……」張曉武呆了呆，問：「所以這隻鳥是太子爺派來的？」

顏芯愛聳聳肩，說：「我不知道，我只是說太子爺和韓杰，也是用文鳥溝通，但是我不知道這隻文鳥是不是……」

顏芯愛還沒說完，金色文鳥突然振翅飛到張曉武面前，像是蜂鳥般懸浮在空中，叼著張曉武那守衛制服一角，小喙發亮，在那守衛制服上燒灼出一筆筆字跡。

「啊……是字耶！」顏芯愛激動說：「我想起來了，韓杰說過，太子爺的籤鳥就是這樣燒籤給他。」

「不是說太子爺被關在船上的牢房裡？」張曉武訝異說：「這樣還能變出金鳥燒籤？」

「你、們、是、韓、杰、友、人？」顏芯愛湊近細看，喃喃唸出那金鳥燒出的字跡，說：「太子爺問我們是不是韓杰朋友？」

「幹！才不是！誰是他朋友！」張曉武連連搖頭，嚷嚷說：「太子爺啊，我要跟你告狀！那憨吉做人實在很不上道，幹他一天到晚……哇！好燙！」

張曉武陡然感到胸口刺痛，怪叫一聲坐倒在地，只見金文鳥踩在他胸口上，怒氣沖沖地瞪著他，還用小爪跺了跺他胸口，便不敢再吭聲。

「曉武哥！你吵到太子爺燒籤了啦！」顏芯愛在張曉武身旁蹲下，低頭繼續看著金文鳥在張曉武制服上燒出的字跡。

「還、是、小、歸、員、工？」顏芯愛見金文鳥燒出這幾個字，立時搖頭答，說：「不是不是，太子爺，我們是陰差，是城隍俊毅手下……」她說到這裡，見金文鳥轉頭瞧著她，便恭敬捧起那金文鳥，托在面前說：「現在整座閻羅殿裡超過一半的閻王都支持第六天魔王。他們押走俊毅，要替俊毅洗腦，想讓他作僞證指控太子爺你跟韓杰在陰間違法作亂，我們攻進醫院想救出俊毅，結果被他們抓上冥船……」

張曉武坐直身子，脫下制服攤在顏芯愛身前。

顏芯愛將金文鳥放回制服上，金文鳥立時低頭叼住制服，小喙流出金光，飛快又灼出一排字——

我正是中壇元帥，現在正透過藕蠅眼睛，瞧著你們一舉一動。

我聽你們說想劫這艘船？很好，我也正有此意。

這段時間，我已將他化自在天上大部分地方，和嘍囉們活動範圍都探了個一清二楚。

從現在開始，你倆聽我號令行動，我會令藕蠅探路，避開摩羅爪牙耳目，帶你們躲去安全的地方、找些可以燒籤的布料紙張，好好交代我的計畫。

參拾

這天傍晚，陽世臨時媽祖廟上空盤旋著超過十艘王船。

昨夜，幾位紙紮師父和王船師父，在香客大樓旁空地上搭起個鐵皮棚子，替各地飛來護駕的王船進行武裝改造。當中姜姓和范姓兩位紙紮師父，對於改造方向意見不合，吵得不可開交，最後媽祖婆令他們一人負責一艘王船加工，誰也別干涉誰。

「對了，亞衣，我有個問題——」林君育站在媽祖廟前，眺望山腰道路，隨口問身旁的陳亞衣。「之前太子爺把正版法寶借給韓大哥，後來又派了金文鳥把法寶討回去，那——為什麼不能直接讓金文鳥把媽祖婆從九霄接下來的武器跟藥，一起帶回他化自在天交給太子爺呢？」

「這問題我問過了。」陳亞衣回答：「媽祖婆說太子爺七寶跟隨他千年，變化起來隨心自如，不管是變成尪仔標還是枯葉，太子爺都能事先施法命令金文鳥搬運，要是換成其他大神法寶，金文鳥未必扛得動，太子爺也不擅長隔空操作變化，萬一途中出了差錯，東西可能根本送不到太子爺手上，說不定會被第六天魔王半途攔下，不但丟了法寶，還會讓太子爺在牢中指揮藕蠅探路、向我們報信這些事情曝了光，所以還是讓韓大哥親自送貨最保險。」

「原來如此……」林君育點點頭，突然咦了一聲，伸長了脖子望向遠處山道，說：「有車來了，是劉媽他們？」

兩人遠遠見到一輛休旅車緩緩駛來，後頭還跟著一輛三輪腳踏車。

數分鐘後，休旅車和三輪腳踏車先後駛入臨時媽祖廟停車場，劉媽一家四口下了車，女兒劉予瑜揹著一只寵物外出籠，裡頭窩著一隻體型壯碩的大橘貓。

「劉媽！」陳亞衣熱情上前迎接劉媽一家，迫不及待地向劉予瑜背上寵物籠裡的大橘貓打招呼。「將軍，好久不見。」

橘貓將軍只懶洋洋地伏在籠中，不叫不動，對陳亞衣的招呼沒有半點反應。

跟著，休旅車敞開的車門裡又蹦出六隻貓。

同時，田啓法那三輪腳踏車後貨棚裡也蹦出五隻貓，加上橘貓將軍，一共是十二隻貓。

「哇！這麼多貓！」陳亞衣見那十一隻貓安安靜靜地聚到劉予瑜身後，甚至排得整整齊齊，不禁訝異說：「好乖啊！」

「包括將軍在內，十二隻貓身子裡都有下壇將軍降駕了。」劉媽微笑說：「而且不只十二位，有些貓身體裡還擠著兩三位下壇將軍。」

「喔！」陳亞衣和林君育相視一眼，振奮說：「現在天門的縫已經能讓虎爺出來了？」

「是啊。」劉媽說：「我前幾天收到媽祖婆指示，召集各地貓乩，到昨晚接到最後一隻貓乩，沒多久下壇將軍們就開始降駕了，剛開始下來的都是些不用貓乩就能直接在陽世行動的幼幼班小虎，半夜來了幾隻中大虎，最後將軍也來了。」

「嗯……」林君育聽劉媽說到這裡，低頭望了望自己胸口，說：「黑爺還沒下來……」

「黑爺是大道公手下大將兼虎爺總教頭，神力太強，暫時還過不了天門。」劉媽這麼說，領著劉爸和兒女和一群貓，往廟裡走。「我們先和媽祖婆打個招呼吧。」

林君育見陳亞衣領著劉媽進廟找阿香嬤，便繼續守在廟前廣場上，突然隱隱聽見黑爺的聲音，卻不是從他身中發出，而是從遠方天上遠遠傳來。

「師弟、師弟，你聽得見俺說話嗎？」

「聽見了，黑爺，怎麼了？你降駕了嗎？還是……」

「不……你聽俺說，天門這邊有點狀況……」

黑爺的聲音聽來無奈又尷尬。

□

陰間大富麗酒樓大門外，駛來一輛豪華禮車。

車門揭開，惡口微笑下車。

大富麗老闆年長青搓著手，笑咪咪地上前迎接惡口，低聲說：「惡口少爺，春花幫、水鬼門、馳黑組幾位大頭都到齊了，閻羅殿判官也來了……」

「辛苦了。」惡口點點頭，隨著年長青走進大富麗酒樓，搭乘專用電梯，一路直達頂樓頂級包廂。

包廂裡裡有七男三女，各自端著酒杯，或是獨飲、或是三兩聚坐閒聊，一見門開了，惡口進來，立時起身向惡口問好。「二爺！」「二哥！」「惡口少爺！」

惡口一一回禮，走到一張單人沙發入座，從侍者手中接過一只盛著美酒的水晶杯，輕啜一口，說：「大家辛苦了。」

「哪裡的事……」一個滿臉橫肉的黑傢伙，笑著湊近惡口，說：「春花幫鬼頭堂上下都準備好了，就等摩羅大王一句話，立刻就能出發。」

「我們鐵堂也差不多了。」另個傢伙也說：「打手都找齊了。」

「水鬼門也隨時能出發。」「馳黑組現在只差一批軍火還沒到手，除此之外都齊了。」「春花幫忠堂弄來一群厲害打手！」

大夥兒一一向惡口報告近日備戰情況。

「別急別急。」惡口笑著說：「父親只是吩咐我們三日內完成備戰，現在還有一天半，且到時候父親還會再找我開個會，決定進攻時機，大家別眞以爲立刻要開戰了。」

「我等不及上山助摩羅大王擒媽祖婆啦！」黑傢伙瞪大眼睛猙獰笑著說：「這次如果眞能助摩羅大王吃媽祖婆、呑太子爺，先統陰間，再併三界，那可是空前絕後的偉業啊——」

「是啊……」惡口笑了笑，手機響起，立時接聽——是第六天魔王打來的。

「你見到年老闆和大家了？」第六天魔王這麼問。

「是。」惡口說：「春花幫、水鬼門、馳黑組的朋友都在，且人手都準備得差不多了。」他這麼說時，還向那滿臉橫肉的黑傢伙舉杯致意。「鬼頭堂黑肉說，只等父親一句話，隨時都能出戰。」

「是啊是啊……」黑肉聽惡口向第六天魔王提到自己，諂媚地湊近惡口身邊，低聲附和。「摩羅大王的吩咐，小弟我當然全力配合……」

大夥兒見惡口與第六天魔王通話，全圍了上來，都想和第六天魔王打聲招呼。

「嗯。」第六天魔王又問：「吳判官也在？」

「她在。」惡口立時望向一名黑衣女人。

「很好，你開擴音吧，讓所有人聽見我說話。」第六天魔王等惡口將手機切到擴音模式，緩緩說：「剛剛我收到消息，媽祖婆召集了一批貓乩去她廟裡，沿路都是虎味，想來是天門縫越來越大，下壇將軍已經能穿過門縫下凡了，再拖下去，情況可能生變，我決定現在立刻行動。」

「現在……」惡口呆了呆，急問：「父親要我現在就出發攻打媽祖廟？」

「是。」第六天魔王說：「記得和吳判官打個招呼，請閻羅殿讓個路，別擋著各路兄弟集結。」

「呃，摩羅大王，這個……我得先請示閻王們……」吳判官驚愕想講些什麼，擠近惡口身邊時，第六天魔王已經掛掉電話。

眾人靜默半晌，那黑肉看看身旁幾個傢伙面有難色，立時大聲說：「惡口公子，我現在立刻令兄弟出發！」

「好。」惡口點點頭，打了兩通電話回己方陰間據點，下令進攻，跟著向吳判官說：「剛剛父親的話妳聽見了，閻羅殿方面就拜託妳了。」

「是……」吳判官點點頭，也急打電話回閻羅殿，轉述這頭情況。

一時間，整間包廂撥出一通通電話，各路大哥大姊們紛紛發出緊急號令，調集打手、車輛、武器，甚至是大型冥船。

□

「哦！」太子爺瞪大眼睛，盯著眼前棋盤上那枚小小的藕鼠。

一秒之前，許兩三捏著藕鼠，吃去太子爺的藕象。

「你做什麼？」太子爺問。

「嗯？」許兩三楞了楞，答：「太子爺，我用鼠吃你的象呀。」

「鼠怎能吃象？」太子爺哼了哼。「你會不會玩獸棋？」

「呃……」許兩三望望左右的阿福和吳國勤，喃喃說：「獸棋不都是鼠吃象嗎？還是規則改了？」

「是啊，我也記得……」阿福和吳國勤面面相覷，低聲說：「是鼠吃象沒錯。」「是鼠吃象啊……」

「是嗎？陽世獸棋規則是鼠吃象啊……」太子爺靜默幾秒，跟著搖搖手指，令被許兩三吃去的藕象又飛回原位，壓扁了藕鼠，且融合藕鼠身子，倏地變化成大一號的藕象，且背上還生出翅膀。

「可是天上的獸棋規則，是象不怕鼠咬，還會變成象王。」太子爺捏著那枚象王，磅地踩扁許兩三的藕象。「變成了象王的象，可以飛天，就像這樣。」

「原來是天庭規則啊……」許兩三扠手想了想，捏起一枚藕豹，抬到太子爺那方一頭藕狗上方，問：「豹子可以吃狗嗎？會不會變成狗王？」

「這倒不會。」太子爺隨意攤攤手，大方說：「你儘管吃。」

許兩三還沒落棋，陡然一愣，轉頭望向漆黑鐔壁。

「嗯？怎麼了？」吳國勤正覺得奇怪，陡然也感到魔力緩緩逼近，也與許兩三望向同一個方向。

太子爺像是早有準備，主動拿下許兩三手上那藕豹，吃下自己那枚藕狗；跟著，又捏起自己那象王，吃去許兩三藕豹。

「哇！外面來了什麼？」阿福直到大室重門開啓時，才被那股湧入大室、窮凶極惡的魔力震懾得全身發軟。

「摩羅。」太子爺放下藕棋，冷冷說：「有何貴幹？」

「閒來無事，手有些發癢。」第六天魔王穿著漆黑鎧甲、全副武裝，領著大隊人馬，來到大鐔前，對太子爺說：「想和你動動手。」

「可是我現在忙著和徒弟下棋，你晚點來吧。」太子爺這麼說。

許兩三等則面面相覷，不明白爲何此時此刻，第六天魔王要來和太子爺動手過招。

「我給你十秒考慮，看是要自己出來，還是我往藥湯裡注黑蓮花毒逼你出來——只是之後處理起來，大家都麻煩。」第六天魔王開始倒數：「九……」

「煩死了！」太子爺倏地站上大鐔鐔沿，惱火瞪著第六天魔王，說：「我那混天綾還纏在徒弟們身上替他們保暖呢！現在我就一雙風火輪和豹皮囊，你想怎麼過招？」

「你別擔心，我不會下重手。」第六天魔王六手齊伸，握出兩柄長劍、兩柄彎刀，一柄長柄大刀和一柄漆黑長槍，冷冷瞅著太子爺笑了笑。「找你玩玩而已。」

「哼！玩玩是吧。」太子爺蹬蹬腳，踩上風火輪。

第六天魔王身後站出個嘍囉，舉起一支槍，拋向太子爺，笑著說：「中壇元帥，這把槍借你用，你可以把它當成火尖槍來用。」

太子爺揚手接著槍，只見槍柄扎出一枚枚細刺，刺尖還冒著黑氣，又是另種新毒——然而太子爺接槍之前便猜槍有古怪，早在手上裹了團三昧眞火，像是戴上了火手套，因此沒讓毒針刺著。

「一支不夠？要不要再多一支——」那擲槍嘍囉又向身後討來一支槍，剛想拋向太子爺，眼前陡然一花，太子爺手中那柄毒槍，已經飛來刺透他胸口，槍頭插進地板，將那嘍囉歪歪斜斜地釘在地上。

下一刻，槍柄上的餘火突地復燃起來，轉眼將那嘍囉燒成一團火球。

太子爺冷冷說：「我猜我這陣子對你們客氣過頭了，隨便一個嘍囉都敢調侃我了。」

太子爺這麼說完，第六天魔王身後嘍囉們誰也不敢再出聲。

「你們退遠點，中壇元帥脾氣很大。」第六天魔王淡淡笑說，挺起六把兵器大步走向大鐔。

太子爺拖著金鍊躍下大鐔，蹭蹭腳下風火輪，揮揮拳踢踢腿，像是暖身一樣。

第六天魔王舉著六把兵器，二話不說上前疾斬太子爺手腳，太子爺立時接連抬腳，以風火輪格擋來襲刀劍，跟著六手齊伸，胳臂拳頭上全裹上三昧眞火，像是穿上一套火焰甲冑般，接連拍開第六天魔王來襲刀劍。

一神一魔在大罈前激鬥一輪，突然磅地一聲，太子爺身後大罈轟隆炸裂，數條巨大章魚觸手自大罈底部往上竄出，牢牢捲住罈裡的金籠、許兩三、阿福和吳國勤。

太子爺沒料到第六天魔王會主動毀那大罈，訝然分神之餘，肩頭立時捱了一劍。

他急忙催火想轟開第六天魔王，但第六天魔王陡然放開所有兵器，六隻魔手牢牢抓住太子爺六手。

太子爺腳下風火輪一旋，正要起腳，又讓第六天魔王搶先一步，踩在他膝上，不讓他出腳。又下一刻，第六天魔王全身魔氣爆發，炸出一股股紫氣黑風，團團包裹太子爺；太子爺自是不甘示弱，也催動三昧眞火力抗第六天魔王。

「摩羅——」太子爺哼哼說：「你想提前攻打媽祖廟，但是擔心我趁你不在時鬧事，所以先來修理我？」

「沒錯。」第六天魔王笑說：「有些主人出門前會把狗綁好，我知道這座塔困不住你，所以親自過來替你加幾道鎖，比較保險。」

「蠢蛋，你失算啦！哈哈——」太子爺大笑說：「你眞當媽祖婆那麼好欺負？她雖是文官，但至今可宰過不少妖魔；你在大戰之前特地過來跟我比氣力？好，看我耗盡你全部魔力！」

太子爺說完，將三昧眞火催得更旺，但轉眼又讓第六天魔王爆發出的魔力蓋過。

太子爺訝異說：「唉呀，你眞要全力用魔風拚我的火？」

「不。」第六天魔王搖搖頭，說：「我只打算出兩成力，剩下八成——」

第六天魔王說到這裡，遠處一排嘍囉紛紛舉起模樣像是魚槍的槍械，對準了第六天魔王後背，同時扣下扳機。

十二枚長叉，拖著細長管線飛梭而來，全刺進第六天魔王後背。

「呃！」太子爺一時還無法理解這情形，嚷嚷叫：「摩羅，你手下朝你後背開槍呀。」

「是我安排的。」第六天魔王笑了笑，大室重門再次開啓，又一隊嘍囉推著一座怪異大罐子進來。

那大罐子體積接近陽世家用鐵皮水塔，罐子上有許多開關和接口，剛剛朝第六天魔王開槍的嘍囉們，立時從槍上取下長管，接上大罐子上一處處接口。

又有個嘍囉扳動大罐子上的開關，大罐子微微發出紫光，紫光循著長管，潺潺流入第六天魔王體內。

「哼！」太子爺這時總算明白第六天魔王意圖，不屑地說：「摩羅，你會不會太丟臉？插著點滴跟我比氣力？」

「丟臉？」第六天魔王得到了額外魔力助挹，催動出更強更烈的魔風，漸漸將太子爺三昧眞火強壓下。「等等我逮著媽祖婆，陽世再無人能上九霄拿東西下來，我吃了你和媽祖婆，在混沌裡躲上一年半載，消化你和媽祖婆的神力，之後就算南天門派了二郎神或是關聖帝君下來，也不會是我的對手啦……丟臉一下，能換得統御三界的力量，我當然換。」

「哼……」太子爺嘴巴動了動，像是想說些什麼。

「你還有話想說？」第六天魔王察覺到太子爺神力漸漸虛弱，立時回頭朝手下使了個眼色。

重門三度開啓，又有一隊嘍囉推入六台大型板車，每台板車載著一顆直徑超過一公尺的古怪鐵球，每顆鐵球上貼著一張白符。

嘍囉們將六顆大鐵球分別推至太子爺周圍，摘去鐵球上的白符。

鐵球動了動，睜開一枚碩大獨眼，朝著太子爺眨了眨。

「看什麼？還不鎖他？」第六天魔王這麼下令。

六顆大鐵球同時一顫，球身上竄出一條條大大小小的鐐銬鐵鍊，四面八方射來，喀啦啦地銬上太子爺六臂雙足和腰身軀幹。

「你這傢伙，你失算了，我還有一招……」太子爺瞪著第六天魔王，氣喘吁吁地想罵他。

「我聽不見你說什麼，你說你還有哪招？」第六天魔王得意洋洋地湊近太子爺嘴巴，像是想聽清楚他說什麼。「大聲點。」

太子爺猛地往前一蹦，一口咬住第六天魔王咽喉。

「喝！」第六天魔王像是沒料到太子爺在強力魔風壓制下，竟還能全力反咬他一口，倏地放手蹦遠，摀著脖子睜大眼睛惡狠狠地瞪著太子爺。

太子爺像是耗盡全力般跪倒在地，瞅著第六天魔王冷笑不止。「你現在知道我這招了吧。」

「唔——」第六天魔王摀著頸子又後退幾步，放下手，只見他頸子被太子爺硬生生咬下一大塊肉，破口還透著金光——

「把開關開到最大！」第六天魔王回頭朝嘍囉大喝，跟著全力驅動魔力，往肚腹凝聚而去——太子爺咬破他頸子的同時，也順口往他頸子裡，吐入一條火龍。

幾個嘍囉立時扳動大罐子開關，讓罐子裡的魔力加速灌入第六天魔王身上。

「哪吒，你這傢伙……」第六天魔王朝太子爺走去，手一招，從地板上取回剛剛拋下的兵器。「你不是說，你那金龍是要壓制黑蓮花毒的？」

第六天魔王一面說，一面將雙劍刺入太子爺一雙大腿，將太子爺雙腿釘在地板上。

「我這兩天發現……」太子爺虛弱說：「兩條龍就夠用了……」

「是嗎？」第六天魔王跟著挺著雙刀，刺透太子爺兩側肋間，令刀尖自後背穿出；大鐵球打來四條鎖鍊，牢牢捲住雙刀的刀柄和刀尖。

第六天魔王又招招手，一隊嘍囉挺著長槍奔來，將長槍全遞向第六天魔王；第六天魔王接過長槍，便自上而下，斜斜插入太子爺胸腹，且深入地板，像是要將太子爺牢牢鎖在原地，令他無法動彈分毫般。

「唔……」第六天魔王足足往太子爺身上插了十一支槍，見太子爺垂著頭，一動也不動，像是暈死一般，同時感到腹中那金龍掙扎竄動，便後退幾步，猛力鼓動魔氣，大口嘔出那條金龍。

金龍張爪噴火，要攻擊第六天魔王，卻被第六天魔王揪住龍角，拖回太子爺身邊，捏開太子爺嘴巴，將金龍塞回太子爺口裡，冷冷說：「回你主子肚子裡守著他一口氣，別讓黑蓮花毒真發作，髒了我食材……」

第六天魔王說完，摀著頸子緩緩後退。

天花板又落下幾隻冰凍章魚，砸在太子爺身上，鼓著嘴巴一面朝他吐水、一面吹拂冰風，轉眼將太子爺凍成一座跪地冰雕，且持續增厚，轉眼凍出一座小冰山。

「盯著哪吒。」第六天魔王仰頭望向天花板上幾隻獨眼蝙蝠，向監控室裡的嘍囉下令。「等等他醒來無妨，但若想反抗，就放黑蓮花毒。」

第六天魔王說完，隨意震落身上的灌注魔氣的長叉和管線，揚手召回滿地兵器，舉著長槍勾起兩只風火輪，跟著轉頭瞧瞧暈厥的許兩三等身上那條混天綾，也上前挑起，領著嘍囉們離開大室，穿過方形螺旋廊道，走出鐔燒哪吒塔。

恒作罪領著一票工匠，推著三只大箱，在方形螺旋廊道外等著，一見第六天魔王出來，立時上前迎接，還令工匠揭開大箱，讓第六天魔王把奪得的風火輪和混天綾放入大箱。

「嗯？」恒作罪問：「我記得那中壇元帥應該還有一個豹皮囊……」

「他沒用上豹皮囊。」第六天魔王板著臉說：「大概在他肚子裡，之後再處理，現在先全力抓媽祖婆。」

「啊！」恒作罪指揮工匠扛走裝著風火輪和混天綾的大箱，見第六天魔王脖子上少了一大塊，愕然說：「父親，你……受傷了！」

「沒有大礙。」第六天魔王大步下樓，領著恒作罪走出鐔燒哪吒塔。

塔外，百鬪領著一整隊武裝嘍囉等候第六天魔王。

「百鬪、恒作罪。」第六天魔王說：「看好哪吒，守著他化自在天，等我回來。」

「是！」兩魔子高聲應答。「祝父親順利生擒媽祖婆！」

參壹

小歸陽世避難所中混沌貴賓套房。

韓杰與王書語並肩站在套房外陽台上，眺望前方那立體投影造出的日出美景——儘管此時眞實陽世，正値日落時分。

「杰——」王書語撫著微微隆起的小腹。「你還記得那天早上嗎？」

「妳是說……」韓杰轉頭瞧瞧王書語凝望夕陽的雙眼，說：「我們四個一起看日出的那天早上？」

「嗯。」王書語點點頭，淡淡笑著說：「時間過得好快……距離當時幾年了？三年？四年？」

「嗯……」韓杰側頭扳著手指數了數。「四年。」

四年前的一個清晨，韓杰和葉子、王書語和林國彬，兩男兩女、兩人兩鬼，在六月山見月坡上，經歷了一場短暫卻難忘的日出時光。

當時韓杰和王書語身子裡，附著彼此情人的魂魄。

兩人在日出時分，一齊喝下了孟婆湯，擁抱著對方，流著淚向對方身體裡的他和她告別，祝他們來生幸福。

四年後，韓杰與王書語即將步入婚姻，且有孩子了。

王書語笑著問韓杰：「你覺得……當時葉子給我們的心花，發揮了多少效力？」

「嗯……」韓杰當然也記得心花，那是葉子當時為了撮合韓杰和王書語，特地在陰間買來送給二人的伴手禮——

在陰間，心花的花語叫作「紅線」，據說將心花帶入人間，倘若身旁剛好站著與之有緣的另一半，兩人便能嗅得花香，漸漸滋生情愫，進而譜成戀情。

「我知道那是葉子的心意，但是——」韓杰搖頭笑說：「我比較相信我們後來相處的過程。」

「也是……」王書語若有所思。「我記得芊芊說過，即便是月老，也無權強迫無緣的兩人相愛，在陰間禮品店合法上架的伴手禮，應該不會有這麼厲害的效果，頂多讓當時氣氛變得浪漫一點吧……」

「對啊。」韓杰牽起王書語的手，笑著說：「王仔教妳的柔道效果強多了，我被妳摔了幾次，摔得暈頭轉向，從此就愛上妳了。」

王書語聽韓杰這麼說，也呵呵笑了——四年前六月山事件之後，兩人為了案件後續發展，仍保持聯繫，王書語數度登門拜訪韓杰和老龜公合開的鐵拳館，找他討論案情，見韓杰教學生柔道，忍不住糾正他教學手法，韓杰可不服氣，反過來數落王書語的手法實戰價值不高，王書語便氣呼呼地上擂台找他討教。

兩人這麼反覆討教幾次之後，便在一起了。

韓杰手機響起，他接起，是小歸打來的。「韓杰！大猴通知俊毅，說第六天魔王剛剛下令發動總攻擊了！」

「什麼?提前了?」韓杰急急說:「你跟俊毅在大風號上嗎?我現在過去找你們……」

韓杰掛上電話,拍拍王書語的手,說:「第六天魔王攻打媽祖廟了,我要出發了,妳和媽媽待在這裡很安全,別擔心……」

「阿杰!」王書語拉住韓杰的手,苦笑說:「每次都這樣,很不公平,我不喜歡這種感覺……如果我們下輩子也在一起,換你懷孕,換我來保護你,那時候,我會比這輩子的你更厲害,不讓下輩子的你擔心……」

「好,到時候拜託妳了。」韓杰笑著抱抱王書語,親了親她,說:「不過這輩子還有很久,我一定會帶妳回家。」

□

夕陽將盡,陽世媽祖廟內外響起聲聲鐘響。

媽祖廟後方山區、山腳下小鎮、山區道路樹上,先後射起橙紅煙火。

這是駐守在媽祖廟四周的盯梢眼線們,發現敵軍時打上天的警示烽火。

十餘分鐘前,媽祖廟這兒收到了小歸通知,整間廟裡外立時進入緊急備戰狀態。

「動作快!」姜姐站在大廟正門內,望著遠方天空那片緩緩飄近的奇異雲彩,回頭朝廟裡陣頭青年和志工們大吼。「魔王攻來啦,快點開門讓媽祖婆進混沌——」

大夥兒手忙腳亂地架起長梯,將堆放在正殿供桌前那數十卷吊飾,掛上寬闊門欄上一支支長釘。

每一卷吊飾掛上門欄，垂放下來，觸著地板，足足有三四公尺長，上頭繫著各式各樣的小墜飾、符籙、風鈴——那林林總總的墜飾和符籙，有些是小歸提供的小型混沌儀，有些是天庭送出的結界符。

這兩天媽祖廟裡所有人和小歸集團的大批工作人員，聯手在媽祖廟裡建造混沌防禦工事，此時掛上吊飾的廟門，便是通往混沌的門。

志工們掛上最後幾串吊飾之後收去長梯，通通退到阿香嬤身後。

「所有人聽好，等等沒事別出去，出去了就進不來了！」姜姐站在阿香嬤身旁，扯著喉嚨大喊。

「媽祖婆……」一名小歸集團的工程人員，拿著一只控制器。「現在開門？」

「開吧。」阿香嬤點點頭，那工程人員立時按下開關，廟門上數十串吊飾上的各種墜飾、符籙一齊發光。

阿香嬤微笑環視眾人，兩眼金光閃閃，媽祖婆問：「大家準備好了嗎？」

陳亞衣、姜姐以及馬大岳、廖小年等，全都穿著俐落運動裝束，與一票陣頭青年圍在阿香嬤身前，說：「準備好了。」

「阿香，妳呢？」媽祖婆又問。

「我早準備好囉。」阿香嬤笑著答。

「很好。」媽祖婆這麼說，自阿香嬤身中退了駕。

眾人後方大供桌上那尊武駕媽祖像耀起五彩光芒，跟著燃起五色火焰。

眾人紛紛轉頭，只見媽祖婆眞身自火光中緩緩走出。

「哇，媽祖婆顯靈啦——」有些志工一見媽祖婆現出眞身，立時撲通要跪，不是被身邊伙伴拉起，就是被媽祖婆揚手掀來的彩光托回站姿。

「媽祖婆不是說過了，要我們別見她就跪……」志工、退役乩身、陣頭青年們彼此低聲告誡。

「是啊。」媽祖婆此時模樣，不像尋常雕像、戲劇裡穿著素雅長袍或宮廷華服，而是穿著全套鵝黃戰甲。

她走下供桌，淡淡說：「我不是你們的主人，你們也不是我的僕人，我們是戰友；我們現在要做的事情，不是燒香跪拜、不是儀式習俗，而是齊心協力，擊敗入侵人間的魔王和惡鬼。」

「聽到沒有！」姜姐扯著嗓門大喊：「我們今晚與媽祖婆同生共死，擊敗那些妖魔鬼怪，把他們通通打回地下！大家各就各位！」

「是——」陣頭青年們高聲附和，紛紛奔去牆旁兵器架拿取貼上符籙的兵器，分頭前往各自駐守位置；年邁志工們則按照事前規劃，帶著阿香嬤退入地下室。

姜姐領著一批人，登上廟頂露台坐鎮指揮，陳亞衣等則隨著媽祖婆踏出廟門，仰望天空。

「大家注意，敵人現身啦！」順風耳眞身坐在廟門前的石獅腦袋上，朝著天空大喊；千里眼眞身則扛著斧戟站在廟簷上——由於第六天魔王對陽世發動全面突襲，媽祖婆及兩將軍便也直接以眞身迎戰。

大夥兒一齊望向空中，只見剛剛天上那片奇異雲彩已經消散，取而代之的，是冥船艦隊。數百公尺長的他化自在天在冥船艦隊後方壓陣，彷如雞群裡的鶴、群貓中的虎一般驚人。

林君育本來站在廟前廣場上，見媽祖婆領著眾人出來，立時奔到陳亞衣身旁，問：「要開戰了？」

「是呀。」媽祖婆瞧瞧林君育，咦了一聲問：「怎地黑爺還沒降駕？」

「黑爺說他卡住了……」林君育無奈說。

「什麼？卡住了？」苗姑自陳亞衣手中奏板飛出，訝異問：「什麼叫『卡住了』？」

「我剛剛聽見黑爺對我說話……」林君育說：「他說他卡在天門縫上，下不來也回不去，後頭的神仙幫忙推他拉他，都沒有用……他上半身在天門外，所以我能聽見他對我說話……」

「有這種事！」苗姑瞪大眼睛。「大老虎搶在大戰開始時耍寶呀！」

「黑爺雖也是下壇將軍，但道行比其他下壇將軍高出一大截，擠不出天門也是合情合理……」媽祖婆苦笑搖搖頭，對苗姑、陳亞衣、姜姐等說：「等等阿香跟這裡所有人，就交給你們保護了。」

「媽祖婆妳放心，我們不會讓妖魔鬼怪接近阿香嬷。」陳亞衣這麼答。

一陣嗚金聲嗡嗡響起，是盤旋在媽祖婆上空王船隊的出戰號令。

一艘艘王船緩緩往前，此時王船上並無活人也無天神，只載著紙紮師父和王船師父們連夜趕工打造的紙紮船員和武器，由師父們在大廟裡遠端遙控，因此無法離廟太遠。

□

陰間，田啓法頭戴金帽、身穿金色補丁袍、腳踏木屐、腰插草扇、胸前斜斜揹著一只大葫蘆，站在大廟三樓露台邊，望著漆黑天空上一團團橙紅煙火。

陣陣煙火後方，有數十艘敵軍冥船正朝媽祖廟方向急急駛來。

山下，則有大批車隊浩浩蕩蕩開上山。

陰間媽祖廟前廣場和四周空地上都堆滿了防禦掩體，一旁香客大樓樓頂、陽台及各窗口，架著一挺挺機槍和火箭炮，駐守著大量小歸集團旗下武裝保全。

「田兄——」許保強大步走來，拍了拍田啓法肩頭，喉間響起一個粗獷雄渾的大漢聲音：「怎麼，緊張啊？你又不是沒碰過大場面！」

「鬼王大哥……」田啓法望向兩眼青光閃爍的許保強，指指空中那冥船隊伍，指指山道上的黑道聯軍，說：「我是碰過大場面沒錯，可是還是會緊張啊……」

「別緊張。」鬼王鍾馗附著許保強身子，說：「陽世活人在陰間，跟陽世電影裡的超級英雄一樣，打不死的。」

「老大！不對！」許保強立時出口糾正鬼王這話。「韓大哥說，陰間惡鬼還是有很多方法可以殺死在陰間的活人，例如在槍上裝鬼牙……」

「你懂個屁。」鬼王用許保強的手，捏了捏許保強的臉，指著田啓法身上那件灰袍。「田兄這身袍子帽子、扇子葫蘆，可不只是神明借予乩身的神力，而是濟公本尊專用的法寶，是眞貨啊！別說鬼牙槍，就算是鬼牙火箭筒說不定都打不死田兄了。」

「神明法寶這麼厲害……」許保強困惑問：「我記得老大你說過你曾經在南天門受封成正職神明，後來不習慣天庭規矩才改爲約聘制，那你的法寶呢？難道天庭工匠沒有替你打造專屬法寶？」

「我轉爲約聘後，法寶被貼上封條，收在南天門倉庫裡啊。」鬼王嘖嘖地說：「前幾天媽祖婆說會替我討法寶下來，不過還沒到手，敵人先打來了……」

「大哥，是這樣的……」一隻鬼王嘍囉湊上前，對許保強說：「剛剛陽世傳來消息，說是保生大帝帳下那虎爺總教頭，想硬擠出天門縫下陽世幫他師弟打架，結果卡在門縫裡出不來……大哥你的法寶本來排在那虎爺教頭後面，現在上頭好像正想辦法將那虎爺教頭拉回去……」

「什麼！」鬼王瞪大許保強雙眼，惱火說：「老黑那傢伙在這緊要關頭還在胡鬧啊……」

廟前山道上響起陣陣鬼群叫囂聲，一輛輛廂型車駛離山道，直接駛上山坡，車門紛紛開啓，躍下一隻隻持槍持刀的惡鬼，有的飛上半空、有的在草間竄，瘋鼠般往媽祖廟竄來。

「開火——」駐守在香客大樓、媽祖廟各樓層裡的武裝保全們，紛紛開火。

田啓法、許保強所在露台上，也奔來幾個武裝保全，架起狙擊槍，磅磅地開火射擊。

「老大，我們上！」許保強興奮不已，摩挲著雙拳，一副要跨過露台欄杆往下跳的態勢，立時被鬼王奪去手腳控制權，令他直直站定不動。

「上你個頭！」鬼王哼哼地說：「嘍囉交給廟裡那批陽世陣頭就行了，我們負責打大隻的。」

「大隻的？哪裡有大隻的？」許保強左顧右盼，右手被鬼王舉起，依序往底下指。「那群是春花幫雞堂，他們堂主挺能打；那邊那是水鬼門，他們頭兒也叫鬼王；那邊那幾輛車是鬼頭堂的車，鬼頭堂堂主可兇了；還有那邊是馳黑組，他們的頭兒也不好對付。」

「那……」許保強問：「鬼王老大，你要先打哪個？」

「別急。」鬼王這麼說：「老子懶得一個個追，等他們靠近點，老子再一口氣收拾掉。」

「帥氣。」許保強說：「不過我說老大——這裡是陰間，而且媽祖婆說過，現在是緊急時刻。」

「嗯，是陰間，又是緊急時刻，然後呢？」

「我想說——老大你其實可以現眞身。」

「我現眞身？那你呢？」

「我跟你並肩作戰啊，雞堂、水鬼門交給你；鬼頭堂、馳黑組交給我。」許保強四肢動彈不得，一張嘴連珠砲似地說：「每次被你降駕，什麼都看不清楚，敵人都倒下了，這次難得這麼大場面，我想試試我的打法。」

「好大口氣啊……什麼時候輪到你替我分配對手了？」鬼王舉起許保強的手，搧了許保強幾巴掌。「你毛長齊了嗎？」

「早就長齊了，等等……」許保強咬牙捱著幾下巴掌，正要說些什麼，突然感到自己雙手開始大力揉捏自己的臉。「唔……老大，你在幹嘛？」

「你不是想自己打？」鬼王替許保強捏出一張鬼臉，跟著倏地化爲黑煙，自許保強眼耳口鼻溢出，在許保強身前凝聚出胖壯眞身。

「哇……鬼王！」田啓法可也是第一次見到鬼王鍾馗的眞身，連忙點頭致意。「你的樣子，眞的和電影裡差不多……」

「電影？哪部電影？」鬼王有張剽悍黑臉、滿嘴大鬍、身形渾圓壯碩，穿著漆黑道袍，一只拳頭有小玉西瓜那麼大。

「哈——」許保強摸摸自己的臉，取出手機開啓自拍模式，瞧了瞧螢幕，這才知道鬼王離體前，用他的手替他擠出他那絕招鬼臉。「是鬼見愁！」

「老大！」鬼王嘍囉們見鬼王現出眞身，紛紛激動圍來，舉起手上兵刃，氣呼呼地說：「兄弟們都等你下令，大家都想去揍春花幫。」

「……」鬼王伸了個懶腰，倏地躍上露台欄杆，扠腰望著擁入廟前廣場的幫派鬼群們。「兄弟們，準備好開扁啦。」

鬼王說完，縱身躍下。

「喝啊——」鬼王嘍囉們跟在鬼王身後往下躍。

「喝啊——」許保強頂著那張鬼見愁，嘴裡利牙生長，雙臂鼓脹變粗，模仿鬼王嘍囉們出戰吆喝聲，也翻過欄杆，混在鬼群中往下躍。

「呼……」田啓法長長深呼吸幾下，雙手撐著欄杆，腳跨到一半，只覺得三層樓還是太高，不敢硬跳，又翻回露台，轉身走樓梯。

參貳

天上新月鮮紅如血。

像是一把血鐮刀。

姜姐領著人站在媽祖廟頂樓露台，望著己方的王船隊緩緩向前，與前方來迎的魔王艦隊逐漸接近。

她壯碩腰際上懸著一把大得誇張的奏板，這接近五十公分的大奏板，底部刻意削成平直，還纏上紅布，與其說是奏板，其實更像木劍。

「王船隊，還客氣什麼？直接開火！」姜姐手按奏板，扯著嗓門朝對講機大吼。

姜姐吼完不到數秒，空中一艘艘王船緩緩打橫，船身砲孔紛紛揭開，挺出一支支砲管，轟隆隆地朝前方艦隊開砲。

同時，數艘王船咻咻飛出一隊隊紙紮飛機，在空中擺出陣式，往魔王艦隊衝鋒。

魔王艦隊那頭幾艘先鋒冥船，也射出一枚枚奇異符彈，在空中炸開一面面符盾，擋下這輪王船砲轟；同時，魔王艦隊裡竄出一批小型砲艇，加速向前，隨著先鋒冥船一同開火攔截來襲的紙紮飛機。

兩邊艦隊一面交火，一面繼續接近。

魔王艦隊又放出一批小艇，飛快向前推進，跟著揭開艙門，躍出大批持械惡鬼，是陰間追隨第六天魔王出征的各大幫派聯軍。

姜姐望著大批惡鬼斜斜飛來，向對講機下令：「惡鬼來了，開陣——」

媽祖廟後殿地下室，阿香嬤領著十餘名退役乩身圍坐成一圈，人人手上拿著一疊符，在這退役乩身圍成的圈圈中央，擺著一個大水盤子，水盤上隱隱浮現一座猶如立體投影般的廟宇和一棟矮公寓，正是這間臨時媽祖廟和一旁的香客大樓。

小姜小范等紙紮、王船師父們，在退役乩身圈圈後方坐成第二圈，人人戴著一只寫有符籙的奇異眼罩，以及全套耳機麥克風，手上還捧著一只奇異裝置——這整套裝置全是小歸提供的遠端控制設備，讓這些紙紮、王船師父們，能夠像是遊玩虛擬實境遊戲般，藏身在地下室中，遠端控制王船上那些安裝上接收裝置的紙紮士兵作戰兼維修。

一名志工捧著對講機蹲跪在阿香嬤身旁，大夥兒聽見樓頂姜姐喝喊，退役乩身們便紛紛捏起符、施法唸咒之後往水盤上拋，一張張符籙燃燒起火，拋在廟宇投影上，耀起五色彩光；小姜小范等紙紮、王船師父們，也立時下令王船出戰。

大批惡鬼聯軍或是從天而降，或是從平地攻山，四面八方往媽祖廟擁來。

媽祖廟廣場上空，則飄出一張張燃燒符籙，耀起道道彩光、豎起一面面巨型旗幟、湧現一隊又一隊幻影士兵；有些士兵推著戰鼓、有些士兵架起大砲、有些士兵牽著戰犬甚至是披上甲冑的戰獅、戰虎整列成隊。

媽祖廟二、三樓圍牆邊，同樣也立起大隊幻影士兵，搭箭舉弩，對準了來迎惡鬼聯軍開始放箭。

一陣彩光飛箭嗖嗖射上半空，穿透那些空降惡鬼們的身子。

「哇——」惡鬼們在空中嚇得魂飛魄散、四處亂竄。

有些惡鬼們墜進山間草叢，摀著中箭處哀嚎打滾半晌，突然驚覺自己根本沒有中箭，身子毫髮無傷，又驚又怒地重新飛天突襲，又被第二波來襲箭雨嚇得四處飛竄。

「哇！」「好痛啊——」「怎麼回事？我沒受傷啊，爲什麼會痛？」這批衝鋒惡鬼們被媽祖廟幻影士兵接二連三射來的飛箭逼退，只覺得驚恐至極——這些士兵看似幻影，但捱著飛箭時卻痛得逼眞，但數秒過後，又一點也不痛了。

「士兵跟箭都是假的，是幻術！」「大家不要怕，現在天門還關著，神明下不來，只能硬塞些幻術陣法下來給這些凡人應急。」惡鬼們彼此叫囂打氣，再次集結衝鋒。

一波一波幻影箭射上半空，儘管惡鬼們漸漸明白箭是假的，但中箭時的疼痛感卻十分逼眞，因此仍有不少惡鬼被接二連三的箭雨逼退。

也有部分惡鬼們舉臂擋著一波波假箭，忍著古怪幻痛，咬牙衝近廟前廣場，往站在廣場中央的媽祖婆竄去。「大家快看，媽祖婆現出眞身啦！」「嘿嘿，手到擒來——」「你們別搶，我要立大功！」

媽祖婆拍拍左腰上兩把長劍，揚手向前一指，兩把劍倏地飛梭射出，在空中飛旋打轉，斬去幾個衝得最快的惡鬼腦袋。

第二波衝來的惡鬼，被左右殺出的千里眼和順風耳持著長短斧戟斬倒在地，化為飛灰。

「大膽惡鬼，竟敢襲擊媽祖婆？」千里眼、順風耳舉著斧戟，怒眼圓瞪、齜牙咧嘴地守在媽祖婆身前。

「別怕——那些士兵是假的，箭也是假的，只有媽祖婆和千里眼、順風耳和那些活人乩身是眞的，別管四周的假兵跟假箭，全力圍捕媽祖婆——」空中惡鬼聯軍一個壓陣小頭目，左手拿著擴音器、右手揮著旗幟，激動吆喝：「誰抓到媽祖婆，不但咱們大哥有賞、大哥大也有賞，就連摩羅大王也會重重打賞！上啊——」

這小頭目還沒說完，腦袋噗嗤中了一箭，箭孔咻咻噴煙，失神墜下，但還來不及墜地，在空中就燒成了灰燼。

「咦……咦……」「不是說箭是假的？」大批惡鬼們漸漸發現到，一波波射上半空的飛箭，九成九都是幻影假箭，射著只會痛，不會傷；但箭雨當中，也混著極小部分的眞箭——那是駐守在媽祖廟和香客大樓中、混在幻影士兵隊伍裡的陣頭青年，拿著這些天媽祖婆不停往返九霄帶回來的天兵弩——比起弓，弩的操作更接近現代槍械，搭箭拉弦後只要扣動扳機即能射箭，射上半空的符箭彷如巡弋飛彈般會自動追擊惡鬼，因此儘管此時媽祖廟裡這批陣頭青年，從集結到開戰不過一兩週訓練，但有了這批天兵弩，依舊能作守衛媽祖廟的重要戰力。

空中一陣紫雷轟隆隆乍響，竄出一條巨大飛龍，將一艘迎面而來的砲艇嚇得緊急轉彎，轟隆撞上另一艘砲艇，炸出熊熊鬼火。

巨大飛龍在空中盤旋飛竄，噴火驅鬼，被飛龍噴著火的惡鬼們紛紛慘叫哀嚎，但隨即發現這大飛龍也是幻影。

然而沒過多久，又有些惡鬼發現，一部分被飛龍噴了火的伙伴們當眞燒傷了，且有些燒得頗爲嚴重——原來飛龍吐出的幻影火焰中，同樣也混著一群紅色飛蟲，這些飛蟲飛在惡鬼臉上、身上，會炸出符籙火焰。

地下室裡，在那些退役乩身圍成的圈圈之中，還有個年輕女孩——

月老弟子董芊芊不像其他退役乩身拿著符，而是拿著一本畫滿紅色墨蟲的筆記本，別人往水盤拋符，她則是撕下畫有墨蟲的筆記頁面，施咒拋向水盤，進而指揮墨蟲群混在飛龍身下，伺機燒炸惡鬼——她這些紅墨蟲原本的作用是啃食凡人身上的爛桃花，但此時她整本筆記本上畫的墨蟲，用的是媽祖婆帶回的特製紅墨，畫出的墨蟲是月老精心研究的爆炸螢火蟲。

「這龍到底是眞是假呀？」惡鬼們驚慌失措，想要集中力量強攻媽祖婆，但四周一艘艘冥船四周惡鬼是不同幫派臨時集結的聯軍，有些不久之前甚至是死對頭，此時己方數十艘冥船，百來個小頭目，人人喊著不同號令，誰也不知道該聽誰的。

空中轟隆一聲，一艘王船直接衝上一艘冥船，炸出巨大火球。

後方冥船艦隊見狀紛紛減速，不再往前——這些王船上雖無活人船員，武裝也不算強大，但都設了強力防禦結界，即便捱著冥船猛烈砲擊，也能在墜毀前，撞上開火冥船，來個玉石俱焚。

第二艘、第三艘王船撞上冥船。

魔王艦隊那幾艘先鋒護衛艦群開始動搖，船上惡鬼們遠遠見王船燃火衝來，都嚇得緊急跳船，驚怒痛罵：「哇靠，這些王船直接用撞的！講不講道理啊！」

一艘體型較小的王船，張開強力結界，繞過幾艘護衛冥船截擊，靈巧地直衝他化自在天。

下一刻，那小王船被一股紫黑色大影團團籠罩。

大影在空中幻化爲一條紫黑巨龍。

第六天魔王站在巨龍腦袋上，指揮紫黑巨龍捲碎小王船，冷冷俯視著下方媽祖婆一行人。

「終於現身啦。」媽祖婆望著第六天魔王，全身金光閃耀，左手指揮飛在身前護駕的飛鸞雙劍，右手抽出腰際那柄大道公七星劍，斜斜指著第六天魔王。「摩羅，聽說你想抓我煮了吃下肚？」

「是啊。」第六天魔王說：「我那他化自在天上，藥材和配料都準備好了。」

「混帳惡棍——」千里眼和順風耳舉著長短斧戟，指著第六天魔王怒罵：「憑你也想吃媽祖婆？有種下來，先會會我們兩兄弟！」

「哼哼，千里眼、順風耳，雖然和哪吒、媽祖婆比起來不值一提。」第六天魔王立時指揮紫黑巨龍，往廟前廣場緩緩俯衝。「但好歹也是天庭神明，當成我兒女、將士們旗開得勝後的慶功宴小菜，還過得去。」

參參

他化自在天上迴盪起陣陣戰鼓、號角聲。

恒作罪領著幾名工匠，推著載運裝藏混天綾、風火輪箱子的板車進入武器庫，數分鐘後再匆匆出來，趕往艦橋與百鬪會合，準備聯合指揮他化自在天。

武器庫外廊道上一間小房，張曉武和顏芯愛穿著雜工衣褲，提著工具箱和躲貓貓箱，默默走向武器庫。

在此之前，他倆在太子爺藕蠅掩護下，先後從幾間儲藏室裡，翻出一些衣物、布料供太子爺燒籤下令，還帶上維修工具佯裝成雜工，持續深入他化自在天船艙內部，一步步往武器庫推進。

此時四周響著出戰號角聲，船上本便稀疏的巡邏守衛，此時全往幾處重要設施聚集而去。

通往武器庫的廊道上，倒是有不少雜工來來回回，推著板車載出大型機槍等重武器和彈藥，送往艦上各處據點，張曉武和顏芯愛低著頭，低調混入武器庫。

此時武器庫裡還聚著不少工匠，協助雜工清點彈藥、搬運武器上板車。

「怎麼辦，人很多耶？」張顏兩人遠遠瞧著恒作罪個人辦公室。「我們直接進去找鑰匙，會不會太顯眼？」

「妳看那個光頭！」張曉武用手肘抵了抵顏芯愛胳臂，朝茶水間使了個眼色。

茶水間裡只有一個工匠，頂著一顆醒目光頭。「那個應該是太子爺說的二把手對吧。」

「不確定……」顏芯愛左顧右盼，眼前能夠見到的工匠裡，確實只有茶水間裡那名工匠是光頭。

「管他那麼多，A計畫用下去就對了！」張曉武大步走進茶水間。

茶水間裡那光頭工匠，面容看來不老，但實際上在陰間已經待了超過一世紀，是個百年老鬼，也是恒作罪這武器設計團隊裡的二把手。

這光頭二把手回頭看了看張曉武和顏芯愛進入茶水間，隨口說：「辛苦啦，喝杯茶吧。」

「咦？」張曉武指著飲水機。「怎麼有蟑螂？」

「蟑螂？」二把手立時轉頭盯著飲水機。「哪裡有蟑螂？」

張曉武也沒答話，立時取出牛頭面具戴上，上前勒住二把手頸子、摀著他嘴巴；後頭顏芯愛則同時關門上鎖、關起百葉窗，然後幫忙壓制二把手。

兩人將二把手壓在地上，一人一把電擊棒抵著二把手脖子兩側，數秒之內將他電暈。

張曉武取出試管揭開，對顏芯愛說：「快拔毛。」

「他哪來的毛……」顏芯愛見這二把手不但是個光頭，就連眉毛都沒有，急著說：「不是用口水就行了嗎？」她這麼說時，掐開二把手嘴巴，卻見二把手嘴裡乾巴巴的沒有口水。

「他昏著怎麼吐口水……」張曉武將試管塞給顏芯愛，從隨身提包起，取出一把老虎鉗，上前扯下二把手褲子。

「曉武哥！」顏芯愛連忙轉頭撇開視線，卻聽張曉武髒話連連，好奇轉頭，只見那二把手胯下同樣光禿禿的。

「我幹你老師咧！」張曉武立時將老虎鉗湊去二把手胯下，左手從工具包中掏出一把剪刀。

「哇！曉武哥，你想幹嘛？」顏芯愛見狀嚇得再次轉頭。

「妳以爲我喜歡這樣啊？我也不想啊！」張曉武大叫，剪刀喀嚓一剪。

「哇——」二把手哀嚎驚醒。

「沒事沒事！你包皮過長，我幫你處理好了。」張曉武猛揮老虎鉗砸暈二把手，跟著從地板上挾起一截包皮塞進顏芯愛手中試管。

試管瑩亮發光，顏芯愛嫌惡地將試管往地板一砸，砸出一團白煙，煙裡站出一個人，正是那暈死的二把手假身。

張曉武取出繩子，和顏芯愛合力將被剪下包皮的二把手眞身五花大綁，嘴巴也塞得鼓脹飽滿，塞進茶水間小櫃裡。

跟著，張曉武用雙指挾著軟木塞，輕抵著額頭，操縱二把手假身開門出去，自己則提著躲貓貓箱，與顏芯愛並肩跟在二把手後頭。

有武器庫二把手假身帶頭，兩人便也大著膽子抬頭挺胸，理所當然地跟著二把手走向恒作罪辦公室。

途中幾名工匠見了二把手假身，都向他點頭打招呼，二把手假身也一一點頭致意。

「曉武哥……」顏芯愛臭著臉瞪著張曉武挾在指間的軟木塞，惱火問身旁的張曉武：「只要用手拿著假身藥瓶的瓶塞，就能控制假身行動？」

「對啊。」張曉武點點頭。「怎麼了？」

「那你之前為什麼要我拿瓶塞塞鼻孔？」顏芯愛問：「我那時候痛得以為鼻孔要裂開了。」

「嗯……」張曉武聳聳肩，說：「可能我賤吧。」

「真的是有夠賤耶！」顏芯愛不敢大吵大鬧，只暗暗擰了張曉武胳臂幾下。

「唔，別鬧，很痛耶……」張曉武扭動身子閃避顏芯愛指擰，在那二把手假身帶頭下，來到恒作罪辦公室外。

張曉武將瓶塞交給顏芯愛，讓她指揮二把手假身在門外把風，自己推門進辦公室，從口袋掏出那金文鳥，低聲問：「太子爺，你說鑰匙在恒作罪辦公桌抽屜？是這張辦公桌？」

金文鳥呆滯數秒，蹬蹬右爪。

張曉武立時拉開抽屜翻找鑰匙。

那辦公桌上，擺著一疊疊武器設計圖，魔子恒作罪擅長改造武器，在他化自在天上主要任務就是統領著一批武器工匠，在武器庫裡替第六天魔王及打手嘍囉們設計各種武器。包括第六天魔王先前用以刺傷太子爺的那柄青冰劍，以及乾坤圈、火龍等改造工程，都是恒作罪與工匠們在武器庫中設計打造而成。

這偌大武器庫分成數區，有屯放各式武器的倉儲庫房，也有設計室、會議室、打鐵房、試劍房和恒作罪的專屬辦公室。

更有一間用來禁錮太子爺神兵法寶的獨立房間——那房間內部經過特別改造，壁面和門板都設有阻隔神力的陰符陣，工匠們進入拿取太子爺神兵進行正式改造時，可都要穿著特製的防護服，才不會燙著魂身。

那小房間平時上著重鎖，鑰匙由恒作罪保管。

「鑰匙、鑰匙……啊！找到了！」張曉武翻出一支鑰匙，在金文鳥面前晃了晃。「是這把鑰匙？」

金文鳥又呆滯數秒之後，這才蹬蹬左爪——

「左腳，不是這把？」張曉武愣然扔下鑰匙，繼續翻找，接連又翻出幾支鑰匙，遞給金文鳥細瞧，金文鳥仍蹬左爪——

這是太子爺前幾次燒籤交代兩人任務時，特別提出的即時溝通方式——搧動右邊翅膀或是右爪，即爲「是」；左邊翅膀和左爪，則爲「否」。

這樣一來，便能讓太子爺在燒籤交代複雜事項外，還能與兩人進行些即時而簡單的溝通。

當時張曉武忍不住發問：「太子爺老大，我有個問題，這鳥不會點頭搖頭嗎？爲什麼要用什麼左邊翅膀、右邊翅膀這麼麻煩？」

太子爺當時燒出的字是這麼回答的——

笨蛋！我透過鳥目視物，若得反覆點頭搖頭，眼前景象晃來轉去，我瞧得心煩！

「哪來這麼多鑰匙？幹這第六天魔王兒子是賣保險箱的？」張曉武接連從幾個抽屜裡又翻出一支支鑰匙，全都不是太子爺要的鑰匙。

「曉武哥！」顏芯愛忍不住探頭往辦公室裡頭喊：「太子爺不是說鑰匙在紫色盒子裡嗎？很大一把鑰匙，不是小鑰匙……你到底有沒有記住太子爺的籤令啊？」

「紫盒子……很大一把……」張曉武啊呀一聲，從最底下的抽屜裡，翻出一只紫盒，揭開一看，果然擺著一把成人巴掌大的大鑰匙。

金文鳥一見那大鑰匙，立時落在張曉武持鑰手上，急急揚動右翅、連踹右爪，表示就是這把鑰匙。

張曉武收起鑰匙和金文鳥，快步走出辦公室，與顏芯愛繼續指揮二把手假身，與一個個工匠、雜工擦身而過，來到武器庫房深處一間獨立隔間——說是隔間，其實更像是座大保險箱。

「咦？孟哥，你要進寶庫？」一名工匠遠遠見到二把手，便嚷嚷喊他：「剛剛四爺忘記東西在裡頭嗎？」

張曉武見那工匠走來，便向顏芯愛使了個眼色，兩人各自從口袋掏出一張金符，吃進嘴裡。

張曉武一面嚼符，同時取出鑰匙開門，厚達十餘公分的門板僅開了條縫，倏地滲出刺目金光。

「啊！」那工匠嚷嚷大喊：「孟哥！你們忘了穿防護服啊——」

張曉武和顏芯愛完全不理那工匠，協力推開重門，與二把手假身一同進入那「寶庫」。

這間「寶庫」不足三坪大，重門關上之後寂靜無聲，彷如與世隔絕。

正對著庫房重門的那面牆邊，豎立著一顆黑色「大繭」——那是用數十條懸著黑符的黑色鎖鍊纏捆而成的繭；一條條符籙黑鍊的另一端，牢牢釘在天花板、地板和兩側壁面上。

這黑鏈大繭層層纏繞的鎖鍊縫隙裡，透出一陣陣炙熱如火的金風。

鎖在大繭裡的東西，正是太子爺的火尖槍。

剛剛張曉武等進來之前，寶庫裡早有幾隻藕蠅，趁著恒作罪平時進出時飛入待命。

平時太子爺一有空，就會切換藕蠅視線，瞧瞧火尖槍動靜。

第六天魔王下令將太子爺的乾坤圈改造成百鬼環、火龍改造成惡龍，一來是爲了氣他，二來是爲了持續耗他法力鎮著那些法寶。

但火尖槍倒是一直沒被動過，安穩待在這寶庫裡，被鎖在黑鍊大櫥中——這是因爲第六天魔王明白火尖槍比乾坤圈、火龍更加珍貴厲害，不想只是裝上一些鬼臉氣氣太子爺、耗他氣力這麼廉價，而是打算將火尖槍徹底造成適合自己的強大武器，因此第六天魔王對於恒作罪的火尖槍改造提案也格外嚴格，屢次推翻兒子設計提案。

張曉武和顏芯愛儘管都吃下太子爺令藕蠅送來的授權金符，但此時被一陣陣金風拂面，仍感到有些暈眩，連忙取出牛頭面具戴上，才覺得舒適許多。

但那二把手假身儘管不是眞魂魄，但假身藥裡摻入許多人造魂質，受了神兵金風吹拂，像是初春剛融的雪人般，漸漸軟化變形。

「太子爺，我們進來了……」張曉武取出金文鳥捧在手上，指著那大櫥。「那堆鎖鍊裡面就是你的火尖槍？」

此時金文鳥的模樣有些呆滯，足足過了好半晌，才抬了抬右邊翅膀。

「曉武哥！」顏芯愛則指著黑鍊大櫥左右兩側的大箱。「這些應該也是太子爺的法寶吧，每個箱子都上了鎖，應該就是恒作罪抽屜裡那些鑰匙吧……」

「還管他什麼鑰匙……」張曉武將金文鳥遞給顏芯愛，揚手伸進制服胸口，扯動緊身衣繩結，擺了個超級英雄現身的姿勢，喊：「Bear Bear Go Go！熊王降臨，天下無敵——」

「曉武哥，你夠了！」顏芯愛似乎一點也不覺得張曉武的姿勢和口號帥氣，嫌惡地說：「這是幾零年代的小成本特攝片啊，你是老頭子嗎？」

「哼！不准妳對本熊王無禮！」張曉武這麼說，揚起兩隻重型拳頭互撞了撞，上前揪著大繭上一條條黑符鎖鍊，啪啦幾聲扯斷。

穿上熊王裝甲的張曉武，沒兩下便將那枚大繭拆爛，取得那柄槍身刻有龍紋、槍纓艷紅似火的威風長槍，正是太子爺最爲寶愛的火尖槍。

「啊！」顏芯愛見到手中金文鳥兩隻小爪攀在她雜工制服上，小喙叼著衣角，灼出一排字。

「太子爺燒籤了——」

剛剛摩羅來找我打架，現在我有點累，得歇歇，暫時無法顧著你們，你們取得法寶之後。可以的話，去鐔燒哪吒塔監控室，別讓嘍囉往塔裡放黑蓮花毒，如果有困難，就找個安全的地方躲著，等韓杰上船……

金文鳥燒出這段指示後，便不再有動靜。

「曉武哥，太子爺說他剛剛和第六天魔王打架，現在有點累，沒辦法顧著我們，看我們是要去監控室打倒那些嘍囉，還是躲起來等韓杰。」顏芯愛拉著衣服向張曉武展示太子爺燒出的籤令。

「啊？太子爺剛剛一邊跟第六天魔王打架，一邊用文鳥看我們找鑰匙？」張曉武愕然之餘，伸手握住火尖槍，喃唸咒語，將火尖槍變化成一張黃金尪仔標——剛剛他和顏芯愛吞下的金符，是太子爺咬指令神血化成的授權憑證，令藕蠅送出，化爲金符交予兩人。

張曉武和顏芯愛吞下金符，便能在一定時間裡自在使用太子爺七寶，而七寶大致使用方式，太子爺自然也早已燒籤指點過兩人。

張曉武收起火尖槍尪仔標，掄著熊王大拳砸毀另外幾只大箱，依序收起混天綾、風火輪和金磚，抓著幾片尪仔標抛了抛，又拉了顏芯愛，瞧瞧她衣服上的籤令，喃喃說：「難得有機會可以玩太子爺法寶，躲起來豈不是太可惜……」

兩人正要離開，卻聽見重門門把喀啦啦起扯動起來——顯然有股怪力在外拉門。

兩人相視一眼，都知道是怎麼回事——剛剛外頭那工匠必然將「二把手」沒穿防護服便進入「寶庫」的事情向人說了，且張曉武翻找恒作罪辦公室找得寶庫鑰匙後，也沒收拾拉出來的抽屜和滿地雜物。

此時寶庫外頭，自然是那收到消息急忙趕來的恒作罪了。

轟隆幾聲巨響，重門被砸歪變形，露出歪斜門縫。

一股凶惡魔氣瞬間灌入寶庫裡。

「怎麼回事？裡頭怎麼沒神力？太子爺法寶不在裡頭？」寶庫外，正是恒作罪驚愕喊聲。

又是幾聲巨大砸門聲，重門更加扭曲變形，一隻怪手自歪斜門縫伸入，扳著門板，一寸一寸地將門縫扳得更大，轟隆一聲，拆下整扇重門。

百鬪面目猙獰地走入寶庫，兩隻眼睛通紅似血，像是厲鬼般地環顧四周——三坪不到的寶庫裡，除了幾只破箱和遍地黑符斷鍊外，什麼也沒有。

「真沒了！」恒作罪擠在百鬪身後，驚駭大叫：「怎麼回事？把剛剛那工匠叫過來，他說看著阿孟帶著兩人進去，那之後呢？他們上哪去了？」

那工匠害怕地說：「我……我不知道呀……我見孟哥沒穿防護服就進寶庫，立刻出去找人幫忙啦……」

「是那兩個傢伙……」百鬪恨恨地說，此時的他整張臉變形扭曲，和過往樣貌大不相同，他身上還綁著幾個奇異罐子，連著細管扎進胸腹裡，活像是移動點滴一般。「他們還在船上……」

第六天魔王允許他自由使用魔肢房裡的魔肢，他也便不客氣地不停挑揀喜歡的手腳殘肢，令老醫生打成肉汁，用點滴的方式注入自己身中。

每注完一罐「點滴」，他都覺得自己更強大幾分了，脾氣也更加陰晴不定。

「糟糕……」恒作罪急得取出手機，又有些猶豫。「他化自在天準備要上陽世了，父親馬上就要出發攻媽祖廟了，我們要通知他嗎？」

「不用！」百鬪說：「你回艦橋指揮，我繼續找他們，那兩個傢伙肯定還在船上。」

「可是……」恒作罪急問：「你知道他們躲去哪兒了嗎？」

「弟弟，你嚇傻了？你平時不是比我還機靈嗎？」百鬪乾笑兩聲，說：「他們偷了太子爺法寶，還能上哪兒去？」

「對呀！」恒作罪大叫說：「一定是想找機會送進塔裡給太子爺了。」

「是啊。」百鬪說：「我帶人守著塔，從塔外開始找，肯定找出他們，走吧——」

百鬪與恒作罪一邊說，一邊快步走遠，一個上艦橋，一個去抓人。

寶庫裡再次安靜下來。

張曉武和顏芯愛，面對面擠在躲貓貓箱裡，大氣也不敢喘一聲。

「曉武哥，你覺得我們都戴上牛頭面具，你還多穿著熊王裝甲，拿著太子爺法寶，能打贏百鬪嗎？」

「如果是之前醫院裡碰到的百鬪，好像有機會，不過剛剛那個百鬪……唔……」

「對啊！你也注意到啦，剛剛百鬪身上的魔力太可怕了，門一打開我還以爲第六天魔王進來了。」

「他們應該走了吧。」

「應該吧……」

張曉武和顏芯愛在躲貓貓箱裡靜待半晌，聽外頭沒有半點動靜，這才踏出箱子，躡手躡腳地往外走。

此時武器庫裡空無一人，工匠們已經分散到各處據點待命，隨時支援後勤維修。

兩人剛步出武器庫大門，走過一段廊道，轉了個彎，卻見前方不遠處，百鬪扠著手、倚著牆，冷冷瞅著兩人；彷彿刻意壓抑著魔氣，正等待兩人現身一般。

「曉武哥……」顏芯愛低聲說：「他……沒認出我們吧？我們還穿著雜工衣服耶……」

「幹……」張曉武哼哼說：「我們還戴著牛頭面具耶。」

「對耶！」顏芯愛摸摸化為牛頭的臉，嚥了口口水。「那怎麼辦？」

「回頭吧。」張曉武立時拉著顏芯愛轉頭就往武器庫跑。

百鬬沒說什麼，站直身子冷笑兩聲，大步走向武器庫。

張曉武和顏芯愛奔回武器庫，重重關上大門，還上了鎖。

十餘秒後，百鬬扠著手來到門前，一腳踹爆大門，只見張顏兩人佇在武器庫一處貨架前，協力扛下一具重型機槍，上膛對準百鬬。

「你們以為那東西傷得了我？」百鬬冷笑兩聲，縱身一竄，已經竄到兩人面前。

張曉武扣動扳機，朝著百鬬開火，但百鬬閃身避開，來到張曉武身旁，左手穿透張曉武腹部，右手抓著顏芯愛腦袋，啪嚓一聲捏爆。

張曉武和顏芯愛轉眼化為白煙，又是兩具假身，百鬬這時才知道自己再次上了當，惡狠狠地回頭環顧整座武器庫，恨恨地說：「哼哼，我看你們能躲多久……」

百鬬還沒說完，四周突然一震，且伴隨著猛烈爆炸聲。

武器庫擴音器響起尖銳警報聲和恒作罪的尖叫：「三哥，太子爺乩身來了——」

參肆

第六天魔王乘著紫黑巨龍，朝著廟前廣場凶猛撲壓而去。

媽祖廟這方的幻影飛龍，口鼻噴著五彩光煙，張牙舞爪飛去攔截紫黑巨龍，卻被第六天魔王揚手掀起一股魔氣大浪吹得煙消雲散。

「跟著摩羅大王──」「那些幻術對摩羅大王起不了半點作用！」本來一批批群龍無首的惡鬼聯軍們，見第六天魔王隨手便滅了那難纏的幻影飛龍，士氣大振，四面八方跟隨著紫黑巨龍，一齊撲向廟前廣場。

媽祖婆右手舉著七星劍，左手托起一支螢光卷軸，高高拋起，螢光卷軸彷如活物般，在媽祖婆周身圍繞成猶如土星光環般的螢光圈圈。

媽祖婆身後立起一面面高矮不一的兵器架，高架上豎著一支支槍戟戈矛等長柄兵器，矮架則是擺出整排刀劍。

「哈哈！媽祖婆呀，妳把整座南天門神兵庫都搬下來啦？」第六天魔王瞪眼大笑，令紫黑巨龍加速俯衝。

「我只搬了一點下來。」媽祖婆長劍一指，本來在空中護身的飛鸞雙劍，一左一右竄向巨龍，身後兵器架上一支支長短兵器開始飛梭升空，彷如彈道飛彈般地在空中轉向，跟隨飛鸞雙劍一齊射向巨龍。

媽祖廟、香客大樓上的幻影士兵、陣頭青年們也同時弓弩齊發。

第六天魔王六手握出六把漆黑長劍，同時往前一指，全身鼓動巨大魔風，伴隨著巨龍衝勢，彷如一支能夠穿透大地的巨型長槍，斜斜往媽祖廟前廣場插去。

媽祖婆七星劍一揚，周身那卷軸光環愈加閃耀，四周豎起的兵器架越來越多，一支支兵器射得像是蜂炮般密集。

上千支天庭神兵，在空中結成一隻巨鶴，搧動一雙大翼，左右輪掃紫黑巨龍。

第六天魔王踩在巨龍頭上，揮動黑劍鼓動魔氣，擊碎一支支近身神兵，此時的他不如數分鐘前那般霸氣，而是直勾勾地盯著媽祖婆身後那座黃金兵器架——那黃金兵器架比其他兵器架大上一號，架上數柄兵器從上到下都裹著紅布，只能從高度看出是長柄兵器。

神兵組成的巨鶴扭頭啄中巨龍身軀，巨鶴喙裡的飛鸞雙劍倏地插進巨龍身中，在巨龍身軀中突刺遊走。

巨龍激烈顫抖扭動起來，神兵巨鶴揚動翅膀，拍打跟隨在巨龍身邊的惡鬼聯軍。

「哇！」惡鬼們直到被神兵穿身斬落手腳，這才驚覺這批組成巨鶴的兵器，可不是幻影，而是貨眞價實的天庭兵將武器。「這些是眞的呀！」

「怎麼？」媽祖婆瞅著第六天魔王那謹慎迎戰的模樣，呵呵笑著說：「摩羅，你害怕我這座武器庫？你想起不好的事情了？」

「……」第六天魔王沒有答話，六手齊揚，鼓動魔氣將六柄長劍裹成六柄巨劍，自龍頭上躍起，流星般直直竄向媽祖婆。

媽祖婆左手畫咒施法，周身那螢光圈圈愈加閃耀，更多兵器架直接凌空掀起，組成數頭巨大刀劍獅虎，張口迎戰竄來的第六天魔王。

第六天魔王一劍斬落一頭巨大獅頭，再一劍斬落虎頭，跟著再三劍，斬碎無數兵器架，最後一劍，直取媽祖婆胸口。

媽祖婆挺起七星劍，身前同時也豎起上百柄神兵協力格擋，加上千里眼、順風耳左右架來斧戟，這才聯手擋下第六天魔王這漆黑巨劍一刺。

第六天魔王兩隻眼睛直勾勾地盯著媽祖婆身後那黃金兵器架，一面催動魔力往前推壓。

「關帝爺你在天上看好呀——」媽祖婆高呼一聲，身後那面大黃金兵器架上數柄裹著紅布的長兵器一齊射上空中。「恭喜你神兵二度斬魔！」

第六天魔王猛地轉頭，視線緊緊追著飛在空中亂竄的數支神兵。

下一刻，環繞媽祖婆周身那卷軸光圈，倏地繞上第六天魔王身子，數十支兵器自光圈上掀起，刺向第六天魔王全身，卻刺不透第六天魔王身上那具漆黑甲冑，甚至有更多兵刃，連甲冑都觸不著，便讓魔氣擋下。

「不是偃月刀……」第六天魔王花了數秒，總算察覺飛竄在空中那五柄裹著紅布的長柄兵器，沒有一柄是當初斬去他半邊魔身的青龍偃月刀。

「如果我猜得沒錯——」第六天魔王哈哈一笑，魔氣爆發，轉眼震碎了纏繞他身子的卷軸圈圈。「偃月刀還被擋在天門內出不來。」

「你錯了，偃月刀數天前就送出來了。」媽祖婆搖搖頭，一面指揮千里眼順風耳後退，一面令卷軸圈圈再次去裹第六天魔王，同時，她身後那黃金兵器架，又立起五柄裹著紅布的長柄兵器——其中一柄前端那紅布形狀，正是大刀模樣，且紅布外，還隱隱環繞著龍紋。

「且我還一併將二郎將軍那天下無敵的三尖兩刃刀也帶來了。」

媽祖婆這麼說，微微轉頭，瞥了身後黃金兵器架右側一柄長兵，那紅布形狀，確實像是三尖刀形狀。

「……」第六天魔王脖子上那被太子爺咬出的破口，微微透出黑氣，彷彿漸漸感到不耐煩般，揮劍斬碎無數自卷軸光環掀起襲來的兵刃，快步往前追擊不停後退的媽祖婆。「堂堂天上聖母，還裝神弄鬼？我知道妳手邊根本沒有那些兵器，乖乖束手就擒吧……」

「我說有就是有。」媽祖婆又向後一躍，躍到了媽祖廟正門前。身後黃金兵器架再次射出五柄裹著紅布的兵器，連同先前五柄紅布兵器，一共十柄長兵器，同時襲向第六天魔王。

第六天魔王飛快亂斬，轉眼斬斷十柄兵器。

最後一柄紅布兵器被黑劍斬斷前，第六天魔王瞥見遠方天際，出現一批新的船隊——

那是小歸集團趕來支援的冥船隊。

當中那艘大風號，儘管不及他化自在天數百公尺長，卻也有百來公尺，那是當初死魔長壽冥船艦隊裡的主力旗艦。

下一刻，漫天敵我雙方的船隊登時沒了。

整片天空化為一片虛無。

遠山也沒了，四周只剩下廣場、廣場後方的媽祖廟——就連媽祖廟旁的香客大樓都消失無蹤。

「怎麼回事？」第六天魔王有些錯愕，望著眼前媽祖婆，問：「妳在廟外布置了混沌？」

「是啊，陰間小歸老闆資助我們數十台混沌儀，效果很好。」媽祖婆微笑說：「怎麼？你沒艦隊支援，沒嘍囉幫忙搖旗助威，就怕啦？」

「哼……我只是不明白，倘若妳將我單獨關進混沌那也罷，偏偏妳自己也在混沌裡，現在妳身邊便只剩下千里眼、順風耳，其餘徒子徒孫、天庭法陣全在混沌外，妳這麼做有何意義？」第六天魔王冷笑兩聲，抖抖六柄黑劍，大步走向媽祖婆。

媽祖婆一見第六天魔王逼近，立時領著千里眼和順風耳退入媽祖廟正殿。

「嗯？妳在混沌裡布置了第二層混沌……」第六天魔王來到正殿前，瞧了瞧正面大門和左右側門，不屑地說：「妳想誘我進多重混沌，拖延時間，替哪吒爭取時間脫困？」

「……」媽祖婆默然幾秒，笑著說：「你怕的話便逃回你那他化自在天，繼續想辦法燉煮中壇元帥吧，反正南天門就快找著開門方法了。」

「哼……」第六天魔王舉劍撥開大門那一串串吊飾，抬步踏進媽祖廟正殿，回頭，只見身後正門、側門已經消失無蹤，變成了整面牆壁，果然是混沌中的混沌。他冷笑說：「林默娘呀，妳白費功夫了，我知道那哪吒肯定要趁我離船時大鬧，特地在出戰前花了幾分鐘，狠狠教訓他一頓——他現在大概連站起來的力氣都沒了，妳大費周章替他拖延時間，看來是白費力氣了。」

「我知道。」媽祖婆也笑說：「在你艦隊開來之前，我收到了中壇元帥的籤令。」

「籤令？」第六天魔王先是狐疑，跟著哦了一聲，說：「我那他化自在天從混沌開進陽世之後，哪吒便能指示韓杰那隻文鳥向你們通風報信了？他說了什麼？他說他被我用十幾支長槍釘在地板上，還被凍成一座小冰雕，一動也不能動？」

「不。」媽祖婆搖搖頭，說：「他說他和你打了一架，咬破你脖子，你以爲他耗盡神力和眞火才放心下船，但他其實是裝暈，他身中藏著老君火爐，火力源源不絕，他只要稍微歇息幾分鐘，立刻就要發難搶你老巢了——另外，他安派在船上的伏兵，已經成功替他奪回火尖槍了。」

「伏兵？」第六天魔王皺起眉頭，像是在思索媽祖婆這番話的眞實程度，跟著，他陡然轉身，反手一劍劈在身後牆上。

牆上被劈出一道將近一公尺深的巨大裂縫，但隨即快速閉合。

第六天魔王又斬幾劍，掘山洞般，轉眼在牆上劈出兩三公尺深的坑洞，但依舊看不見外頭。

第六天魔王還欲再劈牆，但媽祖婆已經召出卷軸光圈裡大量庫存兵器，遠遠襲擊第六天魔王。

第六天魔王轉身接戰，只見媽祖婆一面指揮飛刀飛劍，一面領著千里眼和順風耳，又退進正殿後方的小門。

「嘖。」第六天魔王有些不耐，鼓足了魔氣，一鼓作氣追進小門——

他發現自己站在一座橋上，媽祖婆則站在橋的另一端，橋外是一望無際的水，他回頭，小門也不見了。

這是第三層混沌。

「這混沌造得挺堅固啊……」第六天魔王鼓動魔氣，猛地朝身旁一劈，只見水面空中，隱隱被劈出一條裂縫，外頭是大廟正殿內部，但那裂縫立時快速合攏。「普通的混沌擋不下我隨手一刀，你們這些混沌，經南天門法陣額外加固？」

「是啊。」媽祖婆笑著說：「天門雖然關了，上頭的神明可沒閒著，送送武器，造些厲害防禦結界給我還是可以的。」

「就算是這樣……」第六天魔王吸了口氣，臉上浮現一條條黑色紋路，像是要出全力了。「也沒辦法困住我啊……」

「如果三層混沌還困不住你。」媽祖婆和身邊千里眼、順風耳相視一笑，問：「那該怎麼辦？」

千里眼和順風耳一齊回答：「那就進第四層啊。」

「好。」媽祖婆立時與千里眼、順風耳，向後躍下橋。

「喝——」第六天魔王捲著狂暴黑風，急急追上。

四周模樣再次變化，是一片遼闊草原，是第四層混沌。

前方，媽祖婆和兩將軍已經躲進草原上一間小茅房，顯然是第五層混沌。

第六天魔王六劍齊舉，全力一劈，草原景象轟隆崩裂，他又落回第三層混沌的那座橋上；他再次鼓動魔氣、高舉六劍，準備劈回媽祖廟正殿，但四周飛刀飛劍漫天射來，水裡也躍出幾條大龍大蛇要來咬他——是媽祖婆見第六天魔王不追來，便也領著兩將軍回到第三層混沌裡，阻止他一路往外劈。

「喝——」第六天魔王劈龍斬蛇，抽空凌空劈了幾劍，雖然劈出碩大裂縫，但在媽祖婆漫天飛刀飛劍干擾下，只要每劍間隔略長些許、魔力放輕些許，那裂縫便快速閉合。

他轉身追擊媽祖婆。

媽祖婆立時下橋退入草原。

他追進草原，媽祖婆已退進茅屋。

他舉劍要劈裂草原，媽祖婆又從茅屋出來放飛劍扔他。

他追進茅屋，才發現媽祖婆已從茅屋後門出去了。

他追出後門，卻見媽祖婆又遁進遠處一間磚房。

他舉劍準備斬破後院混沌，媽祖婆便出磚房放飛劍擾他。

「妳這一層層混沌不可能無邊無際——」第六天魔王決定不再破壞混沌，而是集中力量，一鼓作氣拿下媽祖婆。「妳退到最後一層混沌之後，便退無可退了。」

「你又錯了。」媽祖婆領著千里眼、順風耳，又遁入幾層混沌之後，一見第六天魔王追來，立時躍進一口水井，第六天魔王也鼓動魔氣追進水井。

三神一魔，再次回到第四層混沌草原上。

「哈哈哈哈！」千里眼和順風耳捧腹大笑。「你看看他的表情！」

「摩羅。」媽祖婆也笑說：「這層層混沌四通八達，我想進哪層就進哪層，在我神力耗盡之前，你追不著，也出不去。」

「是啊……」第六天魔王不怒反笑，說：「妳的神力會耗盡、那圈環裡的兵器也會耗盡，到時候，妳想跑也跑不動，最重要的是——妳是不是忘記了最重要的事？」

「你是說我那間廟？」媽祖婆笑問。

「當然。」第六天魔王笑說：「外頭沒妳坐鎮，妳覺得妳那些徒子徒孫能撐多久？」

「我相信他們。」媽祖婆也笑著說：「也相信韓杰。」

「韓杰？」第六天魔王冷冷說：「哪吒被我關在塔裡出不去，韓杰沒哪吒，能幹啥？連我幾個兒子都打不過。」

「韓杰不但帶著黑蓮花解藥，還帶著神兵利器啊……」媽祖婆說到這裡，見第六天魔王又要追來，立時轉身遁入茅屋走——

她剛進茅屋，立時被一隻自茅屋桌底竄出的黑蜥蜴，緊緊咬住了小腿不放——這黑蜥蜴，是第六天魔王剛剛追出茅屋後門時，隨手以魔力化出、令其在桌底埋伏的小魔物。

黑蜥蜴那一嘴利牙上，帶著黑蓮花毒。

「媽祖婆！」千里眼和順風耳，立時舞動斧戟斬了黑蜥蜴。

媽祖婆揪著兩將軍，在第六天魔王殺進茅屋之前，飛快退入下一層後院混沌。

後院混沌裡，同樣也埋伏著幾隻黑蜥蜴。

媽祖婆揮動七星劍斬死蜥蜴，感到全身異毒蔓延，倘若繼續打帶跑，或許會被追上，只得遁回地形寬闊的草原混沌裡，驅動武器庫光環，一口氣放出所有兵器，結成一座刀劍小塔，領著千里眼、順風耳登上塔頂，指揮數千把神兵，全力迎戰緊追而來的第六天魔王。

參伍

陽世媽祖廟上空，小歸集團二十餘艘大小冥船穿過混沌，駛達魔王艦隊後方。

「所有船聽好——」小歸站在大風號艦橋外的指揮露台上，舉著一支指揮棒，朝著前方魔王艦隊高聲吶喊：「全力開火，轟爛他們！」

大風號這方一艘艘冥船立時轉動砲塔，朝著魔王艦隊猛烈開砲。

魔王艦隊立時也有大半冥船連忙轉向，回頭迎戰大風號艦隊。

一艘艘小艇載著大批惡鬼趕來突襲大風號艦隊。

「俊毅、韓杰，輪到你們了！」小歸這麼喊。

小歸指揮台上通訊擴音器裡，立時傳出城隍俊毅的應答：「好，我們出發。」

大風號上也有大型運輸船庫房，幾面艙門揭開，衝出一輛輛大小貨車——這些貨車外型雖是帶輪車輛，但實際上都是冥船。

大批轎車、休旅車帶頭衝鋒，武裝保全從窗探出身，朝著前方小砲艇開槍。

四輛衝鋒號裝上了犄角造型的保險桿，轟隆隆撞翻一隻隻飛空惡鬼，甚至撞毀敵方幾艘小型冥船。

一陣引擎暴響激烈響起，是韓杰駕著加裝上武裝平台的小風號，自衝鋒號上方衝過，沿途撞沉數艘小艇——小風號那武裝平台呈尖銳矛形，遠遠看去，有些像是銳長快艇，但是更尖更銳利，武裝平台四周孔洞，還伸出一管管小型機砲，十餘管機砲火力全開，肩上還站起了紅孩兒，六手召出一柄柄赤火短槍四面亂擲，如入無人之境。

小風號那激昂刺耳的引擎聲，則是因爲韓杰往小風號「投幣孔」，投入了鐵鏽版風火輪，令整台小風號變得猶如脫韁野馬般桀驁不馴。

韓杰見前方擋著一艘大型敵方冥船，卻不減速也不繞道，而是令紅孩兒集中火力，朝艦橋全力擲槍，將整座艦橋燒成一座火塔，跟著加速往前，轟隆撞進艦橋，再從另一側撞出。

像是無堅不摧的凶猛惡矛。

接著小風號穿透了第二艘冥船艦橋，繼續向前，目標是他化自在天。

「那是中壇元帥乩身！快攔下他——」冥船上的惡鬼聯軍，見韓杰騎著小風號急速逼近他化自在天，趕緊互相告警。「別讓他靠近他化自在天！」

大批小砲艇四面八方圍向小風號，但立時被衝鋒號等小歸這方的護航車隊攔截衝撞。

「韓大哥，我掩護你——」王小明的喊聲自架在小風號龍頭上的手機響起。

小風號身後跟著一批無人機隊，朝著前來攔截小風號的冥船小艇開火衝撞，一撞著就爆炸——王小明領著幾名東風市場支援組，在俊毅指揮的衝鋒號裡，透過遙控設備，操作無人機替韓杰開路。

「謝啦。」韓杰哼哼一笑，將油門催到極限，小風號的後輪旋起鐵鏽烈火，飛彈似地拖著火焰朝前方碩大無比的他化自在天衝去。

他化自在天上大大小小的砲塔，全對準韓杰開火，幾座特製幽魂快砲自動鎖定韓杰，一秒能打來上百發鬼火彈，火力強悍得連鐵鏽版混天綾都無法擋下這些砲火，逼得韓杰數度轉向閃避。

咻——

一發大型飛彈，自亂軍中飛梭射來，正中他化自在天船身。

炸出一團巨焰。

那是小歸四號衝鋒車，射來的反艦彈。

小歸車隊遠遠地和惡鬼砲艇游擊纏鬥，一號、二號、三號衝鋒車，也從不同方向，衝向他化自在天。

咻——衝鋒一號也射來一枚反艦彈。

一半以上幽冥快砲，不得不轉向射那反艦彈，將反艦彈擊爆在兩百公尺外。

咻咻——衝鋒二號三號，從兩個不同方向，同時發射反艦彈。

所有的幽冥快砲，分成左右兩邊，全力攔截反艦彈，總算在反艦彈擊中他化自在天前一刻，將之雙雙擊毀。

韓杰便在這四發反艦彈的掩護下，駕著小風號穿過火網，直直往他化自在天城樓衝去——他化自在天甲板上林立著大大小小數十座塔樓，外加一座壯闊巨城，他壓根搞不清楚艦橋究竟藏在哪棟樓中，索性便催足了油門往巨城衝去。

就在撞上城樓的前一刻，韓杰拉動龍頭，令小風號與武裝平台分離。

小風號上仰升空，銳長如矛的武裝平台則斜斜炸進巨城，在巨城中段炸開團團大火。

韓杰騎著小風號在他化自在天塔樓間胡亂旋繞，挺著火尖槍刺落幾隻襲來的飛天惡鬼，不停東張西望，像是在尋找鐔燒哪吒塔位置。

他陡然感到一股凶暴魔氣飛快逼近，那是百鬪的氣息，但又摻著各種陌生傢伙的氣息，且比之前的百鬪強悍許多許多。

他正驚駭要催動油門，一支又急又快的紅箭，嗖地自下射來，一箭射爆了小風號前輪和龍頭手把。

韓杰連忙棄車躍下，在半空中召回風火輪踩在腳下，見到又有幾支紅箭竄來，連忙甩出鐵鏽混天綾擋箭。

一支支紅箭竟刺透鐵鏽混天綾，箭桿全嵌在混天綾上。

「百鬪射箭威力變這麼厲害？」韓杰驚愕之際，第二波紅箭急急射來，紅孩兒六手齊伸，噴出一面火盾，擋下這波紅箭。

韓杰落在他化自在天甲板上，見百鬪提著一面大弓，就站在前方數十公尺外，連忙掏尪仔標召出鐵鏽火尖槍。

此時百鬪右肩扭曲變形，胸甲下方赤裸腹部咧著一張歪歪斜斜的大嘴。

那張三十餘公分寬的大嘴，嘴角微微上揚，似乎在笑。

「怎麼？」百鬪也跟著笑了，喃喃說：「又餓啦？眞拿你沒辦法……你等等，我立刻獵他給你吃……」他邊說，邊舉起大弓瞄準韓杰，肩上脅下揚起數條變形胳臂，其中一條滿布斑點的蒼老瘦臂搭上弓，一口氣拉出五支怪箭，箭頭全是蛇首造型，嗖地射向韓杰。

五枚蛇箭在空中化成長蛇，左扭右拐地朝韓杰竄去。

韓杰甩出鐵鏽混天綾，在身前繞成蚊香圈圈狀，一舉將五條飛蛇全纏成一團，燒成五條焦蛇。

下一刻，百鬪肩上數條胳臂，飛快拉弓搭箭，不同的胳臂拉出不同的箭，粗壯綠臂拉出路燈桿子那麼粗的箭，猶如古代弩砲般；藍色女臂一次便能拉出數十細箭；黑色瘦臂拉出環繞鬼影的鬼箭；灼傷焦臂拉出燃火箭——

各式各樣的飛箭，機砲般地朝韓杰掃射而來。

紅孩兒興奮地揚起六手，舉著赤火短槍想和百鬪拚火力，但韓杰趕緊催動風火輪急急撞入一旁塔樓，舉著火尖槍沿路刺倒船上守衛。

一批能夠自動追蹤的鬼箭自後追來，紅孩兒便扔赤火短槍打那些鬼箭。

「我操，那是百鬪？」韓杰一面往塔樓上奔，一面驚怒罵著：「他不是被砍斷手了嗎？怎麼不但沒事，反而還變強了？肚子上還多了張嘴？」

「你幹嘛一直逃？」紅孩兒見韓杰只顧著逃，不肯正面迎戰百鬪，氣得嚷嚷尖叫：「怎麼不打他？」

「別吵！讓我想想怎麼打！」韓杰不懂這百鬪爲何能在短短時間內，魔力增長了不知幾倍。

「你不是有帶大武器！」紅孩兒尖叫：「拿出來打他！」

「那是要帶給太子爺的武器，我拿不動！」

「你拿不動給我拿！」

「不要吵！」韓杰暴躁大吼，陡然感到百鬪那強悍魔力飛快上樓，逼近速度甚至超過他腳下風火輪。

他立時翻身出窗，藉著風火輪之力橫蹲伏在窗邊壁上，且摸出一枚鐵鏽尪仔標捏在手上，一感到魔力逼近窗邊，立時將尪仔標往窗一拋。

百鬪轟隆撞出窗外，正好迎頭撞上那片鐵鏽尪仔標。

尪仔標瞬間化爲鐵鏽豹皮囊，嘩地罩住百鬪整顆腦袋，轉眼吞裹住百鬪整個上半身，且緩緩束緊囊袋，像是準備開始消化百鬪。

「趁現在！」韓杰大喝一聲，雙腿一蹬，挺著火尖槍一槍穿透豹皮囊，正中百鬪胸口。

「呀——」紅孩兒也興奮地六槍齊舉，全插進籠罩著百鬪的豹皮囊上。

韓杰和紅孩兒舉著七柄槍，壓著百鬪重重墜落在甲板上。

但下一刻，躺在地上的百鬪怒吼一聲，豹皮囊鼓脹炸開，百鬪一手掐住韓杰肩頭，另一手扒進韓杰胸口、抓裂他胸前肋骨，像是要一舉掏出韓杰心臟。

但見韓杰胸口銀光閃耀，數股強悍神力，齊力裹住韓杰心臟，不讓百鬪捏爛韓杰心臟。

韓杰整條右臂銀亮耀眼，一拳擊在百鬪胸口，將百鬪轟飛十餘公尺，重重撞上塔樓壁面。

「這……這是……」百鬪驚怒間，發現胸口插著一支銀黑相間的長柄。

原來剛剛韓杰那拳打出一支長柄兵刃，不僅一舉穿透百鬪胸膛，還將他牢牢釘在牆上。

「趁現在！」紅孩兒見百鬪重傷，興奮自韓杰肩上站起，六手抓起赤火短槍，機砲似地往百鬪扔擲，將百鬪所在位置炸出一團大火。

「嘖……」韓杰左手摀胸，右手五指折斷三指。儘管媽祖婆替他討了臨時授權符令，但他緊急使出，依舊折斷三根手指。

他連忙用混天綾纏裹右手、綁實斷指，見百鬪身上儘管插著長柄神兵和他那鐵鏽火尖槍，以及幾支紅孩兒的赤火短槍，但一身魔力依舊剽悍凶猛，加上此時自己傷勢不輕，等會兒還要攻塔救太子爺，便不敢上前和百鬪糾纏死戰，急急蹭了蹭鐵鏽風火輪，轉向往那囚禁太子爺的鐔燒哪吒塔奔去。

「喝——」百鬪則是鼓足了全力往前走出好一段，硬是將身子抽離長柄。回頭看看牆上那銀黑長柄，本想伸手將那兵刃拔出，但他的手一握著長柄，立時感到全身發軟，連忙鬆手，撫著胸前巨大創口走向船艙，嚷嚷叫喚老醫生快來替他急救。

□

陰間媽祖廟前廣場上，鬼王鍾馗單膝跪地，惡狠狠地仰頭瞪著站在他面前那高瘦怪人。

怪人反握一柄巨大鐮刀，肩上停著一隻褐色蝙蝠，兩隻眼睛空洞瞅著跪地鬼王。

那褐色蝙蝠興奮說著人語：「鼎鼎大名的鬼王鍾馗，原來不怎麼樣嘛！」

「媽的……」鬼王左臂怪異腫脹，直直垂著，半張臉也誇張腫起，泛著奇異的青綠色，暴怒瞪著眼前那高瘦怪人——

血蝠。

血蝠是陰間獨來獨往的僱傭殺手，收費極高，這次接受了春花幫委託，前來幫助第六天魔王攻打媽祖廟。

在血蝠身後不遠，還站著一男一女，男的是少年模樣，叫作麻雀、女的妖嬈美艷，叫作鳳凰，他倆過去是大名鼎鼎的煩惱魔喜樂手下，那時他們還有一個叫作火雞的搭檔，正是被鬼王鍾馗擊斃。

「混蛋——」許保強擋在鬼王身前，暴怒大罵。「鬼王老大要不是中了毒，才不會輸給你們這些怪咖！」

「蠢蛋……咱們妖魔鬼怪打架，下毒施法各憑本事，我一時大意著了她的道，沒什麼好說的……」鬼王左手往前一撈，抓著許保強大腿，將他往後扔回廟裡。

媽祖廟正門前，田啓法正領著一批陣頭青年們，手持法器抵擋惡鬼聯軍。

鬼王則負責對付這些聯軍中各路頭目和厲害打手——血蝠、鳳凰和麻雀之外，十分鐘前，他一拳打扁了春花幫鬼頭堂堂主腦袋、跟著又捏碎了水鬼門老大下巴、接著又一巴掌將馳黑組組長和副組長打飛。

但接著，便沒那麼輕鬆了。

惡口親自出陣，與鬼王過了幾招，刺了鬼王一劍，捱了鬼王一腳，雙雙退開。

接替惡口上場的，是毒魔莨兒。

莨兒上場不到十秒，捱了鬼王一巴掌，也還了鬼王一巴掌，然後立時退回惡口身邊，摀著臉抱怨鬼王粗魯。

鬼王則立時驚覺自己右手和臉都中了毒。

惡口又指派了幾個小頭目上前和鬼王過招，不是被打飛，就是被打死。

然後輪到血蝠，血蝠等級明顯高出前面那些小頭目不少，同時，鬼王則因爲手臉上的異毒漸漸蔓延至全身，戰力削弱太多，此消彼長，自然不敵血蝠。

「鬼王，剛剛是你自己要我們車輪戰的！」麻雀搶在血蝠身前，掏出小刀反握在手上，回頭向血蝠說：「血蝠老大！讓我來吧。」

「……」血蝠默默無語，他肩上那褐色蝙蝠則氣呼呼地說：「誰是你老大，都說了咱倆不收手下、不收徒弟，你想搶功，就去攻媽祖廟呀，那不是濟公乩身嗎，他身上法寶應當很值錢吧，去搶呀——」

「別這樣啊，血蝠老大。」鳳凰也湊到血蝠身旁，拉了拉血蝠胳臂，諂媚地說：「你老是這樣獨來獨往，生意怎麼做得大呢？讓我們當你左右手，一個月少說可以多接好幾倍的單，不是嗎？」

「煩死啦！」褐色蝙蝠暴怒跳腳，怒喝說：「別理他們，快拿下鬼王腦袋！」

血蝠甩開鳳凰雙手，舉起大鐮就往鬼王劈去。

鬼王側身閃過這記劈擊，大鐮凶猛劈裂地磚，釘入地裡，鬼王立時揚手按住鐮柄，不讓血蝠抽回大鐮。

血蝠手段也是乾脆，立時棄了鐮刀，上前一膝蓋頂在鬼王臉上，且不等鬼王仰倒，一手揪住鬼王那頂道帽和底下亂髮，一手五指併攏成手刀，往鬼王咽喉貫刺而去。

千鈞一髮之際，鬼王沒有閃避，而是主動將臉往前送上，用自己腫脹左臉去接血蝠手刀。

唰——血蝠右手，噗嗤一聲刺進鬼王腫脹右臉，毒液登時噴發亂濺。

「嗚哇，不行吶！」褐色蝙蝠驚駭尖叫起來。「你笨吶，幹嘛打他臉，他臉上全是毒魔的毒啊——」

血蝠立時要抽手，卻抽不出來。

他的手被鬼王張口咬住了，鬼王雙眼圓瞪，含糊不清地說：「我吃那麼多鬼……還沒碰過……自己把手送進我嘴裡的……」

血蝠左手也併攏成手刀，突刺鬼王眼睛，但是被鬼王右手牢牢抓住。

「嘿嘿嘿……」鬼王咬著血蝠右手，右手抓著血蝠左手，跟著緩緩抬起自己那腫脹左臂，握緊那像是蒸得發漲的饅頭一般的拳頭。

轟隆一拳轟在血蝠臉上。

「喝——」鳳凰、麻雀見狀雖然想要上前幫忙，但此時鬼王打瘋了，一條腫脹毒臂皮膚崩裂濺血，他倆都知道毒魔的毒極其厲害，深怕沾著毒血，索性棄下血蝠，繞去正門幫忙攻廟。

「嘖……」惡口見鬼王雖中了毒，但此時卻仗著毒厲害，嚇得眾人不敢近身，苦笑著埋怨身邊毒魔莨兒。「妳看這下他反而得意了。」

「我再跑一趟就是囉。」毒魔莨兒翻了翻腰間小包，像是在挑揀毒藥。「我想想要下哪種毒。」

惡口手機響起，他接聽，只聽見恒作罪嚷嚷大叫：「二哥，不好啦，太子爺乩身攻上他化自在天，已經打進鐔燒哪吒塔啦！」

「什麼？」惡口驚愕問：「百鬪呢？他不在船上嗎？」

「三哥沒攔住太子爺乩身，還受了重傷，剛剛被手下救下，送去醫療室，我正準備過去看他情況……」恒作罪急急說：「對了，二哥……其實船上還有其他伏兵，他們偷偷溜進神兵庫偷走火尖槍，我本來想通知父親，但是三哥說交給他處理，要我回艦橋指揮，沒多久太子爺乩身就攻上船了，我向三哥求救，結果三哥沒抓著伏兵、也沒攔下太子爺乩身……」

「好……你穩著點，我立刻回去。」惡口這麼吩咐，掛上電話，拉著莧兒轉頭飛回小艇，急急向小艇乘員下令。「上陽世，回他化自在天，還有通知附近護衛艦聯軍，支援他化自在天，全力誅殺太子爺乩身。」

參陸

媽祖廟內草原混沌，第六天魔王揮動六柄黑劍，劈出一道道漆黑月形魔氣，劈斬媽祖婆那座由千柄天庭刀劍組成的高塔。

媽祖婆領著千里眼、順風耳，站在塔上，舉著七星劍指揮刀劍高塔，掀出片片刀波劍浪，抵擋第六天魔王打來的月形魔氣。

幾波魔氣神兵互撞之後，媽祖婆這方漸漸落了下風，每擋下三、五波魔氣，總會漏掉一、兩波魔氣，讓刀劍高塔被月形魔氣削過斬過。

刀劍高塔每捱一記魔氣劈斬，都會炸碎百來柄兵刃，整座塔變得更矮些。

「妳的塔就要垮了，就差臨門一腳。」第六天魔王哈哈笑著，六劍齊揚、魔氣噴發，聚成一條黑龍，他躍上黑龍腦袋，扶著龍角，直直竄向媽祖婆那座刀劍塔。

媽祖婆七星劍一轉，腳下刀劍高塔倏地變形，化為巨大飛鶴，雙翅大大一揚，巨鶴騰空飛起，雙爪向上一踢，朝著迎來的飛龍踢出一道青光。

第六天魔王見了那迎來青光，驚駭按著黑龍腦袋，急急轉向閃避。

青光在空中隱隱顯現龍形，緊追著黑龍飛了好一陣，這才回到媽祖婆身旁。

媽祖婆指揮刀劍巨鶴落回草原，左手接著那束飛回的青光，化為一柄龍紋大刀——正是關聖帝君青龍偃月刀。

那頭，黑龍也落了地，第六天魔王手按龍角，不住喘氣，惡狠狠地瞪著媽祖婆。「那刀也能出天門了？」

「是啊。」媽祖婆笑著說：「天門就要開了，你整盤奸棋終究還是差了一著，全盤皆負。」

「不……」第六天魔王深吸了口氣。「棋差一著的是妳——倘若我是妳，我會令韓杰將那刀送上他化自在天給哪吒用，那樣才能發揮出那刀最大威力，妳根本舞不動那柄刀。」第六天魔王說完，立時指揮黑龍朝媽祖婆腳下巨鶴飛去。

「本來是要讓韓杰帶去的……」媽祖婆見第六天魔王攻來，便將七星劍高高拋起，令七星劍帶著飛鸞雙劍及數十柄天庭神劍，組成護衛劍網，自個兒舉起青龍偃月刀，往巨鶴背上一頂，剎時青光白光交織，整隻刀劍巨鶴轉眼化爲龍形，變成一條巨大青龍，原本那些天庭刀劍彷佛成了鱗片，覆住整條青龍。「但是我們沙盤推演過許多次，最後還是覺得把關帝爺神刀留在媽祖廟，當成最後一道防線，價值最高。」

第六天魔王見青龍再現，立時又下令黑龍轉向迴避，彷佛忘不了數年前被青龍斬去半邊身子的恐懼。

「就像現在這樣！大家都知道關老爺青龍刀專剋你這魔王！」千里眼瞪著眼睛哈哈大笑。順風耳也指著第六天魔王大罵：「你這蠢魔王被關老爺的青龍斬出了恐慌症，成天東施效顰踩著條黑龍裝威風，所有人都看透你了！」

「哼！」第六天魔王似乎被順風耳說中痛處，惱火指揮黑龍掉頭，正面迎戰媽祖婆腳下青龍，他踩在黑龍頭上揮劍斬出月形魔氣飛斬青龍。

青龍、黑龍交鋒數次，黑龍毫髮無損，青龍倒是被打掉大片刀劍鱗片。

「笨蛋……」千里眼見第六天魔王越戰越強，黑龍漸漸力壓青龍，忍不住低聲責備順風耳。「都是你多嘴激那魔王，反而治好了他的恐青龍症……」

順風耳不服氣地回嘴：「明明是你先罵他的！」

「不是你們的錯。」媽祖婆苦笑打圓場。關帝爺這青龍偃月刀儘管威力絕倫，但武器終究是武器，需要主人使用。媽祖婆並非專職武將，更不擅使大刀，且力量本與第六天魔王差了一大截，交戰時間一長，弱勢之處自然漸漸顯露出來。

□

第六天魔王女兒夢姬領著惡鬼聯軍攻進媽祖廟正殿，高聲向群鬼下令：「父親被媽祖婆拖進混沌裡了，快找出混沌儀！救出父親——」

惡鬼聯軍吆喝應答，四面亂竄搜索陽世活人和混沌儀。

混沌儀擺在後殿地下室裡，馬大岳、廖小年及一批陣頭青年們全退入後殿，全力阻擋惡鬼聯軍攻入地下室。

姜姐提著巨大奏板守在後殿門外，陳亞衣和林君育則一左一右站在正殿和後殿間的中庭裡，全力阻止惡鬼攻進後殿。

「通知伙伴來後殿！」惡鬼們被陳亞衣和林君育聯手打退數次之後，知道後殿是重要據點，便開始集結兵力過來。「樓上士兵全是幻術，陽世活人都在這裡，快叫大家過來！」「混沌儀肯定在裡頭！」

「你們這些傻瓜！」夢姬惱火大罵。「只會從正面進攻？你們不是鬼嗎？還不給我鑽地穿牆！」

「穿牆？可是……」惡鬼聯軍聽了夢姬號令，有些不情願，但仍乖乖聽命照辦，百來隻惡鬼紛紛開始鑽地，一半以上剛剛鑽入地裡不久，便像是溺水的旱鴨子般又彈逃出來。「不行啊……這間廟每面牆都好硬，撞得我全身發疼；土還是燙的，鑽不過去……」

「笨蛋。」陳亞衣笑著瞅瞅林君育，林君育身中苗姑立時哈哈大笑，說：「你們以為我們不知道鬼能穿牆？這媽祖廟裡每道牆、大樑和柱子都施過法下過咒，土裡也下了咒，鑽進土裡，比在熱湯裡潛水還難受，你們這些臭鬼會游泳嗎？」

「誰說我不會游泳！」一隻惡鬼聽苗姑這麼說，喝地一聲鑽進中庭地底，摸黑往地下室游去，途中強忍著熱燙咒術，胡亂游了好半晌，終於撞上地下室建築。

地下室建築體自然也施有防禦咒術，這惡鬼猛撞數次，撞得頭昏腦脹，終於撞進地下室。

地下室中央，阿香嬤和退役乩身們持續對著幻影水盤施法，最外圍有批老志工們，持著貼有符籙的棍棒或是掃把負責守衛。

「啊！」那剛撞進地下室的惡鬼，見到阿香嬤身後擺著一只古怪箱型儀器，立時高聲尖喊：

「我找到混沌儀啦，大家快跟上啊！這裡全是老頭子老太婆，沒有半個能打的……」

他剛說完，突然感到前方湧來一股剽悍神力——一個個老邁志工們腳下，走出一群貓。

每隻貓的眼睛都閃閃發亮。

「虎……爺？這裡還有虎爺？」惡鬼轉身要逃，但是腳下陡然伸出幾隻手，抓住他雙腳，不讓他逃，嚇得他驚叫連連。「怎麼回事？這又是什麼東西？」

他的驚問沒有得到答案，只見一隻大橘貓朝他撲來，小嘴一個張合，朝他虛咬一口，他的腦袋喀嚓一聲便沒了。

「將軍呀……」劉媽混在志工圈中，呵呵笑地說：「你讓其他伙伴咬兩口呀，全自己吃了……」

橘貓將軍也沒理會劉媽，自顧自地坐地舔起爪子。

□

「我勸你們還是不要隨便鑽地比較好，底下有食人魚跟鯊魚喔。」陳亞衣笑著說完，又幾隻鑽地惡鬼慌亂鑽出來，嚷嚷驚叫：「土裡有怪東西抓我……」他沒說完，又被幾隻手按回土中，一陣亂打。

土地神老獼猴蹲在後殿簷上，拄著木棒說：「有我六月山土地神在，不許你們這些惡鬼靠近阿香嬤一步！」

小傢伙攀在老獼猴肩上，也張起雙爪，作勢威嚇：「吼——」

小獼猴崽崽站在老獼猴腳邊，舉著一支小一號的木杖，比手劃腳地搶在老獼猴前頭指揮眾山魅，儼然將自己當成了準土地神一般。

其餘山魅，則全埋伏在後殿地底。

這些山魅若在地上與惡鬼單挑不見得能贏，但經過媽祖婆法術加持，遁在土中，不僅不受防禦符法影響，還能得到反向加持，行動更加俐落，碰上強行鑽地的惡鬼們，像是海魚碰上落水貓狗般更具優勢。

一隻隻鑽地惡鬼強忍熱燙潛入土中，被山魅們逮著一頓暴揍之後再扔回地面；偶有避開山魅、撞進地下室的惡鬼們，又會被以將軍爲首的乩貓們咬去腦袋。

極少數好不容易衝過重重防守，逼近後殿的惡鬼，不是被姜姐揮動巨大奏板擊飛，就是被馬大岳、廖小年或是陣頭青年們以天兵弩射倒。

「嘖！」在後方督戰的夢姬長鞭一抖，大步走下中庭，像是要親自出馬了。

陳亞衣頂著漆黑墨面，舉起奏板化出斬妖刀，毫無懼意上前迎戰夢姬。

林君育雙臂架起一雙粗大油壓剪，搶在陳亞衣之前衝向夢姬，被夢姬一鞭抽倒在地。

夢姬抬起腳，高跟鞋跟對準林君育眼窩就要重重踩下。

林君育連忙抬手，牢牢抓住夢姬腳板。

夢姬甩動長鞭，往林君育身子急鞭數下，卻只有第一鞭在林君育胸口打出一道血痕，其餘幾鞭，都讓林君育身中的苗姑甩動小紅袍擋下。

那頭，陳亞衣頂著張怒目黑臉，重重踏來一陣墨色波浪，襲過夢姬身子，令夢姬全身發麻，同時也將四周殺來支援夢姬的惡鬼們掀倒在地。

苗姑探身甩動小紅袍，捲著夢姬另一腿，和林君育齊力揪著夢姬雙腿，將她拐倒臥地。

跟著，苗姑甩出紅袍袖子纏住夢姬雙踝，讓林君育騰出雙手騎跨上夢姬後背，以膝蓋頂著她背心，雙手牢牢扣住她雙腕。

一群惡鬼擁上來要救夢姬，全被陳亞衣揮著斬妖刀擊退。

夢姬連連怒罵，身子一抖，抖出一條條毒蟲往林君育身上爬。

下一刻，林君育身上伸出一隻隻幼虎爪子，拍死一隻隻毒蟲——他身上也附著五、六隻幼虎爺。

夢姬四肢受制，放毒蟲也沒用，腦袋喀啦啦地甩動起來，脖子伸得極長，整顆腦袋拖著有如蟒蛇般的長頸，捲上林君育全身，披頭散髮還張口要咬林君育脖子。

陳亞衣見狀，跨步奔來，一刀斬落夢姬腦袋。

□

惡鬼聯軍大批擁入陰間媽祖廟正殿。

把守大門的田啓法，雖然穿著濟公全套法寶，但他不像韓杰、陳亞衣、許保強等擅長近身肉搏格鬥，臨戰時全無章法。

他一手捧著葫蘆灌酒亂噴，一手持著草扇胡亂揮搧，儘管他鼓嘴噴出的酒水被草扇一搧，能化出漫天金火，威力也不小，用來嚇唬普通惡鬼嘍囉確實足夠，但是當他被麻雀、鳳凰包夾圍攻時，卻打得左支右絀、顧此失彼。

他好幾次鼓嘴噴出漫天酒水，揚扇要搧金火，但麻雀或是鳳凰早已繞去他背後，朝他扔刀擲鏢，若非他披著的那件補丁戰袍兩只大袖高高舉著能自動禦敵，屢次替他擋下四面射來的小刀飛鏢，他腦袋早已插滿小刀了。

然而大批惡鬼嘍囉們攻入正殿之後，倒也沒有占著多大便宜，正殿裡同樣守著一隊陣頭青年，雖然只八、九人，但各個頭戴垂符斗笠，身穿符籙紙甲，手持經媽祖婆加持的法器刀械——陽世活人在陰間本便力大無窮，再加上種種符籙甲冑，守在設有防禦結界的正殿裡，人人都成了萬人敵，惡鬼大軍屢次攻進正殿，都給轟出廟外。

前方廣場上，鬼王鍾馗掐著血蝠頸子，不讓他倒下——此時的血蝠已幾無知覺，他左手被鬼王捏碎，右手被鬼王咬斷，整張臉被鬼王用毒拳頭揍得面目全非。

「你們這些傢伙，是不是忘了老子是誰？」鬼王臉孔中毒之後，怪異浮腫，但兩隻眼睛依舊炯炯有神，他大口一張，喀嚓一聲，咬去血蝠半顆腦袋。

「嘩——」血蝠身後惡鬼群們嚇得退開好大一圈。

那隻長年與血蝠相依爲命的褐色蝙蝠，則早在血蝠捱揍時，便飛得不知影蹤了。

「鬼王老大——」許保強和幾個鬼王嘍囉，見鬼王終於戰勝血蝠，身子卻有些搖搖欲墜，連忙上前攙著鬼王往媽祖廟裡退。

群。

大批惡鬼們見機圍上來要搶鬼王，許保強頂著一張惡面鬼見愁，掄著粗壯胳臂衝上前攔下鬼群。

後方，一陣尖銳奇異警笛聲響起，數輛陰差黑車憑空駛上廟前廣場。

車門紛紛打開，下來鬼眾卻無人身穿陰差制服。

一輛廂型車側門敞開，走下一個戴著腳鐐、身穿囚服的獨臂女人。

女人胸前別著一只破爛名牌，上頭寫著她的名字——

快觀

□

「呀——」

夢姬腦袋被陳亞衣一刀砍落，在地上彈滾幾下，雙耳唰地竄出蟲翅，嗡嗡飛上半空。

夢姬的身子則快速崩散成萬千毒蟲，嚇得林君育連忙蹦起，指揮身中小虎，揮爪拍落沾上身的蟲子。

「天啊，妳幹了什麼好事？」

一個聲音遠遠響起，正殿後門走出一個身穿囚服的女人，站在廊上望著中庭裡的陳亞衣。

「欲妃姊——」夢姬腦袋鼓著蟲翅，奮力飛到那囚服女人身前，倏地變回人形——卻不是先前少女模樣，而是變成一個五、六歲女童。

也是獨臂。

「夢姬，好久不見。」這叫作「欲妃」的囚服女人，雙踝上鎖著腳鐐、一邊袖子空盪，同樣

欲妃摸摸夢姬腦袋，說：「她剛剛那刀，應當斬去妳百年道行吧？太可惜了……」

「妳……妳一定要替我報仇！」夢姬拉著欲妃衣角，嚎啕大哭。

陳亞衣不敢置信地望著眼前的欲妃——這隻千年厲鬼，道行接近成魔，練有一身極其凶惡的毒火邪術，數年前一度將她和苗姑折磨得生不如死。

「魔女欲妃！」苗姑再次自林君育胸口探出腦袋，瞪著那囚服女人大喝：「妳不是應該在十八層地獄服刑嗎？怎地也來攻媽祖廟了？」

「攻媽祖廟？不是不是，妳誤會了。」欲妃咧嘴嘻嘻笑了笑，說：「我只是剛好是請假外出、剛好逛到這地方——」她說這裡時，一頭紅色短髮微微飄揚，眼裡閃動紅光，雙踝下那條腳鐐漸漸發紅，腳下地板都微微冒煙。「又那麼剛好，碰上了以前仇家。」

參柒

「太子爺啊……」許兩三雙腿折斷，伏在地上，緩緩爬向大室中央那座小小的冰丘；吳國勤仰躺在地上喘著氣，他手腳、肋骨都斷了不少，一動也不能動，僅能虛弱喘氣，側頭瞥視那小冰山；阿福則毫無反應地暈死在大室一角。

「現在不是睡覺的時候……」許兩三爬上小冰丘，隱隱透過冰層，見到被凍在冰中的太子爺，那冰層最薄處也有數公分厚。

許兩三喘著氣抬起手，張口咬破手腕動脈，讓鮮血淋在太子爺腦袋附近的冰層上，像是想用自己的火血來融冰。

冰中的太子爺陡然睜開眼睛瞪視許兩三。

「喝！」許兩三沒料到太子爺原來醒著，嚇得身子一抖，扶冰那手滑了滑，整個人滑下冰丘。

「小許別搗蛋！」冰丘裡隱隱透出太子爺的叱聲。

「太……太子爺……你醒著啊！」許兩三癱在冰丘下，咳了幾聲，說：「我還以爲……你老人家出事了！」

「老什麼老？你才老！」太子爺這麼喝叱，說：「我只是小睡一下而已，小吳、阿福他們怎麼樣？」

「小吳……」許兩三轉頭瞅瞅吳國勤，說：「他還有一口氣……阿福、阿福……」他張望半晌，才見到阿福。「我不清楚他是暈著還是死了，一動也不動……」

「去看看他，餵他幾口火血，讓他暖暖身子。」太子爺這麼說：「我準備出去了。」

太子爺剛說完，大室擴音器立時響起嘍囉威嚇：「中壇元帥，你若輕舉妄動，我們立刻放黑蓮花毒。」

「什麼輕舉妄動？」太子爺氣憤說：「我只是想出來瞧瞧我徒弟們情況不行嗎？你的摩羅大王把他們和我泡在一缸裡，是要用他們當藥引子呢，要是他們死了，你們負得起這個責任嗎？」

「什麼……」監控室裡的嘍囉們聽太子爺這麼說，低聲討論起來。「那三個活人有用的？不能死？」「你們有聽說嗎？」「摩羅大王要拿三個活人當藥引？真的假的？」「我沒聽說啊……」

「你們怕什麼呢？」太子爺呵呵笑著。「要是真怕的話，那我不動，只露顆頭出來，行不行吶。」

「就說你不要輕舉妄動了——」嘍囉驚恐大叫。

「就說我沒動，你哪隻眼睛看我動了？」太子爺哼哼說：「我只露出眼睛瞧瞧我這些小徒弟們，用眼神替他們加持，你們別怕成這樣，我若要亂來，早亂來了……」

太子爺這麼說時，頭頂冰層漸漸融化至鼻梁，當真只露出一雙眼睛，骨碌碌地左顧右盼。

「你……你……」監控室裡的嘍囉緊張地嚷嚷：「千萬、千萬別亂來呀！」

「你才千萬別亂來呀。」太子爺冷笑說：「要是讓摩羅知道我只不過想瞧瞧徒弟，就被你胡亂放毒弄髒了他寶貴食材，你看摩羅怎麼教訓你。」

「我……我才不會亂來……」嘍囉害怕地嘟囔。「嗯？是誰在敲門？」

「有人敲門就去開門呀，還楞著幹嘛……」太子爺嘻嘻笑了笑。「放心，我不會亂來。」

□

叩叩叩——

監控室房門再次響起敲門聲。

一個嘍囉揭開門，門外廊道空無一人。

「嗯？」那嘍囉探頭往外左右望了望，困惑關上門，向裡頭幾個嘍囉說：「外面沒人。」

「沒人？那剛剛是誰敲門？」「會不會聽錯了？現在外頭打得昏天地暗，有些地方還爆炸了……是爆炸聲？」「爆炸聲跟敲門聲我難道分不出來嗎？」

叩叩叩——又三聲敲門聲。

「你聽！」一個嘍囉大聲說：「這不是敲門聲是什麼？」

站在門前那應門嘍囉，立時揭開門，門外依舊無人，對監控台前的嘍囉說：「你自己看，真的沒人啊！」

「到底是誰？」監控室裡四個嘍囉你看看我我看看你，紛紛抄起手邊兵器，全聚到門邊。

叩——敲門聲再次響起。

一個嘍囉迅速開門。

還是沒人。

「你們兩個一個往左、一個往右，看看旁邊房裡是不是躲著人，有事就大喊……」位階最高的頭號嘍囉這麼吩咐，還不時回頭望向監控螢幕。

螢幕上的太子爺一派輕鬆地吹著口哨，當眞沒有亂來。

「是……」位階較低的三、四號嘍囉只能心不甘情不願地持著刀械，分頭往廊道兩邊巡視，推開每扇門，探頭往房裡瞧。

唰——兩隻手從門內探出，按住四號嘍囉嘴巴、揪著他領口，將他一把拉進房裡。

張曉武和顏芯愛俐落地電暈這四號嘍囉，用了最後一管假身藥，砸出四號嘍囉假身，指揮他推門出去，向對面另個聽見聲響轉頭望來的三號嘍囉連連招手，示意三號嘍囉趕緊過來。

「怎麼回事？有狀況？」三號嘍囉連忙提著刀械奔來，被四號嘍囉假身誘入房中，再被張曉武和顏芯愛擊倒在地、五花大綁。

叩叩、叩叩叩——

金文鳥飛在監控室門外用腦袋撞門。

房門再次打開，金文鳥也即時化爲萬千藕蠅，四面飛散。

二號嘍囉探頭往外張望，只見四號嘍囉遠遠地朝他招手，還神秘兮兮地瞅著他笑。

「幹嘛？你要我過去？有什麼事？」二號嘍囉這麼問，但見那四號嘍囉沒有答他，但仍不停招手，擠眉弄眼，還掏出一疊鈔票朝他晃——

那疊鈔票，是張曉武和顏芯愛從暈厥的三、四號嘍囉身上搜出的。

「哦！」二號嘍囉見了鈔票，回頭望了坐在監控台前的頭號嘍囉，悄悄走向四號嘍囉，隨他進房，然後被揍暈、被五花大綁。

四號嘍囉假身又再大搖大擺地返回監控室，二話不說來到頭號嘍囉身後。

頭號嘍囉盯著螢幕上的太子爺，隨口問了幾句，卻得不到回應，正覺得奇怪，便讓四號嘍囉自後伸來胳臂，牢牢絞住頸子。

四號嘍囉假身勒著頭號嘍囉，將他拖下椅子，雙手絞著他頸子，雙腳箍挾他腰際，在張曉武指揮下，使出一記紮紮實實的裸絞。

顏芯愛推門進來，來到監控台前，對著麥克風說：「太子爺，監控台拿下了。」

「很好。」螢幕上的太子爺嘿嘿一笑，周身冰丘崩出裂痕。

□

太子爺頂破堅冰直直站起，大大伸了個懶腰，身子倏地附入許兩三身中。

許兩三感到身中淌著暖流，本來斷折的骨頭一根根接上。

跟著，太子爺轉入吳國勤身中，吳國勤斷骨也全接上了。

最後是阿福，他睜開眼睛，坐了起來，見到吳國勤和許兩三笑嘻嘻地來到他身邊，伸手將他從地板拉起，還不知道發生了什麼事，驚慌地左顧右盼。「怎麼回事？太子爺呢？太子爺上哪兒去了？」

「我在你身體裡。」太子爺這麼說。「大家準備好亂來了嗎？」

「準備好了。」吳國勤點點頭，許兩三喀啦啦地扳動手指，說：「我好幾十年沒亂來了。」

「太子爺——」顏芯愛在監控台前，望著螢幕說。「這兒好多按鈕，我不知道哪個才能抽風……」

她剛說完，金文鳥立時飛到一排按鈕前，不等顏芯愛發問，主動伸爪按下一枚按鈕。

方形螺旋其中一條隔間廊道開始抽風。

金文鳥依序按下整排按鈕，方形螺旋所有隔間廊道，全部開始抽風。

這些時日，太子爺找著監控室之後，便也在監控室裡埋伏了藕蠅日夜監視，不僅摸清監控室值班嘍囉的配置，也摸清監控台大致功能。

「太子爺……」阿福驚訝說：「我們要出去了？」

「是啊。」太子爺從阿福身中走出，輕輕彈了記手指，整間大室地板亮起點點金光，那散落一地的小藕鯨、小藕鯊們，倏地全伸出翅膀、化出鳥頭、鳥爪，變成了藕鳥飛上半空，聚到太子爺身前。

「一人一把槍，別搶啊……」太子爺隨口這麼說，雙眼金光一耀，整群藕鳥聚成一團金球，再化爲四柄火尖槍，一支支豎在自己面前，另外三柄分別飛到許兩三、吳國勤和阿福面前。

「火……火尖槍！」阿福接著這蓮藕火尖槍，驚愕不已。「讓我拿火尖槍！」

「別這麼緊張。」吳國勤拍拍阿福，笑著舞弄起蓮藕火尖槍。「好久沒用了，都快忘記怎麼用了……」

太子爺又彈了彈指，令剩餘的蓮藕金球炸出二十餘隻小豹，跟著大豹身後，排列成隊。

阿福楞楞跟著太子爺來到門邊，以爲太子爺要強行破門，卻見太子爺笑著捏著手中最後一小截蓮藕塊，隨手拋接，卻沒有任何動作，不禁有些困惑。

許兩三和吳國勤互望幾眼，都不知太子爺意圖，但也沒多問。

「別急，我在等螺旋通道裡的黑蓮花毒抽乾。」太子爺笑了笑，又拋玩蓮藕塊好半晌，終於將蓮藕塊拋給身旁大豹。

大豹張口咬下蓮藕塊。

蓮藕塊在大豹口中化爲汁液，流入胃囊，被囊袋裡的金蟾蜍舔盡，循著金磚細線流入重門後方的消毒室裡，化爲金鳥飛出，撲在牆上叼起鑰匙，替太子爺開門。

金鳥動作俐落，左一圈、右兩圈、左三分之二圈、右四分之三圈——這方形螺旋廊道和兩端消毒室裡每一道門，除了插入鑰匙，還得像開保險箱一樣，依照正確順序旋動，才能開啓厚達三十公分的重門。

太子爺這段時日，已透過藕蠅記下嘍囉們通過方形螺旋廊道、進出大室時，總共十六道門的鑰匙旋轉順序，趁著替大豹撓癢時，將之記在藕皮上、藏在大豹肚子裡。且早背得滾瓜爛熟。

參捌

他化自在天甲板上空，戰得昏天地暗。

韓杰剛剛召出長柄神兵，將百鬪釘在牆上，感到那百鬪魔力依舊充沛，不敢近身給他致命一擊，也沒取回插在百鬪身上的鐵鏽火尖槍，只急著趕來找鐔燒哪吒塔，卻沒料到鄰近幾艘護衛艦湊近放下大批惡鬼圍堵自己。

韓杰右手三指折斷，便用左手抓著鐵鏽乾坤圈，大戰四面八方擁上的惡鬼。

此時他倒也不是孤軍奮戰，頭頂上一台台大小車輛屢屢撞飛惡鬼，那是小歸派來的護航車隊。

王小明領著部分東風市場老鄰居們，在其中一台衝鋒號貨箱裡，指揮著無人機護衛韓杰；俊毅則與手下陰差，分乘另外三台衝鋒號，持著電擊步槍，自衝鋒號貨箱壁上的槍孔對外開火。

「就在前面，一口氣衝過去！」韓杰眼見鐔燒哪吒塔就在前方，指揮肩上紅孩兒往前直衝。

前頭，幾個像是小頭目的傢伙，各自舉著武器，都想搶先拿下這鼎鼎大名的太子爺乩身。

但這幾個小頭目全加起來，也沒韓杰肩上那紅孩兒厲害，被紅孩兒舉著赤火短槍亂射一輪，不是燒成火球，就是給射斷手腳，哄散敗退。

前方，又一群惡鬼襲來。

韓杰催動風火輪，衝進那惡鬼群中一陣亂打。

一支冰矛穿透紅孩兒肩頭，將紅孩兒自韓杰肩上射落下地。

「喝！」韓杰愕然望向擲矛那人──是個女人，一頭青白髮絲、身穿囚服、雙腳鎖著鐐銬、一邊袖子空空如也。

是魔女悅彼。

「好傢伙……」韓杰恨恨瞪著悅彼，知道閻羅殿爲了這場大戰，連之前打入十八層地獄的魔女悅彼都放了出來。「既然妳在這裡，那另外兩個，應該也出來了……」

「我不清楚她們在哪。」悅彼抬起她那獨手，握出一支冰矛，笑咪咪地對韓杰說：「我只知道只要宰了你，我就自由了。」

「眞划算。」韓杰冷笑兩聲，瞥了瞥身後剛拔出冰矛的紅孩兒，說：「這女魔頭的冰非常厲害，你的火說不定會輸給她。」

「我不信──」紅孩兒暴喝一聲，重新躍上韓杰肩頭，舉起赤火短槍，朝著悅彼亂射。

韓杰捏出最後一枚尪仔標，化出鐵鏽金磚，施咒變成一只大型指虎，用折斷三指的右手抓著，再以混天綾將指虎和右手牢牢纏緊，左手拿著乾坤圈，領著紅孩兒繼續往前。

「好厲害的火。」悅彼舉矛撥開紅孩兒擲來的短槍，見紅孩兒那妖火竟將她冰矛的矛頭燒融，不禁有些驚訝，立時鼓嘴朝韓杰吹出一陣冰風。

冰風裡飄旋著一枚枚冰鏢。

韓杰飛快矮身用鐵鏽指虎在身前畫出一道大咒，幾道鐵鏽光符擋下悅彼吹來的飛鏢冰風。

紅孩兒也馬上鼓嘴吹出一團妖火，在空中炸成數十枚小火球，追著悅彼亂炸。

此時韓杰距離鐔燒哪吒塔，僅剩百來公尺。

一股魔氣落在韓杰身後，韓杰飛快迴身猛掄乾坤圈，那魔氣主人立時向後避開，一劍穿透韓杰肩頭。

是惡口。

惡口放開長劍，向後飛退。

長劍插在韓杰肩上，轉眼變成一條蛇，張口咬著韓杰肩頭不放。

「有蛇！」紅孩兒立時蹲下抓著蛇身，扯斷蛇頭，卻見韓杰半張臉變得青紫，像是又中了毒，但隨即便讓身上耀起的金光撲滅。

「哼哼……」韓杰喘著氣，瞅著惡口冷笑。「不好意思，我的身體現在是個大藥罐子，你的毒對我沒用。」

「是嗎？」毒魔莨兒自惡口身後走出，左手一轉，召出一只提籃，籃裡裝著各式各樣的彩蛇、蟾蜍、蜘蛛、蜈蚣，笑著對韓杰說：「你確定陰間毒魔門下每種毒，南天門都有解藥？」

「應該吧……」韓杰見毒魔也來了，心中儘管著急，也只能強作鎮定，催動風火輪急急往鐔燒哪吒塔飛奔。

他才奔出沒多遠，又被竄來的悅彼攔下。

韓杰奮力揮著金磚指虎和乾坤圈，與紅孩兒聯手和悅彼近身惡戰。

悅彼並未直接強攻韓杰，而是甩出冰索，將紅孩兒從韓杰肩上拉下，拖出老遠，目的是讓韓杰失去紅孩兒火槍掩護。

「操……」韓杰想去搶回紅孩兒，卻被惡口指揮惡鬼團團包圍，舉著指虎和乾坤圈奮力亂打一陣，感到後背一疼，回頭只見萸兒往他背上插了柄短劍，然後立時躍遠——那短劍劍柄鼓脹成球，啪地裂開躍出幾隻五彩斑斕的大蜘蛛，攀上韓杰肩頸亂咬。

韓杰頭頸立時泛出一塊塊紫斑，但紫斑旋即被金光撲滅。

「哦？他眞的不怕毒？」萸兒有些訝異。

「我來試試。」惡口趁著韓杰撲拍身上毒蛛時，向萸兒討了柄細劍，竄近韓杰身後，一劍刺進韓杰後腰。

細劍化爲一條數十公分長的大蜈蚣，抱著韓杰腰際亂啃。

萸兒搖手化出一只長竹簍，裡頭是許多細劍，惡口抽了劍便上前往韓杰身上刺，刺著再退回萸兒身旁拿取新劍。

韓杰即便單對單，也不是惡口對手，加上被眾鬼圍攻，根本躲不過惡口突襲，只能仗著這些時日吞下肚的天庭靈藥硬擋各種毒蟲螫咬。

惡口再次挺起一支細劍，正面刺入韓杰胸口。

韓杰不避不退，直直往前挺身，讓細劍自他後背貫出，同時鼓嘴朝惡口臉上噴吐一口火血。

惡口感到臉上燒灼熱燙，連忙退開，揚手抹去臉上火血，但見前方韓杰雙手上握出一只長柄大扇，朝他猛力搧來一陣金風。

惡口閃避不及，被這陣金風搧得微微騰空飛起，手臉上的火血受了金風吹拂，瞬間燃燒起火。

韓杰握住胸口上正化成蛇的細劍，將整條蛇噗滋拔出胸口，鮮血如泉湧出，瞬間染紅他整片胸腹，他將大扇往身前一拄，脫下外套，撕裂染血T恤高高拋起，跟著舉起大扇猛地拍在T恤上，嘩啦啦地四面狂搧。

「喝！怎麼回事？」惡口全力催動魔氣，勉強吹滅身上的火，摔落在地滾了兩圈，只見四周燒成一片火海。

韓杰在火海中舉著大扇奮力搧風。

□

「那是老君爺爺的日月寶扇？幹得好！」

太子爺哦了一聲，停下腳步，揚揚眉，嘴角露出微笑。

「怎麼了？」許兩三、吳國勤見太子爺沒頭沒腦地說了這句話，都不明白是什麼意思。

「沒事沒事。」太子爺呵呵笑了笑，領著三人和大小豹子們在寬闊廚房中往前走，他身後還拖著化爲牢籠的金床，在地板上磨出尖銳刺耳的聲響；六條惡龍在籠中扒抓互咬，鎖在籠欄上的乾坤圈也不安份地掙動著。

廚房裡幾個廚師和助手，見太子爺大搖大擺地拖著大金籠、扛著蓮藕火尖槍走過他們眼前，可嚇得一動也不敢動，直到太子爺一行人走遠，這才趕緊找出對講機向樓下守衛通報。

太子爺等走下樓梯，只見七樓已聚集了大批守衛，牽著各種異獸、架起大型邪符盾牌，在樓梯口外堆出一道猶如銅牆鐵壁般的防禦陣形——

這罈燒哪吒塔每層樓的樓梯都只能抵達下一層樓，要繼續下樓，就得繞至塔內另一端——這種形式的樓梯設計用在陽世百貨商場裡，是為了擴大顧客繞逛商場的範圍，增加消費機會，用在這座塔裡，便是為了預防太子爺破罈脫逃、或是外敵殺入時，不至於循著一條樓梯直通到底，而是得通過每一層樓的嚴密防守，方能前往下一層樓。

太子爺沒有開口，只是彈了記手指，身旁大豹閃電般竄入守衛群中，叼著一個胖壯惡鬼小腿，唰地迴旋甩動，瞬間將堆守在樓梯口前方的守衛陣形衝掃出一個空曠圈圈。

「開火、開火——」守衛們有的持槍開火、有的拉弓射箭、有的扔擲飛鏢長矛，朝著大豹集火攻擊。

下一刻，十餘頭小豹撲入守衛陣中，有的扒臉、有的咬腳，這些蓮藕捏成的小豹殺傷力有限，但尖爪利牙扒咬在魂身上的疼痛，可一點也不輸給陰間凶獸。

七樓守衛陣勢瞬間亂成一團。

「小許、小吳，這個你倆拿去用。」太子爺將先前用以傳輸藕泥的金磚蟾蜍，揉成一條粉筆，掰成兩段，拋給許兩三和吳國勤。

這可是正版金磚——兩人接著金磚粉筆，提著蓮藕火尖槍，一左一右殺下樓，分別在地板上畫起一道道驅魔符籙。

「呃……」阿福見太子爺金磚粉筆只給許兩三和吳國勤，微微有些失落，但仔細想想自己認得的符也沒幾道，更別提臨戰時得要邊打邊畫符，便不再多想，提著蓮藕火尖槍也殺下樓，呀哈呀哈地使用過往在軍中習得的刺槍術刺擊惡鬼守衛們。

一隻惡鬼掐住阿福頸子，將他高高拋起，令他重重落地。

然後轉眼附上他身。

「啊哈哈哈——」那惡鬼附著阿福從地上蹦起，連賞自己巴掌，說：「蠢蛋！他化自在天現在開進陽世啦，你以為你在陰間嗎？我看過不少陽世活人到了陰間仗著肉身厲害，現在你可吃了癟啦……嗯？怎麼回事？」

那惡鬼舉著阿福的手搧了阿福幾個耳光，突然僵止不動。

「不好意思。」太子爺的聲音自阿福喉間響起。「這是我的座位，我有准你進來嗎？」

「是中壇元帥！」那惡鬼嚇得立時竄出阿福身子，從腰間拔出佩刀往阿福腦袋上斬，卻被阿福一巴掌摺倒在地。

「我說阿福啊……」太子爺緩緩說：「我借你身子歇歇，你隨便打吧，有危險我再幫忙啊……」

「是……」阿福連忙應答，但隱隱感到有些不安——過去他曾數次被太子爺降駕附身，每次都覺得太子爺神力有如大海漲潮般充盈滿溢，但此時卻覺得太子爺的神力比過去虛弱太多。

「喲，你感覺出來啦？」太子爺笑著說：「千萬別說呀，說出來這些惡鬼就不怕我了。」

「是……」阿福點點頭，突然拄著蓮藕火尖槍對著守衛惡鬼們高聲大喊：「大膽孽障們，中壇元帥太子爺在此，惡鬼全都速速退散——」

「喝！」太子爺低聲喝叱：「我才不會講這種台詞，你別裝我說話！只要別畏畏縮縮的，自然點就行了……」

「是……是是……」阿福連聲應答，按照太子爺指示，自主挺槍禦敵，偶爾有惡鬼近身襲他，太子爺便會抬腳甩動那囚著惡龍們的大金籠，將惡鬼們砸飛。

許兩三和吳國勤手中蓮藕火尖槍先後打壞了，便專心捏著金磚粉筆畫咒，在大小豹子們掩護下一陣衝殺，終於打下六樓。

六樓，是幾個奇異馴獸師，領著一批凶惡猛獸負責把守。

太子爺這邊的蓮藕小豹們在七樓便給打爛一半，此時只寥寥七、八隻。

「七樓你們替我扛了，六樓就讓我來吧。」太子爺長長吁了口氣，從阿福身中走出，單手提起大金籠，令大小豹子守著許兩三等人，自個兒大步走向惡獸們。

□

恒作罪領著一票嘍囉，擠在鐔燒哪吒塔監控室裡，不停撥著手機。「二哥、二哥……怎麼不接電話？外頭出事了？」他一連撥了數通電話，惡口都沒有接聽，急得問那幾個被救出的監控室守衛：「這些螢幕只能看塔裡的情形？能不能看甲板上的畫面？」

「可以……」監控室守衛點頭應答：「這些螢幕上的畫面，都是獨眼蝙蝠所見畫面……我可以令幾隻蝙蝠飛出外頭瞧……」這守衛這麼說，立時來到監控台前，對塔中監視蝙蝠下令。

恒作罪盯著幾面螢幕，剛剛太子爺僅花了一分鐘便掃空了六樓惡獸們，又附進阿福身中，指揮眾人往五樓前進。

五樓守衛們早架好數架重型機槍，對準了樓梯口猛射，絲毫不給太子爺等下樓的機會。

但太子爺附著阿福來到樓梯口旁瞧了瞧，也沒硬闖，張口吐出兩枚金球，像是扔手榴彈般，將金球扔入五樓。

兩枚金球彈進機槍陣地中，化為兩條火龍，張牙舞爪、咆哮噴火。

「啊？他那火龍不是……」恒作罪見太子爺連藏在體內壓制黑蓮花的金龍都派出來了，立時改撥電話給百鬪。

百鬪倒是立時接聽了恒作罪的電話，還嘎吱嘎吱地咬嚼著東西，像是在進食一般。

「三哥！」恒作罪連忙問：「太子爺從塔頂下來了。」

「是嗎？」百鬪含糊不清地說：「再給我幾分鐘，我就快好了……」

「什麼？」恒作罪問：「你在幹嘛？你還在醫療室？」

「不。」百鬪說：「我在魔肢房……」

「什麼……」恒作罪驚問：「老醫生又帶你吃魔肢補身？他不是說吃太多魔肢會有副作用嗎？」

「老醫生？哦……是，他是這麼說的沒錯……」百鬪笑了笑，說：「可是他現在沒辦法繼續囉唆了。」

「啊？為什麼？老醫生怎麼了？」

「他在我肚子裡。」

恒作罪呆了呆，腦海裡隱隱浮現數分鐘前，他趕往醫療室探視百鬪時，百鬪胸前破了個大洞，直嚷著說自己沒事，只是有點餓了時那副詭異神情。

「三哥，你……把老醫生吃了？」

「是啊。」

「爲什麼？」

「因爲我覺得他煩。」

「……」恒作罪一時無語，漸漸感到父親這計畫，似乎不如預期中順利。「你好好休息，我想想辦法……」他掛上電話，盯著螢幕，只見太子爺指揮火龍打下四樓後，似乎是體內黑蓮花毒發作了，又將金龍收回身中，躲進阿福體內不出來了。

兩隻獨眼蝙蝠飛出鐔燒哪吒塔，只見塔外一片火海。

韓杰拄著大扇，單膝跪在距離塔門十餘公尺處。

毒魔莨兒遠遠指揮著一頭由萬千毒蟲凝聚成的大蟲獸守在塔門前，不讓韓杰繼續前進。惡口則像是受了重傷般，虛弱坐在莨兒腳邊，身子像是被烈火焚燒過般。

「還是聯絡不上父親……」恒作罪瞧瞧手機，見第六天魔王仍未接他電話，只好咬牙下令。

「無論如何不能讓中壇元帥逃出去……全塔放毒。」

「是……」監控室嘍囉立時操作起監控台上幾處開關。

「幹！那可不行——」

張曉武的聲音自恒作罪身後響起。

精晃晃的火尖槍自恒作罪後背刺入，從前胸穿出。

恒作罪愕然望著自己胸前冒出的火尖槍，回頭只見張曉武挺著火尖槍，站在自己身後，顏芯愛也頂著一顆牛頭，肩臂上纏著混天綾，從張曉武身後躍出——她腳上還踩著風火輪，在地上蹭了蹭，像是道電光，轟隆一聲撞上監控台，將那兩個準備全塔放黑蓮花毒的嘍囉撲倒在地，舉著纏裹著混天綾的拳頭，揪著嘍囉亂揍一通。

「唔……你們……爲什麼能用……中壇元帥兵器……」恒作罪不解地看著張曉武。

「是太子爺授權給我們用的。」張曉武嘿嘿一笑，單手挺著火尖槍，拉緊身衣繩結，化出熊王裝甲。

「他授權……」恒作罪不解問：「他怎麼授權……他不是一直在塔裡？」

「不。」張曉武呵呵一笑，手指朝上指了指。「他正看著你喔。」

恒作罪仰頭瞧了瞧張曉武手指方向。

那兒盈亮亮的像是聚著堆螢火蟲，轉眼化出一隻金文鳥。

金文鳥俯衝而下，朝著恒作罪鼻子來了記結結實實的頭錘。

「Bear Go Go！」張曉武大喝一聲，舉起金磚重重砸上恒作罪腦門。

□

「嘿！金磚就是這麼用沒錯。」太子爺附在阿福身中安靜了半晌，突然笑著開口，見許兩三、吳國勤回頭望著他，也沒解釋太多，隨口說：「沒事沒事，下樓吧……」

三樓守衛早已逃去一半，僅剩數隻凶悍惡鬼領著幾頭凶悍陰獸死守。

許兩三、吳國勤兩人一見惡鬼主動逼近，立時捏著所剩無幾的金磚粉筆在樓梯上畫起禦魔符籙。

太子爺再次從阿福身中走出，提著大金籠往下走，幾頭凶猛惡獸撲到面前，他立時揮動金籠，轟隆隆擊倒惡獸。

阿福三人緊跟在後，他們一路打下塔，除了豹皮囊化成的大豹還守在他們身邊外，其餘蓮藕小豹已經一隻不剩。

此時整個寬闊三樓廳堂，還有五頭惡獸、四隻惡鬼。

倘若是過往，太子爺無病無痛之時，別說這五獸四鬼，即便是五百獸、四百鬼，太子爺挺著火尖槍都能轉眼滅了，但此時的他，被第六天魔王囚在大罈裡用冰寒邪術醃泡數十日；又捨不得毀壞他那六條改造惡龍和乾坤圈，寧可每日耗費大把神力壓制；加上施法替阿福三人驅寒治傷；再被第六天魔王狠狠修理了一頓，同時還得透過金文鳥指揮張曉武等前進，最後再領著阿福等一路打下塔——即便是南天門上統領五營神兵的中壇元帥，此時也幾乎耗盡所有力氣。

一頭惡獸襲向太子爺，被太子爺掐著頸子，按在那金籠上。

金籠裡的惡龍搶著透過欄杆縫隙咬那惡獸，轉眼將惡獸口鼻給啃沒了。

第二頭惡獸撲來，被太子爺拖動金籠轟隆砸飛。

第三、第四頭惡獸協力撲倒太子爺，許兩三、吳國勤張開用殘餘金磚粉筆畫上驅魔符籙的衣服，裹住惡獸，撲在地上一陣扭打。

第五頭惡獸，被大豹咬倒在地。

四隻惡鬼不敢再上前，分散逃了。

太子爺吆喝大豹咬死剩餘惡獸之後，像一縷幽魂般飄了起來，腳步有些虛浮，拖著大金籠走下二樓。

二樓也有些殘餘惡鬼，一見太子爺下樓，嚇得抱頭鼠竄。

「那摩羅本來打算在這地方吃我。」太子爺指了指那布置得十分雅致的用餐大桌，乾笑兩聲，領著阿福三人和大豹，來到一樓。

一樓大門轟隆炸開。

韓杰全身燃著金火，抱著蟲獸撲撞進門。

下一刻，紅孩兒和悅彼也扭打進來。

紅孩兒身上插著數柄融不掉的冰刃，悅彼手腳和臉上也燒著幾塊滅不去的妖火，兩人像是殺紅了眼般，揪著對方施冰放火。

毒魔莨兒攙著惡口來到塔外，遠遠見到太子爺坐在樓梯口台階上冷冷瞧著韓杰大戰蟲獸，不時還瞥自己幾眼，便不敢進塔幫忙。

韓杰那柄大扇在門外便給打落，鐵鏽金磚指虎也沒了，此時雙手纏著破破爛爛的鐵鏽混天綾，踏著一雙鐵鏽風火輪，和壯碩蟲獸近身扭打。

他胸前破口已經不再流血。

像是沒有東西可以流出了，他猶自記得自己上一次無血可流時，是被那第六天魔王親手刨空了內臟。

「喝──」韓杰和那蟲獸撲倒地上扭打半晌，赫然發現太子爺就坐在樓梯口處台階上瞅著自己，驚喊：「老闆啊，你自己跑出來了？」

「是啊。」太子爺點點頭，說：「等太久了，覺得無聊，下來透透氣，你繼續忙……」

「呃……」韓杰正想說些什麼，卻被那蟲獸掐住頸子按在地上，騎上他身，像是想一舉掐落他腦袋一般。

「唔！」許兩三和吳國勤見狀，立時說：「太子爺，你不幫韓杰？」

「我自己走下樓，已經是幫他大忙了……」太子爺用手撐著下巴，像是在觀賞摔角節目一般。「外頭那傢伙，才是我的對手。」

許兩三等聽太子爺這麼說，這才感到塔外隱隱有股混亂魔氣瀰漫而來。

那像是眾多凶惡魔物聚集在一塊的氣息。

「百鬪……」韓杰似乎也感到那股恐怖魔氣漸漸逼近，奮力蹬了蹬腳，令鐵鏽風火輪離腿飛起，再舉起雙手，讓風火輪落在雙拳外側。

「喝啊──」他擠出剩餘力氣，將鐵鏽風火輪催至極限，奮力掄拳毆擊蟲獸腦袋十數拳，終於將蟲獸腦袋轟散，毒蟲炸落一地。

韓杰翻身坐起，喘了幾口氣，轉頭見紅孩兒被悅彼掐著脖子壓在地上，吹了滿臉冰風，凍得鼻涕眼淚都結成冰霜，便將一雙風火輪扔向悅彼腦袋。

悅彼翻身避開風火輪，紅孩兒趁機蹦起，翻了個跟斗讓雙腳附上風火輪，跟著蹬地一躍，像枚飛彈般撞上悅彼胸腹，推著她衝十餘公尺，撞在牆上。

紅孩兒在空中挺身，鼓嘴朝悅彼吹出一團妖火。

悅彼也同時吹出猛烈冰風，不但抵銷了紅孩兒的妖火，甚至反過來將紅孩兒吹出滿身冰霜。

她見自己冰風佔了優勢，立時抓住紅孩兒手腕，不讓他退逃，且長長吸足一口氣，朝著紅孩兒臉面吹出更加猛烈的冰風雪暴。

紅孩兒連忙蹬起風火輪，有樣學樣地讓風火輪附在兩手外側，抵在嘴前，藉著風火輪的旋勢，吹出一股凶猛數倍的豔紅妖火。

在風火輪加持下，紅孩兒妖火漸漸蓋過悅彼冰風。

「噫！」悅彼感到不妙的同時，隨即發現紅孩兒也反抓著她獨手不放，且紅孩兒脅下兩手，還進一步召出兩柄赤火短槍，斜斜插入悅彼雙肋，像是烤肉般串著她，全力飆燒她腦袋。

韓杰一拐一拐地走到太子爺面前，撲通坐倒在地。

太子爺揚手指了指紅孩兒，對韓杰說：「看，那小東西風火輪玩得比你還好……」

「是啊……他是玩火專家……」韓杰回頭瞧了瞧紅孩兒，乾笑幾聲，又沉默半晌，苦笑說：「老闆，不好意思，我來晚了……」

「……」太子爺瞧瞧韓杰胸前那枚血洞，見他臉色蒼白，又見他左手掌心向上、泛起金光，但虛弱發顫，像是已經無力將手舉起，知道他身中鮮血幾乎流盡，便微微一笑，伸手摸摸他腦袋，說：「韓杰，你做得很好，我很滿意。」

「許老哥……」吳國勤身子微微傾向許兩三，壓低了聲音問：「太子爺現在是在說反話？他生氣了？」

「嗯……」許兩三聳聳肩，他當太子爺乩身數十年，可沒見太子爺像是摸寵物般摸人腦袋。「我也不知道……」

太子爺托起韓杰發光那手，往韓杰胳臂裡注入神力加持。

韓杰掌上那金光終於現形，是一份鑲著金邊的嶄新合約。

太子爺瞧了那合約幾秒，伸出拇指湊近嘴邊，用虎牙咬破指尖，往那合約署名處輕輕按下——

韓杰渾身金光綻放。

太子爺消失無蹤，本來鎖著他腳踝的金籠鐐銬同時喀啦落地。

參玖

磅——

磅——

一陣沉重的腳步聲，一聲一聲地響起，一聲一聲地逼近鐔燒哪吒塔。

在門口觀戰的惡口和莧兒似乎已經撤遠。

悅彼雙腿癱軟，上半身被紅孩兒燒得焦黑一片。

巨大且混亂的魔氣，自塔外滲入塔內。

即便是道行低微的阿福，也被這魔氣震懾得全身發麻、起了一身雞皮疙瘩。

「太……太子爺……」許兩三和吳國勤，瞪大眼睛望著門外。「厲害的傢伙來了。」

「嗯，我知道。」韓杰雙眼金光閃耀，緩緩站起，控制著韓杰雙手動了動，又像是在暖身，又像是檢視韓杰傷勢——韓杰胸口上那血洞已經漸漸癒合。

「嘩，你把整座南天門醫宮全裝進身啊？」太子爺這麼說時，身中神力開始緩慢恢復——韓杰先前每晚服下的仙藥，全是媽祖婆自九霄帶下，是南天門全醫宮集結所有擅醫神明們，聯手研發的各種補藥，其中自然也包括黑蓮花毒最新解藥。

太子爺隨口抱怨：「怎麼有些藥的味道這麼難聞，上頭做完沒先試吃嗎？」

「上頭有沒有試吃我不知道……」韓杰乾笑說：「不過每種藥我都吃了一輪……」

「眞有口福吶。」太子爺隨口這麼說，跟著咦了一聲。「武器呢？不是說會帶武器來給我？」

「這……」韓杰苦笑答：「不好意思，老闆，武器……二郎將軍的三尖兩刃刀，剛剛被我用來刺百鬪，應該還插在牆上……那柄扇子……」

「我知道，我看見了。」太子爺這麼說：「那是老君爺爺的日月寶扇，是個好東西，你剛剛打鬥時落在外面了。」

「呃？你看見？」韓杰先是一呆，隨即醒悟。「哦——是你的藕蠅。」

「偃月刀呢？」太子爺問：「上次你們讓金鳥捎回的籤令上，媽祖婆不是說關帝爺同意把偃月刀借我。」

「呃，我們出發前，臨時決定把關帝爺的偃月刀留給媽祖婆防身。」韓杰這麼說：「畢竟……媽祖婆的任務是絆住第六天魔王。」

「也是吶。」太子爺點點頭，冷冷望著塔外一個古怪大影，矮身探頭，往塔裡瞅——是百鬪。是長成兩層樓高、身體壯碩數十倍，全身上下生出一堆手腳和一堆眼睛鼻子嘴巴的百鬪。是吃空整間魔肢房，仍然覺得肚子餓的百鬪。

「啊！那我現在用什麼吶？」太子爺垮下臉，轉身拽回那金籠鎖鍊提在手上，在韓杰胸口上摸了摸，訝異說：「嗯？你還帶了其他兵器？」

「對喔。」韓杰立時說：「差點忘了，月老也借了武器給你。」

「月老？」太子爺哼了哼，揚起韓杰的手一翻，召出一枝木杖，瞪眼大罵：「那月老也來窮攪和什麼？他開我玩笑是吧？這木杖能幹啥？」

韓杰苦笑說：「這是天狗剛開始吠月那幾天，天門縫還比較窄時，月老用來測試送不送得出門縫的武器。媽祖婆說我身上容量有限，偃月刀跟三尖刀再加上那柄寶扇之後，就只能再帶月老這手杖……啊，再加上老闆你師父的拂塵……」

「師父的拂塵？」太子爺隨手扔下月老木杖，攤手一搖，果真多了支拂塵，嘖嘖說：「這東西軟綿綿的，拿來打架不痛快啊……」他轉身將拂塵拋給吳國勤，抬腳將月老木杖踢給許兩三。「你們拿著防身好了。」

「出來、出來……」百鬪擠在塔門前，朝裡頭探手——此時他的身子巨大得難以進門。

「你別急，我正要出去。」太子爺附著韓杰，提著金籠往塔門走。「你擋著門我怎麼出去？」

「出來……」百鬪挺著一條長手，伸至極限，五指對著韓杰張張合合。

「這傢伙太貪心，吃下一堆老魔、老鬼的手腳、身子，腦子給魔氣衝壞了。」太子爺看看百鬪，搖頭冷笑，朝一旁紅孩兒喊：「大枷鎖，別再燒那魔女了，她熟透了，過來，幫我打外面那頭怪獸。」

「好！」紅孩兒放下焦黑悅彼，倏地蹦回韓杰身上，一躍騎上他肩，還恭敬地將一雙鐵鏞風火輪留在韓杰腳下。

悅彼摔在地上，上半截焦身啪啦碎散，下半截魂身也漸漸消逝。

太子爺附著韓杰踩上鐵鏞風火輪，將大豹召來身邊，甩甩韓杰雙手，再另外伸出四條神臂，仰頭瞅瞅肩上紅孩兒，說：「我們加起來，有十二隻手呀。」

「是呀！」紅孩兒哈哈笑了，自韓杰肩上站起，召出六柄赤火短槍抓在手上。

「我們快跟上。」許兩三領著吳國勤和阿福，跟在韓杰背後一同往塔門走去。

魔體碩大數十倍的百鬪蹲跪在塔門外，像是孩童般往大廳伸手掏撈，像是隻飢餓猴子掏摸昆蟲一般。

太子爺附著韓杰，走到百鬪伸來的大手前，舉起金籠往百鬪那張開時接近一公尺寬闊的大手湊去。

百鬪抓著金籠，隨即被籠中惡龍咬著手指，他暴吼一聲，揪著金籠往外拖拉。

太子爺鬆手放開金籠，但仍揪著金籠鎖鍊另一端，腳下風火輪蹭蹭地，藉著百鬪拉扯金籠的怪力，順勢一齊竄出塔外。

太子爺揪著鎖鍊被甩出塔門，踏上百鬪如同小山般的巨體，奔上他肩頭、奔上他腦袋，在他額頭上重重一踏，像支沖天炮般衝上半空。

太子爺騰飛到百鬪頭頂上方七、八公尺高，猛地抽拉金鍊——

倘若是無病無傷的太子爺這般扯鍊，不是將金籠搶回，就是將百鬪一齊拉上半空，但此時的太子爺神力僅剩過往百分之幾，猛力一扯，感到底下金籠仍被百鬪緊緊抓在手中，只得立時變招，踩著一雙鐵鏽風火輪，流星般墜在百鬪那仰頭張望的大臉上，踏歪了百鬪鼻子。

韓杰肩上紅孩兒，也順手將一支赤火短槍插在百鬪額頭一枚歪斜大眼上——百鬪那汽車大的頭臉上，此時生著十餘枚大大小小的眼睛，和一堆口鼻耳朵。

「吼——」百鬪被這麼踏鼻插眼，痛得怒吼咆哮，口鼻魔氣噴發，揚手往臉上搧拍。

太子爺早一步翻身躍下，拖著金鍊在百鬪周身繞圈，像是想用這金籠鍊子綑綁百鬪，但百鬪抓著金籠猛力甩動，反過來將太子爺連同韓杰掄上半空，連轉數圈。

「砸死你！」百鬪怒吼一聲，握緊金籠瞄準一棟塔樓，要將太子爺往塔樓壁面甩砸——但太子爺並未放手，而是在空中一抖金鍊，百鬪抓在手上的金籠瞬間變回單人床，從百鬪那大手中飛脫離手。

六條惡龍少了金籠束縛，咆哮亂竄地扒在百鬪巨大身上亂咬。

太子爺則藉著百鬪這記甩擲之力，高高飛出，在空中騰轉幾圈，減緩衝勢，揚手拉回金床，還在空中將金床挪移至臀處，蹺著二郎腿坐上床沿，坐著金床轟隆落地。

正好壓在幾個負責看顧韓杰落地大扇的惡鬼們身上。

太子爺附著韓杰走下床，自地上拾起那柄大扇，拿在手上把玩，喃喃說：「這可是老君爺爺的日月寶扇吶，是好東西呀，你不識貨，隨便亂扔。」

「我不是亂扔……」韓杰苦笑回應：「剛剛我手指斷了幾根，拿不穩，被那大蟲獸打掉的。」

「早叫你勤練身子……」太子爺這麼說時，張口大大一呼，呼出一團金氣，伸手托住那團金氣，令金氣在掌心中化成一只小金爐，笑著說：「若沒有老君爺爺這金爐護著我身子，我可撐不了這麼久。」

那頭，百鬪身上一堆怪手，揪扯著六條惡龍，見許兩三等人從他腳下奔過，往太子爺那頭奔，立時邁開大步追許兩三等，還不時伸手掏撈，一副想抓人來吃的模樣。

太子爺立時高高拋起金爐，跟著甩出韓杰臂上那條混天綾裹住金爐，然後大力揮掃日月寶扇，像是打網球般，轟隆將金爐打向百鬪。

金爐在空中飛旋炸火，拖著一條鐵鏽混天綾，像枚火流星般正中百鬪臉面，將百鬪打得向後翻仰摔倒。

「大枷鎖，想不想打球？」太子爺隨口問。

「打球？」紅孩兒一時還不明白。

「這樣子打。」太子爺一扯混天綾，將金爐又拖了回來，跟著再次揮扇，磅地又將金爐重重打出，射在百鬪肚子上，炸出一團金火。

然後，再次將金爐拖回。

「我要打——」紅孩兒興奮尖叫，六柄赤火短槍高高一束，聚合成一只赤火球拍，唰地一撩，將火爐三度擊出，還伴著星星點點的小妖火丸子，全砸在百鬪身上。

跟著，太子爺和紅孩兒像是打壁球般，一來一往輪流打了三、四球，將百鬪打得怪叫連連。

再跟著，太子爺不再搧打飛回的金爐，全讓紅孩兒打，自個兒則朝著百鬪扔甩金床，趁金床撞上百鬪身子那瞬間，急令金床周圍竄出欄杆，像是夾娃娃機般，將一隻隻惡龍又抓回籠中。

阿福三人終於奔回韓杰身旁，太子爺也順利抓回六條惡龍，這才收回金爐，對紅孩兒說球賽結束，百鬪輸了。

百鬪咆哮著站穩身子，全身魔氣噴發，暴怒朝太子爺奔殺而來。

「我現在力氣不足，光用火爐扇子，收伏不了這傢伙……」太子爺領著阿福三人奔至塔樓間，吩咐他們：「我去拿二郎大哥的三尖刀，你們去艦橋劫船。」

「什麼？」許兩三等聽了太子爺命令，可是訝然不止，還沒來得及細問，太子爺已張口吐出一股金氣，化為火龍，再甩動鐵鏽混天綾捲住阿福三人，令火龍張爪揪住混天綾，提著三人飛向艦橋。「別擔心，艦橋上有我方友軍，他們會助你們一臂之力。」

「什麼？」韓杰聽太子爺這麼說，可也訝異莫名，連忙問：「他化自在天上還有友軍？是誰啊？」

「你跟他們不是很熟？你不知道他們上來了？」太子爺一面說，一面踩動風火輪，轉往剛剛韓杰召出三尖刀的那棟塔樓趕去。「是城隍俊毅手下陰差，一男一女。」

「啊！」韓杰訝異說：「是張曉武跟顏芯愛？他們在船上——」

「是啊。」太子爺哈哈笑著說：「摩羅四子恒作罪，剛剛已被那張曉武砸死了。」

「什麼！」韓杰聽太子爺這麼說，更加詫異，這才知道太子爺透過藕蠅，不僅見著自己上船之後的一舉一動，甚至同時指揮那張曉武和顏芯愛行動。

「先前我待在天庭醫宮裡，用陽世機器錄了些話給你，你應當聽過了。我本來想用藕鳥和你溝通，誰知道在這混沌裡頭，沒辦法指揮混沌外的藕鳥行動，反倒是那兩個陰差上船之後，我那方法才派上用場。」太子爺簡單提及他透過金文鳥翅膀和張顏兩人溝通的過程。

突然，太子爺啊呀一聲，轉了個彎，遠遠見著前方塔樓牆上，插著一支銀黑相間的長柄。牆邊還圍著幾隻惡鬼嘍囉，手裡提著鎖鍊和大鉗，像是正傷腦筋要如何將那兵刃拔出牆來。

「你們讓開，換我來試試。」太子爺附著韓杰、提著金籠，竄到惡鬼們身後，伸手推開兩個惡鬼，大步走向那銀黑長柄。

「你是誰啊？啊，你是——」一個被推開的惡鬼氣呼呼地按住韓杰肩頭，但下一刻，瞥見他腳下風火輪，感應到他身中神力，猛然醒悟眼前這人身分，登時驚駭過度到了無法反應的程度。

「你你……你你你是……」

「你你你你你鎮定點啊。」太子爺拍拍那惡鬼肩膀，將金籠磅地放下，走到那銀黑長柄前，伸手握住柄身，緩緩往外拖拉，拉出那三尖兩刃刀。

這三尖兩刃刀能刺亦能劈斬，刀刃接近五十公分長，銀亮刃身上刻著墨色花紋；太子爺舉在手上，只覺得沉重無比，嘖嘖說：「過去我曾向二郎大哥借來玩過，第一次覺得拿在手裡這麼沉啊……」

太子爺還沒說完，百鬬已經氣喘吁吁地來到他身後數十公尺外。

幾個惡鬼們見百鬬來了，連忙退遠。

太子爺提著三尖兩刃刀轉身，撫著胸口，低聲呢喃：「我神力確實正恢復著，但還不及過去兩成……不知宰這傢伙，夠是不夠……」

「加上我就夠啦！」紅孩兒自從見著這三尖兩刃刀，便已興奮至極，又見百鬬到來，鬥性更爲旺盛，將六柄赤火短槍併爲三柄雙頭火槍，尖叫說：「看，我也有火尖槍了，我可以幫中壇元帥你打贏他——」

「這樣啊。」太子爺本便好鬥，此時更被紅孩兒熱情感染，嘿嘿一笑，右手挺著三尖兩刃刀，左手提著大金籠，大步走向百鬬。「那我們上吧。」

肆拾

陽世媽祖廟後殿外中庭，欲妃拖著亮紅腳鐐走過之處，不論土木草石，全部開始燃燒起火。不到兩分鐘，整片中庭、前後殿，全部陷入一片火海。

陳亞衣和林君育仍死守中庭，陳亞衣臉上半邊黑半邊白，周身一圈白光，守護自己和身旁林君育不受欲妃的地獄火焚燒。

後殿裡，姜姐領著陣頭青年，被這地獄火逼進地下室，老獼猴和山魅們也全鑽進地底避火。就連圍攻媽祖廟的惡鬼聯軍們，也被欲妃這地獄火嚇得得散開老遠，有些小頭目見欲妃放火不分敵友，不禁氣得破口大罵：「那女人怎麼回事？」「她想直接燒了整間媽祖廟？」「她想獨攬大功？」

「沒錯。」欲妃嘿嘿一笑，轉頭朝那稱她想自己獨攬攻廟大功的小頭目拋了個飛吻，說：「我可不能輸給另外兩個婊子呀，現在她們肯定也正卯足全力表現吧。」

「這火魔女是在全力爭寵啊！」小頭目們聽欲妃這麼說，這才知道欲妃想藉此機會爭取第六天魔王的關愛，她口中「另兩個婊子」，指的自然是同樣從十八層地獄放風出來助陣的悅彼和快觀了。

中庭火海裡，林君育晃晃雙手，左手托起一只老式風扇，四面吹風滅火。

然而仙風所及之處，地獄火旋即覆滅，但仙風一走，地獄火又立時復燃。

林君育見光憑仙風難以滅火，不時仰頭望天，舉手抓撈數次，竟又給他撈得一把怪異水槍，不由得興奮大叫：「大道公水槍能用了！」

他那風扇是媽祖婆神力，水槍則是向大道公借得的神力——此時天門縫隙，已經足夠讓天庭神明出借神力予陽世乩身了。

林君育抓著風扇和水槍，並不是同時使用，而是將兩者互相撞砸，融合成一柄嵌裝著數只風扇的手提機砲，這手提砲模樣有些像是電影裡的手持火神機砲——這是同時身兼大道公乩身和媽祖婆乩身的林君育，近期修煉出來的獨門絕活。

在黑爺同意下，林君育替這把能同時施放仙風神雨的機砲取了個名字——水神砲。

他提著水神砲，射出一柱水龍捲，四面撲滅地獄火，彷彿回復了正職消防員身分。

「阿育掩護我！」陳亞衣見林君育用上水神砲滅火，便不再分神施展白面神力，而是將整張臉化爲墨黑，將黑面神力催至極限，舉著奏板化成的斬妖刀，全力攻向欲妃。

「幾年不見，丫頭妳這武乩身當得挺稱職嘛。」欲妃接連閃過陳亞衣幾記劈斬，見她斬妖刀使得有模有樣，笑嘻嘻地稱讚。「和當初大不相同了。」

「當然！」苗姑從林君育身中飛出，抖開小紅袍與陳亞衣聯手夾擊欲妃。「咱亞衣現在是媽祖婆御用武駕乩身，手持斬妖刀領命伏魔！」

「妳這老鬼也在啊。」欲妃見了苗姑，哈哈大笑。「妳怎還不投胎？」

「什麼老鬼？」苗姑怒斥：「妳沒看我手上這件小紅袍，我可是媽祖婆分靈呀！」

「失敬失敬。」欲妃嘿嘿一笑，獨臂揚出一片地獄火，逼開苗姑，跟著斷臂處化出一條火臂，抓住陳亞衣斬妖刀，同時以獨手掐上陳亞衣頸子，冷笑說：「我還記得那時妳被我地獄火燒得屁滾尿流的樣子。」

欲妃說完，正要施放地獄火，但林君育那水龍捲隨即噴上兩人頭頂上方，落下陣陣神水，令欲妃地獄火剛放出便失效，連同那火臂也給澆熄。

「那妳應該也記得自己像隻拔毛母雞，被太子爺揍得屁滾尿流的樣子。」陳亞衣重重踏地，一圈漆黑震波震得欲妃微微發愣，被陳亞衣斜斜一刀從左頸斬至右腰，斬開一條巨大裂口。

「喝——」欲妃大喝躍開，胸腹上那條巨大裂口彷彿熔岩噴發般，炸出一團又一團猛烈地獄火。

「差了一點，就差了一點！」欲妃尖聲大笑，全力催動魔力，鼓動大火四面亂燒。「要是妳道行再高些，就能一刀斬死我了，可惜、太可惜了！」

「魔女欲妃，妳逞強啊！」苗姑哼哼地說：「妳捱了媽祖婆親賜斬妖刀，魔力正外洩呢！」

「外洩就外洩，我光憑這些外洩魔力，便足夠燒死你們所有人——」欲妃背後揚起一雙火翼，飛騰到半空中。

她不但不以魔力壓制胸腹裂口，甚至用單手將裂口拉得更大些，令地獄火直接從胸腹裂口溢出，且奮力搧動巨大火翼，搧出一團巨大地獄火，隕石般墜進中庭，化為一隻巨大火牛，口鼻噴火地往後殿衝撞。

「喝——」林君育退入後殿，將水神砲催至最大，對準門外火牛轟出一股粗壯水龍捲。

陳亞衣和苗姑也退進後殿。苗姑附回林君育身中，助他持握水神砲；陳亞衣則換上白面神力，踏出陣陣雪白光芒，守護後殿不讓地獄火燒進殿中。

四周響起聲聲爆炸，原來是攻廟惡鬼見欲妃大放地獄火，便招來幾艘冥船，飛在空中往下投放鬼火彈。

一枚枚鬼火彈落進赤紅地獄火裡，炸出青紫交雜的鬼火。

猶如十八層地獄那無盡煉火一般。

一波波五顏六色的大火，突破陳亞衣白光圈圈燒入後殿。

「亞衣……」林君育提著水神砲全力噴擋火牛，他見火牛低著頭、捱著水，一腳踩進後殿，便咬牙對陳亞衣說：「亞衣，火牛交給我，妳去地下室保護阿香嬤他們。」

「不行！」陳亞衣立時否決這提議，將斬妖刀化回奏板，連連踩踏一圈又一圈白光圈圈，將襲入後殿的鬼火驅退。「你一個人怎麼擋得住。」她這麼說，上前幾步換上黑臉，磅地踏出漆黑震波，將火牛震退兩步。

「可是……咦？啊？」林君育不死心地想說服陳亞衣退入地下室，突然感到手中水神砲微微震動，且開始變形。

不僅砲管增多一倍，連數只風扇也變大一圈，且泛起銀白光芒。

就連噴出的水龍捲柱，也耀著星星點點的銀白光芒。

「嘎！」火牛嚎叫一聲，像是禁不住這莫名增強的水龍捲威力，被沖倒在地，滾回中庭。

「師弟，俺來幫你啦——」

林君育身中響起粗獷吼聲，兩隻手外隱隱附上一雙虎爪，與林君育一齊提著水神砲。是南天門虎爺總教頭，黑爺降駕了。

「黑爺！你能下來了！」林君育欣喜大叫。

「大老虎！」苗姑立時從林君育身中竄出，嚷嚷大叫。「你在天上不洗澡的？怎麼一股虎臊味？」

「老太婆，俺現在沒空和妳鬥嘴，俺奉大道公之命帶著管線和加壓馬達，下來幫俺師弟守護媽祖廟。」黑爺這麼說的同時，林君育背後隱隱浮現一具古怪背包機器，有數條管線連接到他手中的水神砲，同時，又有數條管線直接從背包機器直直向上延伸，隱沒在後殿天花板中。

「管線？什麼管線？」苗姑好奇問。

「什麼管線？當然是連接天庭雪山冰泉的管線吶。」黑爺得意地說，跟著頓了頓，厲聲大吼：「四方小虎聽命，南天門有令，非常時期，無須再附貓乩，統統隨俺出來伏魔——」

黑爺吼完，通往地下道的小門裡，穿出一隻隻虎，有大有小。

黑爺也自林君育身中走出——是一隻超過四公尺長，全身披戴著銀色戰甲的黑色巨虎。一面面虎爺袍子，自大小虎爺們背後展開。

小石虎柳丁吼地一聲，也跟進這陣容中，他身上穿著的是太子爺親賜的蓮藕戰甲，混在其他虎爺陣中，一點也不落於下風。

柳丁奔到一頭大虎身旁，隨著大虎一齊往前。

這大虎是柳丁偶像，是劉媽家那大橘貓身中虎爺，和大橘貓共用同一個名字——將軍。

「師弟，出來往天上射水！小虎們，我們去捉魔女。」黑爺這麼吩咐，隨即領著眾虎爺殺出後殿圍捕欲妃。

林君育也舉著這強化版水神砲跟進中庭，將砲管對準天空噴水。

巨大龍捲水柱隨著仙風射向天空，化爲神雨，嘩啦啦地澆熄了鬼火和地獄火。

「亞衣，我們去幫忙對付魔女！」苗姑這麼說，轉而附入陳亞衣身中，奔出中庭，提著她躍上廟沿，舉著斬妖刀圍捕欲妃。

欲妃在天庭雪山神泉澆淋下，不但火翼滅了，絕技地獄火也威力大減，加上她大放地獄火逼退其他圍攻鬼群，整個中庭只剩她一個，在黑爺領軍圍攻下，只能狼狽躲避一隻隻虎爺撲擊，不時這兒捱一下黑爺大爪震波，那兒捱一下苗姑抖袍紅光，被一輪猛攻打得頭暈眼花。

她倏地直直躍起，卻被飛撲上天的將軍張口咬著腳踝拖回中庭。

數年前，將軍被四魔女聯手逮著欺負，當時她們妳一言我一語地爭辯要把將軍做成虎爺羹，或是摻辣椒、蓮藕大火快炒，抑或是直接活吃。

將軍顯然沒忘記這件事，剛將欲妃拖扯下地，一記虎掌隨即重重拍上她腦門——天庭虎爺少了貓乩肉身抑制力量，張牙揮爪的威力可要大上數倍。

然而欲妃是即將成魔的千年厲鬼，將軍這麼一擊，對她傷害依舊有限。

磅——

黑爺再補一爪。

「看，要這麼打才對。」四公尺長的巨虎黑爺，虎爪大得驚人，領著一票大虎小虎，沒了肉身束縛，將欲妃當成了活教具，當場教導虎學生們如何啃魔裂鬼。

「亞衣，妳看！」苗姑指向空中。

陳亞衣和林君育同時望去，只見天上那碩大他化自在天，竟轉向朝著自家惡鬼聯軍的艦隊開砲，與小歸大風號艦隊、媽祖廟王船隊，三面夾擊惡鬼聯軍艦隊。

□

陰間媽祖廟正殿裡，十餘名陣頭青年們全癱倒在地，有些翻著白眼，有些口吐白沫，有些手腳抽搐。

田啓法跪倒在身穿囚服的魔女快觀面前，被快觀握著手腕，電得不停發顫，草扇、葫蘆、木屐、灰帽全散落一地。

快觀獨手握著田啓法手腕，持續放電，一腳還踩在鬼王鍾馗喉嚨上。

一旁許保強躺成了大字形，被電得臉都歪了。

「你地上這些帽子、扇子、葫蘆什麼的……」快觀感到田啓法落在地上的法寶全都溢出飽滿神力，不由得有些狐疑。「眞是濟公本尊寶物？」

她這麼問時，見田啓法被電得口水直流，便停止放電，問：「你有沒有聽見我問你話？」

「當……當然……」田啓法喘著氣顫抖說：「這些都是……濟公師父本尊寶物啊……」

「我想也是。」快觀再次電擊田啓法。「若你身上沒有這件神袍護體，也熬不了這麼久，連鬼王都給我電倒了，你還沒倒。」

「鬼王老大，哪裡是被妳電倒的……」許保強身子發僵，無力起身，但一張嘴卻不示弱，哼哼說：「他是中了毒魔的毒，又跟一堆頭目車輪戰……妳只會撿便宜而已……啊！」許保強說到一半，被快觀往他身上扔來隻放電老鼠電得顫動不止。

「這些法寶若是眞的，可是價值連城呀……」快觀回頭，見麻雀、鳳凰及一批惡鬼們都擠在廟門外遠遠望著她，像是都在打那散落一地的濟公法寶主意，便立時朝他們瞪眼威嚇說：「這些都是要獻給摩羅大王的寶物，你們可別打歪主意啊。」

「我看她才想打歪主意吧……」惡鬼們大都知道這快觀是第六天魔王過去愛寵之一，儘管氣她一登場就搶下舞台唱起獨角戲，卻也不敢直言罵她，只能交頭接耳嘟囔抱怨。「這女魔頭以爲自己跟以前一樣得寵呀？」

快觀眉頭一皺，像是聽見外頭惡鬼說她壞話，立時瞪眼掃視門外。

一旁一個陣頭青年挺身站起——他挺身方式十分古怪，儼然像是電影裡的殭屍起身般，瞬間從躺姿挺成了站姿。

陣頭青年扭扭頭、抖抖手，雙眼青光大盛，口中獠牙竄長，瞪著快觀，左手劍指抵著額頭，右手劍指指著快觀，大聲說：「引路童子抵達！請求支援、請求支援——」

「引路童子？是官將首？」擠在廟門外的惡鬼聯軍們，見那陣頭青年這麼喝喊，感到他身中奇異神力，紛紛驚訝退開：「什麼？官將首下來了？」「不是說天門關著嗎？」「天門關著沒錯，但門縫被神明聯手越推越大，聽說有些低階差役已經可以出來了！」

那自稱「引路童子」的陣頭青年這麼喝完，比著劍指躍向快觀，像是要救田啓法。

快觀拋下田啓法，揚手甩出一條電鞭，唰地捲倒引路童子。

下一刻，三個陣頭青年一模一樣地挺身立起。

「差役十三駕到！」「差役三十六駕到！」「差役一百零七駕到！」

三個陣頭青年一同報數，挺著戒棍上前圍攻快觀。

「差役二十六駕到！」「差役十八駕到！」「差役五十七駕到！」

更多陣頭青年站起，彼此吆喝報出編號，舉著戒棍包圍快觀。「增損將軍、范謝將軍都還沒下來？」「他們擔心像剛剛那虎爺教頭，在門縫卡上一小時，所以讓我們先行。」「廟裡怎地只有這魔女一個？其他惡鬼都在外頭？」

越來越多官將首差役降駕在這批陣頭青年身中，挺著戒棍，將快觀團團包圍——這些官將首差役們，戰力介於閻羅殿黑白無常和城隍府陰差中間，他們直接聽命南天門長官指示，屬於天差。

快觀是道行接近成魔的千年惡鬼，力量遠勝尋常陰差、天差，但她見天差都下來了，不由得有些怯意，這表示天門可能隨時要開，屆時若有更多高階神仙下來，她可麻煩大了。

正當她猶豫是否該提前開溜，還是堅持留下解決眼前官將首和田啓法、許保強等乩身時，身後又多出一股奇異神力。

她急忙回頭，只見田啓法也站直身子，笑咪咪地望著她。

「你……是濟公？」快觀駭然大驚，急急退遠，但隨即察覺有異，又陡然停住，說：「不，你不是濟公，你身上神力不怎麼樣……」

「呵呵。」田啓法喉間響起一個老邁聲音，笑著說：「我本來就不是濟公師父，我和濟公師父差遠了，我是他徒弟陳阿車！」

「師兄！」田啓法尖叫一聲，激動說：「你怎麼也下來了！」

「同時我也是這小子師兄，嘿嘿。」陳阿車附在田啓法身上，用田啓法的手指指田啓法腦袋，對快觀說：「我奉濟公師父之命，下來和妳過兩招。」

「就憑你？」快觀猛揮一鞭，閃電般劈向田啓法腦袋。

「唉喲，好快的鞭子！」陳阿車附在田啓法身中，狼狽閃開，還在地上打了個滾，撿起草扇和葫蘆。

快觀第二鞭瞬間打來，打落陳阿車手中葫蘆，陳阿車再次滾地閃避。

這一次滾地，陳阿車拾回金帽，歪歪斜斜往頭上一戴，見快觀甩來第三鞭，立時再滾地，重新撿回葫蘆，咕嚕嚕往嘴裡連灌幾口酒。

官將首差役挺著戒棍擁上助陣，全被快觀揮鞭打翻在地。

陳阿車趁這空檔，多喝幾口酒，踏上金木屐。

「總算全齊了……」陳阿車哼哼地教訓起田啓法。「你知道師父爲什麼派我下來嗎？他老人家看你把他這金身戰袍用成這副德性，都快看不下去啦！」

「是……」田啓法無奈說：「我之後會努力勤練……」

「算了，也不能怪你。」陳阿車左手托起葫蘆、右手搖搖草扇、蹬蹬腳上金木屐、扶正頭頂金帽、抖抖黃金補丁長袍，說：「你本來就不是走武鬥路線，我當初也只教你清潔凶宅，沒教你怎麼和這種準魔頭角色打架，你看好啦——」

陳阿車走向快觀，猛灌一大口酒，卻不是朝快觀噴吐，而是對著扇子噴吐，然後喃唸咒語，揚起草扇朝空中搧了搧，搧出一群黃金麻雀，像是無人機群般朝竄向快觀。

快觀立時甩動電鞭，鞭落所有金麻雀。

下一刻，陳阿車直接倒捧葫蘆，任葫蘆酒水淋濕扇面，再不停揮臂，做出像是刀削麵那般的動作，不停將淋在扇面上的酒水往快觀搧潑而去，嘴裡還吟唱著奇異咒歌。

一波波酒珠在空中化為無數金麻雀襲向快觀。

快觀獨手舉著電鞭，將周身守得水洩不通，瞬間打落數十隻金麻雀。

但陳阿車已經搧出百來隻金麻雀盤旋待命，不給快觀歇息機會，一口氣全派上。

快觀繼續奮力，將百來隻金麻雀也給打落。

一看頭頂，又聚來超過兩百隻麻雀。

前頭陳阿車卻不搧麻雀了，蹲下拿著沾有酒水的草扇在地上畫小貓小狗，一隻隻黃金貓狗自地躍起，撲向快觀。

快觀飛快竄到陳阿車面前，舉起電鞭就往陳阿車頭上劈。

田啓法披在身上那件金黃補丁長袍，兩條袖子飛快揚起，左邊袖子接下這電鞭，右邊袖子捲裹成拳，磅地將快觀打得雙腳離地。

「你的道行無論如何也比不上這魔女，所以不能和她硬碰硬，得利用師父戰袍神力。」陳阿車一面教導田啓法，一面趁著背上金袍和快觀對拳時，掩著葫蘆嘴大力搖了搖葫蘆，然後像是拋炸彈般，將葫蘆拋給快觀。

但那葫蘆離手飛起，像是汽水被晃動過般，葫蘆嘴噴濺酒水，還在空中繞轉起來，酒水四面亂噴。

快觀被酒水濺著，身上金煙燃冒，立時向後退開。

陳阿車附著田啓法往前大踏一步，像是居合拔刀般朝快觀斜斜一搧草扇。

快觀面前那數以萬計的點點仙酒，同時耀起金光，在空中劈出一道劍光。

快觀被這劍光轟撞上牆，囚服破出一條口子，衣下魂身像是捱了一記鞭擊，浮現一處焦傷痕跡。

「你看，她根本不敢碰濟公師父法寶。」陳阿車持著草扇，隨意做了個收刀的動作，這麼說：「再來，這是把草扇，也是把神刀。」

「你這傢伙……」快觀暴怒之餘，電鞭一抖，化爲電劍，斬斷幾個官將首差役挺來的戒棍，急急竄向田啓法。

「再讓你見識見識師父法寶厲害。」陳阿車嘿嘿笑著不停後退，又突然一個轉身，背對著快觀。

「呃？爲什麼轉過來！」田啓法感到快觀魔氣飆到背後，正驚訝大嚷，陡然感到披在身上的金袍唰地離體——金袍像是有生命般撲向快觀，兩隻大袖牢牢捲住快觀持劍手腕，下襬則捲成兩束，像是兩條短腿，交叉捲住快觀肩頭，重重往地上一倒，對快觀使出一記腕部十字固定。

十餘名官將首差役一擁而上，挺著戒棍刺上快觀全身，協力壓制她。

「哈哈，你看！」陳阿車笑著撿回葫蘆，跑到快觀身旁，淋她一臉酒水。

「哇——」快觀奮力掙扎，但被濟公金袍牢牢箍著單臂，全身受戒棍壓制，又被陳阿車淋了滿身仙酒，一身魔力難以施展。

廟外惡鬼聯軍見官將首和濟公徒弟都來了，嚇得無人敢進來救快觀，不是退到遠處找小歸保全單挑，就是退去戰圈外圍舞刀踢腿地裝忙。

「鬼王鍾馗在不在？」又幾名官將首差役擠進陣頭青年身中，背上揹著一個碩大黝黑木盒，四處張望嚷嚷。「天庭令我帶東西給你。」

「在這兒！」鬼王一見那大木盒，咬牙撐身站起。

那揹著大木盒的陣頭青年立時奔到鬼王身前，取下木盒揭開。

裡頭擺著一柄厚重大砍刀。

「都打完了才送來……」鬼王喘著氣，取出那柄從刀身至刀柄都漆黑一片的厚重砍刀，來到田啓法身旁，說：「道友，我被你這酒香誘得快發瘋了，能不能借我喝兩口，讓我壓壓毒、回點力氣……」

「當然可以！」陳阿車哈哈大笑，舉起葫蘆自己先灌一口仙酒，跟著將葫蘆遞給鬼王。

鬼王接著葫蘆，高高舉起往嘴裡倒酒，貪婪暢飲濟公美酒。「哇哈哈哈，我從正職神明轉成約聘之後，就是爲了喝天庭美酒，才持續接天庭發包的工作啊，但濟公師父這酒，怎麼比一般天庭美酒還要美上百倍千倍啊？」

「當然，這是濟公師父自己釀的。」陳阿車笑呵呵地說：「我在師父手下做事，每天都有酒喝。」

「什麼？這麼好？」鬼王瞪大眼睛，舉著葫蘆澆淋自己那漆黑大砍刀，跟著將葫蘆拋還給陳阿車，走到魔女快觀身前，緩緩舉起淋上仙酒的砍刀，隨口問：「濟公師父那兒還缺不缺人啊？」

「我回去替你問問。」陳阿車大笑幾聲，舉起葫蘆也灌了幾口仙酒，見快觀激動掙扎，立時吐了她一臉酒。

鬼王哈哈一笑，高舉過頭的大砍刀對準了快觀腦袋，喝地手起刀落。

肆壹

他化自在天艦橋內，數十名船員手忙腳亂地控制艦上各處砲塔，向小歸艦隊開砲，同時指揮周遭聯軍護衛艦行動。

艦橋指揮室外廊道的騷動聲自遠而近地響起。

大批守衛擠進廊道，試圖擋下前方那穿戴上熊王裝甲的張曉武。

張曉武揮動熊爪重拳，磅磅擊倒攔路守衛。

一個戴著單邊眼罩、人高馬大的獨眼守衛推開眾人，來到張曉武面前，紮了個馬步，左手搭著腰間刀鞘、右手輕按刀柄，擺出一個準備拔刀的架勢。

獨眼鬼腰間這佩刀並非他化自在天上守衛制式裝備，更像是他傳家寶刀。

張曉武見獨眼鬼拔刀動作，慢得像蝸牛一般，舉著兩只熊拳大爪噹噹互磨兩下，繼續向前。

唰——獨眼鬼往前跨步，飛快一刀橫斬張曉武腰部。

張曉武連忙往後蹦退，但已來不及，腰部裝甲被斬開一條大口，裝甲裡的肚子都被劃開一條大口。

腸子噗嚕噴出體外。

「哇咧幹你老師！」張曉武駭然大驚，一面後退，一面將噴出體外的腸子全塞回肚子裡。「我花了整個月的薪水外加小歸資助的紅包，才在陰間醫美中心把肚子縫上，你又把我肚子砍開，讓我腸子掉出來？」

張曉武當年死時肚破腸流，有段時間腸子一天到晚掛在腹外，後來他學會隱匿鬼相，能自在收回腸子，但偶爾情緒激動，鬼相顯露，腸子又掉出來。在小歸遊說下，跑了趟醫美中心把肚子縫上。

「肚子砍開？」獨眼鬼哼哼舉刀追上。「我要把你腦袋砍下，把你身子剁成肉泥。」

「幹你變態喔？」張曉武急退一陣，發現熊王裝甲有些行動滯礙，知道是被這獨眼鬼一刀砍故障了，只得停下腳步，對著獨眼鬼揚手喊停：「停停停！」

「我偏不停。」獨眼鬼高高舉刀，要斬張曉武揚來那右手。

「不停是吧。」張曉武冷笑一聲，將張開的手，收握成拳，他右手食指中指間，挾著一枚黃金尪仔標。

尪仔標倏地耀出金光，竄出一條金光閃閃的混天綾，唰地捲上獨眼鬼全身。

「喝啊——」張曉武拉動繩結，撤去了故障的熊王裝甲，頂著牛頭面具，一手裹著混天綾，一手又抓出一片黃金尪仔標，變出金磚，抓在手上衝上前照著獨眼鬼腦袋猛砸。「要砍我腦袋是吧，要把我砍成肉泥是吧，砍啊，你砍啊！看是你變肉泥還是我變肉泥！」

張曉武拿著金磚敲倒獨眼鬼，轉而盯上廊道裡其他守衛。

「哇——」廊道中的守衛們，見張曉武竟用上太子爺正版法寶，全嚇得魂飛魄散，轉頭往艦橋退，剛退到艦橋指揮室門外，卻見艦橋裡的守衛已經把門關上，還上了鎖。

張曉武舉著金磚衝進守衛堆中一陣亂打。

□

「別開門！別讓敵人進來——」此時艦橋內位階最高的小頭目，聽見門外騷動，對著門內守衛大聲下令。「艦橋是他化自在天的大腦、是整支艦隊的核心，千萬不能亂！」

「是……」門內守衛自然知道若是艦橋被攻陷，等於整艘他化自在天都要停擺，儘管聽見伙伴們在外慘叫求救，也不開門。

艦橋前方露台碰地一聲，落下一個身影。

室內船員們驚恐望去，只見顏芯愛戴著牛頭面具、踩著風火輪，飛天強攻艦橋露台。

「露天指揮台的門也關上！」小頭目大喊一聲，守衛們挺著槍械，衝上前朝顏芯愛開火。

顏芯愛像是用不慣這風火輪，倏地又飛退好遠，好不容易穩下身子，歪歪扭扭重新落在露天指揮台時，內部指揮室已經降下捲門，將她擋在露天指揮台上。

「可惡——」顏芯愛氣罵幾聲，捏出尪仔標，召出火尖槍，使勁刺門砸門，將捲門打出幾個凹坑。

她不懂得使用火尖槍，亂打一陣，見破不了門，索性舉起火尖槍在捲門上鑿開一個小孔，跟著將火尖槍當成開罐器般，抵著那小孔又戳又拉，像是想慢慢割開一個入口。

下一刻，孔洞噴出青紫鬼火，將顏芯愛嚇得退開老遠，原來是艦橋內的守衛拿來了噴火槍，抵著小孔往外噴火。

「看到了！那是什麼傢伙？」「她手上那是太子爺的火尖槍？」

露天指揮台上空，金黃火龍揪著鐵鏽混天綾，提著許兩三等飛抵露台，見顏芯愛拿著火尖槍，鬼鬼祟祟站在鐵捲門前不知幹啥，連忙大聲問：「妳是誰！」

「你們……」顏芯愛回頭見了金龍，立時大叫：「你們是太子爺徒弟？」

「妳就是太子爺說的友軍？」「妳是陰差？」許兩三等急急上前，都盯著顏芯愛手中那火尖槍和腳下風火輪。「妳這火尖槍和風火輪……」

「啊！」顏芯愛欣喜說：「太子爺剛剛燒籤吩咐，說派了弟子過來支援，要我們聯手佔領艦橋。」她說到這時，雙手捧著火尖槍，恭恭敬敬奉向許兩三。「這神槍還是給你用吧，我根本不會用。」

「……」許兩三接過火尖槍，感到槍上熟悉神力，不禁熱血澎湃，轉身從火龍爪下取來鐵鏽混天綾裹上身，將太乙眞人拂塵拋給吳國勤。「小吳，拂塵也給你用吧。」

「呃……」吳國勤接著拂塵，有些錯愕，見顏芯愛腳下還踏著風火輪，還沒開口，顏芯愛已主動將風火輪卸下。吳國勤踩上風火輪，也有些激動，回頭將月老木杖拋給阿福。「月老棒子你拿著。」

「唔……」阿福拿著月老棒子，跟著許兩三和吳國勤來到捲門前，聽顏芯愛嘰嘰喳喳講述這捲門如何難破，裡頭守衛竟用噴火槍對付她云云。

許兩三聽完呵呵一笑，轉身舉著火尖槍向身後火龍轉了轉，火龍立時附上火尖槍，成爲槍柄上一條龍紋浮雕。

跟著，許兩三挺著火尖槍，往捲門上那被顏芯愛打出的小孔一刺，將槍頭刺入捲門，然後一轉槍柄。

「哇——」捲門後方指揮室內，群鬼們尖吼哀嚎起來：「這東西怎麼進來的？」

「讓火龍進去陪他們玩，我們趕緊破門——」許兩三這麼說，領著吳國勤、阿福慢慢將捲門翹起一角，由個頭嬌小的顏芯愛先鑽進去。

此時艦橋裡亂成一團，多處控制設備上燃著金火，守衛、船員們全退到角落，遠遠朝著火龍開槍。

顏芯愛找著捲門開關，開了捲門讓許兩三等進來，又聽見廊道那方的大門，還響著一聲聲砸門聲，便上前開門，讓張曉武進來。

張曉武一進門，立時關門上鎖，舉著金磚四處找鬼要砸，見到許兩三等，先是一愣，但隨即明白眼前數人身分，嚷嚷說：「艦橋被老子佔了，這艘船是老子的了——來來來，抓隻鬼過來教我這船怎麼開？」

他一面嚷嚷，瞧瞧四周，一眼就盯上那環形平台後方一處高大座椅。

那是第六天魔王的專屬座位。

他來到那座位一屁股坐下，瞧瞧擠在角落的小頭目和惡鬼船員們，又蹦下椅子，舉著金磚往他衝去大吼大叫。「你們聾啦？沒聽見我說，教我開船啊！」

幾個守衛上前要攔他，全被他拿金磚砸倒——一般惡鬼近身瞧上太子爺金磚幾眼，便已被神力震懾得渾身發軟，幾個舉槍守衛連槍都來不及開，都讓張曉武打倒在地。

剩餘守衛、惡鬼船員們抱在一起，不知所措。

「這裡最大的是誰？」張曉武隨意揪著一名船員喝問，見他支吾不答，便舉起金磚往他嘴裡塞，說要讓他吃飽好上路，嚇得他連忙伸手指向艦橋小頭目。

張曉武揪出小頭目，逼他教自己開船。

小頭目說這麼大艘他化自在天，各部位都需要有人協力操控，不是單單一人能開得了；張曉武點頭附和，稱同意小頭目這說法，叫小頭目率領眾船員返回各自座位，聽自己號令行動，要他打哪艘船，就打哪艘船。

「什麼！」小頭目聽張曉武要自己率領船員砲轟己方惡鬼聯軍艦隊，可瞪大眼睛，連連搖頭。

「那你吃金磚好了。」張曉武二話不說，架著小頭目將金磚猛往他嘴裡塞。

「老兄，金磚不是這麼用的……」吳國勤見張曉武這麼玩太子爺金磚，心裡不免有些疙瘩，上前想要阻止張曉武，但見眼前金光點點，一隻金文鳥在他眼前現形，揚翅擋著他，這才醒悟太子爺此時正盯著艦橋，且同意張曉武舉動，便點頭讓張曉武自由發揮。

「我打、我打就是了！」小頭目被張曉武掐著嘴巴塞了金磚半晌，終於投降。「想打哪艘？」

「芯愛來幫忙！」張曉武喊來顏芯愛，駕著小頭目綁在船長大椅旁，自個兒一屁股坐進大椅，揪著小頭目頸子，瞅著眼前幾面螢幕，挑上他化自在天前方一艘碩大護衛艦。「就這艘好了。」

「那是……」小頭目哭喪著臉。「春花幫援軍主力戰艦……」

「是春花幫主力戰艦啊。」張曉武哈哈一聲，湊近小頭目臉旁，說：「我給你五分鐘，五分鐘你轟不沉，我繼續餵你吃金磚……」

「老弟。」許兩三湊近張曉武身邊，對他說：「這金磚不止能硬塞，也能化成粉末，用吸的；化成液狀，用喝的。」他這麼說的同時，伸指在那金磚上捻起一撮金粉，跟著又一擰，擰成液狀，滴回金磚。

「嘩！」張曉武看得嘖嘖出奇，掐著小頭目頸子喝問。「這麼大塊金磚，你想用吸的還是用喝的？還是讓我用塞的？」

「我都不想……」小頭目哭喪著臉搖搖頭。

「都不想？」張曉武點點頭，說：「那你爲什麼還不行動？你還剩四分半，四分二十九、四分二十八……」

「大家聽好——」小頭目立時尖叫：「他化自在天上所有武裝，全部鎖定春花幫主力艦，自由開火、開火——」

「聽到沒有！」張曉武高聲大喝：「幹你老師的開火啊！」

□

「很好。」太子爺附著韓杰，右手提著銀黑三尖兩刃刀，左手提著大金籠在塔樓間飛竄奔繞，不時放緩腳步，讓百鬪跟上。

他感到船身開始轉向，立時踩著塔樓牆面往上飛奔，轉眼奔上塔頂，只見他化自在天緩緩轉向打橫，船身一側的砲管全指向前方冥船艦隊，轟隆隆地開砲。

「哦！」韓杰驚喜問：「許老前輩搶下艦橋了。」

「是啊。」太子爺點點頭，踩在塔頂，低頭瞧著凶猛往塔上爬來追他的百鬪，又瞧瞧前方不遠處的艦橋，說：「靈藥生效了，那黑蓮花毒不再鑽心蝕骨了。」

「那你功力現在恢復得如何？」韓杰問。

「超過兩成了，不，應該接近三成了。」太子爺長長舒了口氣，從塔頂高高躍起，往艦橋露台竄去，還回頭朝剛攀上塔頂的百鬪挑釁說：「過來受死吧。」

「吼——」百鬪也自塔頂高高蹦起，背後張開一雙碩大無比的恐怖大翼，唰唰振翅緊追太子爺。

太子爺附著韓杰落在艦橋露天指揮台上，左手放下大金籠，右手將三尖兩刃刀豎在身旁，望著惡鬼聯軍那冥船艦隊被他化自在天一陣砲擊之後的騷動模樣，逗得樂不可支。

「這段時間，辛苦你們了。」太子爺盯著前方那捱著他化自在天猛烈砲擊後，漸漸開始下沉的春花幫主力艦，淡淡說：「我是不是有點任性了？」

「不。」韓杰說：「陰間這些傢伙逮到機會就想作亂，這本來就不是你一個人的責任……」

「其他神仙們有沒有說我壞話？說我行事急躁、莽撞亂來什麼的？」太子爺這麼問，不等韓杰回答，自個兒先說了：「肯定有啊，怎麼可能沒有，哈哈哈。」

「呃……」韓杰笑了笑，說：「本來是有，但……後來大家討論過許多次，老闆你主動上他化自在天這舉動，可能是誤打誤撞，但反而讓我們佔了一些便宜。」

「你是指摩羅那些天狗？」太子爺這麼問，轉頭只見百鬪已經飛到指揮露台上空。

「是啊。」韓杰說：「如果第六天魔王放天狗時，你也被一齊擋在南天門裡，那陽世處境可能會更嚴峻……第六天魔王怕你在船上亂來，所以長時間待在船上盯著你——我不敢想像如果你不能降駕，第六天魔王直接找上我和書語的時候，那場面會是什麼子……」

「這是你的想法，還是其他神明的想法。」

「其他神明怎麼想我不知道，但我是這麼想的沒錯……」

「好吧，我就當其他神明們都同意你的看法吧。」太子爺嘿嘿一笑，挺起三尖兩刃刀，高高竄起，迎向撲蓋殺下的百鬪。「所以本元帥這一次，又立下大功啦，哈哈哈——」

他這麼說時，手中三尖兩刃刀，已直直送進百鬪心窩。

「吼——」百鬪鼓動窮凶魔氣，壯碩軀體竄出一隻隻大小鬼手，牢牢抓住韓杰四肢，像是想將他扯下插在胸口上那三尖兩刃刀，往肚子上那張橫咧大嘴裡塞。

但太子爺一轉銀黑長柄，百鬪立時發出哀嚎。

一束銀光自百鬪後背切出，將他背後那誇張大翼削去一角。

百鬪此時頭臉已經變形得看不出是原本那個百鬪，臉上一堆眼睛一齊大瞪，一堆大小口鼻同時噴發魔氣。

一束金光自太子爺身後竄來，唰地刺穿百鬪頸子，是火尖槍。

後面四道金光緊跟而來，風火輪旋至太子爺腳下，與原本的鐵鏽風火輪並行、混天綾裹上太子爺肩臂、金磚竄回太子爺其中一手上，火龍則飛到太子爺頭頂上方，與太子爺身中另兩隻竄出的火龍一齊張口，咬住百鬪幾隻襲向太子爺的胳臂。

太子爺再一轉三尖兩刃刀柄，百鬪背後又切出幾道碩大銀光，啪嚓嚓地斬碎了百鬪大翼。

「吼——」百鬪瘋狂大叫，上身向後一仰，胸口張開幾隻巨大眼珠，腹部橫嘴大大咧開，整個身軀像是張怪異巨臉。

「呀！醜死了！」紅孩兒六隻手飛快掄舞，近距離對著百鬪身上那些大眼飛梭亂射赤火短槍。

「千年前，有些地底邪魔不長眼，老想偷上九霄、摸進天庭寶庫盜點好東西，全被二郎大哥打回陰間；那時南天門上的神明們，都說二郎大哥這把三尖刀，是『鎮守南天門的一座大山』……」太子爺雙手舉著三尖兩刃刀那銀黑長柄猛力一掄，將壯碩百鬪往上甩出數十公尺，跟著腳下風火輪一旋，唰地整個身子飛梭竄到了百鬪正上方。

「我還記得，這『鎮天山』應該是這麼用的……」

太子爺喃喃說，六臂高高舉起「鎮天山」，卻不是用三尖刀兩側刀鋒對著百鬪，而是用平平的刀面對著百鬪，像是打樁一般，舉著鎮天山往百鬪腦袋上猛烈敲下——

碰——

空中炸出一陣銀光。

銀光之中，一座大山壓著百鬪往地面墜，如同隕石墜地。

「就是這樣！」太子爺在空中歡呼一聲，揚手召回火尖槍，催動風火輪，領著三條火龍，拖出數道長火，流星般地隨著百鬪一齊下墜。

陽世媽祖正殿紫光閃耀，第六天魔王現身正殿中央。

他全身魔氣鼓動、額頭青筋浮凸，六隻手牢牢抓著那青龍偃月刀，像是強行用魔氣壓制青龍刀神力。

媽祖婆、千里眼和順風耳，全都被黑氣纏繞捆縛，身上都插著五、六柄漆黑長劍，像是負傷受擒的獵物般，癱倒在第六天魔王身邊。

「謝謝媽祖婆帶下這大禮送我。」第六天魔王望著手中的青龍偃月刀厲笑，雙眼紫光大盛，六手黑氣爬上青龍刀，將刀上兩面閃耀龍紋壓制得暗淡無光。

「不客氣……」媽祖婆虛弱笑說。

「……」第六天魔王本想說些什麼，但似乎察覺外頭氣息波動，抬頭望向天花板。

一團銀光落進廟外廣場。

像是落下一座山。

一圈強悍無匹的神力自廣場中央炸開，海嘯般四面席捲擴散，許多道行較淺的惡鬼們被這神力一撞，唰地飛彈出數百公尺遠，三魂七魄都給撞散了。

這神力海嘯尚未止息，又一枚火流星疾追墜下。

山。

落在幾乎一模一樣的位置上。

炸出第二圈神力海嘯。

第六天魔王倏地竄到廟門前，望著站在廣場中央的太子爺。

太子爺手持火尖槍、腳踏風火輪、臂纏混天綾，身旁還倒插著那銀黑色三尖兩刃刀——鎮天山。

至於百鬪，則四分五裂地散落在廣場上，許多手手腳腳、眼睛嘴巴甚至還在奮力蠕動掙扎。

「父親……」百鬪半張臉落在廟門前，距離第六天魔王僅十餘公尺，獨眼淌著眼淚，像是恢復意識。「我……是不是……又讓父親……失望了……」

「不。」第六天魔王沒有瞧百鬪一眼，而是緊盯著廣場上的太子爺，緩緩踏出廟門，說：「我吩咐的事情，你全做到了。」

「可是……我沒有……替您看牢中壇元帥……還讓他把武器……全搶回去了……」百鬪半邊臉淌著淚說：「父親這場仗……或許……因為我……」

第六天魔王走到百鬪半邊臉旁，依舊只望著廣場上的太子爺，淡淡地說：「這也是沒辦法的事，我雖然設下一道道關卡攔他防他，但本便不覺得萬無一失，他是天上統御五營的中壇元帥、是我千年死敵，我們這次對手，可是這中壇元帥加上整個南天門吶……」

「就像是下棋一樣，從第一步，到最後一步，即便是最好的棋手，都不會誇下海口，保證絕不丟子；每一位棋手的目的，是計算到最後一步時，能多贏對方一子、能殺去對方大將，獲得最終的勝利。」第六天魔王說到這裡，終於低頭望向百鬪。「而你，百鬪，是我這盤棋上，最後一枚殺手鐧，是我勝過中壇元帥哪吒的最後一把利劍。」

「最後……一把利劍……」百鬪半邊臉楞了楞，不解地說：「我不懂……」

百鬪還沒說完，第六天魔王身側，浮現一支黑劍，倏地直直刺透百鬪半邊臉。

黑劍周遭，跟著又浮現五柄黑劍。

這六柄黑劍，正是第六天魔王剛剛用以大戰媽祖婆的六柄劍。

五柄黑劍飛快變形、拼湊、組合，與插著百鬪半邊臉那第六柄黑劍結合成一柄奇異黑劍——劍柄長度超過接近一公尺，比一般雙手劍劍柄都來得長，還有寬近兩公尺的巨大劍顎，但劍身，卻仍是原本單一黑劍的長度，這比例顯得十分怪異。

同時，整座廟前廣場上百鬪散落一地的碎爛屍身，開始蠕動、緩緩浮空，透出巨大魔力。

「老闆……」韓杰見第六天魔王這怪異舉動和四周異變，忍不住開口：「他在集氣準備出絕招耶，你不動手嗎？」

「笨蛋。」太子爺低聲說：「現在我比他更需要時間集氣，他想和蠢兒子聊天，就讓他聊呀……」

「也是……」韓杰感到身中各種奇妙神力飛梭流轉，知道太子爺仍不停吸收他身中靈藥，持續進補、恢復神力。

第六天魔王陡然轉身揚手，將青龍偃月刀抛回媽祖廟中，長柄牢牢嵌進牆上，外圍還環繞著一股強悍魔力。

跟著，第六天魔王腳邊黑氣旋繞，竄出一批黑氣異獸，退進廟裡，守著媽祖婆和千里眼、順風耳。

「他這些怪招我之前怎麼沒看過？」韓杰困惑說：「他不用蓮藕就能捏成士兵？他的魔力不用錢嗎？用得這麼大方？」

「你仔細看。」太子爺轉動韓杰雙眼，盯視第六天魔王身上各處——他那剽悍漆黑甲冑上，或鑲或掛地帶著許多長形黑盒，盒上連著細管，伸入甲冑縫隙。

「那些盒子……」韓杰訝異說：「能夠增強魔力？像是行動電源那樣？」

「是啊……」第六天魔王像是聽見韓杰與太子爺的對話，說：「我沒掩飾啊，哪吒，我之前不是當著你的面用給你看嗎？」

「嗯。」太子爺點點頭。「那插著線的大桶子，原來你插著點滴下來打架，你脖子還好嗎？我記得我咬得不輕。」

「皮肉小傷，不足掛齒。」第六天魔王伸手摸摸頸上創口，提著身邊那插著百鬪半邊臉的奇異怪劍，緩緩走向廟前廣場。

廣場上離第六天魔王較近的百鬪碎塊，紛紛往第六天魔王飛去，一塊一塊地往那柄怪劍湊去，一枚枚覆蓋上百鬪那半張臉。

「喝！」韓杰見第六天魔王手中怪劍，在覆蓋上一塊又一塊百鬪碎塊之後，愈加碩大厚實，不禁愕然大驚。「他……用兒子的屍塊當劍？」

「這正是摩羅作風。」太子爺淡淡地對緩緩走來的第六天魔王說：「你爲了這場大戰，把多年蒐集的魔肢寶庫全搬上他化自在天備用，但要消化那些魔肢、將魔力納爲己用太花時間，所以乾脆讓你那蠢兒子吃下肚，當成武器運用。」

「沒錯啊。」第六天魔王這麼說：「且百鬪有我血脈，我讓百鬪吃下那些魔肢，先經過一次融合，化爲『萬魔劍』後，操使起來順手許多。」他這麼說，隨意晃了晃手中集結到一半的「萬魔劍」，拖曳出窮凶魔氣和縷縷魂魄。

第六天魔王高高舉起萬魔劍，身子浮騰在半空中，整座廣場上剩餘的百鬪殘肢飛快聚集而去，拼湊成一支全長接近四公尺、劍身寬達一公尺的巨大魔劍。

「你還漏了一塊。」太子爺見身旁鎮天山還壓著一塊百鬪殘肢，順手拔出鎮天山，起腳將那魔肢踢向第六天魔王。「還你。」

「謝啦。」第六天魔王輕轉萬魔劍，讓飛來的肢塊融入巨大劍身之中——此時這萬魔劍劍身，依舊是殘肢拼湊模樣，手手腳腳、生著五官的肉塊拼貼堆積，一點也沒有「刀劍」質感，而像是一座劍形屍堆。

「你手上那東西，是我千年來見過最醜的劍。」太子爺左手提著鎮天山右手舉著火尖槍，腳下風火輪飛旋濺火，臂上混天綾飛揚飄逸，像是已經做好大打一架的準備了。

「也是最強的劍。」第六天魔王這麼說，雙手抓著萬魔劍劍柄，唰地朝太子爺一揮，揮來一股巨大魔風。

魔風中浮現一張張鬼面，伴著鬼哭神號。

太子爺揮揚鎮天山，掃出一道銀光，利刃般唰地切散了撲面魔風。

下一刻，一神一魔同時向對方撲衝而去，在廣場上空激烈捉對廝殺。第六天魔王六手輪替，將萬魔巨劍舞得密不透風，一點也不顯得沉重；但太子爺左手鎮天山、右手火尖槍，攻勢更加俐落迅捷，交錯刺出一道道金銀光束，伴著紅孩兒飛快亂擲赤火短槍。

一道金光突破萬魔劍銅牆鐵壁般的守勢，正中第六天魔王肩頭。

第六天魔王後退十數公尺，六手齊握上萬魔劍柄，再一齊拉開——長達四公尺的寬闊巨劍，瞬間變成六支尺寸縮小的刀、劍、斧、爪、鉤、鎚。

六柄兵器儘管尺寸縮小，但仍比尋常同款兵刃大上許多。

「我呸——」太子爺見第六天魔王將原本巨劍化為六柄小一號的單手兵器，像是準備和他比拼速度，不由得有些不屑。「我說摩羅呀，你若參加兵器比醜大賽，你能獨拿前六名，今晚我真是開眼界了！」

「你儘管耍嘴皮子。」第六天魔王哼哼一笑，瞥了瞥上空。

「幹嘛？」太子爺問：「你怕天門開了？天庭諸神下來圍毆你？」

「陽世還有天狗沒給找出，天門要開，慢則還要數月，再快也要半天。」第六天魔王答。「足夠我帶你和媽祖婆離開了。」

「你信心未免太大。」太子爺大笑幾聲，踩著風火輪急急竄向第六天魔王。

又是一陣槍光火影大戰極惡魔風。

這次，第六天魔王揮著六件單手兵器，速度快上一截，甚至與太子爺不分上下。

「不是我信心大！」第六天魔王喝地一吼，吼出一陣烈風，將太子爺震開老遠。「只是我算到了最後一步棋。」

「老闆……」韓杰感到身中神力紊亂，擔心問。「怎麼了？」

「沒什麼……」太子爺低聲答：「摩羅手中那幾支醜兒子劍，發出來的魔味挺討厭的，我嗅得不舒服。」

第六天魔王冷笑幾聲，大聲說：「哪吒，你別自欺欺人，你不是討厭萬魔劍氣味，而是你仙身餘毒未清，加上帶著重傷，受不了萬魔劍強悍魔力襲身——我知道韓杰身上藏著南天門仙藥，也知你透過仙藥壓下黑蓮花毒，但仙藥要發揮效力，同樣也需時間，你現在的功力，不足巔峰三成，相反地我身上掛滿額外的補給魔力，外加整座魔肢房煉成的萬魔劍，一來一往，現在的我，硬是比現在的你強上一截。」

第六天魔王說到這裡，後背揚開漆黑大翼、全身魔氣噴發，大聲說：「剛剛媽祖婆已敗給我了，現在除了你，其他雜魚不堪一擊，這盤棋，我們有來有往，吃盡對方所有子後，勝負便只看主將高低了，誰勝誰負，很明顯了。」

「亂講——」紅孩兒聽第六天魔王這麼說，不服氣地尖叫：「魔王，你到底會不會下棋？我還在啊？你哪有吃掉我？」

「對啊！」太子爺立時附和。「韓杰這大枷鎖說得沒錯啊，你啥時吃盡我的子了？我哪枚子被你吃了？就算我只有三成功力，但是聽你講完這些廢話，又恢復幾分功力，加上韓杰和大枷鎖聯手，應該接近四成……」

太子爺還沒說完，第六天魔王主動竄來，刀劍斧鎚勾爪飛快急掄，像是不想再給太子爺消化靈藥的機會，想要一股作氣拿下他。

太子爺也不再多說，挺著鎭天山和火尖槍全力接戰。

金銀光束伴著叢叢赤火大戰萬魔暴風的場面，在廣場上空三度上演。

短短三分鐘內，雙方兵刃往來超過千次，彷如一陣燦爛煙火。

這度交戰，太子爺突然主動疾退老遠，不住喘息，像是被魔風壓得透不過氣。

第六天魔王冷冷一笑，直接追上，第四回合。

太子爺再次退開，六臂剩下五臂。

那缺失的一臂，掛在第六天魔王那只鉤上。

同時，韓杰肩上的紅孩兒，腰部破開一道巨大破口，像是被大刀斬過一般，紅孩兒哇地大哭兩聲，隨即閉嘴，用兩隻手牢牢捏緊破口，剩餘四手抓起赤火短槍，恨恨瞪著第六天魔王。

「……」太子爺轉頭瞥了瞥紅孩兒，抖開混天綾，裹實紅孩兒腰部，說：「好吧，我讓你一隻手，再來。」

第六天魔王勾著太子爺那斷臂，湊近鼻端嗅了嗅，皺起眉頭，吹出一股魔風，像是蜘蛛包裹獵物般，將太子爺斷臂裹成黑氣大繭，掛在腰上。

「突然想到，倘若我早兩個月就這麼料理你，也不用拖這麼長時間了。」第六天魔王笑著說。

「放屁！兩個月前你又打不過我。」太子爺反唇相譏。「我功力只剩三成，不就是因爲被你在那罈裡醃了兩個月，整我火龍、搞我乾坤圈，連我退休乩身都抓上來消耗我神力啊，你拿著自己兒子做成的魔劍耀武揚威，眞以爲是自己本事大嗎？」太子爺說到這裡，撫了撫胸口，說：

「謝啦，剛剛功力被你那魔劍耗到不足兩成，聊個兩句，現在又回到三成了，來來來，咱們再打過！」

「好。」第六天魔王正要發動攻擊，突然感到身後廟裡透出神力，回頭一看，原來是陳亞衣、林君育、姜姐等趕回正殿，擊退幾隻守衛黑獸，救起了媽祖婆。

此時媽祖婆雖仍虛弱，但氣力已比剛剛恢復許多。

第六天魔王正有些訝異，不明白爲何媽祖婆神力恢復得比他預期中迅速許多，隨即見到林君育捧著一只碩大瓷瓶，瓷瓶裡也接著一銀光管子，連接著媽祖婆手腕，像是點滴一般。

「我記得那小子是大道公乩身……」第六天魔王仰頭看天。「我明白了，天門未開，但門縫已足夠讓南天門的神仙們向陽世乩身輸送神力……」

順風耳癱躺在廟門前，扯著嗓著朝空中大喊：「摩羅，你算錯棋子了！媽祖婆再加上我們，足夠抵得上太子爺一成功力！所以不只三成！」

第六天魔王還未開口，遠方天空響起小歸的聲音，是小歸開啓大風號上的擴音設備，說：「摩羅老闆，你抬頭看看天上，你帶來的聯軍已經潰不成軍了，他化自在天也被我麻吉張曉武佔領了，我這支艦隊，應該也抵得上太子爺兩成神力，你眞的算錯了。」

「無聊。」第六天魔王哼了哼，隨手朝廟門前的媽祖婆等，掃去一記魔風。

媽祖婆周身白光閃耀，在身前結成一片光罩，擋下這陣魔風。

即便如此，光罩內那重傷的千里眼和順風耳，乃至於陳亞衣、林君育等，依舊被這強悍魔風震得全身發軟。

第六天魔王見魔風被擋下，正要多補幾波魔風，但眼前太子爺再次殺到，便全力接戰。

但太子爺附著韓杰剛剛竄到第六天魔王眼前，卻陡然退駕竄出韓杰肉身，高舉著鎮天山飛躍在第六天魔王頭頂上方，和先前重擊百鬪一樣，將鎮天山當成重鎚，重重往第六天魔王腦門敲下。

同一時間，韓杰仍挺著正版火尖槍、踩著鐵鏽風火輪，刺向第六天魔王心窩。

第六天魔王反應也快，五手齊舉，五柄萬魔兵刃同時催出巨大魔力，穩穩接住上方太子爺鎮天山壓頂；同時，他第六手持著萬魔爪，一把抓住韓杰刺來的那柄火尖槍。

太子爺唸咒令鎮天山瞬間沉重數倍。

韓杰也急轉火尖槍施放三昧眞火。

但隨即被第六天魔王六柄萬魔兵刃放出的魔氣抵銷。

喀嚓一聲，第六天魔王驚覺自己頸上一亮，竟無端端被銬上一只黃金頸銬。

他聽見背後笑聲，猛地回頭，竟是紅孩兒飛騰在他身後十餘公尺，朝他做著鬼臉。

原來剛剛太子爺竄出大砸鎮天山時，順勢將紅孩兒也揹上半空，藉由鎮天山壓頂，加上韓杰同時突刺夾攻，吸引第六天魔王全部注意力，因而沒發現紅孩兒在鎮天山砸下同時，一個跟斗翻身到他背後，舉著金磚扔他後腦。

那金磚經太子爺先行施咒，在碰上第六天魔王時化爲頸銬，牢牢鎖住第六天魔王頸子。

太子爺高聲唸咒，頸上金銬瞬間束緊，微微陷入第六天魔王頸中。

「用這破東西……就想反敗爲勝？」第六天魔王惱火催動魔氣，又將金銬撐開許多，但他接著又催動幾次魔氣，頂多只能令金鎊不至於陷入他頸中，而無法震碎金鎊。

「摩羅！我那金磚總算也是我七寶之一，你不認眞點是打不開它的。」太子爺說著也再次施咒，令鎭天山往下施壓——他說歸說，當然不會讓第六天魔王這麼輕易伸手拆解金鎊。

同時，韓杰也奮力推動火尖槍，再放三昧眞火。

又同時，一股新的神力自下方溢來，源源不絕地湧入第六天魔王頸上金鎊，令金鎊變得更爲堅實——

第六天魔王抵禦太子爺鎭天山壓頂，以及韓杰三昧眞火的同時，再次仔細一看，發現頸上金鎊，竟還纏著混天綾。

混天綾的另一端，早被大豹咬到了廟門前。

此時媽祖婆領著千里眼和順風耳，以及眾乩身，一齊牢牢揪著混天綾，像是拔河一般，集體將神力往上送來。

「這混天綾還能更長。」媽祖婆這麼吩咐：「通知阿香嬷把大家領上來。」

「是！」姜姐立時透過對講機，將媽祖婆的吩咐轉述給地下室裡的退役乩身們。

「你們……別妄想這樣可以贏我！」第六天魔王暴怒大喝，猛地一推萬魔爪，將韓杰震飛老遠，跟著反舉萬魔爪，湊近自己頸子，爪上伸出一隻隻鬼手，一齊扒抓頸上金鎊，像是想藉萬魔爪之力，一舉扯斷金鎊。

但萬魔爪幾隻鬼手，都尚未將手指摳入金鎊和第六天魔王頸子之中，那飛遠的韓杰轉眼又竄了回來，再次挺槍刺向第六天魔王，逼得第六天魔王只得再舉萬魔爪抓住火尖槍。

韓杰雙眼金光閃閃，原來是媽祖婆降駕在韓杰身中。

「中壇元帥啊，韓杰身中靈藥還剩不少，分我一些吧。」媽祖婆苦笑說：「我也中了黑蓮花毒，確實不好受……」

「媽祖婆，妳儘管吃吧。」太子爺笑說：「這藥本來就是妳從南天門帶下來的。」

「噫——」第六天魔王額頭筋脈浮凸，全身震出巨大魔氣，化為一條漆黑巨龍，張口要咬韓杰。

媽祖婆伸手出來，揚起一面符盾，擋下這黑龍。

黑龍扭扭頭、甩甩尾，嘶吼亂竄兩圈，繞到韓杰背後，再次張口來咬，卻被上方竄來的兩條火龍齊力咬住頭尾，拖開老遠，在空中纏咬成一團。

第三條火龍，抓著鐵鏽混天綾，將許兩三、吳國勤、阿福等送回媽祖廟前。

「你是許老前輩？快來快來，幫忙拉混天綾——」陳亞衣見了許兩三等，立時朝三人大喊。

「阿福哥也在啊！一起來抓混天綾！」

「抓混天綾？」許兩三等奔去廟門前，問清了狀況，只見阿香嬤等正在眾人簇擁下，也趕入正殿，立時揚手向她打招呼。「阿香呀！好久不見！」

「啊呀，這不是小許嗎？你下來啦？」阿香嬤見了許兩三，又驚又喜，連忙上前攙住許兩三雙手——阿香嬤和許兩三年紀相差幾歲，是同個世代的神明乩身，過往也攜手合作過數次。「之前說你被魔王抓上船，嚇死我啦……沒事就好！」

「阿香嬤！」苗姑忍不住打岔。「恕老太婆我多嘴，現在不是老人敘舊的時候，大家快抓混天綾，把那魔王拖下地！」

「嗯？」許兩三、阿香嬤等在苗姑、陳亞衣七嘴巴舌解釋下，終於明白當前狀況，立時一呼百應，領著一票退役乩身、陣頭青年們分立兩排，一齊握緊混天綾，奮力將道行往金鍔裡送。

「這可是眞貨啊……」許兩三撫著混天綾，對身旁吳國勤說：「拿來拔河，未免可惜了。」

「許老哥，我沒用過眞貨。」吳國勤問：「但用法是一樣的吧。」

「是啊。」許兩三點點頭，和吳國勤使了個眼色，同時大力擰轉混天綾。

第六天魔王頸上金鍔瞬間發紅，整條混天綾燃起金紅火焰。

「唔——」第六天魔王被金鍔箍著頸子燒腦袋，即便有強悍魔氣護體，也難受得很，只得將扛著鎮天山那五臂，騰出一臂，握著萬魔刀要斬混天綾。

噹——媽祖婆退駕現出眞身，挺著七星劍格開第六天魔王萬魔刀，不讓他斬混天綾。

第六天魔王催動魔力，再次襲向韓杰，但這次韓杰卻未被震開，他周身微微籠罩著一片紅光——媽祖婆雖退了駕，但仍以紅面神力加持韓杰。

「韓杰，我來幫你。」紅孩兒繞回韓杰身旁，和他一左一右，一齊握住火尖槍。

「謝了。」韓杰呵呵一笑，藉著媽祖婆紅面神力加持，再次令火尖槍放出三昧眞火。

上方，太子爺全力施咒，令鎮天山再沉重一倍。

第六天魔王在分散魔力抵擋火尖槍、金鍔灼燒的同時，還需分神抵禦媽祖婆七星劍襲擊，無法全力支撐頭頂鎮天山，身子開始緩緩下降，漸漸被壓回廣場，雙腳觸地，不再騰空。

「師父——」媽祖廟內再次騷動起來，原來是田啓法、許保強等自陰間返回陽世。

「小強，你們怎麼來了？」陳亞衣見許保強等跑上陽世，急急地問：「底下發生什麼事？」

「底下沒事了。」許保強激動說：「閻羅王帶陰差來抓鬼了，小歸老闆也分出一半的船，進陰間看著。」

「閻羅王？」大夥兒聽許保強提到閻羅王，都面面相覷。「不是說陰間閻羅殿和第六天魔王狼狽爲奸嗎？」

「小強，你是說……」陳亞衣問：「五殿那個新任閻羅王？」

「當然啊！」許保強高聲說：「我又不是傻瓜，我分得清誰是好人誰是壞人好嗎！」

「是五殿閻羅王啊，那我就放心了。」順風耳嚷嚷解釋閻羅殿其實不全和第六天魔王同個鼻孔出氣，那五殿閻羅王早與城隍俊毅互通情報很長一段時間，在俊毅被押去洗腦時，還暗中調集一批惡鬼，去醫院外鬧事，助韓杰等趁亂救回俊毅。

「去外頭看看情況。」陳阿車還附著田啓法，見廟外廣場上第六天魔王被太子爺持著鎮天山壓著，僵持不下，便提著葫蘆奔去湊熱鬧。

「別過來礙事，滾去拉混天綾送力助我……」太子爺見田啓法奔來，立時朝他喝叱，跟著突然一愣，驚問：「你是濟公乩身？」

「是啊！太子爺。」陳阿車和田啓法同聲回答。

「你身上那是濟公隨身葫蘆？」太子爺又問。

「是啊！」陳阿車立時舉起懷中葫蘆，說：「我全身上這整套戰袍，可全是濟公師父御用眞貨喲。」

他這麼說的同時，舉起葫蘆大灌一口，跟著拍拍葫蘆，令葫蘆伸出藤蔓，再揪著藤蔓甩出葫蘆，讓葫蘆捲上第六天魔王腰際，葫蘆嘴咕嚕嚕地湧出瑩白酒水。

陳阿車左手揪著藤蔓，鼓嘴吐出漫天酒水，右手持著草扇唰地一搧，搧出萬點金火，流星雨般射向第六天魔王全身。

金火濺著葫蘆湧出的酒水，轟隆炸出一團金火，將第六天魔王燒成一顆火球。

「喝——」第六天魔王立時催動魔氣滅火。

噗！紅孩兒吐出一小團妖火，正中葫蘆嘴，再次點燃酒火。

陳阿車猛搧草扇，令酒火復燃。

第六天魔王再催魔力滅火。

「誰准你滅火，混帳！你凍了我兩個月，現在換我燒你了！」太子爺托出太上老君那小火爐，往第六天魔王臉上一砸，砸了他滿臉火，跟著召出日月寶扇，拋向媽祖婆。「媽祖婆！」

媽祖婆接著日月寶扇，唰地往第六天魔王一搧，瞬間將第六天魔王燒成更大一團火球。

陳阿車一手擰轉藤蔓令葫蘆噴酒，一手持著草扇狂搧金風。

韓杰全力緊握火尖槍，施放三昧眞火。

紅孩兒鼓嘴朝第六天魔王噴妖火。

媽祖婆大力搧動日月寶扇。

媽祖廟內，許兩三、吳國勤、阿香嬤、陳亞衣、林君育、許保強，及眾退役乩身、整隊官將首降駕的陣頭青年們，齊心協力揪著混天綾，連將軍等一干虎爺們，也乖乖聽黑爺指示，分成兩排，張口咬著那條彷彿能夠無止盡延伸的混天綾。

大夥兒從正殿排入中庭，繞了一圈又繞回正殿，將一股股本來不被第六天魔王瞧上眼的細細神力，聚集成一束激流，隨著混天綾送往第六天魔王頭上金銬，壓制他魔力。

老獼猴揪著混天綾尾端，踩在幾隻山魅背上，將混天綾尾端繞過插在壁面那青龍偃月刀的龍紋柄上。

「太子爺——」廟內同聲大喊。「混天綾綁上偃月刀柄了！」

「好。」太子爺嘿嘿一笑，說：「大家可以放手了。」

第六天魔王隱隱聽見後方廟裡的喊聲，心中一急，奮力放出更爲巨大的魔力，一鼓作氣熄滅全身大火，同時震飛韓杰、震開媽祖婆、震斷了葫蘆藤蔓。

陡然間，第六天魔王感到頭頂鎭天山力道減弱，抬頭只見太子爺將鎭天山留在上方，神力卻在他身後。

他急忙催力推飛鎭天山，轉身卻見太子爺退出一段距離外，一手揪著混天綾，出力一抖。

啪嚓——

有個細細聲響，自媽祖廟內響起。

像是有什麼東西，被拔出了牆。

「喝——」第六天魔王自然知道那是什麼，立時鼓動全力，將六柄萬魔兵刃，又重新聚成一柄巨劍。

一條巨大青龍自媽祖廟內竄出，朝著第六天魔王咆哮竄來。

第六天魔王振翅疾飛上天，揮動萬魔巨劍要斬青龍。

但他頸上倏地燒起烈火，原來太子爺就攀在巨大青龍上，揪著混天綾對第六天魔王放火。

第六天魔王這麼一分神，青龍大口咬住萬魔巨劍，不讓他揮劍。

下一瞬間，媽祖婆在空中接回鎮天山，飛快拋向太子爺。

太子爺接著鎮天山，唰地又往第六天魔王腦袋砸下。

第六天魔王只得騰出四手，硬接鎮天山，才剛接著鎮天山，太子爺瞬間又不見影蹤。

由於第六天魔王分出大量魔力接鎮天山，以致於握著萬魔劍的手削弱不少，巨大青龍咬著萬魔巨劍一個扭頭，竟將巨劍從第六天魔王手中奪下。

然後一飛衝天。

那頭，竄不見的太子爺，原來是重新降駕在韓杰身上，替他治癒了幾根剛剛被魔氣震斷的肋骨，同時挺著火尖槍、疾催風火輪，轉眼又飆竄回第六天魔王眼前。

「摩羅，先不提棋盤上滿滿都是我這方的子。」太子爺笑著說：「你要主將對主將是吧，來吧，咱們繼續。」

「噫……」第六天魔王猛地一驚，舉著接下的鎮天山，迎戰太子爺。

第六天魔王即便六手齊握鎮天山，也使得挺費勁，轉眼被太子爺刺了好幾槍，轉身飛天想搶回萬魔劍，但頸上再次燃燒起火，太子爺那金磚化成的頸銬，還牢牢鎖著他頸子，被混天綾纏著，另一端繞在太子爺臂上。

第六天魔王全力催動魔氣滅火，同時揚手召喚萬魔劍，但見三條火龍剛剛撕裂了他那魔氣黑龍之後，飛來與青龍聯手，一起咬著萬魔劍，飛至更高空。

第六天魔王搆不著萬魔劍，只得轉身繼續和太子爺亂鬥，轉眼又捱十餘槍，本來綁在腰際那太子爺斷臂，也給太子爺搶回，拋給媽祖婆保管。

噗嗤兩聲，第六天魔王背後大翼被媽祖婆指揮的飛鸞雙劍刺透，跟著陡然感到手中鎮天山猛地一沉，重量增加數十倍，原來太子爺沒拿著鎮天山，也能施咒令它變重。

又是一分神，第六天魔王被太子爺一槍貫穿胸膛，全身燒起三昧真火。

太子爺一把搶回鎮天山，也刺進第六天魔王另一側胸膛，跟著施力往下一按。

一座無形大山，壓上第六天魔王胸口上，將第六天魔王重重壓在廟前廣場上。

第六天魔王被鎮天山和火尖槍穿透兩胸，被三昧真火焚燒、被無形大山壓體，仍鼓足最後力量，試圖催動魔氣推動大山。

磅！陳阿車遠遠地又擲來葫蘆，替三昧真火增添仙酒；紅孩兒也拾回太上老君火爐，和赤火短槍一同射來，火上再加火。

「喝——」第六天魔王試圖鑽地逃回陰間，但一束銀光射來，是媽祖婆擲來的七星劍，穿透他肚子，將他釘在地上。

「摩羅，你妄想還能逃回陰間。」媽祖婆舉著日月寶扇，大力搧風。「你忘了你在我媽祖廟轄區範圍裡？這地方陰間陽世都設了結界，可不會讓你想來就來，想走就走啊。」

「吼——」第六天魔王激動大吼，此時的他，經過輪番大戰，身上加掛的那些魔氣罐子，已經消耗得差不多了，萬魔大劍脫手之後，可也沒那無窮無盡的魔氣可以揮霍了，他無法驅散身上烈火，只隱隱見到火光之外的天際，一條青龍自遠而近，朝他墜來。

惡夢重演了。

青龍在空中化成光芒耀眼的偃月刀，被太子爺高高舉在手上。

一道青光斬入廟前廣場。

第六天魔王再次一分為二。

他頸上那金銬也被一齊斬為兩半，但瞬間喀嚓化為兩只小一號的金銬，分別鎖住第六天魔王兩邊剖半頸子，且被混天綾兩端分別纏住。

「摩羅——」太子爺將青龍偃月刀高高往天上一拋，令偃月刀再次化為青龍飛天，跟著雙手抓住鎮天山和火尖槍，將第六天魔王兩邊半身高高挑起，將混天綾掛在頸上，風火輪蹭蹭地，唰地飛躍上天，踩上青龍背上，先上他化自在天，指揮三條火龍咬起那大金籠，帶著他六條改造惡龍和鬼臉乾坤圈繼續飛天。

「哪吒啊……給我個機會……我們好好談談……」第六天魔王被斬成兩半的身子燃起熊熊烈火，卻仍能說話：「我會開出……讓你滿意的條件……」

「你要我放過你？你覺得可能嗎？」

「不……不用放過我……就像媽祖婆說的……你把我打進十八層地獄……派天差監管我……只要別讓我魂飛魄散……」第六天魔王哀嚎說：「別再燒了……」

「這樣啊？那你先說說，你是不是敗給我了。」太子爺哼哼說：「我聽聽看答案滿不滿意，再考慮怎麼處置你。」

「是……」第六天魔王哀嚎說：「我敗給你啦……我敗給南天門上……鼎鼎大名的中壇元帥……我力不如你……智也鬥不過你……我全盤盡墨……兵敗……如山倒……」

「很好。」太子爺滿意地點點頭，說：「我考慮再三，還是決定將你燒得魂飛魄散好了，不然你逮著機會，又要收買地府官員，趁機跑出來作亂啦。」

「不會……我絕對不會……」

「我管你會不會！」

太子爺不再理會第六天魔王討價還價，動用了腹中太上老君那火爐威力，將三昧眞火催至極限，鎖著第六天魔王兩半身子，在空中燒成一團炙熱巨火，猶如一道逆向流星般直衝天際。一路衝上了九霄雲端。

肆參

初夏時節，鄉下一間小屋院子蟲鳴鳥叫。

各式各樣的鳥叫聲中，有個韓杰熟悉的叫聲，雖然不特別響亮，但對韓杰來說，像是種熟識鈴聲、特殊暗語般，即便睡得再沉，一聽見那聲音叫喚，便立時醒來。

韓杰恍惚坐起，抓抓頭，望望身旁肚腹明顯隆起的王書語，望望窗外逐漸翻白的天空，和紗窗外窗台上的鐵鳥小文。

兩個月前，媽祖廟大戰之後，韓杰與陰差們，從他化自在天上找著了天狗繁殖場，押出一批馴獸師，幫忙捕捉天狗，又花了好幾天，這才抓到所有天狗，令天門重新開啓。

媽祖婆這才得以返回天庭，還不忘領回鐵鳥小文還給韓杰。

此時小文佇在窗外，和隻體型大他一號的八哥鳥分立窗台兩邊，嘰嘰嘎嘎地像是在吵架一般。

八哥上前就要啄小文，被小文一個翻身躍到背上，兩隻小爪抓著八哥雙翅、兩隻翅膀則靈活得像是人臂般，做出完全違反鳥類翼骨構造的動作，箍住八哥頸子，對這八哥使出一記裸絞。

「哇操，你什麼時候學會這招？」韓杰難得見到小文和其他鳥打架，見小文竟使出裸絞，驚奇下床湊近窗邊細看。

小文也沒下重手，勒了兩三秒，便張開翅膀，讓八哥飛高逃遠。

□

韓杰走出房間，客廳一角堆著大大小小各種禮物。

這兒不是他家，是岳母許淑美家。

昨晚他和王書語，在許淑美家院子裡，擺了幾桌宴席，辦了個簡單婚禮。

與會賓客僅二、三十人，其中大多是韓杰熟識朋友，由於這些朋友，一半以上是鬼，因此王書語會另外擇日再找律師事務所裡的同事、和學生時代的同學好友，進行二度宴客。

韓杰望過角落那些禮物，小歸送他的一套感應門卡——這可是份豪華大禮，是小歸那範圍闊達一兩個街區的陽世避難所範圍內一戶高級住宅使用權。

那戶住宅位於保全嚴密的大樓內頂樓，有專屬露台，其對應的陰間樓頂，停著一架直昇機，住宅內好幾面鏡子和櫥櫃，都能夠通往陰間和專屬混沌逃生道；底下一間專屬車庫，停著好幾輛備用小風號，以及一間小小的軍火庫。

假使未來韓杰再次碰上需要出遠門的任務，王書語隨時可以帶著孩子，進入這高級住宅暫避風頭，受小歸集團保護。

顏芯愛代表整間俊毅城隍府，送來十數樣陰間產製的陽世點心，與陽世生產零食相較，別有一番滋味。

田啓法則送了一套用瓦楞紙摺成的三輪車，造工頗爲精巧，他神秘兮兮地對韓杰說，這紙摺車經陳阿車用葫蘆仙酒澆淋加持，強度有保證，騎上路絕對比市售腳踏車安全百倍，更不怕野狗。

許保強、董芊芊、陳亞衣、林君育等送的都是嬰孩玩具和服飾用品，差別在許保強附了鬼王護身符、董芊芊附贈月老親手造的小吊飾、陳亞衣和林君育則附上媽祖婆和大道公賞賜的平安符。

王小明和一票東風市場老朋友們，除了同樣陰間產製的陽世點心、飾品，還附贈上一張裱框照片——那是那些老朋友們與韓杰在陰間東風市場內的合照——陰間建築會隨著陽世建築的整修改建而改變，但有著數個月到數年不等的時間差。

陽世東風市場改建爲大樓之後的數年，陰間東風市場矮樓也開始變化。

當時韓杰收到了通知，與集合在那兒的老朋友們，留下了幾張合照。

王小明請託小歸，將那合照想辦法翻拍成陽世照片，再召集陰間老朋友們，在照片背面寫下一則則祝福話語，贈予韓杰。

昨晚同樣出席宴席的張曉武，見王小明搬出這裱框照片，忍不住對他豎起大拇指稱讚：「婚禮送新人靈異照片這麼棒的點子，我以爲只有我想得到，沒想到小肥宅也所見略同。」

韓杰皺著眉頭，望向最後一份提袋——那是張曉武在俊毅城隍府聯合禮物外，額外加贈的一份大禮。那是整套特別訂製的全家福T恤，每件T恤上，都印著他騎跨重機、舞弄警棍、比豎中指的帥氣照片。

除此之外，還有一張全開海報，海報主角，自然也是戴著牛頭面具、身穿俊挺黑西裝的張曉武，上頭還有他的親筆簽名。

張曉武說，願意以身作則，作孩子心目中的偶像，所以贈他這張海報，要他將來貼在孩子房中或是家中餐桌前。

□

「……」韓杰揉著太陽穴走出庭院，望著庭院裡那株數公尺高的粗壯茶樹——近代茶園裡的茶樹，多半是經人爲培育之後的灌木型茶樹，且定期修剪、總是維持著方便採收的矮球狀。

但許淑美家庭院裡這株茶樹，外型更接近野生古茶樹，是株有主幹的喬木茶樹，且經異士高人精心栽植，短短數年，便長成尋常茶樹需十倍以上的時間才能長出的高度。

數天前，這株枝開葉盛的茶樹，一夜之間開滿茶花。

初夏時節並非茶樹開花的時間，因此許淑美清晨步出庭院，見到滿樹茶花、嗅得滿面花香時，立刻喜極而泣地撥了電話給王書語和王劍霆。

王書語和韓杰也立時趕來這兒，和許淑美、王劍霆圍著茶樹，臨時決定了昨晚婚宴。

這幾晚，不時有些貴賓，會拿著臨時降駕符，借用韓杰身體，來庭院裡瞧瞧這株茶樹。

就連媽祖婆、周倉將軍都親手摸過大樹。

大夥兒得出的結論是，樹中的王智漢魂魄已經醒了，但意識尚未清楚，記憶自然也仍並未恢復；而將來需要花費多久時間，樹中王智漢才能恢復記憶，就連天上眾神也無法肯定。

許淑美並不意外這樣的答案，因爲早在數年前她親手栽下這株樹苗時，韓杰就已經將後續變化和各種可能性都告訴過她了。

「沒關係，這樣就很好了……」許淑美每日早晚都會撫著茶樹樹身，回憶著當年往事。「反正以前他也三天兩頭睡在刑事局裡，現在從早到晚都能陪著我，我很滿足了……」

□

「阿杰……」王書語撫著肚子走出庭院，來到韓杰身旁，和他一同望著茶樹。「你和爸爸說了什麼？」

「我要說的昨晚都說了……」韓杰笑了笑，昨晚他在眾人要求下，來到庭院裡向王智漢發表演說——他其實有太多話想對王智漢說，但在眾人面前，一時間卻什麼也說不出來，只好沒頭沒腦地說自己最終還是乖乖照著當初王智漢的吩咐，過來喊他岳父了。

嘰嘰、嘰嘰——小文飛到了韓杰面前，振翅張爪。

韓杰立時進屋，左顧右盼找紙給小文燒籤，他瞧瞧牆上日曆，正要上前拿日曆，突然靈機一動，轉去禮物堆中從提袋裡翻出一件張曉武T恤，遞給小文。

「嘰——」小文叼著T恤，燒出兩行短字——

下午五點前，找來這間學校，我差不多要讓你瞧瞧這孩子了。

「嘖……」韓杰無奈向王書語攤開衣服，展示上頭還冒著煙的籤令，和一處位於台南的高中地址。

「你幹嘛這樣，好歹是曉武大哥一番心意……」王書語見韓杰拿張曉武的禮物燒籤，皺眉瞪了他一眼，接過T恤細看，驚訝哦了一聲，問：「太子爺替你找到接班人了？不是說可能要找個兩三年？」

「我得去了才知道情況。」韓杰聳聳肩。

□

下午四點四十五分，韓杰開著飛火宮，抵達台南市區一所高中外斜對面停車格裡。

韓杰剛停妥車，太子爺便已降駕。

「這兩天我那六條火龍差不多恢復正常了。」太子爺降駕第一件事，是講他六條火龍和乾坤圈修復進度。「乾坤圈也差不多能用了。」

「恭喜。」韓杰笑著說：「我記得媽祖婆說過，假使你的法寶當眞給第六天魔王弄壞了，上天也會替你造新的。」

「修修還能用，何必造新的。」太子爺淡淡說：「我才要恭喜你呀。」太子爺這麼說時，用韓杰的手，凌空提出一只精美禮盒，放上韓杰大腿。

「哇！」韓杰受寵若驚，說：「老闆，這麼客氣！」

「你打開來看看。」太子爺這麼說。

韓杰立時拆開禮盒，只見裡頭是七枚鑲著金邊的尪仔標。

「哈哈。」韓杰取出那混天綾尪仔標，捏在指尖彈動把玩，只覺得這七片新版尪仔標材質近似金屬，卻又沒有金屬沉重，隨口問：「這一版尪仔標只有七片？不是一整疊要我自己拆的那種？」

「是啊。」太子爺這麼說：「當初做成一疊疊的用意，是表示合約期限，後來和你換約時，工匠沒時間替我大改法寶，所以只修改了副作用條件。現在這個版本的法寶，我請工匠取消了副作用，因你前罪早已償清，後來多次立下大功，已非帶罪之人，沒理由再讓你工作時額外受罪。這批法寶，用完會自動變回尪仔標，和那鐵鏽版本一樣，且你只要閉上眼睛，就能感應著這些尪仔標位置，所以不怕弄丟，要是你稍微動動腦筋，還能把這些尪仔標，當成……陽世那叫什麼東西來著，導航？衛星？」

「GPS衛星定位。」韓杰笑著說：「嗯……不過這樣也表示我沒辦法像以前一樣，一口氣用上好幾支火尖槍……」

「當然。」太子爺說：「最早那批法寶會加上副作用，除了讓你贖罪，也是為了限制法寶力量；在我與你換約後，那第二版尪仔標規則沒訂清楚，我給你蓮子卻沒額外規定條件，讓你那時候能一口氣用上五、六支火尖槍、上百隻小豹，可把上頭一些老傢伙嚇壞了，成天跟在我屁股後頭嘮叨說要是你被魔王蠱惑，可等於白白送給魔王一座軍火庫怎麼辦。」

韓杰乾笑兩聲，揭開副座手套箱，取出金屬菸盒，將尪仔標裝進菸盒，噹啷搖動數下——與過往他習慣將尪仔標裝至菸盒三分之一以上相比，此時不免覺得有些空虛。

「幹嘛，你不喜歡這版本？」太子爺這麼問。「嫌七片用起來不夠過癮？」

「不是。」韓杰苦笑搖頭。「只是想到以後世間再沒有第六天魔王，一下子有點不習慣——以後我們應該會輕鬆很多吧。」

「放心，這世間不會讓你這麼好過啊。」太子爺這麼說：「和千年前相比，陽世活人可是多了無數倍，惡人也是同比例增加，這麼多惡人在陽世幹下無以計數的壞事，死後成了惡鬼，你想他們會安分嗎？底下雖沒了個摩羅，但妄想成為下一個摩羅的傢伙多不勝數，你可別鬆懈了。」

「我會保持警戒的。」

「記得身體也要持續鍛鍊。」

「我和老龜公商量過了，打算替鐵拳館多開一家分店，我跟老龜公一人顧一間，我為了招攬生意，會把身體練得更結實。」

「那就好……」太子爺這麼說，突然又說：「還有，你以前那沙包工作現在還在做？」

「有不錯的案子還是會接。」韓杰問：「怎麼了？」

「你夫人沒意見？」

「她一開始不太喜歡我讓人打，後來會提醒我，上了擂臺，別不小心撞傷客人。」韓杰笑說：「你很清楚普通人的拳頭，打在我蓮藕身上，根本不痛不癢。」

「嘖……」太子爺哼哼說：「當年你說沒錢吃飯，我要你去當沙包，其實是隨口說說，沒想到你那拳館伙伴真有門路，你也真願意當沙包讓人打，一當就是二十年，我偶爾想起這件事，心裡有些疙瘩。」

「有什麼疙瘩，不偷不搶，也是正當生意。」

「沒那麼正當吧。」太子爺說：「若你孩子出世，你要和他說，他父親靠捱打賺錢？」

「原來你擔心這個……」韓杰笑著說：「我會和孩子說爸爸開健身拳館、當健身兼格鬥教練，偶爾收了大老闆當徒弟，也會親自教他們打拳，賺點額外津貼，還要小心不能碰傷徒弟軟綿綿的拳頭……」

「哼。」太子爺不屑說。「你身手沒年輕時剽悍，一張嘴倒是越來越厲害。」

「老婆是律師嘛……」韓杰乾笑兩聲，問：「我那正式接班人，你是怎麼找上他的？」

「那小子，其實你曾經見過他。」太子爺這麼說：「且救過他。」

「救過他？」韓杰呆了呆，問：「什麼時候的事？」

「十年前左右。」太子爺答：「那時他才五、六歲大。」

「怎麼會選上他？」

「首先他肉身體質和我那蓮藕身挺匹配，已經通過了第一關。」太子爺這麼說——並非所有陽世活人都適合太子爺那蓮藕身，人人匹配程度不同，體質不適合的凡人，即便被賞賜了蓮藕身，肉身強度也僅微微高過常人些許，沒有太大意義，韓杰、許兩三等，自然是凡人之中，與蓮藕身匹配程度相當高的。

「哦？」韓杰好奇問：「你打算賜接班人蓮藕身？之前你不是說劇除了第六天魔王勢力之後，可能會有一段時間不會再賜新蓮藕身了？」

「本來該當那樣沒錯，摩羅滅了，短時間內底下一干野心狂徒們也成不了氣候。」太子爺說：「但天狗事件嚇壞南天門不少神明，都擔心要是陰間又蹦出個怪胎，弄了類似把戲擋住了天門，陽世有沒有足夠力量反制，現在老傢伙們還在討論對策，要我和師父太乙真人，替你的接班人研究新的蓮藕身以備不時之需，至於之後會不會眞賜給他，得再看當時情況。」

「原來如此……」韓杰點點頭，聽見了下課鐘響，隨口又問：「目前老闆你看上的接班人，只有現在這個，還是有其他候選名單？」

「啊呀！現在連你也要盯我工作進度啦？」太子爺沒好氣地說：「你忘了兩個月前我還被摩羅醃在藥缸裡啊……宰了摩羅之後，我回到醫宮接受治傷驅毒，沒躺兩天就被老傢伙們叫去開會，要我準備替你找接班人了！我找了這些天，便只找著他一個——那些老傢伙反反覆覆，開出的條件變來變去，你知道要我開會時忍著不發脾氣，比和摩羅打架還辛苦嗎？」

「你冷靜點……我不是盯你進度，我只是好奇問問而已。」韓杰連忙安撫太子爺，說：「我知道你很忙很辛苦，爲世間眾生付出太多……」

「行了，奉承過頭就噁心了。」太子爺哼哼地說：「目前只找著他一個，不過我會再多找幾個，你有空的話也可以幫忙找找，之後我再告訴你鑑別方法，還有上頭開出的條件。」

放學學生三三兩兩地走出校門。

被太子爺看上的那接班孩子，也混在放學人群中，低著頭隨著人潮走出校門，默默往公車站牌走。

他身形不高不矮、略顯削瘦，面容青白秀氣。

「瘦瘦小小，會不會太秀氣了……」韓杰乾笑兩聲：「不過我當初應該也好不到哪去吧。」

「你當初？」太子爺沒好氣說：「你當初那鬼樣子根本和活屍沒有分別。」

當年韓杰染上毒癮，盜了家中地契變賣，害死父母姊姊，受不了內心責難，屢次自殺尋死——當時他被太子爺列入觀察名單，太子爺想瞧瞧他贖罪決心，反覆不停地救活瀕死的他，他那段不吃不喝，眼睛睜開就起身檢查自己究竟死了沒，爲何從這麼高跳下去、跌得斷手斷腳、流了這麼多血，竟然都死不了的時期，模樣顯然不會好看到哪裡去。

「也是喔。」韓杰回憶當年自己那副慘樣，再瞧瞧前方那孩子，便覺得看起來順眼多了，突然啊了一聲，說：「對了，你說十年前他五、六歲，所以現在才高一吧，這年紀應該沒幹過什麼壞事吧？他跟我們不一樣？」

「是。和你們比起來，他確實沒幹過什麼壞事。」太子爺過去偏好找犯過錯的傢伙當他乩身，一大部分原因，與太子爺不擅長愛的教育有關。

「頂多就晚上不睡覺，溜出門玩碟仙。」

「晚上不睡覺……溜出門玩碟仙？他想幹嘛？」

「他想見鬼。」

乩身第一部「浴火贖罪之章」全篇完

後記

其實最初我有意效法我的偶像倪匡前輩，將《乩身》寫成《衛斯理系列》那樣，一寫幾十年、上百本。

但隨著乩身一本本完成、推出，我漸漸發現這個系列這麼經營下去，會碰上一個問題，那就是乩身雖然屬於每本不同事件的系列型單本故事，但是越寫到後面，每一本故事之間的聯繫性又漸漸高了起來，漸漸又往大長篇型態靠攏。

這會使得越晚接觸這部系列的讀者，越搞不清楚每本之間的順序，從最初我碰上讀者詢問順序時，只須隨口列出三本、五本即可，到現在我得從第一本《踏火伏魔的罪人》，一路列到「黑蓮花」，中間偶爾我還得停頓思考一下——第六本……嗯，是《飛天》，接著第七本？啊，是《紅孩兒》……

現在的乩身，與眞正的單篇故事相比，其實仍須要按照順序閱讀，才能最接近我想要呈現的故事體驗，因此在出版社建議下，我決定將乩身改爲像是影集那樣，以第一部、第二部的方式來經營。

將每一段大事件、重要角色更迭變化之間，分爲不同的章節，也方便讀者更能輕鬆地理解這個故事的世界觀。

當第一部最後一本寫到一半時，編輯建議我替第一部十一本書想一個篇章名稱，作為與第二部的區別。從那時開始，我時常邊寫邊想，同時也開始構思第二部的角色和架構，直到我寫到最後，才終於想好了名字——

「浴火贖罪之章」

浴火重生，是韓杰一路走來、從一個吸毒玩樂的壞孩子，到接下抵抗魔王禍害人間的重擔使命的寫照。

在故事的最後，太子爺賜予韓杰一套沒有副作用的尪仔標，也表示韓杰多年的贖罪生涯正式告終。

至於第二部接班人的細部設定，與韓杰、張曉武、陳亞衣等舊角色之間的關聯性、互動性，其實我也已經有了大概的構想，但實際上會是什麼面貌，就讓我一邊準備搬家、一邊寫「詭語怪談」和那個構思許久的新故事，一邊繼續慢慢醞釀琢磨吧。

星子

2022/1/14 於新北中和自宅

乩身

國家圖書館出版品預行編目資料

乩身：血月時魔王降臨 / 星子 著.--初版. --
台北市： 蓋亞文化，2022.04
面； 公分. --（星子故事書房；TS030）
ISBN 978-986-319-644-0(平裝)

863.57 111002810

星子故事書房 TS030

乩身〔血月時魔王降臨〕

作　　者 星子（teensy）
封面插畫 程威誌
封面裝幀 莊謹銘
總 編 輯 沈育如
發 行 人 陳常智
出 版 社 蓋亞文化有限公司
地址：台北市103大同區承德路二段75巷35號
電話：02-2558-5438　傳真：02-2558-5439
電子信箱：gaea@gaeabooks.com.tw
投稿信箱：editor@gaeabooks.com.tw
郵撥帳號 19769541　戶名：蓋亞文化有限公司
法律顧問 宇達經貿法律事務所
總 經 銷 聯合發行股份有限公司
地址：新北市新店區寶橋路二三五巷六弄六號二樓
電話：02-2917-8022　傳真：02-2915-6275
港澳地區 一代匯集
地址：九龍旺角塘尾道64號龍駒企業大廈10樓B&D室
電話：+852-2783-8102　傳真：+852-2396-0050
初版二刷 2023年11月
定　　價 新台幣320元
Published and printed in Taiwan

GAEA
ISBN / 978-986-319-644-0

Gaea

GAEA